新潮文庫

移植医たち

谷村志穂著

目次

序章 7
第一章 27
第二章 62
第三章 142
第四章 234
第五章 348
第六章 452
最終章 485
あとがき 527
解説 海堂尊

移植医たち

序章

一九九九年

オペ室のとびらが開く。手術台には、すでに全身麻酔で眠らされた患者が、横たわっている。過去のベンツ切開の傷跡が、無影灯で照らし出されている。

ベンツのエンブレムに似ているその切開を行うのは、特定の外科医である。腹部の境界線より下にある、肝臓、胆道、膵臓の肝胆膵グループ、またその移植医たちだ。

手術台の半分ほどもない、とても小さな患者である。みぞおちから臍の上部以外は、紙製の薄いブルーの覆布がかけられている。覆布の裾はビニールでポケット状になっており、手術が始まった後に体腔から出てくる腹水や洗浄液がここにたまっていく。手術で使う吸引用のチューブや電気メスも、そこに準備されている。

加藤凌子は手術台に近づくと、オペ室付きの看護婦に帽子と手術着のひもをもう一度強く結ばせた。医療用のグローブをつけた両手を上にあげたまま、ルーペをつけた目を大きく見開き、小さく息をはく。


「凌子先生、大丈夫ですかね?」

緊張がうかがえるその様子に、控えの外科医は囁いていた。オペ室の隅には、患部を映し出すモニターがあり、控えの外科医や見学の医師たち、医師というにはまだ未熟な研修医たちが、今回は十人以上も集まっている。それだけ、注目度の高い手術だ。見学者たちの様子は止まり木の雀たちが遠慮もなくさえずるのと似ている。

手術台を取り囲んでいるのは、執刀医である凌子の他に麻酔科医が一人、前立ちと呼ばれる第一助手の大木を筆頭とした三人の助手となる医師たちだ。加えて、手洗いナースと呼ばれる、器具だしの直接介助をする看護婦が、凌子の右側に立っている。

こうした清潔域からやや離れたところで、手術の記録や、糸などの必要なものを手渡すナースもいる。

看護婦たちはオペ室付きと呼ばれる専任で、頭髪はキャップですべて覆(おお)い、大きなマスクをしている。見えているのは目だけなのだが、まつげにわざわざ長いエクステンションを付けて、医師にアピールする者もある。

凌子はおかっぱ頭、四十代になってもなお贅肉(ぜいにく)をそぎ落としたように痩(や)せているのが、手術着を着込んでいてもわかる。

「ただいまより、金子祐也(かねこゆうや)くんの手術を始めます。よろしくお願いします」

彼らの中でも群を抜いて小柄な凌子が発した声は、緊張の高まったオペ室に震えて響いた。

「よろしくお願いします」

凌子の小声に呼応するように、オペにあたるチームが太く声を返す。

イソジン消毒されたグローブの手で腹部に触れたが、凌子は思い直したのか、逆L字型のリヒカで遮られた患者の頭部を覗(のぞ)き込んだ。

顔全体を覆う人工呼吸器をつけた患者に向かって、何かを呟(つぶや)いたが、それは誰にも聞こえていない。

「あらあら、凌子先生、やっぱりヒトはやめといた方がいいんじゃないですかね」

控えに回された斎藤(さいとう)は、悔し紛れなのか眼鏡の中央に指を置き、隣の田中(たなか)に耳打ちしている。

「そういう言い方は、どうなんですかね」

天然のカーリーヘアをサージカル・キャップで覆い、控えている田中が、癖である瞬き(まばた)を繰り返しながら続ける。

「ただ、この手術ばかりは、絶対にうまくやらねばならないのは確かですね」

その言葉に斎藤が肩をすくめ、少し声を低くしてからカーリー、田中の耳元に囁いた。

「だから、そうでしょうって。二度のリビング・ドナーを経ての、今回なんですから、僕はてっきり、古賀(こが)先生あたりが、やるんだと思っていましたよ」

「あたりって、つまり、じゃなかったら自分だということですか?」

「あたりは、あたりですよ。田中先生、アメリカ帰りだからって、日本語が不自由なふりしないでほしいな」

二人は他愛もなくやり合っているが、実際、斎藤が口にしたのは、今オペ室にいる者たちすべてが、思っていることではなかったろうか。

小さな患者の命運に、科の行方が、ひいては、この医療の未来が託されていた。

今、横たわる患者のために冷却液の中で待機しているのは、国内でようやく提供された、脳死体からの臓器だった。臓器提供のない国で立ち上がった臓器移植のスペシャリストたちのチーム、それが北洋大の第一外科だった。

何があっても、新しい命へつながなければならない。それでようやく、チームは出発点に立てるのだ。

だったら術者には、同じ手術で何百例と成功を収めてきた医師たちが選ばれて然るべきだったろう。

「メス」

凌子は、グローブを嵌めた手を伸ばす。

「こちらでよかったですね？」

少々古びたメスに戸惑いを隠せないように、器具だしのナースが手渡す。

「それでいいです」

凌子は鋼のメスを手にすると、一度握り直し、もともとの傷跡をなぞった。その先から鮮血がにじむ。

ひと呼吸を置き、使ったメスは自分の手で元の場所へと戻した。

「電メス」

「はい、はさみ」

「アルゴン」

凌子から看護婦への指示が、一つずつリズミカルに響き始めた。

「持針器」

「吸引」

その指示と同時に、患者のおなかの中に溢(あふ)れ出した血液が吸い上げられていく音が聞こえ始める。

「やはり癒着(ゆちゃく)がひどいね」

モニターの横に現れたのは、北洋大付属病院第一外科で助教授を務める、古賀淳一(じゅんいち)だ。オペ着に身を包んでいる。

「おっと、当の古賀先生がいらっしゃるとは」

先ほどの斎藤が、本人に向かってそう口にする。

「なんだろうね、当のというのは」

古賀はそう言いながら、もう一度、モニターをちらっと見やる。

「凌子先生、あの調子だと朝までかかっても終わりませんって」

　斎藤がさらに言うと、古賀から背中をぽんと叩かれた。

「まだ始まったばかりじゃないか」

「凌子先生、声だけじゃなく、手だって震えているんですよ」

　古賀は、人懐っこく笑う。まるで、面白いね、とでも言い返しそうな表情だ。だがすぐに、

「では私も、隣で準備に入ります」

　そう言って、ふたたびオペ室の自動扉の前に立ち、開いた扉の向こうへと足早に出ていった。

「ちょっと、だから言い過ぎなんですよ、あれは」と、田中が斎藤に面と向かって言い、さらに続けた。

「古賀先生と凌子先生はアメリカで……って話があるの、もしかしてご存知ない？」

「まじ？」

　斎藤が、眼鏡の奥で眉を寄せる。

「古賀先生こそが、見ていられないほど心配なんじゃないかな」

　そう言われて、斎藤は改めて出口の方を見やる。

「はい、サンゼロ」

凌子は、わずか二歳の子の腹部が起こしている凄(すさ)まじい癒着に、すでに集中し始めていた。

癒着を強引に剝(は)がせば、臓器や主立った血管に傷がつく。少しずつ、根気よく薄皮を一枚ずつ剝がすようにして、電気メスで切り離していく。剝離(はくり)面からはそのつど出血があるため、凝固モードにした電気メスによる止血と縫合を繰り返す。サンゼロ、ヨンゼロとは縫合の際の絹糸の太さだ。

助手には見えない角度を、凌子が結紮(けっさつ)する。

「四回結びしていますよ、やっぱり。早いな」

凌子の、アメリカ式の糸結びを目(ま)の当たりにした田中は、今やモニターに食い入るように見入っている。

アメリカで使われる絹糸は、編み糸がほとんどで、日本の撚(よ)り糸と違って滑りやすい。アメリカ時代、石橋を叩いて渡るような確実さを求められていた凌子は、四回結びを当たり前にこなした。

しかし、凌子がかつて手がけたのは、人間ではなく小動物ばかりだった。ヒト相手に執刀医をやるのは、実ははじめてなのだ。

まるですべての臓器が蜘蛛の糸のように絡んだ状態になった子どもの腹部である。血管や臓器を、まずは癒着の海から救い出さねばならない。体重が十キロにも満たない患者の体力では、摘出から移植まで十時間が限度だ。しかし、未だ肝臓は輪郭すらモニター画面に見えてこない。


金子祐也は、胆道閉鎖症という肝疾患を持って生まれた。

一旦は、道内の地元の病院で、胆道閉鎖症への代表的な術法である葛西式手術を受けているが、治癒しなかった。

祐也を子どもとして授かったのは、北海道の釧路にある、霧の深い海辺の町に住む若い夫婦だ。大型トレーラーの運転手の夫と美容師だった妻の間にできた、二人目の息子だった。

地元の病院から、北洋大第一外科教授への紹介を受けてやってきた。

北洋大の第一外科には、アメリカで肝臓移植を千例以上経験した佐竹山行蔵教授を筆頭に、ピッツバーグから帰国した医師たちが在籍し、新聞は「移植医療のメジャーリーガー、凱旋帰国」「スーパードクター、最強チーム」などと、こぞって書き立てた。

金子夫妻は、祐也のケースでは肝臓自体を取り替える肝移植しかないと、佐竹山に告げられた。地元の医師の、見立て通りだった。

「すぐにでも移植してあげたいが、日本ではまず脳死は出ないでしょう。脳死ドナーからの肝臓を望むのなら、米国へ行って移植を待つことをお勧めします」

金子夫妻は、移植手術を勧められた後に、さらに一つの提案を受けた。

「肝臓移植には、脳死ドナーからの提供を待つ方法と、ご家族の誰かが臓器の一部を提供するという方法があります。後者は生体肝移植と呼ばれる術法です」

夫婦が移植の意思を告げると、親族中から猛反対を受けた。その間に、祐也の症状は砂時計が落ちていくように悪化していったのだ。

母親が祐也を連れて北洋大を再び訪れたときには、救急搬送の状態だった。一回目の手術では母親から、左葉(さよう)の肝外側区域という小さな部位が、切除されて祐也へ割り当てられた。

執刀は、佐竹山自らが担当した。しかし祐也は、すぐに感染症と激しい拒絶反応に見舞われ、連日の高熱で死の淵(ふち)をさまよった。

再手術は、母親からの移植肝を取り出し、続いて父親からの肝臓の一部を再移植する形で進められた。

今度は小康状態が続いたが、またも祐也は拒絶反応に見舞われる。

患者はふたたび死の淵に立ち、その両親までもが手負いの状態になっていた。

もはや道が閉ざされたかに思えていた。

国内では極めて稀な脳死判定が、神戸で行われるという連絡が、待機患者を持つ移植医たちへと回ったのだ。

そして連絡通り、交通事故で頭を強打した患者の臓器が、心臓、腎臓、肝臓と、それぞれの待機患者のいる病院へと移送されたのが、今朝方のことだった。

北洋大第一外科へ届けられた肝臓は、バックテーブルで、保存液で満たされたバッグに入れられて、シャーベット状の氷で冷却されており、祐也の小さな体へと移植されるのを待っている。

この緊急手術の執刀医に、佐竹山が急遽(きゅうきょ)指名したのが加藤凌子だった。

アメリカでは、ヒトの移植にほとんど関与したことはなく、隔離された研究棟で小動物や犬を用いての移植実験を連日連夜、ひたすら繰り返して基礎データを取る役割をしていたドクターだ。外科医とさえ言い難い。

佐竹山が凌子に連絡をしたのは、昨日の夕方だ。

「祐也くんのオペを、お願いします。三度目の移植で、脳死ドナーから提供されます」

電話の向こうに、低い声が響いた。

「それはどういうことなのでしょうか。執刀医がなぜ私なのでしょうか」

凌子は躊躇(ちゅうちょ)した。

「私は医師ではない方にお電話をしていますか？」と言って一旦間があり、佐竹山はこう付け加えたのだ。

「そもそも今度の手術は、太い指の私より、加藤先生の方が向いているように思いました。何しろ患者の体はとても小さいんです」

ドナー、つまり脳死判定を受けた臓器提供者から臓器を取り出したのは、佐竹山と古賀の二名である。この役割を、アメリカではハーベストと呼ぶ。

臓器そのものを、脳死体から速やかに傷つけずに取り出すのはもちろん、その際ドナーの肝臓から伸びている脈管をできるだけ長く切り取る。提供された臓器をはめ込んだ後に、この一本ずつをレシピエント、つまり臓器受容者に元々あった脈と縫い合わせていくのが臓器移植である。

濃い褐色調にして、辺縁はシャープ、硬さがやわらかであれば、肝生検の結果は待つもののほぼ「使えるリバー（肝臓）だ」と、判断される。ハーベストの腕次第で後の定着率には差が生じる。今回も古賀は誰が判断しても最善の処置をした。

「文句なしの、きれいなリバーですよ、凌子先生」

今朝方、凌子がオペ室の前で最後の手洗いをしているときに、横に並んだ古賀はそう言った。

「祐也くんの運を信じましょう」

凌子は思わず苦笑した。

「いつもと同じようにやるだけです」

その実、足が竦（すく）んでいたのだったが。

「ライトアングルちょうだい」

「大きいの」

「モスキート」

子どものサイズを見て選んだ、もっとも小さな鉗子（クランプ）だ。

右に立つ看護婦は、目だけで返事をする。そのつど長いまつげをしばたたかせる。

間合いは悪くない。的確に器具出しをしている。

「汗、拭(ぬぐ)って」

凌子の声が響く。手元の癒着が少しずつはがれていき、奥にある肝臓の一端が浮かび上がってきた。健康な赤い肝臓ではなく、想像以上にふやけて灰色がかっている。硬化しきっているのだ。

周辺組織がこぞって鬱血(うっけつ)し、むくんで硬くなっている。

凌子の手の先が触れるつど、出血を起こす。

「ちょっと拭(ふ)いて」

顔に浴びた返り血を、間接介助のナースに拭わせる。

「彎鉤(わんこう)、お願いします」

前立ちの医師に、彎鉤と呼ばれる器具で腹部の切開部を手前に引いてもらう。

「台を少し右に。はい結構です」

角度は見やすくはなったが、患者の小さな体からはなおも出血が止まらない。

音を立てて吸引されていく血液が、ビニールの管を通ってシリンダーの嵩(かさ)を増していく。その分を輸血で補っていく。ヒトの血液量は、体重に対して約十三分の一だ。

祐也の場合、元々の血液量が760グラムしかない計算になるが、輸血量はすでにそれを軽く超えていた。

出血の速度に合わせて、輸血のための血液成分ごとのバッグが準備される。間接介助ナースが、輸血センターから運ばれたバッグのラベルがこの患者用に用意されたもので間違いがないかを一つずつ確認していき、それを受けて麻酔科医が、次々と点滴ルートにつないでいく。それでも追いつかず、点滴の側管に注射器をつなぎ、手押しで輸血を押し込んでくる。

「肝臓は見えてきましたけど、これじゃ脈管もぐちゃぐちゃなんでしょうね」

田中が腕を組み、モニターを見ている。

「こんな小さな体で、可哀想(かわいそう)にな」

眼鏡に手をあてた斎藤も、モニター画面に現れた肝臓の状態に見入り、そう呟く。象の皮膚のような色、ごわごわとした表面、百年も生きて役割をまもなく終える臓器であるかのようだ。

凌子の電気メスの触れた部分から溢れたのは血液ではなかった。どろっとしたそれは、膿(うみ)だ。組織のいずれかが化膿(かのう)している。除去しようと、電気メスを当てた瞬間だった。血しぶきが舞い、驚くほどの速度で腹腔(ふくくう)の内部に血液が溢れてくる。

「吸って、ちゃんと吸って」

「はい、あ、まただ」

第一助手の大木が蒼白(そうはく)になり、裏返った声をあげた。両手を上げたまま後ずさりする。

「またって、何言ってるの、大木くん。とにかく、吸うの」

凌子の脳裏には、術中死さえちらつく。

「一体、どこを切ったの？ 頼むから、あとでつなげる血管は残ってて」

凌子はひとりごちた後、今度は冷静に言った。

「わかった？ 大木くん。落ち着くの。大丈夫だから」

しかし、その出血量の多さに、誰が落ち着けるだろうか。

「気になるならオペ室へ行かれたらいいんですよ」

院内PHSを片手に煙草(たばこ)の煙を吐き出す佐竹山に、夏井静香(なついしずか)は軽口を叩いた。

「電話で何度も確認なさるくらいなら、せめてモニターのある部屋へ移られたらいいと思いますけど」

ナースの白衣に身を包んだ静香がそう言って、煙の充満した部屋の窓を開け、空気を入れ替える。

「輸血量が増えているという連絡があっただけで、救援を頼まれているわけではないからね」

佐竹山が、まるで自分に言い聞かせるようにして煙草をもみ消す。

「下へ降りていかない理由はわかってますよ。こうやって好きに煙草を吸えないからでしょう？　佐竹山先生、こんなヘビースモーカーで、よく長時間の手術をしてこれましたね」

佐竹山が目をやった窓の外では、正面に立つ樹でハクセキレイが落ち着きなく長い尾を揺らしている。

「長ければ、二十時間だからね。飲まず食わずはあっても、煙草くらいは吸わせてもらうさ」

少し自慢気な言い方に、静香は笑みを漏らす。

「二十時間か……凌子先生、今日の手術、どのくらいまでかかるでしょうね」

コーヒーメーカーから使い捨てのカップに注いだ一杯を佐竹山に手渡すと、自分にも注ぎ、口をつけた。

「うわぁ、濃いな。いつもこんなの飲んでいるんですか？　先生」

「文句ばかりだね、今日の君は。用があるなら、出かけてきたって構わないよ」

野太い声がそう響く。たいてい、佐竹山の周りの人間たちはこんな言葉を怖がるのだが、静香は口を尖らせるだけだ。

「冷たいんですね。私が、どんなに緊張して今日の移植を迎えたかわかりますか？　何時になろうと終わるまで待って、金子さんご夫妻に手術の説明にあがりますよ。それが私の仕事ですから」

　移植コーディネーターの資格を取って迎えた、はじめての臓器移植の手術だった。彼女はその結果を、身を硬くして待っていた。

「でも、どうして、ご自分でオペをなさらなかったのか、ほんと、わかりませんね」

静香は、佐竹山とは目を合わせずに、窓の外を見ながら訊ねた。

　第一外科内では、執刀医が凌子と決まったときから、憶測が乱れ飛んでいた。第一外科の存続のために、失敗した場合は、その汚名を凌子一人に着せようとしている。女の凌子が担当医なら、メディアのバッシングも軽減するだろうし、凌子の首を切れば第一外科を存続させられる。ナースたちまでもが口にしている噂だった。

　しかし今、佐竹山はとぼけて答える。

「私の指では、あの子の動脈の吻合には太すぎるからね」

そう言って、分厚くて丸い手に目をやる佐竹山に、静香は笑みを漏らす。過去二度の祐也への肝臓移植は、佐竹山と古賀で担当してきたはずなのだが。

静香は、看護学校の戴帽式でナースキャップを渡された時点では、移植医療について何も知らない普通の看護学生だった。

北洋大学付属病院に新設された第一外科には、「アメリカから一かたまりになって、気の狂った連中が来る」と噂が立っていた。にもかかわらず佐竹山の特別講義を熱心に聴き始めたのは、父親を、十歳のときに肝臓ガンで亡くした胸の痛みからかもしれない。神の手を持つ肝臓外科医の手とはどんなものかと思っていたら、フルーツショップで見たモンキーバナナみたいにぷっくりしていた。

「古賀先生も同じ理由ですか？　男性医師が失敗を犯すわけにはいかなかったからですか？」

今度はまっすぐ佐竹山の目を見て、訊ねた。

佐竹山はこう答えた。

「君に一つだけ言っておくがね。失敗したときのことを考えている外科医はいないよ。少なくとも、ここにはいない。もうその話はいいかね」

朝九時に始まった手術だが、すでに八時間を経過したと壁の時計は伝えていた。
佐竹山の電話が鳴り、静香が受話器を取った。
祐也の出血がようやく止まったという。
佐竹山は吸い殻でこんもりした灰皿で煙草をもみ消し、窓の外に身を乗り出す。
ハクセキレイたちが、白い羽を見せて同じ方向へ一斉に飛び去った。

第一章

一九八四年秋

京都慶明(けいめい)大医学部付属病院のカンファレンス・ルームは、満席に近かった。

アメリカから、高名なドクターがやって来るとあって、全国から肝臓に関わる外科医たち、またはそれを志す若手外科医たちが集まっていた。

とはいえ、半分以上は興味本位の冷やかしだ。白衣のままやって来た三人組は、入局五年目の研修医である。後方の席に並び、周囲を見回すようにして座っている。何しろつい先ほど、空席があるならばまあ行ってみようかと、受講を決めたばかりだ。

三人は、昼食を終えて大学病院の玄関口を見下ろす渡り廊下を通りかかった際に、背広姿の教授陣に恭しく出迎えられているDr.ポール・S・セイゲルを目の当たりにした。

教授陣とは対照的に、ドクターは、赤いジャンパーにスラックスという軽装だった。その上、ジャンパーの背中側の襟には、ガーメントケースのハンガーが引っかけられている、という不思議なスタイルだ。ケースの中に、これから着替えるのであろうスーツが収められているのは想像できたが、そんな立派な医者が助手もつけずにたった一人で、襟にハンガーを引っかけて来るとは、驚きだった。出迎えの医師たちの重々しい雰囲気を振り払うように、軽やかに手をあげ、明るく微笑んでいた。

「Dr.セイゲルといったら、あれだろう？　アメリカで次々人体実験をしてるって噂の」

背の小さい方が言う。

「動物の臓器を人間につないでいるっていう話じゃないか。何日生きたか記録を取ってるんだろう？」

にきび顔も、続いた。

「まあ臓器移植は、この先も難しいだろうね。そもそも人智を超えた領域の話だろうしさ」

と、いかにも育ちの良さそうな涼し気な顔立ちの一人が、シニカルな口調で言った。どこか否定的な口調で言い交わしていたはずなのに、講義の始まる時刻が近くなると、そわそわとし始めた。

つるんでやってきてみると、学内の重鎮もずらりと顔を揃えていた。カンファレンス・ルームに現れたセイゲルはすでにダークブルーのスーツに着替えていた。長身で、ブロンドの髪を形のいい頭になでつけ、頭頂部から額にかけての輪郭が広くいかにも秀でて見えた。目鼻立ちの整った、いわゆるハンサムの部類に入る。先ほどまでの赤いジャンパーにスラックス姿とは打って変わり、ダークスーツには鮮やかなブルーのシャツ、ネイビーのネクタイを締めている。

「Hello, everybody!」

と、爽やかに挨拶すると、会場のどこからともなく、拍手が湧き起こった。

「ドウモアリガト、ファイン」

片言の日本語を交えてそう言うと、彼はいきなり教壇の上に腰掛けてしまった。足を組み、少しぶらぶらさせると、用意していたレジュメらしきプリントをめくる。

九南大からの聴講生、佐竹山行蔵は、会場の一番前に座っていた。大柄な体を窮屈な背広に押し込め、背筋を伸ばし、セイゲルの一挙手一投足を見つめていた。

これが、Dr.セイゲル。

一八五センチをゆうに超える佐竹山は、医師の資格を取って十年以上になるが、自分より大きく見える外科医に会ったのは、このときがはじめてだった。

セイゲルの講義には、通訳がついた。セイゲルの話を少しずつ分けて訳していく。

「今日は、私がアメリカで一九六〇年代より取り組んできた、トランスプランテーションについて話そうと思います」

「トランスプランテーション」という言葉が、日本語での「移植」と同じように、臓器を部品のように印象付けるのを、佐竹山は改めて感じた。

セイゲルは、屈託なく続けた。

「特に今日は、かつては不可能とされてきた肝臓のトランスプランテーションについて話そう。この中にも、肝臓外科医は少なからずいるんだろうね。だったら、わかるだろう？　肝臓はノーマンズ・ランド、医療の不可能な領域だと誰が言ったのかね？　新しい発見のたびに異端呼ばわりされるのが肝臓外科医の宿命だ。ともあれ、一九六四年に、まず一つの重要な発見があった。消化管からの血液を肝臓に注ぐ門脈には、他の静脈にはない、特殊な肝臓維持装置がある、という点だ」

セイゲルがそこまで一気に話すと、グレイのワンピース姿の通訳者が一旦、止めた。彼女は自分でメモした内容をマイクを通して日本語で伝えるが、慣れない医学用語やセイゲルの独特の言い回しに苦戦して、まどろっこしい訳を続ける。

「OK?」と、セイゲルは、長い訳文に驚いたようにおどけて見せた。

「続きを急ごう。いつまで経っても、八〇年代にまでたどりつけないからね。この肝門脈の重要性を、疑い深い先人たちに認めさせるのに、十二年を要した。さらにインシュリンが肝再生因子であるという基礎医学を実証するのに、より長い年月がかかっている。だから私は、もうこれ以上、話を止めたくはないんだ。みんなの患者も待っているだろうからね」

セイゲルがそんな皮肉を交えると、会場からは少しだけ笑い声が返る。英語を理解する人間たちだ。

「Oh yes. では、本題のトランスプランテーション、移植の話に移ろう。最初は犬を実験台として行われた。執刀医は、モンタナに生まれた青年外科医だった。彼の父も祖父も、銅鉱山の労働者だった。ほとんど太陽を見ない生活のなかで、働き続けながら医学部を卒業した」

このコメントは的確に淀(よど)みなく訳された。

「犬での成功の後、人間の肝臓を取り出し、移植肝に置き換えつなぐところまでは、そこから数年でたどりついている。しかし、レシピエントには次々と拒絶反応が起きた。多くの動物たちが、そして人間の患者が亡くなったのは事実なんだ。拒絶反応を防ぐには免疫抑制療法を併用していくのが必須だが、抑制が効きすぎると、今度は感染症をひきおこす。これといった改良策がないまま時が過ぎていき、肝臓移植でのトライアルの行く先は、概(おおむ)ね見当がつかなくなった。臓器移植は、腎臓にのみ適用されていった。この時点ではまだ、移植はレシピエントと医師の個人的な合意にのみ託されており、法律も宗教も関与していなかったのも忘れてはならない点だね」

レシピエントという言葉の訳に、通訳者は困っていたので、佐竹山は他者の視線を顧みずに、「臓器受容者、と訳してよいでしょう」と、席に座ったまま壇上に向かって伝えた。

「サンキュウ、ファイン」と、セイゲルは彼にも最初と同じように手をあげて言い、話を続けた。

「そこから今にいたるまでずいぶん長い時を経たように思うが、ある日家に戻ると、私は自分の妻も子も、出て行ったことを知る破目になった。いつ出ていったかもわからぬ始末だ。それくらい、家には帰れなかった。時代遅れな話だろう？」

わずかな苦笑が会場から漏れるが、セイゲル自身は笑ってはいなかった。こんな率直な話し方をするエリートがいること自体に、佐竹山は素直に驚き、興奮していた。

「移植のトライアルは失敗の連続で止まったまま先の目処（めど）が立たない。腎臓の移植には、生きた人体からの生体腎の片一方が用いられるようになったが、ドナーの死亡事故が起こり、私の心を凍らせた。腎臓が二つあり親族が一つを差し出したいと考えたとしても、健康な人間の体にメスを入れるのは本来の医療ではない。私はその考えを今も変えていない。脳死の概念が登場したのは、一九六六年、移植のシンポジウムで、『不可逆的昏睡（こんすい）』状態の者からの腎臓移植の成績が良好であったという報告があがったときだ。『脳死（ブレインデス）』という言葉はその二年後、ハーバード大の『不可逆的昏睡の定義』に登場する。正式に法律のもとで認知されたのは八一年。摘出された臓器の保存法の改善を試みた外科医は、米国の元海軍少佐だった」

　セイゲルの話は、医師たちの個性、自分自身の私的な話まで盛り込んで、無駄なくスピーディに続けられた。どの話をもってしても切れ味が鋭く味わい深く、何人分もの人生を生きた人だという印象を聴衆に伝えた。

　佐竹山には、セイゲルは、自分の求めていた理想の医師像そのものに感じられた。

求道者として自らの血と骨を捧げながら、敗北をも率直に語る。バビロニア神話の怪物のようだ。

佐竹山の祖父や父は受勲を重ねた軍人だった。セイゲルが講話の中で紹介した外科医たちにも背景が異色の人物たちが多く、それもどこか父祖とは違う道を選んだ自分のことのように感じられた。

「Now,アメリカでは脳死からの肝臓のトランスプランテーションは、もはやスタンダードな医療になろうとしている。この医療の成功率を圧倒的に高めたのが、シクロスポリンという名の免疫抑制剤の開発だった。それまでは、たとえ移植手術が成功しても、その後の拒絶反応に悩まされてきた。しかし、シクロスポリンはこの拒絶反応を飛躍的に封じ込めた……」

通訳は拙かったが、セイゲルの話がいかに論理的で、パワーに満ちたものかは、誰の目にも疑う余地はなかったろう。

佐竹山は、完全に魅了されていた。

九南大医学部で外科医となり肝臓を専門としてきたが、この分野はセイゲルの言う通り、ノーマンズ・ランド、肝臓を患ってやって来る患者たちは、病が見つかった時点ではほとんど手遅れといってよく、医療を施そうにも手立てがない。だからこそ、新しい薬や術式を試してみたい野心が湧くのだが、教授陣は何もしないに越したことはないとばかりに優雅なものだった。それでも新しい医療の研究に挑みたい佐竹山は、新人を捕まえるとペアを組み、深夜までかかって治験のデータ収集を続けた。どんなに夜が遅くとも、翌朝六時半には出勤する。相手が遅れてくるなら、それまでの時間は、海外の論文を読みあさった。

ペアになった新人は次々体調を崩し、中には吐血や下血の症状を訴える者まで現れ、佐竹山は、大学ではもはや変人扱いだ。

「先生のような体力自慢の方に医局で這い上がってこられては、みんな手におえんでしょう」

「いつかは、奥様のご実家の病院を継ぐおつもりなんだろうから、そんなに奮闘せんでもいいではないですか」

陰口ではなく、正面切って皮肉を囁く者たちもいた。

佐竹山には、入局してすぐの苦い経験があった。肝臓ガンを患った二十八歳の青年の担当を命じられた。肝臓ガンの患者にできることは何もないから、新人で構わなかったのだ。

その青年の婚約者は、佐竹山を魅了するほど美しかった。早朝深夜と医局に詰めている佐竹山へ彼女は信頼を寄せた。だが、医師としてはその信頼に応えられなかったと言っていい。

　患者が亡くなったときに、

「どうしてですか？　何もできないなんて、おかしいじゃないですか。あなた方は医者なんじゃないのですか？」

　白衣にしがみつかれるようにして嗚咽された。彼女の無念は、胸に深く刻まれた。透き通るような白い肌の婚約者の大きな目からは、涙が溢れて止まらなかった。その涙が染み込んだ白衣は、今もロッカーにかけてある。

　実家では、幼い頃から祖父や父のように軍人になるのだと言われて育った。家には、勲章をつけた祖父や父のモノクロームの写真が並んでいる。その横に並ぼうと思わなかったのは、軍人の活躍する時代ではなくなったのが理由の一つだが、幼い頃から病院で見かける白衣の医師たちの佇まいに憧憬があったからだ。勝ちと負けの瀬戸際を生きるのは軍人と同じにしても、勝つのなら一つでも人の命を助けたいと思ったのである。

　国家資格を取って十年を超えたが、この情熱も野心も九南大にいては満たされないと認めざるを得ない時期にきていた。代々が医師という同僚たちの家系自慢も、煩わしかった。

セイゲルは、この先、アメリカでは肝臓移植がさらに進むであろうと示唆し、さらに成功率を高めるための課題を示した。

移植の道ははるか先にあるにしても、何もできずに待つ以外の方策が、その国にはあるはずだ。そう思うだけで、胸が高鳴った。

Dr.セイゲルの話はこう締めくくられた。

「移植医療はこの先も、一歩一歩必ず前進していく。それは神に約束されている。なぜなら、まだ始まったばかりの、ほんのスタートラインにいるからだ。日本の優秀な医師たちよ、もしも私たちのチームに飛び込んでくるのなら、大歓迎だ。私はいつでもレッドテープを切ろうと思う」

レッドテープを切る、つまり、渡米に必要な膨大な書類の封を切ると壇上から呼びかけたのだ。

会場は大きな拍手に包まれたが、その後その場を後にする者たちの多くは、一旦は自分たちを包んだ熱気が、冷静になってみればすぐに引いてゆくのを感じていただろう。

「アメリカっていうのは、やっぱり凄いよな」

にきび顔が言う。

「だけどさ、日本で、あれが通じるかって話だろう」

小柄な男も口にする。

「そこなんだよな、セイゲル先生がいくら凄くたって、日本じゃ夢物語だ」

「下手な夢は見ない方がいいって話かな」三人の研修医のうちの二人は、そっと席を立ったのだが、

「しかし、聞きしに勝る怪物ぶりだった。……あれは、面白いよ」

最後の一人、古賀淳一だけは、涼し気な顔立ちを少し緊張させて白衣のポケットに入れたメモ書きを確認し、入り口でもう一度、Dr.セイゲルを振り返っていた。

圧巻の面白さだったと、彼は思っていた。溢れるような情熱が、会場にほとばしっていた。

古賀は、仲間の研修医が先に会場を出たのを目で認めつつ、なおしばらくその熱を浴びたまま講義会場の後方の席に座っていた。

演壇には、自ら壇上にあがってセイゲルに話しかけている、大柄な男がいた。どの大学の医師だろうか。丸い眼鏡をかけている。英語ができるようだが、これ見よがし

なオーバーアクションである。おそらく先ほど通訳者に助言をした人物だろう。通訳も介さず、セイゲルに背中を叩かれている。また演壇の下に居残っている者たちも、セイゲルと話す機会をうかがっているようだ。

〈Pittsburgh. Dr. Sagel〉

古賀がメモに書き残したのは、他にも新薬の名や免疫抑制剤などの言葉だ。話しかけてみたかったが、眼鏡の男が粘っており、次の講義が迫っていたので、会場を後にした。まだそこにセイゲルという、自ら発光しているかのような存在がいるのに、離れていくのには言い知れない寂しさがあった。好きなミュージシャンのコンサート会場を後にするときの気持ちに近いかもしれない。廊下を照らす緩い午後の光が、背後から迫ってくるように感じられた。

会場の中程にもう一人、席を立てずにいる女性がいた。仙台の個人病院で勤務四年目を迎える小児科医で、ツイード地のスーツに華奢な身を包んで静かに座っていたが、会場では唯一、セイゲルの英語のすべてのニュアンスまで掌握していたろうか。

加藤凌子は、日本の医大に進学するまでの十年以上をアメリカで過ごしている。

彼女の小さな手は、机上で震えていた。

「移植医療は、アメリカではもはやスタンダードな医療になった」と、セイゲルは幾度も明言した。その口調は力強く、確信に満ちていた。

先ほどまで演壇に上がってセイゲルと会話し、握手を交わしていた大きな男が壇を降りた。するとすぐに、他の聴衆や記者らに囲まれる。彼らににこやかに受け答えをし、教授陣に囲まれ会場を去るセイゲルの後ろ姿を、凌子は最後まで見送った。セイゲルが部屋を出る際に、一瞬、こちらを振り返ったような気がしたが、気のせいだろう。

「そろそろ出てもらえますか？」

大学のスタッフがやってきて、声をかけられた。

カンファレンス・ルームの灯りが、消された。

京都の土産を手に、佐竹山は、妻の実家のある福岡市の大濠（おおほり）を訪ねていた。週末になると、「篠山（しのやま）病院」の院長である義父の篠山秀光（ひでみつ）は佐竹山一家を食事に誘う。今週は、佐竹山が京都へ行っていたので家族はこちらに泊まり込んでいた。毎週末招かれているのだが、うまく時間を合わせられたためしがない。食事に間に合わない日もしばしばあった。

娘の夫が、そう遠くない将来に病院の後継者となるのを信じている篠山は、佐竹山が研究に没頭しているのを、悪くは思っていない。

久々に訪ねた義息を、篠山は酒に誘う。

「どうだったの、そのDr.セイゲルは？　わざわざ講演ば聴きに、京都まで行っとったそうだね」

篠山が、酒の強い佐竹山にウイスキーを注ぎながら訊ねる。

リビングのソファに、佐竹山の大きな体が沈み込む。天井からぶら下がっているシャンデリアの灯りが、カットグラスに反射する。

「京都に出向いた甲斐があったと思います。大変感銘を受けました」

妻の華純が台所へ立ち、すき焼きの支度をする義母に話しかけている。

「行蔵さん、珍しく機嫌がいいわ」

「さっそく食事を始めましょうね」

佐竹山家の二人の子どもたちが、居間の隣にある和室を走り回っている。広い部屋で羽を伸ばしているようだ。

行蔵と華純の夫婦は、幾度かここでの同居の話をもらっている。だが行蔵は、たとえ大学病院の外科助手が安月給であっても、自分だけで妻と二人の子を養いたいと固辞してきた。活発に動き回る男の子が二人いて狭いアパート暮らしは不便だが、華純も時折こうして実家に甘えながら、文句も口にせず理解を示してくれた。

佐竹山は、突然に切り出した。

「お義父さん、私がアメリカへ行くと言ったら反対されますか？」

大きな両手を膝の上で組んで行蔵がそう言ったとき、華純は慌てて、出汁を取っていた菜箸を置き、そばへ駆け寄ってきた。

「アメリカというのは、その、セイゲル先生のところへ行くということかね」

華純が和服姿の義母と連れ立って、ソファに座る。

「それほどすごい講義だったというのか？」

眉を寄せた篠山に、そう訊ねられた。

「九南大にいても、私は変人扱いです」

「まあ、噂に聞いとらんわけではない。しかし、君もそれでよかと腹ば据えとったんじゃなかったのかね」

篠山は、腕を組む。はなから反対だという様相ではないが、義父として、医師の先輩として一言言いたそうな雰囲気だ。

「華純は、この話、知っとったの？」

義母が方言をのせてそう訊ねた。

「私は……いいえ、まったくの初耳」

「だとしたら、藪から棒じゃないですか」

そう言う義母の声を横に、華純が行蔵のいるソファの横に座り直し、行蔵の膝に手をのせた。

「本気なの？　行蔵さん」

佐竹山は、少し済まなそうに首を落とした。

「せっかくなので、今日はお義父さんたちにも聞いてもらおうと思ってね」

「まあ、そういう話ならまずは夫婦でよく話し合ったらどうだね」

義父がそう言うのを、制したのは華純だった。

「そういうわけにはいかないの。私には、借りがあるんです。出会った頃、留学しようとしていた行蔵さんを止めてしまったのは、私なんです。私は賛成よ、行蔵さん。もう九南大であなたに苦しんでほしくないもの」

「夫婦に貸し借りなんてないでしょう」

と、義母に軽はずみなことを言うなとばかりに声をかけられている。

両者のやり取りが、佐竹山には、水中で交わされる音のようにくぐもって聞こえる。

自分の中ですでに、答えは出てしまっているからだ。

「セイゲル先生の話では、もはやアメリカでは、肝臓移植はスタンダードな医療になっているということです。今のままでは、わが国の肝臓外科医には、敗北しかない」

義息に毅然と言われて、篠山はふたたび腕を組む。

「医者としての君の野心はわかるがね、セイゲル先生については悪い噂もよく聞いている。大体、移植というのは、どう考えても気色の悪か」

義父がいくら言っても、佐竹山の気持ちはまるで揺らがなかった。ただ、華純が泣いたりしないでくれたらいいとだけ願っていた。結婚して十年、戸主が留守がちな家を、不平一つ漏らさずに守ってくれたが、本来体は強くはないし、心にも繊細なところがある。

だがふと見ると、妻は泣いてなどいなかった。義父に向かって顔をあげて、まっすぐにこう言った。

「貯金もしてきたの。一年分くらいなら、何とかなるわ。私が行蔵さんの将来を台無しにしてきたような気がずっとしていたから、今回は応援したい。アメリカで勉強したいというのなら、私もついて行きます」

むしろ行蔵が驚いてしまい、華純を見つめる。色の薄い肌が紅潮している。

「子どもたちは、どうするつもりですか。それぞれ学校だってあるでしょう」

義母の声にも、華純は動じる気配がない。

「アプライ（申込）を出せば、セイゲル教授は受け入れてくれるとね？」

篠山は顔をしかめながら訊いてくる。

「はい、昨日直接、意志を伝えてきました。正式な手紙をすぐに出すつもりです」

「大学は、どうする？」

篠山が重ねて訊ねてくる。

「九南大には、もう未練はないのです」

自分で口にしてみると、佐竹山は、突き抜けたような明るい気持ちになった。重たい天窓が開いて、清明な空が広がったような思いがする。

「だったら、まず一年と区切ったらどげんですか？一年なら、子どもたち二人はここに置いていったらどう？」

「ママ、子どもたちのことはまた相談させて」

華純も屈託なくそう言って娘に戻り、母親に笑みを返す。

義母はいざとなったら強情なところのある娘の顔面に広がった笑みを見て、ため息をついた。

「だったら、お部屋はそのままにしてったらいいわ。一年分のお家賃なら、私たちで立て替えてあげましょう。子ども二人を連れて荷物を全部持っていくなんて、今のあなたたちにはできっこないじゃないの」

少し強い口調の向けられた先は、娘というより娘婿(むすめむこ)だったろうか。

「おなか、すいた」

子どもたちが、そばに集まってきた。下の息子が行蔵のどっしりした膝に乗る。華純が行蔵に向かって頷(うなず)き、目に少し涙を浮かべた。突然の話に動揺もあるだろう。義父母の前で、気持ちを必死で隠し、唯一の味方になろうとしてくれているに違いなかった。

開け放った窓の外で、鈴虫が鳴き始める。

簡素なアパートに戻ると、二人の子どもたちを、華純が寝かしつけにいく。

行蔵は、居間のダイニングテーブルで、もう一度ウイスキーをグラスに注いだ。

さっそく、レポート用紙に英文のメモをしている。書類の下書きだ。

〈Dr.Sagel, I am Kozo Satakeyama. I'm a liver surgeon in the Medical Faculty of Kyunan University.〉

ぜひともあなたの門下に入りたい。できるだけ早急に良い返事がほしい。明日にも必要な書類の作成に入るつもりだった。気持ちが昂る。それに、この機会を逃せば、ふたたび扉が目の前で閉ざされるようで気が急いてしまう。

「華純？　もう寝とるか」

書き終えると、妻の名を呼んだ。一緒に飲み直さないかと誘うつもりだったのだ。

返事がないので子ども部屋を覗くと、下の圭祐に添い寝していた。そっとしておこうと襖を閉めると、

「私もそっちへ行くね」

と口にして華純が、顔をあげる。

「一年先のことを考えていたら、頭が冴えてきちゃった。帰ってきたら、この子も幼稚園に上がる年になるでしょう？　私たちはきっと、アメリカですっからかんになってしまうでしょう。入園なのに、お帽子や靴が買えなかったら大変だから、行く前にみんな用意しておこうと思って」

「そこまで考えていたのかい」

暗がりの中から、華純の目が潤んでみえた。

「あとね、あなたは帰ったらきっとアメリカの話をみんなにしたくなるでしょう。だから、そのときのためにも、ウイスキーなんかは何本かしまっておくのよ」

「怒ってもいいんだよ。急にあんなことを言い出したんだ」

華純は、首を横に振る。

「私がさっき言ったのは、本気です。あなたに、ずっと借りがあると思ってた。あなたは、何かを成しとげる人、きっと大きな役割を果す人なんだと思う。このままでは、萎(しお)れてしまうと感じてしまったもの」

佐竹山が留学に向けて準備をしていた矢先に、二人は出会った。婚約をしていても留学は可能だったはずだが、九州随一の名門大学のポストを得た矢先でもあり、義父母の気持ちを慮(おもんぱか)り、留学を止めてほしいとそのとき華純に頼まれた。それをずっと気にしていたとは知らなかったのだが。

「まあ、飲まんか。どれだけ買っておいても、ウイスキーなら行く前になくなるかもしれんよ」

手を伸ばした華純を、佐竹山が引き上げる。ほっそりした華純の体は、医学生時代にラグビーで鍛えた行蔵には軽い。

研修医を終えてから三年間勤めた仙台の個人病院に、加藤凌子の辞表は受理された。院長の説得にも、渡米の意志は揺るがなかった。

グリーンカードと日本国籍の両方を保有している凌子は、渡米にさほど厄介な手続きを必要としない。セイゲルの言うレッドテープを切ってもらう必要もなく、だから彼女は、アプライを出す前に、直接ピッツバーグ大学を訪ね、研修生になることを志願するつもりだった。

父は、モンタナに居住している。母は三年前に同地で他界した。父母の元、アメリカで暮らして然るべき立場だったが、モンタナのハイスクールを首席で卒業すると単身で日本に戻り、この地の国立大学医学部で国家資格を取った。

「先生、どうして辞めてしまうんですか？　ご結婚されるんですか？」

診察用の椅子に胸を広げた小さな女児の患者が座っている。その後ろに立つ母親が、聴診器をあてて最後の診療を行う凌子に、身を乗り出して訊ねてくる。

「結婚で辞めたりしませんよ。さ、お腹も見せてね」

喘息、てんかん、小児糖尿病など、あらゆる症状の子どもたちが、まず最初にこうした個人病院を訪ねてくる。重篤な患者は、大学病院や専門病院へと紹介の手続きを取る。

研修医の頃から、何人の小児患者を診てきたことだろう。

ほとんどの親は、自分が腹を痛めて生んだ子どもが重篤な病気を有しているとは思いもしない。急な発熱、食欲がない、腹を下している。皆、薬をもらうか注射の一本でも打てば治るだろうと考えてやって来る。

しかし小児臨床では、そうした症状の陰に様々な疾患が隠されている。

Dr.セイゲルの肝移植対象となる、胆道閉鎖症の赤ん坊も二人診た。共に、女児だった。

研修医時代に診た一人は、生後三ヶ月の乳児だった。すぐに大学病院で葛西式手術を受けたはずだが、その後の報告は受けていない。

もう一人は、こちらで診た生後半年の赤ん坊だった。紹介した先で葛西式手術の後に合併症を起こしたと、大学病院を通じて知らされた。

担当医は、その先の治療法を告げたのだろうか。もしも、葛西式手術でうまくいかなかった場合には、臓器移植しか方法がないのだが。

凌子は、個人病院の小児科医として、一度も移植という言葉を口にしたことはなかった。小病院にいる以上、自分の力では何もできないと言い訳をしてきた。あとは、大学病院での治療に望みを託すのみだ、と。

何より、移植という言葉を耳にするだけで、全身に緊張が走り、心がざわついた。

その言葉は、ずっと、自分たち家族と社会の間に立ちはだかる壁であったのだ。

しかし、Dr.セイゲルの講演があると新聞の片隅で知り、居ても立ってもいられない気持ちになってしまった。

「アメリカでは、移植はもはや、スタンダードな医療になった」

Dr.セイゲルは、確かにそう言いきった。

移植がスタンダードな医療になる日など果たしてありうるのか。そして、この国にもそんな日は来るのか。だったら、この二十年近く、自分たち家族はなぜこんなに苦しんだのか。

移植は、この国で医師として生きる父を葬り、家族のかたちを変えた。父はあれから、祖国へ帰ることさえできずにいるのだから。

目の前でこちらを見上げている患者は、三歳から小児喘息を発症している。着任してすぐに診た患者で、母親が、風邪を引いて咳が止まらないと決めつけていた。呼吸をするときに聞こえる喘鳴、気道の炎症は明らかで、小児喘息の可能性を指摘しても、母親は耳を貸さないどころか食ってかかってきた。

「うちは掃除だってまめにしているし、ペットも飼っていません。身内にそんな持病がある人もいないんですよ」

日本人の小児喘息の発症を、アメリカの胸部学会が調査している。この年頃だと

3・2%から6・5%にものぼる有病率だ。そうした事実と今後はステロイド薬による長期管理が必要になるという説明をすると、苦しい呼吸をしていた子どもが、母親の胸に頭をのせて眠り始めた。

母親は、ようやく事実を受け入れた。保育園で喘息の可能性を指摘されたが、母子家庭なので、掃除も食事も行き届いていないからだと決めつけられた気になっていたと告白した。

「なるほど、でもね、美紅ちゃんはこれまで相当、苦しかったはずです。悔しかったなら、その分、元気にしてあげなきゃいけませんよ」

子どもを持たぬ自分に、母親の気持ちがどれだけわかるというのか。そう思わなくはないが、小児科にいると、患者とその家族とは、自然と人生観や価値観を共有するようになる。

三年の付き合いで、母娘の様子はずいぶんと変わった。母は病気についてよく勉強しているし、そのせいか娘の喘鳴も軽度になり、小発作が年に数度起こるのみだ。裸の胸に、白いトレーナーの裾をおろしてやる。

「先生がいらっしゃらなくなっても大丈夫か、正直言って私、不安なんですよね」

母親にそう言われ、凌子は子どもの細い肩に手をおいて、目を覗き込む。

「後任の先生は信頼のおける方ですよ。美紅ちゃん、出会った頃より、ずっと体力もついてきました。食事の管理も、よくされていますね」

「ママの豚の角煮、おいしいよ」

黒目がちの目で、美紅が小さな運動靴を履いた足を揺らしながら、そう言った。

「角煮は、喘息にはよくないでしょう」

と、母親が苦笑しながら言う。

「そんなことはないですよ。いいな、美味しそうだな」

美紅はうれしそうに、うんと声を出して頷く。

「せんせい、どこかにいっちゃうの？　遠いところなの？」

凌子は、美紅の頰を指で撫でた。意志の強い目をした子どもだ。今では母親を引っ張るように連れてくる。

「先生ね、アメリカに勉強へ行くの」

「お医者さんになっても、まだ勉強するの？」

「そうだよ。たくさん勉強しないとたくさんの子どもたちを助けられないんだ」

子ども相手に本音を口にしてしまい、改めて全身に緊張が走る。

「みくも、アメリカにいってみたい」

「いいぞ、美紅ちゃん」

美紅が元気になったのがうれしくてそう言ったのだが、母親はこう口にした。

「美紅、学校で将来の夢はお医者さんって書いたんですよ」

「じゃあ、算数もがんばらないとね」

母親とともに美紅が元気に出ていくと、開いたままの診察室の扉の向こうに、冷え冷えした廊下が見えた。

　美紅と同じ年の頃、自分は兄や両親と何一つ不自由のない暮らしをしていた。甘え放題で、よく悪戯（いたずら）をする子どもだった。父の鞄（かばん）にヘビやトカゲの玩具（おもちゃ）を入れて、びっくりさせるつもりだったが、父には一々驚いている時間もなかったろう。思えば、大きな背中だった。

　加藤洮嗣（せいじ）は、札幌にある私立医大の教授だった。アメリカの大学で最新の医学を学び帰国、そのキャリアは当時輝かしいものだったはずだ。医療への専心、そして野心は家族に説明の必要もなく伝わっており、兄も医学部を目指していた。

　しかし、ある日を境に凌子ら家族の暮らしは一変する。

　日本ではじめての心臓移植をどの医療機関にも通達せずに手がけたのが、加藤洮嗣率いるチームだった。一九六八年だ。海難事故で脳死状態にあった大学生の心臓を、心臓の障害で入院していた高校生に移植したのだ。高校生は八十三日間生き続けた。移植を受けた青年が病院の屋上で手を振る姿に、人々は喝采を送った。だが彼が命を落とした直後から、加藤泚嗣には様々な疑惑が向けられた。ドナーの脳波の波形は残されておらず、正しく蘇生の処置を行ったかさえ疑われる始末だった。レシピエントの心臓の障害は父の発表とは異なり、人工弁置換で解決できたと内科医は証言した。二つの殺人罪をはじめ、多岐にわたる刑事告発が行われた。どこへ行ってもマスコミが執拗に追いかけてきて、家の中には盗聴器さえ仕掛けられていた。母は新聞社の車にあやうくひかれそうになり、家の外壁の至るところに落書きがされた。家族で夜逃げするように日本を出て、兄は米国で数年遅れてようやく医者になった。

凌子は日本に帰ってきた。自分ら家族を誰も知らない仙台の地で医学生となり、家族については誰にも打ち明けず暮らしてきたのだ。

この国や社会を恨まなくはなかったが、父が行った医療行為が果たして正当だったのかどうかを、今に至るまで判断できずにいたのだった。まず、この国で医療に向き合ってみよう。もし告発の通り、そもそも移植は実現不可能な医療だと知って、父が野心と功名心のためだけに二つの心臓に手をかけたのだとしたら、父の罪は私があがなおう。

そんな自分を信じてくれた患者たちを思い起こし、白衣の胸ボタンに手をあてた凌子は、母子が去った扉の向こうをしばらく見つめていた。

オペ室の手術台には、腸閉塞の患者が横たわっている。

卒後五年目の研修医である古賀淳一による同手術の執刀は、これで三例目になる。

「ただいまより、橋本恵さんの開腹手術を始めます。よろしくお願いします」

下腹部にはすでに切開の傷跡があり、虫垂切除後の癒着による腸閉塞であろうと診断が下されている。

前の手術の傷跡を避けて電気メスを入れると、案の定癒着があり、白い線維が蜘蛛の巣のように下腹部全体に膜を作っている。

腸閉塞には、絶飲食にして鼻からイレウス管を挿入し、腸管内を減圧する対処法があるが、これでもよくならない患者へは開腹手術を行うしかない。

虫垂切除の既往がはっきりとしていて大腸ガンなどを併発していなければ比較的初歩の技術であたれる。開腹手術のトレーニングを受ける際の手始めとされることも少なくない。

はじめの二例を古賀はなんなくこなし、三例目のこの患者も癒着はあるが広汎ではないのを認める。さほど難儀はしないだろうと、開腹早々に思う。

「そう、そこは丁寧にですよ」

老教授は腕を組み、そばでのぞき込みながら、多少のアドバイスをするだけだ。

「承知しました」

古賀にとって、医者になるのは当たり前の選択だった。父も叔父たちも、揃って医師という家系だ。

医者なら外科医を希望しようというのが唯一の選択だったくらいである。Dr.セイゲルに出会ったのは、そこからをどうしようかと考えはじめていた最中だった。あんな才気にあふれた人のそばで過ごしたら、毎日が刺激に満ちて、面白いに違いない、という思いはもう、単なる思いつきを超えていた。

「一度彎鉤（わんこう）をかけて、奥を見ておこうか」

「はい、お願いします」

教授に言われるからやるだけで、腹腔（ふくくう）内は古賀の若い目にはすでに見渡せている。

「サンゼロ」

縫合の糸を介添えのナースに指示する。

「うん、うまいものだ。古賀くんは結紮（けっさつ）も早いね」

横で眺めている教授にそう言われると、生あくびを飲み込みたいような気持ちになる。つまり、すでにもう、面白くない。

退官を目前にした事なかれ主義のこの教授よりは、もはや自分の方がどんな手術もうまくできるのではないかと感じている。

肝臓の部分切除、胃の切除、大腸、小腸の手術、医局の医師たちの手術は、時間がある限り立ち会い、見学をさせてもらってきたが、どの手術もすでに凡庸なものに思えていた。

先週、講演をしたDr.セイゲルからの熱は、なお古賀の中に居座っていた。

自分が特別な野心を持ち合わせているとは思わないのだが、このままここでゆっくり一段ずつ階段を上がっていくのは、いかにも退屈である。

渋い顔で十年一日のような講義を続ける教授たちと違って、Dr.セイゲルは日々前進し続けている。カンファレンス・ルームにいた時間はずっと、心が躍っていたのだ。

古賀は、セイゲルの講義のあった日に、帰宅早々、一本電話をかけた。増田美佳子(ますだみかこ)は、医局スタッフのセッティングした合コンで出会った相手で、親は神戸で会社を経営していると聞いている。

身のこなしも話し方も伸びやかで、自由な雰囲気があった。誘ってみると、気軽についてきた。付き合い出してからも、互いに束縛し合わない関係だ。

「だったら淳一さん、留学したらいいじゃない」

おそらく高揚した気持ちは伝わったのだろう。美佳子は話が早くて、だから気が合うのだと思う。

「それも、ありだよね?」

研修医仲間や、教授たちにまだ言うわけにはいかない。父や叔父の世代の医者たちは、セイゲルを奇人と決めつけ、反対する可能性がある。

「これからの医者は、留学でもして箔をつけなきゃ、難しいって言うじゃない?」

美佳子はいっぱしのことを言う。引き止められるとまでは思わなかったが、多少寂しそうにするだろうという想像は気持ちのいいほど裏切られた。

「さすが、医者とよく合コンしている姫は、言うことが違うね」

そうだ、自分たちはまだ若いのだ。半年なのか一年なのか、アメリカで暮らしてみるのも面白いではないか。

「これから、飲もうか」

誘い出してみようかと思ったが、

「もう、お風呂にも入っちゃったもの、さすがに無理よ。じゃあ、またね」

と、そっけないから、渡米したらそれまでの関係のようにも思えた。

古賀は電話を切ると、一人で下鴨にある、下宿近くのピンボール場へと向かった。

ここには、遊び人たちが集っている。医者はあまり来ていない。

ショートサイズの瓶ビールを飲みながら、ピンボールの台を借りる。バーを引いて銀の玉を弾き、得点の高い穴に落とすだけの単純な遊びは賭け事にも使われる。古賀は賭けるわけではなく、どの穴にも銀玉を必ず三度以内に入れたくてやっている。

それぞれの穴をクリアすると、もう一本瓶ビールを飲み干した。

ピッツバーグ大学について、すでにリサーチは始めていた。ペンシルベニア州にあるその大学においては、医療センターが際立って名高い。学びの聖堂と呼ばれる校舎は、全米の大学でもっとも背の高い建物だという。冬は一面が雪景色になる。美しい街だから、美佳子は一緒に行きたいと言い出さないかな、と妙な期待を寄せている自分の甘さを自嘲する。

今年のうちには、そのピッツバーグ大へ、アプライだけでも書いてみよう。

「腸管が出ましたね」

介添えの教授の声に思わずはっとして、手元をみる。

癒着の海がほぼ解け、灰白色のごろっとした腸管が取り出された。患部は想像した通りで、切除は困難ではない。

古賀はDr.セイゲルの握る電気メスと、その手を想像した。

第二章

一九八五年秋

高速道路を、大型トラックが猛スピードで走り抜けていく。早朝とはいえ空は灰色の雲に分厚く覆(おお)われている。

ピッツバーグがSmoky City（煙の町）と呼ばれるのは、鉄鋼所があまた存在するからだ。実際、タクシーの窓から高い煙突があちらこちらにそびえるのが見えているが、どうやら少なからぬ工場がすでに閉鎖され、放置されているようだと佐竹山行蔵は街を見渡しながら思う。

アメリカ東海岸、ペンシルベニア州の南西部に位置するこの街の主産業は、長らく鉄鋼業であったが、近年安価な外国製に圧されて翳りが見え始めていた。アメリカの四大プロリーグといえば、アメリカンフットボール、野球、バスケットボール、アイスホッケーである。この街にはプロバスケットボール以外のチームはすべてあり、工場労働者たちのパワーの強さを物語っている。中でもフットボールのピッツバーグ・スティーラーズは、アメフト王者を決めるスーパーボウルにおいて最多出場、最多優勝を誇る「鉄の軍団」で、全米に名を轟かせている。

ピッツバーグは大きな川に囲まれた三角州に位置している。北東、南東それぞれから流れ込む川が合流してオハイオ川の起点となり、そこから人々の営みが染み出したかのように、ダウンタウンが広がっている。

大体の情報は得てから来たつもりだったが、太陽も見えないほどの暗さに驚き、改めてタクシーの窓越しに空を見上げた。

「子どもたち、置いてきてよかったかもしれないね」

華純はそう言って、はじめてのアメリカを、窓の外に眺めている。

ようやく叶った渡米だった。Dr.セイゲルのオフィスへ手紙を送り続け、最終的に了承をもらい、必要な書類を整えるまでに、一年が経ってしまった。その間、佐竹山はひたすら自分なりの準備を進めた。九南大での仕事を辞めてからは、Dr.セイゲルが発表した論文を手当たり次第に読み、外科手術の腕が落ちないように、結紮の練習を再開した。ストローを血管に見立てて、赤い糸で縫い合わせていく自己流の鍛練なので、もちろん気休めでしかない。しかしそんなことでもしていなければ、セイゲルの無数の論文に飲みこまれてしまいそうだった。すさまじいエネルギーが論文から溢れ出てくるように感じていた。

博多から羽田、成田へと移動。国際線では一旦、シカゴから米国へと入ったが、ピッツへのトランジットへは、乗り遅れてしまった。

入国審査に時間を食ったのだ。これでは間に合わない、とカウンターで不満を述べると、並んだゲート自体が違っていたのだという。乗り継ぎのある乗客には別の専用ゲートがあり、荷物も専用のレーンに放り投げるだけでよかったのだそうだ。

すれ違った係員に、搭乗時刻が迫っていることを腕時計を見せて伝えたはずなのに、向こうは彼の顔を見るなり、指先をわずかに動かし、その列に残れと指示をしてきた。前途洋々とはとても言えない始まりではないか。

鉄の街は川に囲まれている。市街地へと進むには、その川を大きくまたぐ、錆びた色の鉄橋を渡らねばならない。

タクシーが橋を越え、少しずつ高層ビルの並ぶアップタウンへと入っていく。

やがて風景は、落ち着いた住宅街へと変わっていった。

「街の方は、きれいそうね」

華純は少しほっとしたように、そう呟く。

レンガの家々が、緩やかな坂道の両脇に立ち並んでいる。街路樹もきれいに繁茂している。道路から家の扉へ向かってはスロープになっており、敷き詰められたレンガの老いたような土の色に対し、樹木の大きな葉の色は鮮やかで若々しく見えた。

三十代もすでに半ばに差しかかっているが、医師としての心持ちの青さを、佐竹山はその葉に重ねた。一年をしっかりとこの地で過ごそうと思う。

家々にはガレージが付随しており、その扉がそれぞれ、白やイエローなどの清潔な印象の色に塗られているので、華純にもわかりやすい目印になるだろう。

タクシーがスピードを落とした。運転手が番地を確認しているようだ。予め手渡してあったものと同じ番地を見つけると、「Here!」と、地面を指さす。ガレージの扉が淡いブルーの家だ。

そうだ、こんな風に、優しく示してくれる指だってあるのだと、佐竹山はタクシーの黒人運転手と目を合わせ、頭を下げると、礼を口にする。

運転手は車を降り、荷物を取り出してくれた。すべて地面に置くと、受け取った代金をパンツのポケットにしまい込み、もぞもぞと手を伸ばしてきた。

「あなた、チップかもしれん」

華純に指摘されて、慌ててコインを手渡してみると、運転手は肩をすくめて、車に乗り込んだ。

いつの間にか、老夫婦がそばまで迎えに来てくれていた。ウエーブのついた白髪の夫人は、腕に巻き毛の犬を抱いている。

ホストファミリーは、ピッツバーグ大学より事前に紹介を受けていた。渡米する研究者や医師たちを専任で面倒を見ている家族のようで、一週間から十日ほど滞在させてもらううちに、住まいを決めるよう言われている。

アメリカ人としてはおそらく小柄なほうの老夫婦は、長身の佐竹山に少し驚いてみせたが、背伸びするように抱擁すると、部屋に招き入れてくれた。

ダイニングには、日本人形や日本の茶器もある。ティーポットと焼き菓子が用意され、すぐにティーパーティが始まりそうだったが、とてもそんな悠長な気持ちになれなかった。

九南大での職を辞してから、半年以上が経っている。

その分をすぐにでも取り戻したい。そもそもシカゴで余計に一日、道草してしまったも同然なのだ。

差し出された紅茶を一気に飲み干すと、腰を浮かせかける。

「すみません。私はさっそくホスピタルへ行きたいのです」

「ホスピタルへ？　どこか具合が悪いのかね？」

ホストファミリーの主である、スコットが真顔で訊いてくるので、

「ノー、私は健康そのものです」

佐竹山がむきになって返答すると、スコットはまあまあ、と笑いながら手で制した。

「コウゾウ、冗談だ。君がこれから向かうプレスビテリアン病院は、確かに病院ではあるが、みんなはプレスビーと愛称で呼んでいる。もしこの先で道に迷ったら、そう言いなさい。ピッツバーグ大学のキャンパスとは少し離れた場所にあるから間違えないようにね。さて、君がさっそく顔を出すというのなら、送っていくのに吝かではないが、まずシャワーでも浴びたらどうだね」

佐竹山はそれがアメリカ流の考え方かと赤面しながらも、首を横に振る。

「あなた、気持ちはわかるけど、少しゆっくりさせてもらいましょう。せっかく迎えていただいたんですもの」

華純の足元には、すでに先ほどの巻き毛の犬がじゃれついている。出かけないなら、せめてお茶ではなく強い酒が飲みたいと思う。

「いや、どうしても昼間のうちに行きたいんだ。セイゲル先生がお待ちかもしれん」

佐竹山は華純に言葉を返し、スコットに運転を頼んだ。

スコットが慣れた風に案内してくれた先は、まず中古車屋だった。車を購入しなければ、生活は始められないということだろう。

色とりどりの大きなアメリカ車に、値札が貼られている。自分の所持金から選べる車は、一番のぽんこつ車で、赤のキャディだった。

「これなら三年は持つと太鼓判を押すね。三千ドルなら上出来だろう」

店の担当者にさも安かろうと言われた値段だったが、一ドルは二百十五円である。もろもろ手続きを加えると百万円近くの出費だ。一年分に準備した所持金は二百万円もないのだから、あとはよほど倹約をしなければならない。

躊躇している時間さえもったいないので、日本で作ってきたトラベラーズチェックを必要なだけ切ると、すぐに運転席に身を収めた。

大きなハンドルは、佐竹山の大きな手にしっくりきた。ぐにゃりと柔らかいシートに、体が沈んでいきそうになる。小柄な華純がこの大きな車を運転するのは心配だったが、とにかく購入したのだ。

街の地図をもらう。中心部はさほど入り組んではいない。ピッツバーグ大学の周辺には、広大な緑の敷地と、幾つもの文化施設や研究機関がある。そこから放射状に道が延びているが、その一筋が医療地区になっているようだ。プレスビテリアン病院のあるメディカルセンターの綴(つづ)りを見つけると、ポケットにさしていたペンで大きく丸をつけた。

半ば呆(あき)れ顔で見ているスコットに窓から大きく手を振って、佐竹山は走り出す。アクセルの踏み込みは、どうしても深くなる。

市街地へ向かっては、緩やかな坂道が続く。小さなピッツェリアやブックストアなどがおもちゃ箱のように並んでいる。やがて、靄(もや)が立ちこめ始めた。目的地は近いはずだ、と思った先に、広大な緑の敷地とゴシック建築の高い塔が見えてきた。まるで、空を突き刺すように、その塔は聳(そび)え立っている。

Dr.セイゲル……、思わず佐竹山はそう声をあげた。今、彼にとってはピッツバーグのシンボルである学びの聖堂は、Dr.セイゲルその人だった。

逸る気持ちを抑えて、車から歩み出る。今まで誰も成し遂げていない医療への挑戦のシンボル。その突端は今、白い靄に包まれていた。

地図が示すメディカルセンターの一帯に入ると、坂は下りきった形になり、静謐な谷底にいるようだった。白衣や医療用のブルーやグリーンのユニフォームに身を包んだ者の姿が増えてくる。救急車が幾台も通り過ぎていく。

地下の駐車場に車を停めて施設へ入った。

医療棟は複雑な構造だ。キリスト教の聖人たちの名のついた棟と棟が、渡り廊下でつながっている。

ツイードのジャケットを着た佐竹山はプレスビテリアン棟を探し当て、入り口にDr.セイゲルと記された307号研究室の前に立った。

鼓動が速まっている。大きく深呼吸をした。

用意してあった挨拶の言葉を反芻し、ノックをしようとしていると、中から扉が開き、待ち焦がれた人が先に出てきた。

「Dr.セイゲル、私は日本から来た……」と、挨拶しかけると、ブロンドのその人はその深い緑がかった色の目でちらりと佐竹山を見るなり眉を寄せた。

「I'm busy」

神経質な印象の男がそこに立っていた。京都で出会ったときとはまったく別人の、不機嫌な老人に見えた。

私は日本から来た、佐竹山行蔵です。あなたが招いてくださり、煩雑な手続きまでして下さった研修医です。そう言おうと口ごもっていると、セイゲルは口元を歪ませて、そのまま急ぎ足で廊下を歩いていってしまった。白衣のポケットに両手を入れて歩いていく彼に、どこから現れたのかすぐに別のDr.が並び、同じ歩幅で進んでいった。

窓からの明るい陽射しが、彼らの白衣を輝かせている。

朝の回診をする日本の教授陣とはまったく違う、大股で前のめりな、それでいて落ち着いた歩調を佐竹山は固唾を飲んで見つめた。

「アーユー、ミスター・サタケヤマ?」

背中から声がかかり慌てて振り返ると、東洋人の風貌をした男が一人立っている。ぱりっと糊の効いた白衣を身につけている。

「イエス、佐竹山です」

「OK、ウエルカム」

流暢とは言えない英語で答えが返ってきた。彼はサワダだと英語で名乗った。

早足で歩くサワダについて、セイゲルの大きな部屋から廊下の角を曲がり、エレベータで下の階へと降りた。

「ユーアー、ヒア」

と、開かれた扉の奥には、白衣姿の人間たちがぎっしり詰められていた。研究員たちの大部屋だ。Dr.セイゲルの歓待を受けるものと信じてやってきた佐竹山にとって、そこは想像から程遠い場所だった。そびえ立つ学びの塔の、言わば、足場だ。

中へと入っていくと、パーティションで簡単に仕切られただけの机が並んでいる。パーティションの壁には、家族なのか患者なのか、たくさんの写真やメッセージカードをあちらこちらに貼付けてあるのが目に入る。仕切り越しに、忙しそうに会話を交わしているフェローたちもいる。

「ユア スペイス、ヒア」

指差された奥まった一角が、今日からの居場所だとわかった。

フェローといえども、無報酬の約束で来ている。渡航費も生活費もすべて自腹だ。改めて室内を見渡すと、様々な人種が揃っていた。めいめい軽く手をあげて挨拶をしてくれる。いかにもカジュアルな雰囲気なのに、ぎらぎらと感じられるのはなぜなのか、すぐにわかった。

「ディスフォーン ダイレクト コール フロム セイゲル」

この電話が鳴ったら急いで取るようにとサワダが言って、受話器を持ち上げてみせたときだった。一斉に皆の視線が集まったのだ。

ここでは誰もがセイゲルからの電話を待っている。

サワダの言葉は、ぶつぶつ途切れるように続いた。佐竹山がこれからすべきことを矢継ぎ早に伝えてくる。

「ウィズイン　ワン　ウィーク」、一週間以内に成すべきこと、として指を折る。「家を探す」「電気を引く」「電話を引く」「新聞をとる」。事務的にぶつぶつ途切れる英語でそう告げると、肩を叩いて出ていこうとしたので、佐竹山は食い下がった。

「Dr.セイゲルへ今日のうちにご挨拶をしたいのですが」

サワダは目を合わせると、笑みを浮かべて首を横に振る。つぶらな目の奥の輝きが、優しく映った。

「Dr.セイゲルは、先ほどオペに入ったばかり。少なくともあと十時間は出てきませんよ」

手術直前だったから、あんなに切迫した顔をしていたのだ。言われてみれば、宇宙服を着た宇宙飛行士のような足取りにも見えた。

セイゲルと歩を揃えて廊下を去っていった医師を思い浮かべ、そういう外科医がいることにすら憧れを抱いた。

十時間も続くオペというのなら、肝移植に違いない。他にそんな長時間の手術を見たことがない。そもそも日本では、開腹したところで、患部を切除できたらいいほうで、他には処置のしようがないのだ。

日本ではとても考えられないオペが、この医療棟の中で行われている。

受話器を握り、そっと降ろした。いつまでだって待ってみせようと、彼は思う。

気づけばサワダは去っており、机の上には彼の名刺だけが残されていた。

肩書きはアソシエート・プロフェッサー、教授職の一つのようだ。"Jiro Sawada"やはりどう見ても日本人の姓名である。沢田二郎、または澤田治郎か。勝手に漢字を脳裏に描いてみる。

与えられた電話の番号や、サワダの番号などを手帳に記している間に、隣の席の電話が鳴る。

「イエス、Dr.セイゲル」

浅黒い顔立ちの男が、弾んだ声で返事をする。

「オフコース　イエス」

部屋中の神経がその返答に集まって、静まり返る。声の主は、返事をするや否や一目散に部屋を出ていった。自分の机から書類が大量に床に落ちたのにも、頓着せぬ慌てぶりだった。

気持ちはわかる。佐竹山は、書類を拾って、机に載せてやる。

そのとき、白衣姿の小柄な女性がフロアを横切ったのが目に入った。白衣の裾をなびかせて、コーヒーを手に歩いている。彼女も日本人ではないのか。そう思ったが、こちらに気づかぬのか黙って通り過ぎていった。

プレスビーからは車で三十分とかからないシェイディというエリアの団地のような高層アパートメントに、小さな部屋を借りた。一日目は華純と、街の中のスーパーマーケットや銀行、郵便局の場所を確かめながら車で回った。

一つ一つが夫婦にとって手探りだったが、華純は思いのほか、気丈だった。ここ数年は、両翼を広げた優しい母鳥のようだったが、出会った頃のように、精悍に、好奇心いっぱいに周囲を見渡している。

「大丈夫そうだね」

と、問いかけると、妻はくすくす笑う。

「たった一年を耐えられないくらいなら、付いて来たりはしませんよ。一年間ならあなたがちょっとも帰ってこなくたって大丈夫」

そこまで言うと、いかにも虚勢なのがわかって、佐竹山も愛しくなる。

留守の間に、ピッツバーグ市内のダウンタウンエリアに果敢に挑んでいたらしい。

この街では、酒はスーパーマーケットではなく、リカーショップでしか買えない。毎晩焼酎を呷っていた夫のために、華純はまずリカーショップへ出向いてくれた。けれど、店員は売ってくれなかった。英語が苦手な華純は自分は東洋人だから売ってもらえなかったと言い張り、佐竹山を笑わせた。

「よほど若く見えたんだよ。今度からは、パスポートを持っていきなさい」

二人で訪れたリカーショップは、倉庫のように広々している。陳列棚に、ワインやウイスキーが分類されている。ビールは、さらに数軒先のビールストアかバーで買うのだと教えられる。

「毎日飲むんなら、高いお酒は無理ね。ビールもこちらでは高級品だわ」

華純は、酒の値段を円に換算してため息をつく。

「この間買おうとしたのは、これなの」

For cooking とラベルにプリントされた、料理用のブランデーを示した。それでも一本七ドル、日本円で二千円近い。

いつものペースなら、数日で飲み干してしまうだろう。

結局、ガロンのサイズで売っているカリフォルニアの安ワインと、ビールストアでビールを二本だけ買った。飲んだところでたいして酔えもしないビールだが、特別なときに飲もうという約束をした。たとえば、はじめて移植の手術に立ち会わせてもらう日の、祝い酒にしようと。

　佐竹山がDr.セイゲルと正式に顔を合わせたのは、週を跨いだ月曜日である。セイゲルの研究室のドアをノックする。サワダが挨拶の機会を作ってくれたのだ。

「入りなさい」

　中からハスキーな声が響く。長い足を組んで座った椅子を回転させてこちらを向いたセイゲルは、オレンジ色のパーカというカジュアルな服装で、ドーナツを手にしている。部屋の中に、コーヒーと甘い香りが立ち込めている。

「Kozo Satakeyama」

　セイゲルはたどたどしく声に出して、改めて佐竹山が送ったアプライを確認している。

　上から下へと眺めたあと、軽く頷いた。

「次の移植がいつになるかはわからない。今晩かもしれないし、明日の早朝かもしれない。君はどんなときにでもすぐに駆けつけられるかい？」

そう言うと、砂糖のついた手をティッシュで拭う。世間話をする気は毛頭ないようだった。

「Dr.セイゲル、私ならいつでも、待機しております」

まるで軍人のような硬い答えかたになるが、セイゲルはそんなことには無頓着だ。

「OK、コウゾウ、君のキャリアは完璧といっていいもので、ここへ招かれたのは必然だ。プレスビーは君に期待しているよ」

「サンキュウ、Dr.セイゲル」と、大きな声で口にして、佐竹山は恭しく礼をしてしまう。そのまま立っていると、セイゲルは、退出するようにと手を振った。

　椅子をふたたび回転させて、コーヒーを飲んでいる。

　そんな短い面会にも心が躍った。

　フェローたちの大部屋に戻ると、日本から持参したファイルを改めて開いた。移植に関する論文を集めたものだ。この部屋が移植外科専用の、Dr.セイゲル直轄の部屋であると知ったのは、つい先日のことである。

　フェローたちが互いに椅子を寄せ合って、それぞれのブースで話している会話が、極めて専門的なものであるのがわかってきた。仲間に加わりたいが、まだ言葉もすべては理解できない。

毎日がとても長く感じられた。あちらこちらで鳴る呼び出し音を妬まずに耳にするのは難しかった。窓の外で日が暮れてゆく。フェローたちが一人二人と机の照明を消して帰っていくが、今にもセイゲルからの電話がかかってきそうな気がして、深夜まで机を離れられない日々が続いた。帰宅はするが、シャワーと着替えを済ませると、すぐにプレスビーへと戻っていった。

そんな現状を華純に伝えると、

「たった一年しかないのだから、電話を待つよりオペを見学させてもらったらどうなのかしらね？」

「それはそうだ」

忠犬ハチ公のように黙ってひたすら待っていた自分がおかしくなって、翌日サワダに相談すると、「ＯＫ、シュア」と、話はいとも簡単に済んだ。

Dr.セイゲルのオペの見学者は、幾重にも彼を取り巻いていた。フェローばかりではなく、各国から外科医たちが手術を見に訪れるのだ。

その場の緊張感は凄まじい。セイゲルはいつも手にぴったりとした銀色のグローブをつけ、オペに専心していた。

佐竹山に声がかかったのは、見学を始めて半月も経たぬ頃だった。

「ヘイ ユー、手を洗ってきなさい」

Dr.セイゲルは、オペの最中にめぼしい医師を急に指名することがあった。

まさか呼ばれているのが自分だとは思わずに、周囲を見渡していると、セイゲルが眉を寄せる。

「イエス サー」

と、大きな声をあげた佐竹山を、周囲は笑った。

急いで手術着に着替え、手洗いをしてセイゲルの横に並ぶ。そこにはすでに、移植された肝臓が埋め込まれていて、移植肝の肝上部下大静脈と肝下部下大静脈、門脈の吻合(ふんごう)までもが終わっているのがわかった。机上でしか知らずにいた腹部の様子が、目の前に広がっている。すでにクランプが外され、移植肝にレシピエントの血液が流れ込み、赤く色づいていた。移植は大方成功し、患者が新しい臓器で生き始めた状態が現実として示されていたのだ。

「つないでごらん」

命じられたのは、最後の動脈部分の吻合だ。

いつも見ていたように、レシピエントの体から伸びた血管に、ドナーから切り取った動脈をかぶせ、縫い合わせ始める。しかし、血管は細く、その上レシピエントの動脈は弱々しく、見た目以上に華奢である。散々ストローで練習してきたが手間取ってしまい、額に汗が浮く。

「へたくそだな、コウゾウ」

そう言って、セイゲルに取って代わられた。呆然としながらも、セイゲルの手技に見とれていた。細く柔らかい血管を瞬く間に縫い合わせてしまうのだ。

すでに夜の七時を回っていた。前夜のオペが早朝に終わり、佐竹山はしかし帰る気になれず、自席で何度も繰り返し、Dr.セイゲルの手技を思い出していた。

へたくそだと言われたときに、周囲の見学者たちから嘲笑が漏れた。日本では手術の腕は確かだと言われてきた。屈辱に打ちのめされたが、あれでは完敗だった。

そのとき、コート姿のサワダが慌てた様子で入ってきた。

「Dr.サタケヤマ、Dr.セイゲルとハーベストに行けるかな？　向かえるようなら、すぐにアレゲニー空港へ来るようにとのことです」

さっきへたくそだと罵ったばかりなのに、なぜ私を指名するのだろう。いや、考えている暇などない。

ハーベストという言葉は読んできた論文にはなかったが、つまり臓器を受け取りに行くのだろうと察する。空港へ来いというのだから、どこか遠い地まで受け取りにいくわけだ。

そんな役割が存在するとは、まるで考えていなかった。移植手術に立ち会う場面ばかりを想像していた自分はいかに愚かだったかと佐竹山は慌てる。サワダのごつごつした口調の英語が伝えてくるのは、確かにセイゲルが自分を指名しているというありがたいオファーである。

「シュア、オフコース、イエス」

佐竹山が答えると、

「OK、すぐにロビーで待機してください。移植コーディネーターが、車で二人を空港まで運びますからね」

彼はその後、他のフェローたちにも二、三声をかけると、また去っていった。

空港で待機していたのは、窓が左右に五つずつしかない小さなリア・ジェット機だった。白い機体の両翼は先端がそり返り、渡り鳥のようだ。席は六人分しかない。最後列に座ったセイゲルは、黙って長い足を組み、気難しい表情で書類をめくっていた。

激しいエンジン音にたじろぎながらも、出発を待つ同じ機内で、Dr.セイゲルが同じ空気を吸っていることに胸を高鳴らせた。機体がゆらゆらと風に煽られるように、上昇してゆく。佐竹山は慌てて、シートベルトを握りしめる。セイゲルがその様子を見てウインクした。

街の灯りを見下ろしながらの夜間飛行が続く。

昨夜のオペの話を訊きたいのだが、エンジン音がうるさくて、自分の下手くそな英語ではセイゲルを疲れさせるだけだろうと思う。

やがてリア・ジェットは高度を下げていき、窓を覗くと、着陸しようとする先の空港には、ライトアップされたカナダの国旗が見えていた。国境を越えたのだ。

オンタリオ州サンダー・ベイ空港。小さな専用機の並んでいる空港には救急車が待機していた。

到着したリア・ジェット機のエンジンが巻き上げる風にブロンドの髪を煽られながらも、セイゲルは軽やかな足取りで救急車に乗り込み、佐竹山もそれに続いた。

「心臓チームがまだ来ていません」

到着した病院で着替えや手洗いを済ませると、コーディネーターにそう告げられる。

Dr.セイゲルと共にICUへと入ってゆく。扉の中では、白人の年若い女性の患者が、両足を広げて座っている人形のような姿勢で、四五度の角度で身を起こしていた。ほっとした。どうやらハーベストという言葉を間違えて解釈していたらしい。女の患者は、体を少し起こした状態ではあるが、人工呼吸器をつけて、よく眠っていた。呼吸の音も心音も機械を通じて確かに伝わってきて、頬の色は薔薇色だった。彼女が移植を受ける側の患者なのだろう。全身で様子をうかがう。

「GSW？」

セイゲルは、コーディネーターに用意された資料に目を通し、口にする。聞いたこともない専門用語に戸惑っていると、コーディネーターが「GunShot Wound」と口にして、頭部の射創を指さした。

銃による自殺という意味か。しかし、彼女はまだ心臓を動かし続けている。

心臓チームの到着が告げられ、オペ室へと入る。

彼女はストレッチャーに載せ替えられた。一旦人工呼吸器からアンビューバッグに付け替え、オペ室へと運ばれてきた。オペ室でまた呼吸器につながれる。手術台にまっすぐに横たえられると、すぐに覆布がかけられた。頭部が逆L字型のリヒカで遮られる。

「今から脳死ドナーからの、心臓、腎臓、肝臓摘出の手術を始める」

Dr.セイゲルの声に、全ての医師が頷く。

摘出手術？　やはりハーベストという言葉の解釈は間違っていなかったのだ。佐竹山は次第に疑念に包まれ始める。この女性は死んでいない。温もりがあって、呼吸をしている。頬だって薔薇色だ。この体から臓器を摘出するなどありえないだろう。

しかし、その瞬間、オペは開始された。セイゲルは、例のシルバーのグローブをはめると、その若くて白い女の肌に迷いもせずに電気メスを入れ、胸壁、腹壁を上から下まで一気に開く。

現れたのは、いかにもきれいな腹腔だった。癒着の箇所もなく、すべての臓器が薄紅色で光沢があり、生き生きして見える。目立った損傷や鬱血は見当たらない。きわめて健康な肉体としか、佐竹山の目には映らない。

セイゲルが長身の自分に頼んだのは、彎鉤をかけて引く役だ。とにかく腕力がいる。

メスの先を覗こうとほんの少し動いたとたん、

「Don't move」

と、厳しい叱責が飛んだ。

まだ温もりのある人体から、セイゲルは驚くべき早さと正確さで、赤茶色の生き生きとした肝臓を探り当て、グローブ越しに手で触れる。シャープな辺縁を確認し、全体の柔らかみを確かめる。

「Good liver（いい肝臓だ）」と獲物を獲得したかのごとく呟く。

大動脈からカニューレという管を入れ終わると、セイゲルは言った。

「クロスクランプ」

鉗子（かんし）が閉じられる。すなわち生命へとつながるすべての血の流れを断ち切るのだ。彼女の体を流れていた血液は遮断されたのだ。同時に胸部では、着いて早々の心臓チームによる摘出が始まっている。あの温かかった腹部がクラッシュアイスで満たされ、摘出された臓器へ保存液による灌流（かんりゅう）が開始された。流れていた血液が保存液と入れ替わっていくとともに、肝臓の色が赤茶色から薄茶色へと変わっていく。佐竹山はそのとき、自分の体内にもクロスクランプが施されたかのような苦しさを覚え、立ちくらみを起こした。

これが移植医療なのか。まさに目の前で命の灯火（ともしび）が人為的に消されたのではないのか。いくら、自殺者の肉体とはいえ、医師がこのような神をも畏（おそ）れぬ行為を行ってよいのか。

セイゲルは道具を持ち替えた。出血を止めるために使う電気メスはもう不要になったのだ。代わりに、日本では見たこともない先の細い鋏（はさみ）を取り出す。左葉（さよう）と右葉（うよう）の間に下から入り込んだ肝動脈、門脈、胆管の一本ずつを、できるだけ離れたところであらわにする。左葉と右葉の分かれ目の最上部からは、肝静脈の細い管が出ているが、これには触らず、最下部から出ている下大静脈を、できるだけ長く切り口を美しく切除する。まるで臓器そのものを愛（いと）おしんでいるようで、どこか背徳的な行為にも感じられた。

セイゲルのグローブは、彼専用のもので、その手にぴったりと貼りつき、今日も銀色に輝いている。

「我々の摘出は終了した」

合図とともに、肝臓はすぐにバックテーブルに運ばれる。セイゲルは、その肝臓をもう一度愛おしく撫（な）でるように整え、あとは助手らに任せて、今度は高らかにこう言った。

「Good liver. 左右にスプリットして、さっそく二人に用いよう」

誰に向かってそう言ったのだろう。ここにいる医療従事者たちになのか、どこかで移植を待っている患者たちに届くようにか、あるいは、Good liverをつい数時間前までは体内で動かしていた死者に対してなのか。

肝臓チームと入れ替わりに腎臓チームが入ってきた。

保存液ユーロコリンズで維持するにしても、肝臓の虚血時間は六時間、長くて八時間が限界だ。

二重のバッグに肝臓は収められ、クーラーボックスへと収められる。それを抱えて廊下を走り、サンダー・ベイ空港へと急ぐ役に任じられた。

帰路はチャーター機で、Dr.セイゲルと自分、そして新鮮な肝臓がピッツへと搬送された。

チャーター機の椅子に結ばれた臓器が、今にも語り出しそうに思えた。

私は、これからどこへ連れていかれるの？

Dr.セイゲルに訊きたいことがたくさんあったはずなのに、どんな言葉も発せなかった。

アパートメントの部屋には、バスタブは置かれていず、シャワーがあるだけだ。それも、どこか近隣の部屋が使っていると、湯が出ずに水が出てくる。

冷蔵庫は両手に抱えられそうなくらいの、小さい簡易的なものが一つあるだけで、内部はすでに霜で覆われている。洗濯機はなく、華純はすべてを手洗いして、室内に干している。

その日、佐竹山は帰宅するなり水のシャワーを浴びた。身震いするほど冷たかったが、頭から全身にそれを浴びたかった。

洗いたての下着にガウンを羽織ると、五日前に開封したガロンワインのキャップを開ける。鼻をつく酸味があったがお構いなしにグラスに注ぐと、立て続けに飲み干した。

「どうしたの？　ビールで乾杯の日なんじゃないんですか？」

華純は寝ずに待っていてくれた。ダイニングテーブルに向かい合って腰を降ろす。日本から大切に持ってきたせんべいを出されても、佐竹山は手を伸ばそうとしなかった。

「それとも食事に、しますか？」

返事もせずに華純の目を見る。その生き生きとした瞳(ひとみ)や頬の血色を目にした途端、思わず立ち上がり、抱きすくめてしまった。

「どげんしたと？　苦しいよ」

腕に力が入り、小さな華純の体がしなる。温かい体だ。首筋につかの間顔を埋める。

先ほど目(ま)の当たりにした光景が、脳裏に蘇(よみがえ)る。臓器を取り出される前の患者の薔薇色だった頰、若い女性の体に命を断ち切るように刺しこまれた電気メス。とても医師の業とは思えなかった。腕を離し、妻の両肩に手を置くと声が震えた。

「華純、Dr.セイゲルは人殺しかもしれん。肝臓ば取り出した患者は、まだ生きとったんよ」

故郷の方言が口をつくのはいつ以来だろう。さらに、言葉が溢れた。

「まだ、温かった」

思い出したように煙草に火をつけ、煙を深く吸い込むと、少し心が落ち着いた。

華純は心配そうにこちらを覗き込み、自分のグラスにも少しワインを注いだ。酒が弱い方ではないが、アメリカでの暮らしが貯金で持つように、控えているらしい。

座り直すと華純に、ぽつりぽつりと語り始める。

臓器を取り出しに行くことをハーベストということ。Dr.セイゲルは、取り出した肝臓を、移植を待っていた患者の体内にはめ込んでいるはずだということ。

「移植っていうのはね、やはり、あれは医療ではないよ。俺は移植の場からは外してもらうよ。大体、移植を覚えて帰ったって、日本でその技術は使えんだろう。日本人は、誰もあんなことは受け入れやしないよ」

黙って聞いていた妻が、ふと顔を上げた。

「それであなたは、もう帰ってきてよかったと？」

佐竹山が目を合わせると、言う。

「だって、セイゲル先生は手術を続けているんでしょう？」

煙草の火をもみ消しながら答える。

「まあ、そうだ。摘出した肝臓は、長くて八時間しか持たないからね」

「本当にそれでいいの？　あなたは肝臓の病との闘い方をここまで学びに来たんじゃないの？」

佐竹山は、落ち着きなく次の一本に火をつけた。煙草一本だってこちらでは高価で、貴重なものなのだが。

翌日早朝にオフィスへ向かうと、イタリア人と東洋人のフェローが戻ってきた。どこか興奮した面持ちで早口で話しており、おそらく一晩かかった長い移植手術は成功したのだろう。二つにスプリットをしたのだから、二つの移植が同時に行われていた可能性もある。

佐竹山は、しばらく耳をそばだてていたが、自分の席にいられずに部屋を出た。もしもまたすぐにセイゲルから電話があっても、ハーベストに同行しますとはとても言えそうになかった。

連結する二つの医療棟の中を、当て所もなく歩いた。廊下はストレッチャーが楽々とすれ違えるほどに広く、窓からは明るい日差しが差し込んでいる。壁には、様々なディスプレーがなされ、移植で命をもらった子どもたちの写真とメッセージも並んでいる。

すれ違う医師たち、ストレッチャーや車椅子でどこかへ運ばれていく患者たち。看護婦や医療従事者たちの様子はいずれも希望に溢れて見えた。

だが佐竹山は、まだショックから抜け出せずにいた。Dr.セイゲルは、やはり義父たちが言っていたような怪物なのかもしれない。ピッツへ来る前には他州の病院に勤務していたと略歴にあった。脳死が定義される遥か前から動物実験を繰り返し、一九六三年には、ヒトの肝臓移植を試みている。一例目のレシピエントは術中失血死。二例目から五例目は術後一ヶ月以内で感染症を引き起こし死亡している。

累々と死者を出した後、四年間、彼は沈黙する。しかし六七年にはふたたび移植を試み、生存を術後一年にまで延ばすことに成功している。以降は、免疫抑制剤の技術の進展に合わせて成功率も上がっていき、八一年、衰退の一途を辿っていたこの鉄の街のメディカルセンターに三顧の礼をもって招聘された。八三年、来日の直前には五百以上もの肝移植の症例を集めて、国際会議を開いている。

〈アメリカで唯一臓器移植の行える医師を、この街は迎えることになった〉

メディアは、こぞって歓迎したそうだ。

医療棟を歩いて出会う人らの顔が、なぜ曇っていないのか。アメリカ人はどこかおかしいのだろうか。それとも、移植の真実を知らないのか。

ライブラリーと表札のかかった重厚な扉を見つけ、そっと開くと、中には誰もいない。佐竹山は一人になれるのを確かめ、足を踏み入れた。書庫というよりは、書物を広げながらカンファレンスができる部屋のようで、ホワイトボードも置いてある。中央には楕円形（だえんけい）のテーブルがあり、その周囲を椅子が取り囲んでいる。壁はすべて書棚で、新旧の医学書が収まっていた。Dr.セイゲルの書いた本や論文の棚もあったが、佐竹山はBrain death、脳死について書かれたレポートや論文を探して引き出し、テーブルの上に置いた。

眼鏡をしっかりとかけ直し、黙々と頁（ページ）をめくっていく。

〈脳幹を含めた脳すべての機能が不可逆的に回復不可能な段階まで低下した状態〉

理屈なら、わかっているのだ。だが果たして、私が会った彼女は、確かにその状態にあったのだろうか。彼女は、あの時死者だったと断言できるのだろうか。

誰だってあの状態の肉体を見たら、たとえ話せなくても目を開けなくても、まだ生きていると感じるのではないのか。患者の家族や友人だったら、そばにずっと寄り添っていたいと思うのではないのか。

脳死という概念は、医療の発展とともに近年生まれたものだ。人工呼吸器が開発、実用化され、眠っているだけに見える患者を生者と死者にわけるために、この概念が誕生した。

自発呼吸があり心臓が動いている、体温もある。だが脳死下にあるのなら、心臓の動きが維持されるのも、通常で数日から一週間である。臓器提供は心臓が動いているうちが望ましい。

つまり、脳死からの臓器摘出とは、少なくともあと数日は続く命を刈り取ってしまう行為に他ならないのではないのか、佐竹山はふたたび苦しみに苛まれる。

ライブラリーに入り浸って三日が経ったときだった。

扉がノックされて、白衣の男が姿を見せた。

「May I?」

May とIを区切って発音するその小柄な男のつぶらな目が、佐竹山の心をすべて射抜くような強い光を放って見えた。ここにいる自分を咎めにきたのでないのは、その静かな口調でわかった。

彼は、そこに並べたファイルをざっと見渡し、口にする。

「Brain death……ＯＫ、Dr.サタケヤマ」

そう呟くと、彼は白衣の胸ポケットから、ポジフィルムの収まったファイルを取り出した。

ライブラリーの片隅に置かれたプロジェクターにセットして、部屋の照明を落とす。

人の脳を真ん中で縦割りにしたＣＴ画像だった。

頭蓋骨(とうがいこつ)を切断された脳内が、カラーで写されていた。脳みそが溶けている。すでに固体ではなく液状になっている。明らかに死んでしまっている脳だ。

「だとするなら……ありうる」と、佐竹山の口から重たい声が出る。

「脳の中で出血が始まる、脳が腫(は)れる。頭蓋の出口にある脳幹が圧迫されて、脳幹が詰まる。この液状に溶け出した脳が、脳幹から外へと向かってこぼれだす。これが、Brain death」

サワダは冷静に英語で告げる。

「……もう、もとへは戻せない」

佐竹山は、そう呟いていた。

「ＯＫ？　コウゾウ」

サワダははじめて彼をファーストネームで呼び、肩に手を置いてくれた。決して口には出さなかった。けれど、こう呼びかけてくれているようにも感じられた。これで、Dr.セイゲルを信じられるかい？　と。

「Dr.サワダ、一つ質問させてほしいのです。私はオペで、へたくそだとDr.セイゲルになじられました。しかし、その夜にハーベストに誘われました。なぜなのでしょう？」

サワダは苦笑し、手の平を小さく空に向ける。

「下手くそではあったが、挑もうとしていたからではないですか。移植手術が最初からうまくできる外科医は、世界中どこを探したっていないでしょう」

ライブラリーの扉が開き、小柄な女性が現れた。

黒髪のおかっぱ頭で、利発そうな大きな目をしている。おそらく、先日オフィスでそばを通り過ぎた女性だ。

「シー　イズ　リョウコ　カトウ」

サワダが紹介すると、彼女は華奢な腕を佐竹山に向けて伸ばしてきた。握ると、ひんやりして、小さな手だった。

「加藤凌子です。よろしく、Dr.佐竹山」

彼女は日本語ではっきり言った。佐竹山はサワダと凌子を交互に見た。

「そう、サワダ先生は決して日本語はお話しになりません。だから私たちもそうしませんか？」

とても柔らかな口調だった。

二人はカンファレンス・ルームでミーティングがあるという。佐竹山が自分の机に戻って書類の整理をしていると、二度目の電話が鳴った。Dr.セイゲルからのじきじきの呼び出しだった。

「コウゾウ？　ハーベストへ出られるかい？」

いかにも軽快な口調で、コーヒーにでも誘うようだった。

太い声で「イエス　Dr.セイゲル」と答える佐竹山に、皆の視線が集まる。

身支度を済ませ、加藤凌子と名乗った彼女の机を探したが、その名札はどこにも見当たらない。自分より年若く見えたが、すでにフェローから抜け出て昇格しているのだろうか。それとも移植を受け入れられずに、別の研究室へ移ったのだろうか。

日本人同士、ゆっくり話がしたいものだと思ったのも束の間、佐竹山は腕時計を確認し、待ち合せ場所の地下駐車場へと歩み出していた。最短ルートはすでに把握している。

加藤凌子は佐竹山より半年早く、ピッツバーグのフェローとなっていた。

彼女ははじめからグリーンカードを有しており、手続きに時間がかからなかった。

「リョウコ、相談があるので研究室へすぐ来てほしい。今、すぐにだよ」

セイゲルに電話で呼び出されたのは、ピッツへ来てまだ十日ほどしか経っていない頃だった。

彼の研究室へ出向くと、オペが終わったばかりなのか、オレンジ色のスウェットの上下を着て、脱力したように回転椅子に座っていた。

秘書らが慌ただしく室内を動いていたが、部屋の中はひどく乱雑で、机上には紙のコーヒーカップやドーナツの包み紙が散らかり、床にまで書類が積み重なっていた。

連日移植の手術にあたりながら、一年に百本以上論文を書くというセイゲルの日々の生活が、実感を伴って理解できた。

「もうここには慣れたかい?」

「ええ、特に問題はありません。むしろ、何をしていいのかわからなくて」

アメリカで過ごした子ども時代に覚えたオーバージェスチャーで、肩をすくめてみせる。

本当の心境を示していいのなら、多少苛立っていた。ずっと大部屋にいて大人しく電話を待っていても、自分には移植に近づくチャンスはないのだ。彼女はこの地でセイゲルの手技と理論に触れたかった。臓器移植の是非を自分の中で明確にしたかったのだ。

不思議なくらい凌子は緊張もせず、威圧されてもいなかった。Dr.セイゲルの醸し出す雰囲気には、昔から馴染みがある。

「君のキャリアも見せてもらった。小児科外来の経験しか持たぬまま、ここへ来たというわけだね」

「そのとおりです」

凌子の様子を、セイゲルは足を組んだまま見ている。

「私はそういうことを面白がれるほうだよ。ここへは、確かに興味深い連中が集まる。医師の資格が取れていない人間が混ざっていたことさえあるんだ。じきに、取得したけれどね」

秘書が彼女にコーヒーを運んできた。返事に困っていると、

「動物ラボに行ってほしい。どうだろう?」

緑の目で凌子の目を覗き込みながら、ゆっくりした口調で、そう言った。秀でた額にブロンドの髪が柔らかくカーブを描いている。一度見たら忘れられない輪郭の整った顔立ちの中で、セイゲルの目は色合いをころころ変えて、まるで自分を試すかのように光彩を放った。

意味がわからずに立ちすくんでいると、セイゲルはさらに続けた。

「動物を使って移植の実験を続けるラボがある。そこで、私たちのチームが必要としているデータを集めてほしいんだよ」

「動物実験を担当するのですか」

なぜかそのとき、仙台で最後に診た患者を思い出した。自分はあくまでも臨床医であって、研究の場に身を置いてきたわけではない。

「自信がないと答えたら、どうなるのでしょう。私は移植について学びたくて、ここにきました。移植医療はスタンダードになったのだという、あなたの言葉を確かめたくて」

「Dr.リョウコ、無理強いするつもりはない。君がだめなら、他の候補を探すだけだ。ただ、移植医療の成功率を高めるためには、動物実験を続けることが必須なんだよ」

「成功率を高めるために……」

その言葉を反芻し、凌子はセイゲルの瞳の中で色彩を変えていく光を見ていた。自分に向かってストレートに、必要なことだけを伝えようとしている。

もっとここで対話をさせてほしい。父が十七年も前に停止させてしまった日本での移植について、意見を聞きたい。

だがそれは、長距離走を走り続けているセイゲルを足どめしてしまうようなことなのかもしれない。

「わかりました。確かに私は小児科医で、外科医ではありません。自分にできることをしてみます。いつから伺えばいいのですか？」

セイゲルは机の上を、その長い指で弾く。

「できるだけ早く。よければ、午後にでもラボに向かってほしいんだ」

デスクからそう遠くはないソファに、サワダが座っている。セイゲルは椅子を回し、何か積み重ねた資料を、サワダに渡しながら確認する。

「OK？　Dr.リョウコ」

凌子が頷いたとき、こちらを覗き込むセイゲルの目に安堵の光彩が広がり、まるでそこに父の面影を見たような気がした。若き日に情熱を燃やしていた父と会えたら、こんな目をしていたのではなかったか、と。

サワダは立ち上がり、セイゲルからファイルを受け取る。研究室の扉を開けて、廊下へと進み出る。

「ラボはここからは少し離れた場所にありますが、あなたは本当に、構わないのですね？」

さきほどセイゲルから向けられた目を思い出し、黙って頷く。

「一時間あれば、十分ですね？　すべて荷物をまとめてロビーへ。手伝いが必要なら、事務スタッフを差し向けましょう」

よく光の当たる渡り廊下の向こうから、オペ室へ向かう患者がストレッチャーで運ばれてきて、擦れ違った。人間の患者をしばらくは見ることがないのであろうと思うと、凌子は一瞬、震えに包まれた。

サワダの運転で連れて行かれた場所は、プレスビーとはまったく別の建物だった。ピッツバーグを囲むようにアレゲニー川とモノンガヒラ川が流れている。二つの川が合流してオハイオ川となる。その合流地点にあるスリー・リバース・スタジアムは、MLBピッツバーグ・パイレーツと、NFLピッツバーグ・スティーラーズのホームスタジアムとして知られるが、その正門前にある古いコンクリートのビルがふたりの目的地だ。

「リバーエッジ・ラボ、ここはそう呼ばれています」

サワダは、セキュリティのかかったドアを、首から下げたカードキーを当てて開錠した。

扉が開いたとたんにひんやりした空気が流れ込んできて、犬の鳴き声が一斉に響いた。一階は動物舎とでも呼べばよいのだろうか。異臭が鼻をつく。左右に白木の扉がついた部屋が二つずつあり、覗き窓の向こうに、それぞれ動物たちを飼育するケージが並んでいる。

凌子が窓から覗いただけで、太い支柱でできたケージの中から、耳を立てた犬が飛び上がらんばかりに反応して、吠えたてた。

昔、日本で一度だけ訪ねた保健所を思い出した。父が刑事告発を受けて日本を発つときに、母は誰にも告げずに飼っていた犬を保健所に預けた。それを知った兄が瞳に涙を溜めながら、凌子の手を引いて引き取りに行った。犬は祖母が飼ってくれることになった。

凌子のそんな思い出を知る由もないだろうが、サワダは首からかけたカードキーで、飼育室の一つを鼻歌まじりに開ける。

犬たちは、けたたましく吠え始める。

室内には一メートル四方のケージが左右に四つずつ、二段になっている。換気扇が激しく回っているが、濃密な獣臭さに襲われる。

「ルームA　モンゴレル」

と、紹介を受ける。続いて開けられた部屋も同じ構造だが、耳の垂れたビーグル犬たちの部屋だった。こちらの犬は、大人しかった。

「ルームB」

と、教えられた。

続く部屋からは吠え声が聞こえないと思ったら、ここには眠っているのか弱っているのか、ケージの中で横たわったビーグル犬たちがいた。

ルームC、そして最後のルームDには、チンパンジーやヒヒらがいて、甲高い声で唸りながら、より大きな檻の中を飛び回っている。どちらの部屋も野菜を潰したような餌の臭気に満ちている。

セイゲルの論文で知識としては得ていた。生きた動物から取り出した臓器を、他の個体に移植して、免疫抑制剤などの効果を調べていく。それが、彼の集積するデータの基礎になっている。

凌子は、短かく呼吸をしながら訊ねた。

「彼らを、皆実験に？」

「ルームCの動物たちは、すでに移植実験を終えた動物たちです。全て私が行いました。あとでデータを見せます。今のところの生存日数がわかります」

サワダは屈託なくそう言って、鼻歌を再開した。

動揺したときに、親指の爪を噛むのは、子どもの頃からの癖だ。もうずっと忘れていた癖が出て、凌子はその手を白衣のポケットに入れた。

爪を噛んではいけない。自分の弱みを見せつけるようだからと、手をポケットに隠した幼い日の記憶まで溢れてくる。連日鳴らされた家の呼び鈴、警察に連れて行かれた父のしおれた後ろ姿、凌子や母にまで向けられたカメラのフラッシュ、あることないことを報道された家族は、家の中でさえ居場所を失っていた。

「移植の手技そのものを、あなたにはまずあの動物たちで覚えてもらわねばなりません。そしてその後は、一日でも長く生かすために、できることすべてを実験し、記録してください。重要なのは免疫抑制剤の使用法です。投与のタイミング、ミリ単位の量を記録し続けてほしい。ここにある資料は、セイゲルが沈黙したように見えていた時代に、自分自身で、寝る間を惜しんで積み重ねてきたデータです。あとの空白は、我々に埋めてほしいと託されています」

「ここで、こんなにも膨大なデータを取っていたのですか」

目の前に積まれた資料の山を目にする。これがDr.セイゲルの自信の裏付けであり、自分自身で築いた後ろ盾なのだと凌子は固唾を呑む。

父が、特別な動物施設も持たない、札幌の医大で、ここまでのデータ収集ができたとは思えなかった。指弾を受けるまで、患者が八十数日間を生き続けた記録に、満足していただけではなかったか。

「アー　ユー　ＯＫ？」

「イエス　シュア」

凌子が半ば呆然としながらもそう答えると、サワダは白衣のポケットから取り出した手を、凌子の前で開いてみせた。入っていたのは、幾つかのいちごキャンディだった。日本でよく売られている可愛らしい包みのドロップだ。

「どうぞ」

凌子が不安気に瞳を揺らすのを見てとったかのように、

「毒ではないですよ。マイ　フェイバリット。よく日本から送ってもらうんです」

医師たちの身につける白衣のポケットは、深くて大きい。そこには聴診器が入っていることもあれば、若い研修医なら、結紮練習用の糸やポケットマニュアル、勉強用のメモ書きを入れている。サワダのポケットから出てきたのが可愛いキャンディだったのは、凌子の意表を突いた。

受け取ると、

「グッド」

と、サワダはほっとしたように手で自分の胸を押さえる。

「ここは、最もシビアな職場の一つといっていい。あなたの前任者は半年持たず、その前のフェローは三ヶ月も持ちませんでした。私は正直に何でも告げます」

「そういうことを聞かせていただくと、プレッシャーが軽くなります」

凌子は胸を押さえてそう言いながら、ピッツバーグへ来てはじめて、目の前に扉が現れた気がしていた。キャンディの包みごと口でしごいた。怖くないと言えば嘘になるが、車輪は大きく回り始めたのだ。移植の真実を知るには、おそらくこの扉を開けるしかない。

――臓器移植はアメリカではもはやスタンダードになった。

セイゲルの放った言葉を自分の目で確かめたくて、ここまでやって来たのだから。

「どうか、ご教授願います」

「OK、まず移植の手技は、私がみせます。明日の朝には始めましょう。慣れてきたら、あなた一人でやってもらうことになります。できるだけ早く覚えてもらいたいですね」

犬舎を出たときに、肺には新鮮な空気が入り込んだはずだが、凌子は眩暈（めまい）におそわれた。そんな彼女を励ましてくれたのは、舌の上にのこっていたキャンディの甘さだったろう。

翌早朝には、凌子にとってのはじめての移植が、目の前で執り行われた。

リバーエッジ・ラボでは、二階から四階までが、オペの行われる実験室だ。

ラボテクニシャンと呼ばれる、緑のスクラブスーツを着た屈強な体つきの白人と浅黒い肌の男たちが、運搬用の小型ケージへと移された二頭をそれぞれ連れてきた。耳のたったモンゴレル、つまり雑種犬が一頭と、ビーグル犬が一頭だ。

オペ室は、人間用とさほど変わらない。中から目映い無影灯の灯りが漏れているのがわかる。

部屋の一角に、支柱で囲まれた導入室がある。犬たちをケージからそこに移す。興奮して口からよだれを垂らしたモンゴレル犬の目に広がった怯（おび）えが、こちらにも伝わった。一方、ビーグルはおとなしくその支柱の隙間（すきま）から、遊んでほしいというように前足を出す。

ラボテクニシャンたちが、間髪を入れずに、それぞれの犬の前足に点滴の針を挿した。やがて鎮静が始まり、犬たちには人工呼吸器が挿管された。

オペ室ではすでにスクラブスーツ姿のアシスタントスタッフ三人が、世間話をしながら待っていた。器具だしの看護婦は一人もいない。

麻酔のかかった犬の体が手術台にのせられる。

二台の手術台が、直角になるように置かれている。

一台の手術台に、点滴で眠らされたモンゴレルが置かれた。犬の体を固定するところまでをラボテクニシャンが行い、開腹以降を、スクラブスーツに着替えたサワダが担当した。向かい合ってアシスタントが一人、足側にもう一人、頭の側に三人目が立つ。

人間の肝臓摘出なら、胸部から電気メスを入れるはずだが、サワダはモンゴレルの、腹部の上から下までを切り開いた。

これが、臓器の摘出。

凌子の全身が小刻みに震えそうになり、両手に力を込める。

上側を開創器、ゴッセで左右に引き、肝臓を露出させる。頭の側に立ったアシスタントが、両手を直接使って正中切開の上方を左右に開くと、横隔膜まで見通せた。きれいなピンク色で艶がある。クランプがかかり、ハサミで血管を切ると、サワダは左手でブドウの房を静かにもぎ取るように、モンゴレルの肝臓を摘出した。

　計量を終えたモンゴレルの肝臓は、保存液の中へと移される。

　ビーグル犬からも、同じ手技のもとで肝臓が摘出される。

　つい先ほどまで、どこも傷んでいなかった、いたって健康な肝臓が、同じく先ほどまで鼻先を濡らして尾を振っていた犬の体から取り除かれる。こちらの肝臓は、そのまま計量されて、ゴミ箱の中に処分されたのを見て、凌子は思わず戻しそうになった。

　この移植の実験が、肝臓を交換するものではないのは、どの記録にもモンゴレル犬の生存日数が書かれていないことでわかっていたつもりだった。データを取られるのは、同一犬種で体重も安定したビーグル犬だけだ。モンゴレルの方には、もう新しい肝臓が移植されることはないのだ。まだ眠っているように見えるこの犬は、体に空洞を抱えたまま、死を待つだけとなっている。

「サクリファイス」

　ラボテクニシャンに、サワダがそう指示を出した。つまり、安楽死させるという意味だった。

「トランスプランテーション、移植を始めます」

サワダは、ビーグル犬に埋め込まれたモンゴレルの肝臓から伸びた様々な管を、一本ずつ教える。

「いきなり、血管は無理でしょうから、まず胆管の吻合を覚えてください。やがて、血管へと移る」

そうした説明をしながら、サワダは静脈の吻合を終えて、クランプで遮断してあった血液を流した。

「アンクランプ」

その言葉を口にしたと同時に、モンゴレルのものだったはずの肝臓が、ビーグル犬の中で赤く色づき始める。

「リパーフュージョン、血流再開」

つながった。確かに臓器は、つながった。

これが移植なのだ。臓器そのものが生き物になったかのように、他者の肉体の中で、その一部となる。

想像より遥かにオペは粛々と繊細に進んだ。そこにはどんな精神的なドラマツルギーも存在しなかった。

祈りも興奮もなかった。モンゴレルの命が一つ、目の前で犠牲になったというのに。父も心臓移植を、やはりこのように粛々と行ったのだろうか。持てる技術のすべてを尽くしたとはいえ、父がしたのは、単なる実験だったのではなかろうか。

「ワンダフル、やはり、早いよ、Dr.サワダは」

アルゼンチンとスペイン人のアシスタントたちが開創口の縫合をしながら、そう口にする。

ビーグル犬はまだ手術台の上で、麻酔で眠っている。

「自発呼吸が出てきたら、手術台から降ろします。覚醒するのを待って、気管に入っている挿管チューブを抜けば、オペは終了です」

「はじめて目にした移植手術が、成功したのはよかったです」

凌子がうわ言のように口にすると、

「Dr.リョウコ、もはやオペ自体の失敗は、人間においてもプレスビーではほとんどないのだと思っていただきたい。移植の成否が分かれるのは、ここからなのです。セイゲルは、オペのあとにはじまる拒絶反応との闘いに勝ちたいのです。この免疫抑制剤Aで反応をどうコントロールできるのか、完璧で詳細なデータがほしい。いただいた臓器を、彼は一つも無駄にしたくないのですよ。あなたは今日から、そのためのチームに加わったのです」

ラボテクニシャンが、体温の下がっている犬の体に発熱性のランプの光を照射し始める。アシスタントが動脈から採血をして、酸素の取り込みの状態や貧血の具合を何度かチェックしはじめた。とても真剣な顔つきだった。

「それからDr.リョウコ、このラボ内で行われていることは、すべて他言無用です。Dr.セイゲルは、様々な判断から、あなたを選んだのです。たとえ何があっても犬たちは手術のミスだとか、入院の日が変更になったなどの理由であなたを訴えたりしない。それは、グッドニュースでしょう？」

サワダは偽悪的な言葉を放ちながら、それとは裏腹に、瞳を小さく揺らしていた。

「よく考えてみます」

「好ましい答えですね」

短いやり取りのあと、サワダは壁の電話をかける。相手はDr.セイゲルのようだった。

スクラブスーツを脱ぎ、実験室に備え付けのビニール製のゴミ入れに放ると、彼はせわしない足取りで実験室からエレベータに乗り込み、出ていった。

凌子は、ラボテクニシャンたちと共に、オペ室の壁際（かべぎわ）に置かれた椅子（いす）に座り、ビーグル犬の回復を待った。

リバーエッジからプレスビーの駐車場まで戻ってきたのは、夜中の一時だった。自分が今朝運転してきた北欧の車がそこにあるのを認めたときには、安堵のため息が出たと同時に、車を停めたのがわずか一日前のこととはとても思えない長さを感じた。空腹なはずだが、それも感じなかった。ハンドルを握る手がまた小刻みに震え始めた。

リバーエッジ・ラボから住まいまでは、川沿いの道をゆっくり坂を下っていく格好になる。川べりに並んだ街灯の光は、フロントウインドウからいつにも増して黄色みがかって見え、遠くには町並みの明かりが揺らめいて見えた。

車で二十分とかからない場所に、一戸建てを借りてある。ガレージをリモコンで開くと、車を停車させて、ガレージの内扉で室内に入る。

そのままシャワー室へと向かい、熱いシャワーを頭から浴びた。体のこわばりが、少しずつ解けてゆく。手の平で腹部を洗うときに、さきほど見た犬たちの丸い腹や、その内側で活動していた臓器を思い出し、突然体の芯（しん）を貫くような性的な衝動を覚えた。

摘出された赤い臓器は、灌流（かんりゅう）されて血の気を失っていき、薄茶色の張りを失った状態になる。しかしふたたび血管につながれたときに、また鮮やかな血の色が染み出していき、蘇生する。

生き物をパズルのように扱っていいのか。私たちは臓器を部品としたのではないのか。サワダの手技が緻密であり、人間が全力で挑むトライアルに見えたのが、唯一の救いのようにも思えた。

そして、あのような移植行為がスタンダードになったと言えるほど普及しているこの国と日本との大きな隔たりを感じた。その隔たりに関しては、父にも責任がある。ともあれ、毎日あのような実験を続けるとは。こんな生活が始まるとは、想像もしていなかった。

タオルで髪の毛や全身を拭うと、スウェットの部屋着を着て、冷蔵庫の中を漁るようにして見つけたグラハムパンにハムとマヨネーズを挟み、食らいついた。

一九八六年夏

オペ室を無影灯が照らしている。

古賀淳一は、手術台の上に横たわる浅黒い肌の顔面や腹部に散らばる、幾つもの痣を見ていた。彼が渡米してはじめて目にする脳死体は、虐待による脳挫傷で脳死判定を受けた、十歳の黒人少年だった。

リヒカの向こう側の頭部は見えないが、栄養不足で少し張り出した腹部は今なお温かく、人工呼吸器をつけられていることで、全身で息をしているように見える。彼がもう一度生き直せるのなら、今度は平和な環境で暮らせるようにと誰だって思う。そんな痛々しい姿だ。

感傷を一気に裂くように、電気メスで胸壁から腹壁までを開いたのは、一時間前にプレスビーから共に、リア・ジェット機に乗ってやってきた佐竹山行蔵だった。

古賀が先週フェローとしてプレスビーに着任してすぐに、同じ日本人の医師がいると紹介された相手で、すでにアメリカでのキャリアは十分なようだった。

その男の丸い眼鏡や長身には特徴があり、うろ覚えな記憶が脳裏をよぎる。

「はじめまして、着任したてですがよろしくお願いいたします」

一応はそう挨拶したが、彼も、京都慶明大のカンファレンス・ルームで行われたDr.セイゲルの講演に来ていたはずだ。その最前列で、かじりつくように講義に聞き入っていた人物に違いない。オペが始まる前にも、まるでアメリカ人のように腕を伸ばし、握手を求めてきた。

セイゲルの来日講演から二年しか経っていない。古賀は京都慶明大での六年の研修を終え、渡米した。講演の際に最前列にいた彼の方は、一体いつから来ているのだろう。すでにスタッフからの信頼が厚い様子だ。体が大きいから余計にそう見えるのかもわからないが、オペ室でも堂々たる貫禄を示していた。

「虐待からの脳死でも、アメリカでは臓器移植ができるのですね」

素直な驚きを古賀が口にすると、佐竹山は手を止めて、眼鏡の奥からぎろりと見返す。

「ドント　ムーブ、ドント　トーク」

低い声で立て続けにそう言われ、古賀は自分が手にしていた彎鉤を改めてまっすぐ引き直す。

身動きもするなっていうのか？　鼻白む思いに包まれ始めるが、周りの者は慣れているのか誰も言葉を発せず、オペ室には人工呼吸器の立てる音や、医療器具のぶつかる音だけが響いている。

手術台の子どもの体は、呼吸を続け温もりもあるが、すでに死という状態にあるとされている。この体からもはや魂は抜け出てしまっていると、欧米人は考えるのだろう。

少年の肉体は脳死下にある、という状況を古賀はすぐに受け入れていた。メスを入れることも、臓器を取り出すことにも抵抗がないどころか、早くこの臓器が別の患者に移植され、動き出すところを見たいという思いに包まれる。その思いをひとことで言うなら、興奮だった。

フェローとして最長一年間の予定で渡米した。その間に一体、どれほどの新しい医療を目の当たりに出来るのだろう。一年はこうして興奮のうちに、またたく間に過ぎていきそうだった。

着任してわずか一週間なのに、さきほど彼を車でアレゲニー空港まで送ってくれたブロンドの移植コーディネーターは、「ジュニチ、何かあったらいつでも私に相談して」と、片目をつぶった。

空港へ着く頃には、「それから、今度、食事でもどうかしら」とも、誘われた。

「もちろん」

古賀がフレンドリーに答えると、「じゃあ、戻ったら電話して」と、電話番号を書いた紙までくれた。

これまでどこにいても、友人や仲間、恋人だってすぐに見つかるたちだったが、どうやらアメリカでも同じようだ。英語では繊細な会話ができるわけでもないのに、そういう性質はありがたいと彼は思う。

祖父も父も医者の家系である。祖父は大学病院で教授にまでなったが、父は母方からの援助を受けて、産婦人科の開業医になった。

神戸では人気の病院で、入院患者のための部屋は花柄のカーテンやレース使いで、応接室のようにあしらい、母は病床に運ぶ料理の献立やデザートを自分で考えたし、父は妊婦の指導に熱心だった。

後継者として期待されていなかったわけではないはずだが、父母からはそれを無理強いされなかった。古賀の今回の留学も、今なお健在の祖父が、「医師として箔をつけるのに最適な時期じゃないか」と言って、資金の援助をしてくれた。

摘出を終え、臓器の入ったクーラーバッグを抱えて病院の廊下を走る佐竹山は、オペ着を着ているにもかかわらず、ボールを小脇に抱えて走るアメリカンフットボールの選手のように見える。

ふたたび乗り込んだリア・ジェットの最前列に並ぶ。左右に三つずつ席の並んだ六人乗りの小さな機体は激しく震動し、エンジン音が耳をつんざく。離陸とともに室内灯が消される。マスクを外し、佐竹山はほっとしたように日本語で話し始める。

「プレスビーに戻ればすぐに移植手術が始まります。今日はDr.セイゲルのオペです。見学するといい。こんなに早くに立ち会えるのは幸運そのものです。今のうちに寝ておいた方が賢明でしょうね」

　佐竹山は、先ほどとは別人のように優しい口調でアドバイスしてくれた。

「古賀先生はシングル？」

「ええ、まだ独り身です」

「そう、うまい飯が食べたくなったらね、いつでもうちにおいでになったらいい。うちは夫婦での渡米で、この春からは子どもたちも呼び寄せましたので」

「それは、大変ありがたいです」

　かつて京都慶明大のカンファレンス・ルームでお見かけしたのだと伝えようと思ったが、リア・ジェット機が水平飛行に入ると、佐竹山はまぶたを閉じて、寝息を立て始めた。やがて寝息の方がエンジン音より大きくなってきて、古賀は眠れぬまま小さな窓の一つに頬をつけ外を見ていた。

　アメリカの夜の街が、光の海のように遠くまで広がって見える。目映い光が一つ一つ揺れて見えた。

　面白いや、と古賀は思う。

　摘出したばかりの臓器と一緒に、自分は今リア・ジェットでアメリカの夜をフライト中なのだ。サン＝テグジュペリみたいじゃないか。

プレスビーをはじめ、医療棟は谷底に密集している。車で坂を上がっていくと、学びの聖堂がそびえ立ってくる。聖堂の周囲は緑を敷き詰めたキャンパスで、そこから放射状に道が延びている。

古賀は市街地のホテルで、当面過ごすことにした。ホテルの周辺には、飲食店街が並んでいたし、小さなストアも路地にぎっしり軒を並べている。

どことなく田舎っぽい光景で暮しやすそうに見えた。

待ち合わせのビアバーでは、大型モニターでフットボールチーム、スティーラーズの過去のゲームを流している。

コーディネーターのキャサリンはブロンドの巻き毛だ。中肉中背の体付きで胸は豊か、強めの香水をつけている。飲み口にライムを挿した瓶ビールを二本、両手に抱えてきて席に座る。

「はじめての移植手術は、成功だったみたいね」

十歳の脳死体からの臓器は、心臓、二つの腎臓、肝臓、そして眼球とそれぞれ取り出されて五名の待機患者の移植に用いられた。

肝臓はDr.セイゲルの手で精密にオペが行われ、見事に十三歳の女児に移植された。

助手に入った一人はイタリア人の医師、そしてもう一人は摘出から引き続きの佐竹山だった。

十時間以上続いたオペを、一度も休まずに彼らは続けた。

佐竹山に至っては、摘出からぶっ通しだ。自分も外科医だから、彼の実力は端々から伝わった。特筆すべきは、移植肝とレシピエントの血管の吻合(ふんごう)と、糸を結ぶ結紮の確かさと速さだ。見ながら、思わず自分も手を動かしていた。それは、衝撃的な速さだった。たぶん自分がここで、あのオペに加えてもらうには、もう一度新人外科医たちのように、結紮の練習から始めなければならないだろう。そう思うと、留学気分の浮かれた熱が冷えていった。

翌朝は、イタリア人の助手に頼んで、レシピエントを見舞わせてもらった。オペ室に運ばれた時点では、彼女は瀕死(ひんし)の状態にあった。全身がむくみ、目が黄染し、肝性脳症によって意識も朦朧(もうろう)としている状態だった。しかし、翌朝にはすでに、そうした症状が消えていた。

「三日もすれば、笑顔が戻る。ジュニチ、その魔法を自分の目で確かめたらいいよ。あとは拒絶反応が出ないでくれるよう祈るばかりだね」

プレスビー周辺には、移植を受ける待機患者のためのファミリーハウスが幾つも用意されている。家族なら、手術のあとも患者が退院するまではそこで過ごすことができる。そうした手配をするのもすべて、コーディネーターの役目だと聞き、改めて日本との格差を思い知る。

「虐待を受けた子もドナーになれるのが、驚きだったけどね」

ビールのボトルをかちりと合わせ、古賀は率直にキャサリンにそう話すと、彼女は上目づかいになった。

「今度は、ちゃんと愛してもらえるかもしれない、ドナーとなって」

ラブという言葉を、甘やかにキャサリンは口にする。

プレスビーの正面の壁には、「生命の樹」と名付けられたモニュメントがある。ドナーとなった者たちの生涯を綴ったプレートが、樹木の枝葉になぞらえられて飾られている。

日本では、移植はまだとてもそんな風には受け止められてはいない。脳死については、未だ深い議論にも至っていない。

「今度は、か。そう考えるんだね。どういうことだろう。今度の肉体の中で、それとも、今度のライフのことかな」

古賀がそう訊ねると、キャサリンは長いまつげをしばたたかせ、じっと彼の目を見つめこう言った。

「熱心なのね。オペは得意な方？」

「いや、そう思ってきたけれど、消化器系の手術に血管の吻合はなかったしね。まあ、長くて一年の予定だから、覚える必要もないのかな」

キャサリンは、軽く首を傾げた。

「ひとつだけアドバイスするけど、そういう言葉は、ここではあまり口にしない方がいいわね。自分はできるって言い張る人ばかりで競争してる。一睡もしなくたって問題ありません、とかね。日本のDr.が一人、それで一気に駆け上がったわよ」

佐竹山のことだなと古賀は思いながら、ビールを飲み干した。なるほどね、これも面白い話だ、と。

「それにしてもジュニチは、キュートな顔立ちね。よくそう言われる？」

「君こそ美しいよ、キャサリン」

本当はもう少し移植に対する考え方の話を訊きたかったのだが、雰囲気はつい甘い方へと流れてしまう。

「私ね、子どもがいるのよ。二十歳で結婚して子どもを産んで。だけど結婚は三年で終わったの。その後看護婦の資格を取って、移植コーディネーターになった」

「立派だね。Dr.セイゲルの影響は大きい？」

カウンターに肘をのせて、訊ねてみる。

「もちろん、彼はね、怪人よ。それでね、特別にドーナツが好きよ」

ブロンドの髪を揺らして、緑の瞳のキャサリンが話す。

「キャサリン、それで君に一つ頼みがあるんだ。明日のうちに、医学生が結紮の練習に使う、針と糸、探しておいてくれないかな。秘密でね」

「了解よ、ジュニチ。あなたって、本当にキュートだわ。何なら、血管に見立てられそうなシリコンのチューブもあるんだけど」

「さすがだね。ありがとう」

古賀は、カウンターの向こうのバーテンダーに、バーボンを二つ頼んだ。

キャサリンがリップスティックを取り出したので、唇に塗り直すのかと思って見ていると、自分の手の甲にtubeと書いてくれた。


佐竹山のハーベストの助手として同行するように命じられる回数が増え、古賀はリア・ジェットにも幾度も乗った。

その都度、キャサリンが彼を空港まで送ってくれる。キャサリンは、降車のときに、必ず頰にキスをしてくる。

佐竹山はあるとき古賀の頰に残ったルージュを見て、低く唸った。君は何しにアメリカへ来たんだ、まるでそう書いてあるようなしかめ面で、その日はオペ室でも終始機嫌が悪かった。

しかし、そのキャサリンからの口添えもあったのか、Dr.セイゲルのオペに助手の一人として参加するよう、早々に声がかかった。佐竹山も当然のようにそこにいた。

移植を受ける患者は、大抵幾度かのオペを受けているので、肝臓を摘出するまでは蜘蛛の巣状の癒着との闘いとなる。ようやく摘出が終わると、移植肝を埋め込み、肝上部下大静脈と肝下部下大静脈を吻合できる。つまり、肝臓の裏を縦に走る下大静脈の再建をするのだ。続いて門脈の吻合をすれば、アンクランプだ。

灌流されて保存液の中で冷却されていた移植肝に、血液が一気に染み渡っていく。

そして最後、動脈吻合で移植のオペの手技は終わりになる。

「ジュニチ、やってみなさい」

古賀は、自宅で繰り返し稽古した吻合を慎重に進めた。シリコンのチューブとは違って、実際の血管は細く自立してくれない。セイゲルも佐竹山も、じっと手先を見つめている。自分ではなんとかできたつもりで、針と糸を置いた。少し得意気な気持ちだった。

「OK、ジュニチ」

Dr.セイゲルは、壁の時計をちらっと見ると、頷いた。

「トゥエンティ　ミニッツ」

二十分経ったと知らされる。それがどう評価されるのかとセイゲルの方を見ると、彼の目は吻合したばかりの動脈に向けられている。吻合した箇所から、血液が滲み出した。じわっと赤く染まり始め、血流が強くなれば吻合箇所が弾けそうに膨らんでいる。

「だめだ、やり直します」

「今日はここまでだよ、ジュニチ。日本のtwo hand tieは、使い物にならない。コウゾウ、君がやりなさい」

佐竹山は古賀の吻合した糸を切って解くと、古賀が傷つけた部分を鋏でカットした。もう一度双方の血管を整えると、片手だけを使うone hand tieで、丁寧に縫い合わせていった。太い指が繊細きわまりなく動いている。

自分の技術の低さは歴然としていた。一年程度の留学では移植の一端でさえつかめそうにはない。それにしても、驚くべきは彼らの体力だ。今日のオペに要したのは、十二時間、自分が手間取ったせいもある。その間、立ちっぱなしで、休もうともしない。

フェローの集まる大部屋に戻ると、古賀はパーティションの内側にこもるように、机に突っ伏した。一年間では何も達成できない。尻尾(しっぽ)を巻いて帰るべきなのか。

ふと人の気配を感じ、顔をあげるとサワダがいつの間にか、机の横に立っていた。

「いいですか、Dr.コガ」

サワダは日本人であり、セイゲルに最も近い医師であることは、すでにキャサリンより聞いていた。だが、決して日本語では話さない。日本人の妻子と別れたときに、日本人であることをやめたという噂(うわさ)もある。一体何の話だろうか。落ち込むなという励ましだろうか。

「今日は良い機会を与えていただきました」

朗らかにそう言うと、サワダはにやりと笑う。

「Dr.セイゲルから、しばらくラボへ通うようにとのことです」

「ラボとは、なんでしょうか？」

「犬のオペがうまくなったら、人間もできる。動物ラボで犬の移植をやって腕を鍛えておきなさい、というメッセージだと思ってください」

古賀が返事に窮していると、

「フォローミー」

サワダはそう言って白衣の裾を翻し、大部屋の扉を開けて、陽の当たる廊下へと進み出た。


サワダを通じて、凌子は臓器移植の術法を吸収していった。

肝臓から伸びる犬の血管は細く、血管壁も薄い。静脈は特に薄く、すぐ穴があきそうになる。

サワダは常に落ち着いてそばで見守ってくれた。時折アドバイスがあるときだけ、グローブをはめた手を動かし、時にはメスを持つ役や、結紮用の針を持つ役を交代して実技をみせた。

「Dr.セイゲルは、こうします」と、必ず口にするのだが、凌子には、他者とは比較しようがない。サワダは優れた指導者だった。穏やかに接し緊張を強いず、術者に自信をもたせてくれる。

オペのたびに、モンゴレル犬は腹腔内を空洞にされて、眠ったまま安楽死を待つ。

一方、モンゴレル犬の肝臓を移植されたビーグル犬は、回復を待って、一階動物舎へと運ばれる。

オペは午前と午後、日に二度ずつ、プレスビーからの援軍も得て繰り返される。移植を受けたビーグル犬の様子を観察し、すべてのデータを管理するのも凌子の役目だ。Dr.セイゲルが飢えたようにデータを待っているのは、ラボにいるサワダへの頻繁な連絡でわかった。その電話が鳴ると、サワダはすぐにそこまでのデータを持って、プレスビーへと戻ってゆく。

移植において、オペは入り口に過ぎないという実感は、じきに凌子にも湧いてきた。拒絶反応は、術後一週間目より起こり始める。ビーグル犬たちは、発熱、嘔吐などの異変をみせる。すぐに血液検査を行い、記録を取っていく。GOT、GPTの上昇は、肝機能に生じた障害のレベルを知る判断材料になる。続いて総ビリルビン値が上昇していく。そのまま放置すれば、肝臓は働かなくなり黄疸が出て、肝不全の状態で二、三週間で死亡する。

わざわざ犬種を違えて実験をする理由は、拒絶反応を起こしやすいからなのだ。犬種が同じであれば、免疫抑制剤がなくとも、移植の二〇パーセントはうまくいく。それを凌子に教えてくれたのもサワダだ。このように、リスクの高い移植実験を日々繰り返すのはやはり辛い。

凌子は、あまり家に帰らなくなった。

午後からオペを始めたビーグル犬が回復するのは、未明の時間だ。動物舎のルームCまで連れてゆき、ケージに戻す。通路の真ん中に、凌子はDIYストアで買った折りたたみ式のマットを敷き、シュラフを持ち込んだ。

犬の匂いがしているはずなのに、もはや何も感じないから、自分からも同じ匂いが放たれているのかもしれない。

時折、暗闇の中で目を開けると、ケージの中のビーグル犬たちの目が光っている。この犬は、なぜこんなに大人しい性質なのだろう。これからオペを始めるというときには、導入室で決まって自ら前足を出す。実験のために受けた移植手術を経たあとも、目覚めるとくうと甘えた声を出す。従順に、抑制剤も嚥下してくれる。

一番長く生きているビーグルは、チャーリーと名付けられた。犬の名もABC順に付けられてゆく。

凄絶な拒絶反応に打ち勝って、今はケージに近づくと体を寄せてくる。長命とはいえ、まだ二歳にもなっていないはずだ。

「チャーリー、頼むから一日でも長く生きていて」

そう言ってから「だけど、こんなところにいて楽しいはずがないよね」と呟いてしまう。

チャーリーの隣、下段の端には今朝のオペを受けたばかりのビーグルが荒い息をしている。

犬たちの異変を感じると、凌子は起き上がり、ライトで照らし、呼吸、脈拍、瞳孔(どうこう)を診ていく。若き日には、Dr.セイゲルがたった一人でこの動物実験を繰り返したのだと聞いている。

サワダは、セイゲルのその情熱の間近にいて、彼を支える道を選んだのだろうか。

毎日夕刻になると、ラボの外で車のエンジン音が停まる。サワダがやってきて、日報とも言えるリサーチ結果に目を通し、いくつかの数値の記述の確認をすると、セイゲルにそれらを届けに戻っていく。ときには前日のデータにセイゲルの赤いペンの字が書き込まれており、データの確認を指示される。

その夜は、窓の外でスタジアムの灯りが煌々(こうこう)と輝いていたから、パイレーツの試合があったのだろう。午後八時を回っていた。午後の手術が終わり、実験室の片隅でビーグル犬の回復を待ってコーヒーを淹(い)れたところだった。

「少し、お邪魔していって構いませんか?」

凌子は頷きながら、サージカル・キャップを外し、一つに結んだ髪をほどく。

「サワダ先生の分も、コーヒーを淹れましょう」

いや、結構とばかりに手を上に向け、

「あなたのデータに、Dr.セイゲルは大変感心しています」

そう言うと白衣のポケットから、フランスパンとアンチョビの缶詰を取り出した。

「今日は私からの差し入れです。ラボでの調査が、五百例を迎えました。Dr.セイゲルからはプレゼントがあります。あなたを客員講師(レクチャー)に昇格させたいので、手が空いたときに、プレスビーへ寄るようにとのことです」

凌子には、その栄誉は実感を伴わなかった。それよりすでに五百例もの実験をして、多くのサクリファイスを目の当たりにしてきた日々が、瞬(また)く間に過ぎていたことに驚いていた。

思えば今では自分で、大部分のオペができる。外科医ではなかったはずなのに。

「ごちそうですね、フランスパンを目にするのは久しぶりです」

凌子はパンの香ばしさに、思わず鼻先を動かす。人工光に照らされた実験室で過ごしている身には、生き返るような香りだ。

「サワダ先生のポケットには、いろんなものが入っているんですね」

「そうですよ、いちごキャンディだけではないんです」

サワダは自分でそう言って、少し照れたように笑みを浮かべ、凌子を見つめた。

「辛いでしょう。ほとんどここに寝泊まりしているそうですね」

今更そんなことを言われても心外だと思いそうな台詞だが、凌子はサワダといると心が落ち着くのだ。

「毎日のように動物たちが死んでいきますから、そうですね、かなり辛いです」

「続けられそうですか?」

「いつまでとは言えませんが、今は良い役割を与えてもらったような気がしています」

サワダは凌子を見て瞳を揺らし、頷いた。

「Dr.セイゲルは、きっとあなたの望みを叶えるでしょう。どうか、それを信じてやりきってください」

サワダの来訪を凌子はいつしか心待ちにするようになった。短い会話であっても、それが唯一の慰めであった。

白衣のポケットから出てくるのは、サーモンだったり、レバーのパテだったり、うずらの玉子だったり、日本の鯖の水煮のときもあれば、缶入りビスケットのときもあった。

その日は、オイル漬けの牡蠣と、きれいな和紙にくるまれた、白桃の缶詰が取り出された。

「缶詰ってこんなに種類があるんですね」

いつも通り帰ろうとしたサワダに、凌子は声をかけた。痛ましい死が続いていて、凌子の心はずたずたになっていた。

「いつ、気づいてくれるかと思っていましたがね」

と、サワダは冗談めかして言って、肩をすくめた。

「なぜ、いつも缶詰なのでしょうか？」

凌子は、笑ったサワダの目尻の皺に刻まれた、人間性の深さにしばし見入る。

「缶詰なら好きなときに、安全に食べられるからですよ。無難な趣味だと自負しています」

「趣味！　缶詰収集がですか？」

凌子は声をあげて笑うと、両手で顔を覆った。ここまで自分を保っていた緊張が解けて、流れていった。気づけば、涙が溢れていた。その間も、サワダはただじっと黙って待ってくれた。サーバーから紙コップに汲んだ、水を手渡してくれた。

「どうぞ」

ただの水が、とても美味しく感じられた。

「先生は、渡米されて何年になるのですか？」

自分の分の紙コップも手にしている。

「そうですね、アメリカへ来たのは、一九七一年ですから、もうずいぶん長くなりました」

「ずっとDr.セイゲルと研究を共にされてきたのでしょうか？」

「二つ前の病院からは、ずっと一緒です」

その間の様々な出来事を訊ねたかったが、先にサワダから質問された。

「私も一つ訊ねたい。Dr.リョウコ、あなたは日本では、小児科医だったそうですね」

「そうです」

「それがなぜ、臓器移植を？」

凌子は紙コップを置き、机に肘をつくと、親指を少し噛む。

「胆道閉鎖症の子どもの患者を何人も見てきたから。アプライには、そう書いたと思います」

凌子は立ち上がると、自分でもう一杯水を汲んで、その場で飲み干した。

「つまり、本当は少し違う？」

手術台でビーグル犬が、ぜいぜいと苦しそうな声をあげたのが聞こえ始めた。麻酔から覚めようとしている。ランプを照射され体温の上がった犬が、咳き込むようにしている。挿管されたチューブを嫌がっている声だ。

「抜管してきます。少し待ってもらえますか？」

すぐにビーグルの脈拍や瞳孔を確認し、腕時計で確認した時間を記録する。喉に入れられたチューブを嫌がるので抜管を行ったが、点滴をもう少し与え様子を見ることにした。

サワダもそばで様子を眺め、処置が的確であるのに安心したように頷く。

もう一度向かい合って座り直すと、サワダは言った。

「あなたの父君は、Dr.セイジ・カトウ、日本で最初の心臓移植にあたられたプロフェッサーではないですか？」

凌子は瞬きし、深く息を吸う。サワダを見返そうとして、手が震えた。

「なぜ、そうおっしゃるのですか？」

そう問い返すのが、精一杯だった。

後に「加藤移植」と呼ばれた、日本での脳死下におけるはじめての心臓移植手術を行ったのは、加藤洸嗣、まさしく凌子の父だ。海難事故で脳死状態に陥った大学生の心臓を、心臓病患者だった高校生の胸に移植したのだ。高校生は新しい心臓で生命を維持させた。世界では三十例目の、脳死下での心臓移植手術だった。

華々しい功績だと称揚されたのも束の間、すぐにセンセーショナルな事件として扱われるようになった。外様医師たちからの、脳死判定に対する不審、医療行為への疑惑が取り沙汰され、父は殺人罪で告発される。臓器を摘出された大学生は、まだ体も温かく、呼吸もあった。オペ室の医師たちの証言は、大学生はまだ生きていたと国民全体に印象付けた。

起訴はされなかったものの、父は殺人鬼のように扱われた。メディアに追い立てられ、家の壁には落書きが始まり、一家で夜逃げするように渡米したのだ。凌子はひとり帰国し、日本の大学で医学の道に進んだものの、父の名を出すことは一度もなかった。父が成したことにどのような意味があったのか、凌子はその思いを抱えて生きてきた。

「日本の記者がここへも来たのでしょうか？」

当時の事件を、今なおしつこく追っている週刊誌の記者がいるのだと兄からは聞いていた。

「いいえ、あなたがセイジ・カトウの娘だろうと言い当てたのは、Dr.セイゲルです」

サワダは、凌子の目を見ながらゆっくり答えた。

「カトウという日本のファミリーネームを、アメリカ人はケイトウと発音します。セイゲルは、あなたとはじめて会った日にこう言った。サワダ、Dr.リョウコは、きっとあの、Dr.ケイトウの娘だよ、と。一九六八年のあの心臓移植手術をしたケイトウだと」

「六八年――年までご存知なのですか?」

思わず身を乗り出して、訊ねる。

「セイゲルの記憶力は、常人のそれとは異なる。それにセイゲルは、あなたのお父さんのしたトライアルも、詳細なファイルに加えている。そもそもDr.ケイトウとは面識もあるはずです。あなたを、日本の講演の際に見かけた、とも言っていました。まるでそっくりな目をしたあなたはケイトウの生き写しだ。きっと私のもとに来るだろう。そう言っていました」

空の紙コップを凌子の手が握り潰す。その手がふたたび滴で濡れたのをぼんやり見つめた。それを見るまで、自分が落涙したとも気づかなかった。

慌てて顔を上げた。

「Dr.サワダ、このことは他のドクターには、伝えないでいただけますか? いつか自分で話したいと思います。Dr.セイゲルにも」

少し間があり、

「OK」

と、軽妙な相槌が返ってきた。

「あなたがそう言うのなら、私からは言いませんが」

凌子はサワダを見る。

サワダは立ち上がると、凌子の肩を優しく叩いた。

「ここではみんなが毎日……あなたのお父さんが一人で背負った闘いを、それぞれがしているんですよ。それぞれが、未来を信じて」

サワダの声が、どこか遠くから響いているように感じられた。

「まだ時間がほしいと、思っています」

「あなたを追い詰める気はなかったんです。謝らねば」

凌子が首を横に振る。

「さて、こんばんも、あのビーグルが完全に目覚めるまで、長い夜になりますね」

サワダはそう言って、集積データのファイルを手にする。

歩みかけてふと振り返ると、口にした。

「そうでした。実は先週から、新しいドクターを三階の実験室でトレーニング中です。日本人です。そのうち、あなたに挨拶に来るでしょう」

「日本の、ドクター？　佐竹山先生ではなくて、ですね」

「Dr.サタケヤマはすでにプレスビーでレクチャーに昇格しました。素晴らしいことです。今度来るのは、Dr.ジュンイチ・コガ。どうか存分に鍛えてやってください。ちょっとした色男ですよ」

そう言うとくすりと笑い、サワダはエレベータに足を向ける。凌子はいつものように、その背を見送る。サワダの重たい歩みを見つめる。

第三章

一九八七年秋

翌未明から早朝にかけて、東海岸に大型のハリケーンが上陸すると、夕方のニュースが報じている。窓からは、庭に植わったイタヤカエデが横なぐりの風を受け、今にも吹き飛ばされそうに傾いているのが見える。

佐竹山行蔵はいつものようにジャンパーを着て、玄関に立つ。華純に車で空港まで送ってもらうのを待っているのだが、妻は頑なに動こうとしない。

「こんな日に、あんな小さな飛行機で飛ぶなんて無理に決まってます」

渡米の翌年には、佐竹山はレクチャーに昇格した。日本で言う客員講師である。給料も十分にもらえるようになり、九州から呼び寄せた子どもたちのために、家族で小さいながら庭のある一戸建てに引越していた。はじめに世話になったホストファミリーの住居のほど近く、閑静な住宅街にある。だが、毎日の忙しさはフェローの頃と変わりないどころか、これまで以上である。佐竹山は、Dr.セイゲルからの頼みを一切断らない。客員助教授のポストも間近だと噂する者もいる。

「華純、君もさっきのDr.セイゲルからの電話を聞いたろう。頼むから、すぐに空港まで向かってくれないか。これでは約束の時間に間に合わない」

セイゲルを頂点とするピッツバーグ大学の移植外科は、今や世界に名を轟かせていた。昨年は、肝臓移植だけで百例を超える手術を行っている。移植を待つ待機患者は全米から、そして世界各地から集まってきて、手術はドナーが現れ次第、昼夜を問わずに行われる。ときには幾つもオペが重なる日もあった。

今日はすでに、四十代の女性への移植手術を終えて帰宅したが、ナイアガラで脳死ドナーが現れたという連絡がセイゲルからじかに電話で伝えられたのである。

「ハリケーンでフライトは不可能だと思うだろう？　コウゾウ」

返事に窮していると、電話の向こうのセイゲルは笑い声をあげる。

「ハハー、それでも、飛んでくれるというクレイジーなパイロットがいたんだよ」

と、得意気な顔が浮かんでくる。

プレスビーことプレスビテリアン病院は、ここへ来て野戦病院のような様相を呈していた。院内を歩く医師たちの年齢や国籍は様々で、ぱっと見ただけではフェローなのか、見学に訪れている医師なのかもわからない。

セイゲルは、優秀な外科医ならどこの国籍でも、どんなキャリアの人間でも受け入れると公言してきた。事実佐竹山がそうであったように、オペ室の見学者でも、見込みがありそうな医師には突然指名をして、機会を与えた。

ドナーが出たとなれば、院内で連絡のつく外科医が手当たり次第緊急招集された。気力、体力が続く限り、セイゲルからの要請に応(こた)えることが、プレスビーで生き残る唯一(ゆいいつ)の道だと佐竹山は信じた。

廊下の壁には北米大陸の大きな地図が貼(は)られている。佐竹山がリア・ジェットで臓器を取りに出た場所には、赤いピンが打たれている。その一つ一つが滞在中の彼の手柄として思い出に刻まれるはずだったが、今では家族の時間を突き刺す無数の刺(とげ)のようにも感じられる。子どもたちをアメリカまで呼び寄せ、庭のある一戸建てに住まいを移したものの、佐竹山にはこの家で過ごす時間も、なきに等しい。

「明日こそは、お休みにすると言っていたじゃないですか。もうずっと、家でもろくに寝ていないんですよ。こんな嵐の中で、あんな小さな飛行機が、無事にフライト出来ると思うんですか?」

　華純はパジャマにカーディガンを羽織った姿のまま、玄関から外へ一歩も出ようとしない。

「セイゲル先生が待っているんだよ。これでまた幾つもの命が助かる。そう思ったら、休んでなどいられないのは、わかるだろう?」

　佐竹山は華純の肩に両手をおいて伝える。

「あなたは、セイゲル先生の求めなら、なんだって引き受けると言うんですか? 飛行機が落ちたら、私たちはどうしたらいいんですか?」

　華純がそんな風に歯向かってくるのは、珍しかった。懸命に引き止めようとするその大きく見開かれた目を覗き込む。華純の瞳は、涙で潤んでいる。その目を見ていると、確かに自分は今、限界まで疲れていると彼は感じた。

　摘出手術からレシピエントへの移植までを任されるようになっていた。一人前の移植医の仲間入りをしたのだ。どの国籍の医師たちにも、手技では負けてはいないという自信がある。

だがもう一人、自分に劣らず専心している医師の強い気配を、佐竹山は感じていた。セイゲルとサワダが最近、よく口にするのは、リバーエッジ・ラボという言葉と、Dr.リョウコの名だった。

Dr.リョウコ。フェローの大部屋でほんの一時期一緒だった日本人医師だ。滅多にプレスビーには来ないが、やってくるとセイゲルの研究室でサワダを含めて談笑している。

ラボではDr.リョウコがチーフになって、動物実験の基礎データを日々蓄積していると聞いている。彼女もすでに、レクチャーに昇格している。セイゲルがそこでの成果に寄せる期待が並々ならぬものであるという噂は、プレスビーにも広がっている。あのように華奢(きゃしゃ)な女性の奮闘に、男たる自分が負けるわけにはいかない。

「華純、今日のドナーからは、もしかしたら日本から来ている青年に肝臓が渡るかもしれないんだ」

それは嘘(うそ)ではなかった。プレスビーにはここ最近、億単位の費用を準備して移植を受けにやって来る日本人の患者たちが現れた。

今も自己免疫性肝炎で重篤(じゅうとく)な状態の二十八歳の青年が、待機リストの筆頭に名前を連ねている。肝臓の疾患でも数少ない症例の一つだ。外から侵入する異物に対して働くはずの免疫反応が、何らかの理由で自分の臓器を異物として認識し、傷つけ始める。青年の自己免疫反応は、数ある臓器の中でも、肝臓に向けられた。ひとたび働き始めた免疫機能は、徹底的に臓器を破壊し続けてしまう。

日本の病院ではステロイドの投与がされただけで他に手の施しようがないと見放された患者、吉田延雄がプレスビーに到着した際には、全身まっ黄色で、顔も腹部もおそろしく腫れ上がっていた。彼には、美しい婚約者が同行していた。

はじめて医師として彼らに会ったとき、蘇りかと感じた。九南大ではじめて亡くした若い患者たちの寄り添い方によく似ている。

今日のドナー肝は、彼に回る可能性が高い。

いや、彼だけではないのだ。ドナーの登場を今か今かと待ち受けているたくさんの患者たち。彼らは皆、院内でじっと最後の望みをかけて、自らの命が消えゆく恐怖と闘いながら死の淵で耐えている。

ドナーの臓器の一つも無駄にしたくはない。ドナーが現れ、必要な臓器を無事に収穫できなければ、待機患者の命を救うチャンスはなくなる。脳死ドナーの提供者が最も多いアメリカにおいても、待機している間に亡くなる患者は少なくない。先月は、待機患者だったわずか七歳の女児の肝臓が力尽きた。彼女の両親は、悲しみに浸る前に、その体をドナーとして提供すると申し出てくれた。夫婦で幾度も話し合って決めたという。女児の美しい目、心臓、腎臓まですぐに提供されたが、肝臓は肝硬変のため緑色に腫れ上がっていた。

「わかってくれなきゃ困るよ、華純」

「今日だけは行かないでください。あなた。嫌な予感がして、仕方がないの」

そう言って玄関で両腕を広げて盾になっている華純に佐竹山は首を横に振り、もはやどうとでもなれと外に出る。すぐに雨混じりの強い風に飛ばされそうになる。華純は慌てて(あわ)コートを着込み、手で胸を押さえてついてきた。風に煽ら(あお)れながら、佐竹山が自分で車の扉を開こうとしたとき、雷が鳴り響いた。

華純のあげた悲鳴さえ、風の音に流されていった。

佐竹山は華純の肩を抱き抱え、その温もりや吐息の匂(にお)いを感じたが、つかの間のうちに、その小さな体を運転席に押し込むように入れ、助手席に乗り込んだ。

それでも華純がなかなか車を発進させないので、佐竹山はついにしびれを切らし、声を荒らげた。

「パイロットだって、自分の命が大事に決まっているじゃないか。プロが飛ぶと言っているんだから、大丈夫なんだよ」

まるで自分自身に言い聞かせているようだと苦笑したくなる。

華純はヒステリックにキーを回しエンジンをかけ、しゃくりあげながら運転を始めた。ワイパーが激しく雨を弾く。もしも上空でもこんなに強風なら、あのヘリほどの小さなリア・ジェットは、ひとたまりもなくもみくちゃにされるだろう。現にセイゲルの乗ったリア・ジェットはこれまで幾度か、オーバーランをしている。昨年は、這う這うの体でアリゾナから帰ってきた。

「危うく自分がドナーになるところだったよ」

皆の心配をよそに、本気とも冗談ともつかないことを、彼はあっけらかんと口にした。

自宅から専用の空港までは車で約二十分だ。最近は大学や空港への送り迎えも、華純がしてくれる。その間に、少しでも夫を眠らせようとするのが常だ。佐竹山が自分で運転して出かけると、帰りには必ず睡魔に襲われる。長い手術時間を終えたあと、移植医たちは車を縦一列に並べて帰る習慣がある。交互に前に出て、互いが寝ないように励まし合いながら帰宅する。それを伝えて以来、華純が送り迎えをしてくれるようになったのだ。何時になっても、迎えに来てくれる。今日も本当は口論などしている時間が惜しかった。助手席で黙って、体を休めたかったのだが。

滑走路に照明を灯した空港では、雨脚がそのまま幻影のように見えていた。

車を停車させようと速度を落とすと、フロントグラスの前に人影がぬっと現れ、華純は慌てて急ブレーキをかける。

「あなた、前を見て。おばけ」

ふと目をあげると、雨合羽のフードをかぶった長身の男がぬっと顔を出した。ずぶ濡れの手にオレンジ色のものを抱えて、白い歯を見せて立っている。

「おばけなんかであるものか……。セイゲル先生じゃないか」

佐竹山は、セイゲルが雨の中で待っていてくれたことに胸を熱くする。

「おばけですよ。セイゲル先生は」と、華純は、コートの胸元を合わせ、セイゲルを眺めている。

やがてぽつりと、「こんな格好で来たから、出られん」と、呟く。

「雨なんだし、ここから挨拶したらいいよ。私は行くからね」

そう言って、佐竹山が助手席から降りて行こうとすると、

「そんなわけにはいかんでしょ」

華純が、九州女らしくそう言って、慌てて佐竹山と一緒に外に出て頭を下げる。

「ヘイ、カスミ、元気だったかい？」

セイゲルはそう言って、彼女の潤んだ目を覗き込んだ。目を赤く腫らしているのは一目瞭然(りょうぜん)だったろう。長身の彼は華純を見下ろすと、何も言わずに黙ってその頭を撫(な)でた。

「心配しないで、カスミ。これはね、コウゾウを寝かせるためのシュラフなんだ」

そう言って、腕に抱えていたオレンジ色の、まるまった毛布を佐竹山に手渡す。受け取った佐竹山は、急にどこか清々(すがすが)しい気持ちを覚える。

「それでは、行ってきます、Dr.セイゲル」

わざわざ見送りに来てくれたのは、はじめてだった。そのくらい心配しているのだ。リア・ジェットの機体は、今にも引っくり返りそうに風にあおられている。

「カモーン、早く出発しよう」

パイロットが腕を回して、大きな声をかけてくる。佐竹山にはもはや、引き返すという選択肢はなかった。本物の戦場ではないが、自分は軍人だった父祖と同様に闘っている。

すでに準備態勢に入ったリア・ジェットに滑り込むと、意外なことに、古賀が先に座っていた。

「お久しぶりです。佐竹山先生。上空はどうでしょうね」

セイゲルとよく似たカジュアルなスウェットの上下に身を包み、気軽に話しかけてきた。この男は、リバーエッジ・ラボへ送られたはずだが、タフなことに連日のようにプレスビーにも立ち寄る。色男のわりに案外しぶとく生き残っており、フェローの一群からはすでに抜け出そうとしているらしい。

「先生、アメリカっていう国では、こんな日も飛ぶんですね」

深刻さを見せない古賀の鷹揚(おうよう)な態度に、佐竹山は軽く苛立(いらだ)ちを覚える。

「血液型がうまく合えば、今度の肝臓は日本から来ている青年に渡せるのだと聞いて、私もご一緒することにしたんです。あの青年の婚約者は、なんとも美しい女性ですね」

リア・ジェットの機体が上向き、離陸する。

「わあ、これは、冒険旅行だな。サン゠テグジュペリみたいですね」

いきなり強風に煽られ、ぐらっと揺れたにもかかわらず、どこか楽しそうに窓にぶつかる激しい雨足を眺めている。サン゠テグジュペリだなどと、こんなときによく出てくるものだと感心する。フランス人の作家は飛行機を操縦中に遭難し、入院中に『星の王子さま』を書いたのではなかったか。

古賀はさらに、続けた。

「日本人青年の実家は、なかなかリッチみたいですね。募金も集めずに渡航したそうですから」

「先生は、ラボの仕事で忙しいわりに、ずいぶん事情通なんだね」

佐竹山は、水平飛行になったのを見計らって、靴を脱ぎ、オレンジのシュラフに体を通す。

隣でも同じように古賀がシュラフから顔を出した。

「あ、上空は大丈夫そうだ。さすがに今日のフライトは緊張していたもので、ついおしゃべりになりました」

古賀はそう言うと、事切れたように目を閉じ、寝息を立て始めた。

その姿は、佐竹山には憎からず感じられた。この男も日本からやってきて、精一杯やっているんだ、ラボのことも、今度は一緒に語ってみよう、そう思いながら、佐竹山も目を閉じる。酒を飲んでいないと、疲れが頭の芯に残り、寝しなに様々な過去の患者たちの顔が現れるのはいつものことだ。

美しい婚約者という言葉に、改めて九州での研修医時代に出会った患者たちを思い出す。まさかアメリカでの日々がこんなに長引くとは思っていなかったから、あのときの白衣は九州の家に置いてきてしまった。自分にしがみついた婚約者の涙がしみついた白衣だ。

ジェット機はナイアガラ地方を目指し、渓谷を越えていく。

プレスビーの入院棟を佐竹山が訪ねる。

移植手術から三日経った吉田延雄は、まだ様々な装置に繋がれているものの、別人のようにすっきりとした頬で目に笑みさえ湛えている。

ベッドサイドの婚約者が立ち上がって、マスク越しに、

「佐竹山先生ですね？　あの嵐の日に、ドナーの元へと飛んで下さったと聞きました」

そう言うと、白い両手を胸の下に重ねて礼をした。髪を一つにまとめて、滅菌の衣類に身を包んでいる。

移植手術を受けるには、大金がかかる。米国内の患者なら、めいめいが何かしらの保険に加入しているため、それでかなりの割合の支払いができるが、患者が不法移民であれば保険が利かず、前払いで日本円にして五千万円相当を用意しなくては、移植手術は受けられない。

日本からではなおのこと、保険は一切使えず、医療費と滞在費で億単位の金が必要

になる。

「ああ、佐竹山先生も来られていましたか」

そう言って後から現れたのは、緑のスクラブスーツを着た古賀だ。ラボから戻ったばかりなのだろう。

「吉田くんは、募金をせずにここまで来られたって本当なの？」

古賀はよほど育ちがいいのか、そんな立ち入った質問でも、特別頓着することもなく婚約者に向けることができる。もちろん、手術が成功したからに他ならないのだが。

「全額ではないんです。有志で集まって募金もして頂いて。延雄さんの状態がいよいよ悪くなって、結局彼のお父さんが、いろいろ必死になって工面して下さいました」

「回復すれば恩返しできますよ」

佐竹山がそう言うと、古賀はさらに彼女の方を向いて訊ねた。

「あなたもお仕事を辞めて来られたんでしょう？　どんな職業に就かれていたんですか？」

「商社に勤め始めたばかりでした。学生時代にアメリカへ留学していたので、少しは仕事に役立つかと思ったんです」

「それで、英語がお上手なんだね」と、古賀は調子よく感心している。

「手術はうまくいきましたよ。セイゲル先生が、自ら執刀されましたから」

佐竹山は、延雄の目がすっかり白く澄んだことを認め、その輝きに蘇った生命力を感じて頷いた。

古賀がそれではと部屋を出ていくと、婚約者が佐竹山の方をじっと見つめてきた。

「先生、延雄さんのドナーになったのはどんな方だったんでしょう？」

嵐の日のドナーは、ヒスパニックの青年だった。オートバイ事故で即死。しかし奇跡的に肝臓は無傷に近かった。

「詳しい話は、後でコーディネーターのキャサリンという女性がきちんと説明してくれますよ。アメリカでは、サンクス・レターという手紙を送っていいことになっている。ドナーのご遺族とやり取りを続ける患者さんもいます。何でも遠慮なくキャサリンに訊いてください」

そう伝えると、婚約者の女性は、目尻を垂らして花のような笑みをこぼした。

「よかった。延雄さん、移植を受ける前に何度も言っていたんです。僕はどんな人から肝臓を分けてもらうのかなって。ちゃんと知った上で、その人の分も生きなきゃって思っているようです」

彼らの様子が眩しかった。まるで、九南大時代の二人がもう一度自分の前に現れて、自分にやり直しをさせてくれたかのように感じていた。

延雄の容態は日に日によくなり、一週間後には婚約者に杖代わりのように寄りかかりながら、院内を歩き始めた。日本人らしい折り目正しさと、若く美しい婚約者の印象があいまって、他のドクターたちにも評判がよく、院内に爽やかな風を運ぶ存在となりつつある。


ひと月もせずに延雄は退院の日を迎えた。退院といっても、遠方からの患者とその家族は、半年ほどはプレスビーにほど近いファミリーハウスに滞在することになる。移植を受けた以上、免疫抑制剤は生涯欠かせなくなるので、定期的な通院も必要だ。

セイゲルが怪人と呼ばれる所以の一つに、患者に対する記憶力がある。彼は患者たちが久しぶりに再訪しても、いつ、どのドナーから移植を受けた血液型が何型の何歳の患者であるかをすべて覚えている。患者たちは、すでに彼の人生の一部なのだ。病院を再訪する患者たちと廊下で会った瞬間、ファーストネームで呼びかけるほどだ。

平穏な日々も束の間、吉田延雄青年が再入院するという連絡をセイゲルから受けた。発疹が全身に出始めていた。診察を受けた頃には顔だけにあった発疹が、入院手続きを取っている間にもみるみる全身に広がり始めたという。カンファレンスでは気がかりな症状が伝えられた。

「私が何か、変なものを食べさせてしまったのでしょうか」

婚約者は、由佳里(ゆかり)という名だ。できるだけの朗らかさを装(よそお)って、診察中の佐竹山に訊ねてくる。誰だって移植などという大手術を終えた後に、病気がぶり返したとか、恐れていた拒絶反応が出たなどとは、思いたくない。だが、佐竹山は知っている。オペは最初の関門に過ぎない。本当の闘いはそこからだ。

だからこそ、リバーエッジ・ラボから毎日送られてくる拒絶反応の詳細なデータを、セイゲルはまるで恋人から手紙が届くかのような情熱をもって見つめているのだ。Dr.リョウコは、動物たちのオペを繰り返す孤独な場に身を置いて、セイゲルを支えてくれている。

入院ベッドに横たわった延雄を、佐竹山は見下ろす。祈るような気持ちで延雄の手に目を移した。その指の先や手の平にまで発疹が広がっているのに、言葉を失った。

通常の蕁麻疹(じんましん)なら発生しない場所である。単なる拒絶反応をも超えた深刻な症例ではないか。ドナーの方の免疫細胞が、移植された延雄の体の中で悪さをし始めているのだ。GVHD、移植片対宿主病(へんたいしゅくしゅびょう)、プレスビーでも一例しか遭ったことがない。その症状で再入院した六十代の女性は、そこから十日ももたずに命を失い、大勢の家族に見送られて土に還った。

佐竹山は、延雄の症状をセイゲルに伝え、共にドナーの摘出にあたった古賀にも、電話で連絡した。

「ドナー肝の状態は、生検の結果もまったく問題はありませんでしたが」

電話をかけ直してきた古賀も、あの嵐の夜の摘出データをもう一度あたったようである。

ドナーの血液は、摘出の際に一度きれいに洗い流されている。しかし、免疫細胞だけは、どんなに灌流（かんりゅう）しても、その臓器に紛れてやってくる場合がある。ごくまれなケースだが、こうなると、予後はよくない。

セイゲルはすぐにカンファレンスに入った。古賀もラボから呼ばれ、他の移植医たち、そして今回はフェローたちも一緒にライブラリーの楕円（だえん）テーブルを囲んだ。連日のごとく各国からフェローが訪れるので、もはや佐竹山にもすべてのメンバーは把握できていない。自分もそんなフェローの一人に過ぎなかったはずなのに、いつしかDr.セイゲルへ、症例を伝える立場になっている。古賀はすぐそばで耳を澄ませている。

「コウゾウ、プランはまとまったかい？」

「オフコース　イエス」と、いつもと同じ返事を低い声でして、佐竹山は説明を始める。

「私はこう考えます。悪さを働くドナー細胞を、免疫抑制剤であるステロイド剤で徹底的に叩くのが定石です。しかし、今回の患者には、最初の病気でステロイド剤で効果が上がらなかったという経緯があります。そうであるなら、もう一つの考え方が浮上します。ステロイド剤の投与をやめ、ドナー由来の細胞がバランスを保って共存できるようになるまで待つのです」

古賀が椅子の背もたれに身を預け、天井に向かってため息をついている。さらに別の意見や問いかけをセイゲルに向かって積極的に向けていく医師たちもいたが、セイゲルはそれらの可能性を否定すると、腕を組んだ。

「ではこのケースは、引き続きコウゾウに任せよう。結果は報告して」

「待つ」という以外の解決策は見つからなかった。

発疹は一進一退を繰り返した。そんな延雄に由佳里は、昼夜を問わず付き添った。高熱、むくみも始まった。肝臓に向かう肝動脈の閉塞により、肝臓が腐り始めていると推測された。二つの合併症を起こすのは、不運としか言いようがない。エコー検査の結果もそれを示している。

緊急オペを行った。腐った部分は切除するしかない。移植されたときにはピンク色で脈動を始めたはずのドナーの肝臓だが、ふたたび創(きず)を開いてみると、左葉が赤黒く腫れ上がっている。

「必ず取ってみせるからね」

肝切除のオペでは、佐竹山は麻酔のかかった延雄に向かって珍しく日本語でそう呟いていた。

「右半分はまだそうやられていない」

そう口にしてみたところで、感染の状態は酷(ひど)かった。

つまり、傷口の縫合ができないほどなのだ。内臓を露出させたまま、延雄はＩＣＵへと運ばれていき、そのままそこでの入院となった。いくら腐った部分を切除しても、腹部内の感染は残ってしまうので、傷を洗浄し、露出した内臓の上にかけられたガーゼを交換しながら、傷が閉じるのを待つしかない。

傷口から肝臓の端を見せたままで横たわる延雄を、滅菌の衣類に身を包んだ由佳里が見守る。彼女が始めた編み物はマフラーのようだ。それは日に日に長くなってゆく。ガーゼ交換には激痛が伴う。静脈麻酔を行う必要があり、その際には由佳里も部屋から出されるのだが、彼女は必ずこう延雄に声をかけた。

「延雄さん、耐えてください。絶対によくなるんだから」

婚約者のどんな励ましにも、延雄には力なく頷くのが精一杯だった。むき出しの内臓には自然と細かい血管が張り巡らされていき、すぐに癒着という自己防衛を始める。そこにのせられたガーゼが無慈悲にも剝がされるのだ。体表から薄皮を剝がすに等しく、悶絶の苦しみがつきまとう。

佐竹山はどんな手段をとっても、この患者を、そして二人のことを助けたいと心に誓っていた。

「延雄くん、我慢だよ」

延雄の悲鳴がまた響きわたる。


リバーエッジ・ラボは、今や外科医だけで常時十名を超える研究機関となっていた。凌子がそうだったように、移植を学びにピッツへやってきた医師たちが、動物実験を礎にその手技の基本を学ぶ場にもされていった。

はじめは犬の胆管の吻合をトレーニングする。習熟すると、血管を任されるようになる。ラボへ送られた古賀は、延々と犬での吻合を続けていた。

「one hand tie に、ようやく慣れたみたいね」

今日最初のオペをしている古賀がふり返ると、いつから見ていたのか凌子が腕組みをして立っていた。

「two hand に慣れていたドクターたちの方が、一からの若い子たちより苦戦するみたい。私は外科医じゃなかったから、案外すぐに馴染めたんだけど、あるドクターなんかは日に千回は結紮の練習をしたって」

佐竹山のことだろうなと、古賀は思う。

「凌子先生のご指導がよかったので」

古賀が手指を動かしながらいうと、凌子は否定もせずにこう言った。

「私はラッキーでした。サワダ先生は教えるのがとてもお上手なんです。必ず、セイゲルはこうします、と言い添えられるけれど」

古賀はそう口にした凌子を見上げた。その横顔には柔和な微笑みが浮かび、いつもは青白い頬が少し色づいて見えた。

はじめはどの手技においても惨憺たるものだったが、ほぼ、どの管も吻合はできるレベルまでは到達した。あとはスピードがついてくれば、人の移植も担当させてもらえるはずだ。

最長一年のつもりの留学だったが、それでは移植のスタート地点にも立てなかった。できないことがあるからこそ、面白くもある。はじめて胆管がよどみなく吻合できたときのうれしさは、清々しく新鮮なものだった。二年目からは、給料ももらえるようになった。もっとも使う時間などないのだが。

「古賀くん、今から上でネズミをやるから、向こうも手伝ってくれます?」

そう言われて、あとに従った。

凌子は、犬よりも小さなネズミで移植にあたっている。毎日手術用の顕微鏡を用いてより細い血管の吻合を行っており、休憩中は、目のアイシングをしている。

ここにも移植を学びに来た各国の外科医たちが集っている。

スペイン人のアマデオは、肌が浅黒く大きな瞳(ひとみ)をした男で、昨年早くに、ラボに回されてきたはずだ。他にはやってきたばかりの中国人医師が二人、ミシガン州からも新人が入ってきたばかりだ。

「ネズミの移植かよ」

手術台を前に、英語でそう呟いた中国人の声が凌子の耳に入った。

彼らは顕微鏡下へのネズミの置き方も雑だった。

凌子は、目を見開いて反論した。

「ネズミだったら、何だっていうの?」

「Dr.リョウコ。ネズミの体があまりに小さかったので」

「小さいから、どうだっていうのか訊いてるのよ。動物のサイズをつべこべ言いたいなら、どのオペだってできるようになってからにしてちょうだい」

凌子が放つその台詞を、もう何度耳にしただろうと思い返す。自分も含め多くの外科医たちが、彼女にその台詞を言わせてきたわけだ。

中国人ドクターは、肩を落とした。

「失礼しました……」

「ここではどんな動物でも、ヒトと同じだと思ってちょうだい。どの命も決して無駄にしない。それを忘れないで」

そこまで言うと凌子はキャップを外し、オペ室へやってきたアマデオに、デモンストレーションを代わるよう頼んだ。

アマデオは、その場を立ち去ろうとする凌子を呼び止めて、

「リョウコ、もちろん、あとは僕に任せてくれていいんだけど」

どこか不自然なほど優しくそう言って、さらに凌子の耳元に何かを囁いた。

二人の噂は本当だったんだな、と古賀は勘づくが、凌子は顔をしかめて、さっさと立ち去ってしまった。アマデオの手技に見入る。一匹のネズミの命がサクリファイスされ、もう一匹が胸を裂かれた。

凌子は、これまで何度かアマデオを部屋に迎えていた。動物実験が続き、一人で幾晩もラボで寝泊まりしていると、時折どうしようもない渇望に襲われるのだった。肉体の奥底に宿る女としての欲望は熱い芯になってくすぶり、着任してほどないアマデオをこちらから誘った。簡単な料理を作ってワインを注ぎ、好きな音楽をかけた。恋という感情とはまったく異質なものだったが、交わした性に、つかの間疼きが鎮められた。アマデオの浅黒い肌には、くるくると巻き毛の胸毛があり、強い体臭に包まれた。

割り切った関係を望んでいたが、最近、アマデオが祖国のワインや生ハムを届けてくれたり、ラボにまで花を運んできたりと情熱的にアプローチしてくるようになり、そろそろずるい手を打つ必要を感じていた。

夕方になって、いつも通りにデータを取りに来たサワダに告げた。

「Dr.アマデオはもう十分な手技を身につけられました。あとの研鑽はDr.セイゲルのもとで積んだ方がよいと思います」

データに目を通していたサワダが顔をあげる。

「十分な手技を身につけた。理由はそれだけですか？　アマデオからは、何の申し出もありませんが」

「でも、できるなら受理していただきたいのです」

サワダはデータを自分のファイルケースに収めると、口にした。

「たまには、私と外へでも出かけましょうか？」

「どこへですか？」

凌子の心音が高鳴った。サワダと出かけられるのは願ってもない機会だ。だが、アマデオのことを詳しくサワダに話せば、自分の愚かさをあからさまにするだけだ。

「ここからは、そう遠くありませんよ。気がかりがあるのなら、後でラボに戻られたらいい」

凌子は頷くと、回復室にいた古賀に後を頼み、白衣を脱いだ。

川べりのバーには、ジャズが控えめな音量で流れていた。カウンターの向こうは大きく窓が切り取られ、川に沿って植わったプラタナスの樹々が見える。生まれ育った札幌でもよく目にした、樹皮がパッチワークのように剝けてゆき、大きな美しい葉を繁茂させる樹だ。凌子はピッツバーグにもこんな静かなバーがあるのをはじめて知った。同じリバーエッジにあり、窓からはオハイオ川の流れと街の灯りが見える。サワダは時折立ち寄っているのだろうか。バーテンダーとは、短い会話ながら馴染みのような挨拶を交わしていた。

黒いタートルネックの袖をたくし上げ、つい、腕時計に目をやってしまう。

「お急ぎなら、手短にお話ししましょう」

サワダが、いきなりバーボンをロックで頼む人であることも、凌子はこれまで知らなかった。

「私は、ドライ・マティーニを」

サワダが半分、苦笑しながら眉を寄せる。

「強いお酒ですよ、言うまでもないですが」

「時計を見てしまうのは、ラボに入ってからの習慣です。データを取る時間の間隔が、しみついてしまいました。ですが今日は、後を古賀先生に頼んできましたので、心配いりません」

「Dr.コガですね。彼はなかなか優秀なようだ。彼こそ、そろそろ、プレスビーのオペに加われそうですが」

サワダが困ったように指でカウンターを叩いた。

「先生がおっしゃりたいことはわかっているつもりです。反省もしています。Dr.アマデオには、セクシャル・ハラスメントで訴えられても、仕方がないと思っています」

サワダのカウンターを叩くリズムが、ゆっくりになった。

「セクシャル・ハラスメントとは？　それは、思いもしなかった話ですが。あなたが、彼に訴えられるのですか？」

凌子は全身が恥ずかしさで熱くなるのを感じた。頰にからみつく髪を、慌てて耳にかける。

「お気づきかと思っていました」

「私は、何に気づくべきだったのかな？」

凌子は、俯きながら小さくため息をつくと、もはや開き直るしかなかった。

「雄雌、メイル&フィメイルの関係です。私から誘ったんです。好きでもなんでもないのに、相手をしてもらったんです」

サワダは、グラスのバーボンを飲み干すと、二杯目を頼んだ。

「Dr.リョウコ、あなたは少しばかり失礼ですよ。バーテンダーがドライ・マティーニをきりっと冷やすのに、どんな努力をしていると思いますか？」

「三口で飲み干すべきお酒でしたね」

そう答えると、三口どころか凌子は一気に飲み干した。喉が熱く、火を噴きそうになる。

「意外ですね。猛禽類のようなところがおありなんだな」

凌子もカウンターの向こうに、カクテルグラスを滑らせた。次はその作り方を注視した。氷を使ってミキシング・グラスを冷やす、ドライ・マティーニとしてはありきたりな作り方だ。お酒を覚えた仙台で通ったバーのドライ・マティーニは、とても美味しかった。ミキシング・グラスを冷凍庫に入れておき、氷さえ使わず氷点下のジンで冷やす。水気が少しでもあっては緩くなるから、と無口なバーテンダーは、あるときぼそっと秘訣を教えてくれた。

「さて、実はその話をしたかったわけではないのですがね。Dr.セイゲルは、新薬をなんとしてでも見つけたい。もうそれしか、移植の生存率を高める方法がないことがわかったからです。あなたが、それを証明してくれました。私は、あらゆる可能性を探すため、新薬情報のあるところへ飛ぶことになるでしょう。その間は、データをあなたご自身の手でDr.セイゲルの元へと運んでほしいのです。少々の負担をおかけしますが、頼めますね、Dr.リョウコ」

――あなたが、それを証明してくれました。サワダのひと言は、凌子のどんな渇望をも潤してくれる。サワダの声を通したことで、もしかしたら女としての渇きまでも。

移植においてオペは、瀕死の命を助けるための一枚目の扉に過ぎない。他者の臓器を取り込んだ肉体は、必ずといっていいほど強い拒絶反応を示す。自分のものではない命を認識し、それとともに生き延びることに抗っているようにさえ見える。現在使われている免疫抑制剤の可能性を究めるデータなら、もうすべて収集できた、と言ったも同然だった。だから次の新薬を探し始めるのだ、と。

「二杯目が、また放っておかれていますね」

胸が詰まった凌子に、サワダはそう言って、バーテンダーに向かって笑みを見せる。

「Dr.コガを、もしあなたのそばに置いておく必要があるのなら、彼の昇格もDr.セイゲルに頼みましょう。セイゲルは、彼のことを気にかけていますよ。あのハンサムガイはどうした？　と」

「昇格は励みになるでしょう。彼がハンサムかどうかは、私にはわかりませんが」

そう言って凌子は、どこか緩いドライ・マティーニを飲み干すと、

「お水をいただいていいですか？　大きなグラスで」

頭が少し酔いかけていた。水に口をつけると、凌子は思わず喉を鳴らして飲んだ。手の中で、グラスの氷が踊るように、光を浴びて回り続けていた。

「面白い缶詰があるね。それは何？」

サワダがバーテンダーに訊ねる。

「クラッカーです」

と、バーテンダーが答えると、サワダはそれを頼んで缶を開け、指でつまみ、

「これははじめてだな」

と、凌子に差し出す。さくさくとした感触が、口の中に広がる。

「私の郷里では、台風が来ると、皆で保存食の缶詰を食べました。実はそれが、子どもたちにとって結構な楽しみでした。キュウシュウの離島育ちなんです」

「サワダ先生から、子ども時代のお話をうかがうなんて、はじめてですね」

彼は掌（てのひら）の中で缶を見て、どこか遠い目をした。

「アマデオのことは、私がうまく取りなしましょう」

バーの窓からは、どこへ何のために向かうのかはわからないけれど、オハイオ川を渡る船の灯りが見えていた。


病棟の九階には肝移植の患者ばかりが入院している。913号室、日本から移植手術を受けに来た吉田延雄の病室に、今慌ただしい足取りで、同じフロアにいた移植医やICUで働く集中治療医たちが、吸い込まれるように入っていく。

つい数分前に、院内に警報が鳴り、

「コード115　ルーム913」

と、アナウンスが流れた。

コードとは救急救命が必要な状態をさす。

呼吸療法士が廊下に車輪の音を響かせながら、救急用の大きなカートを、入院患者の部屋に運び込んでいる。

除細動器、人工呼吸器、心電図モニターなど蘇生器材をのせた巨大なカートを搬入するのは呼吸療法士たちの役割だ。台車のついたカートは本棚一架分はあり、エレベータに入るのがぎりぎりな大きさだ。

コード115では病室を移す余裕もなく、その場で蘇生処置が始まる。

セイゲルを囲んでのカンファレンスの最中だった白衣姿の佐竹山も、慌ててかけつけた。延雄の腹壁にかかっていたガーゼを麻酔もかけずに一気に外す。腹壁開放のまま治療を続けていたが、自己治癒力の証とも言える癒着の膜の表面には、朝方にはなかったはずの黄緑色の膿が溢れ出している。

「これは」

佐竹山が言葉を失ったのを見て、すぐに側にいたフェローのジムが、心臓マッサージを開始した。その横で集中治療医のビルが、周囲に早口で説明する。

「患者は、ノブオ　ヨシダ、二十八歳。自己免疫性肝炎で三十日前に肝移植を受けています。肝動脈閉塞による肝膿瘍からのセプシス（敗血症）と思われます。午後三時頃から血圧低下、その後ショックとなり心停止」

レジデント（研修医）のアンディが頭側のベッド柵を外し、頭側に移動する。

「挿管します。挿管チューブは8・0、喉頭鏡」

呼吸療法士から喉頭鏡がアンディに手渡される。延雄の口を指で広げ、喉頭鏡で慎重に舌を押し下げながら、声門を確認する。

「挿管チューブ」

チューブが渡される。

「イン」

アンディが、チューブをアンビューバッグに接続する。加圧しながらすぐに聴診器で呼吸音を確認し、挿管チューブや舌を噛みきらないためのバイトブロックとともに口元で固定する。

佐竹山は、聴診器で肺の音を確認する。ジムがマッサージを続けていると、ビルが声を張り上げた。

「エピ、ワンショットで静注して」

「よし、心室細動だ。除細動器、レディ」

カートに積んである除細動パッドを奪い取り、充分にペーストを塗った。それを延雄の胸に当てる。

「エブリボディーズ　アウト」

佐竹山は低い声を響かせ、彼以外の者が感電しないように一旦(いったん)病室の外へ出る。大きな衝撃音とともに、延雄の体が浮き上がる。

病室に戻った全員の視線が、心電図モニターに集まっている。細く伸びる機械音――心室細動が収まらない。

「心マ、代わりましょう」

リバーエッジ・ラボでの犬の移植を終えてプレスビーに戻っていた古賀も、院内に流れたコード115のアナウンスを聞いて、駆けつけた。

ジムと役割を交代する。

左半分が壊死(えし)したことで感染が始まり、左葉切除の後は腹壁開放のまま機能させていた延雄の移植肝である。しかし今は、残った右半分も壊死を起こしているのが、古賀にも見てとれた。

肝動脈がどこかの時点で閉塞してしまったのだ。胆管は肝動脈からのみ血流を得ることができる。肝動脈が閉塞すると、胆道系は壊死し、肝膿瘍ができてしまう。これが原因で敗血症を起こしたのは、説明を受けるまでもなくわかった。

敗血症では、感染が全身に波及し、すべての臓器が急激に変調をきたす。何も治療をしなければ、一気に死に至る。敗血症を患った者の、ほぼ三人に一人が死に至るのだ。

心電図モニターからは、心室細動の波形が見える。これは、医学的には心停止とは区別されるが、血圧が全く出ないという点では、心停止と同様の状態である。心室が無秩序な興奮による刺激を受けて小刻みに震え、心停止と同じように、血液の拍出ができない状態を引き起こしている。

この細動を取り除いてやらねば、循環停止に至り、死へと向かうすべてのスロープを一気に降りていってしまう。

古賀は、意識を失い横たわる吉田青年の滑らかな胸を、両腕で懸命に押し続ける。

モニターの波形を食い入るように見ている佐竹山の手には、すでにまたオレンジ色の除細動器のパッドが握られている。

一、二、三、一、二、三、今にも開放された腹壁に滑り込みそうな両手に、古賀は集中する。

「ペースト」

佐竹山の合図で、古賀は一旦その手を離し、部屋の外に出る。

ふたたび、衝撃音。

腹壁を開いたままの延雄の体が、寝台の上でふたたび波打つように飛び跳ねた。

しかし、モニターの波形はなお変わらない。

「心マ、続けます」

古賀は、そう口にする。除細動器の使用回数が増えるほど、心臓の動きが戻る可能性は少なくなる。

戻って来い、延雄くん。そのまま逝ってはだめだ。戻って来い。古賀の腕の中ではつい数時間前に、ビーグル犬が命を失ったばかりだった。

小さな命を奪ったその手で、今はどうしてもこの患者を助けたいと懸命に力を尽くしている。延雄の蘇生に今日一日の救いを求めているような気がしていた。亡くなったドナーの分も延雄くんには生きてほしい。

額に浮かぶ汗を、看護婦が拭ってくれる。

「もう一度、ペースト」

佐竹山の合図で、ふたたび皆外へ出る。古賀は肩で息をしながら、室内の様子を祈るように見つめる。

延雄の体が後ろぞりに硬直し、跳ねた音がする。

波形が変わった。

拍動が電子音で表現される。

しばらく皆でモニターを見つめる。

ピッピッピッ。

延雄の鼓動が戻ってきた。

療法士たちが拍手をする。

「OK, done」

蘇生にはなんとか成功した。しかしなお、延雄の敗血症を引き起こすきっかけになった肝不全については、何一つ解決できていない。

古賀が病室の外へ出ると、両手を握るようにして由佳里が立っていた。

「先生？　延雄さんは」

「鼓動は戻りました。延雄くんは、セプシス、敗血症を起こしていました」

「セプシス？」

「ええ、二度と起こらないように願っていますが、その言葉は覚えておいてもいいかもしれません」

オレンジのワンピースに白いカーディガンを羽織った由佳里は、毅然と足を踏んばっているが、その目は、不安の光で揺れている。

「セプシス……」

なぜそんなことを彼女に言ってしまったのか、古賀もふと考える。医療従事者のように看病を続ける由佳里の冷静さと医療へ示す理解もまた、延雄が見せてくれた救いの一つに思えていたからかもしれない。

「佐竹山先生からお話があると思いますが、もう一度手術が必要になりそうです」

「古賀先生、手術というのは？」

その黒い瞳が古賀の目を覗き込んで離さない。いますぐにすべてを知っておきたいという風に強く光を放ってくる。

「おそらく、再移植が必要となります」

「再移植……もう一度、別の肝臓をということですか？」

古賀は頷き、彼女の肩を一度叩いた。

廊下を歩き始めると、由佳里が追いかけてきた。

「考えてもいなかったです……。もう一度また、別の方の肝臓をもらうだなんて」

由佳里がうわ言のように古賀の言葉を繰り返し、口元を抑える。

「お金が尽きかけているんです。もう一度は、無理ではないかと」

募金ですべて賄った患者たちと違い、延雄の医療費は、吉田家が私財をなげうって工面してきた。ファミリーハウス滞在と入院を繰り返すうちに半年は超えている。すでに億に近い金額まで費用はかさんでいるはずだった。

廊下の角を曲がったときに、並んで歩くセイゲルとサワダの二人と擦れ違った。

「ジュニチ、ノブオは蘇生できたようだね」

セイゲルは、古賀のこともファーストネームで呼ぶ。

「はい、ただすでにセプシスを起こしています」

セイゲルは頷く。

「十分後に、このケースについてライブラリーでカンファレンスを行う。ジュニチも来なさい。ノブオの症例は、とても珍しいからね」

「はい、うかがいます」

古賀はこの日も早朝から休みもなく働いていたが、セイゲルから声をかけられたなら、そのチャンスにしがみついていくしかない。

腕時計の文字盤を確認し、カンファレンスの時間までにせめて空腹だけでも満たしておこうと、一階のカフェテリアへと駆け足で向かった。コーヒーとサンドイッチを買い込むと、昇格と共に自分用に与えられた個室に入る。扉に、自分の名前が刻まれた研究室だ。

今月に入り、小さいながら、プレスビテリアン棟に研究室が持てたのだ。古賀はこのことが殊更うれしく、ラボの帰りが遅くなっても、必ず自室へ立ち寄る。資料とコンピュータの他にこの部屋に置いてあるのは、真鍮でできた、ある像だ。乳児期、幼児期、青年期……生まれてから死んでいくまでの、八段階の人の姿が象られ、半円状につながっている。この研究室が明け渡されたときに、棚に置かれてあった段ボール箱に収まっていたから、前任者の持ち物だったのだろう。

古賀はこの像を何度も磨き、窓辺に置いた。

延雄のような若者は、まだこの辺にしかいないはずだと、段階をまだ上に駆け上がろうとしている三段目の像を見る。

なんとか助けてあげたいが、費用についての懸念も当然のことだ。

白衣のポケットにノートやペンを差してライブラリーへと向かうと、セイゲルを筆頭に、先ほど顔を合わせた移植外科医やビルたちを含めた十名ほどが、すでに顔を揃（そろ）えていた。サワダはいつも通りセイゲルの隣に、佐竹山はホワイトボードの前に立っていた。

入り口付近の椅子に、古賀は座る。

佐竹山が、今回の吉田延雄の症例についての説明を始めた。

「913号室に入院中の患者、ノブオ・ヨシダに、約ひと月前に、同じ血液型のドナー肝を移植しましたが、これによりGVHD、移植片対宿主病を起こしたと思われます。移植片に紛れ込んでいたドナーの免疫細胞がレシピエントの体の中で攻撃をはじめ、しかし彼にはステロイド剤の薬効は期待できないという判断から、ドナー由来の細胞がバランスを保って共存できる状態を待っていました」

「GVHDが、肝臓移植で起こるのは稀（まれ）ではないですか？　腎臓では時折ある症例ですが」

アメリカ人の医師が投げかける問いにも、佐竹山は落ち着いて答える。現在は医療の現場で使われる英語も、滞りなく理解しているように見える。

「確かに、レア・ケースです。ただし、起こったのも事実。不運なことに合併症がもう一つ重なり、肝動脈閉塞から胆道系の壊死、肝膿瘍の兆候が見られたので、移植肝の左半を切除した上で、腹壁開放のまま治療にあたっていました。本日敗血症を起こした原因は、残してあった右半にも肝膿瘍ができたからだと思われます」

確かに不運が重なっている。古賀は佐竹山が伝える経過を、ポケットから取り出したノートにメモしてゆく。ノートは、プレスビーの正面口を出た表通りにある文房具店で買い足しているが、すでに五冊目になっている。

ライブラリーには、これまでにセイゲルが書いた無数の論文や研究書、医学辞書などが収められている。過去に治癒した患者からの寄贈によってできた部屋だという話だ。ライブラリーを寄贈した患者は、セイゲルが四年のブランクの後に肝臓移植に復帰してあたった最初の患者だそうで、現在も時折ここを訪れる。

セイゲルはクリスマスになると、生存している全ての患者たちに直筆のメッセージを添えたカードを贈る。時にはそうした患者たちから再び血液を採取させてもらい、体内での免疫抑制剤の効き目を繰り返しデータ化するなどのタフな関係を続けている。

自ら進んで研究データの提供に貢献したいと申し出る元患者たちは少なくない。移植を受けねばすでに失われていた命なのだからと、以後の人生は自ら進んで「Dr.セイゲルのモルモットに」とまで口にする患者たちがいる。お国柄もあるだろうが、セイゲルの挑戦の同志になったという思いがあるからだろう。

過去に累々たる症例があったはずだが、このライブラリーの中にあっても、延雄のケースは類を見ない複雑さだった。

医師たちのため息が漏れる。

「コウゾウ、どう判断する？」

セイゲルは佐竹山にシンプルにそう訊ね、さらに問いかけを続ける。

「現在ある免疫抑制剤では、ノブオの体はまたどんな反応を起こすかわからないね。それでも、もう一度待機リストにあげた方がいいかね？」

「はい、私は再移植に賭ける以外、道はないと思っています」

ドナーはいつ出るとも知れず、肝臓を待つ待機者は後を絶たない。グッドリバーは、常に取り合いなのだ。敗血症を起こした延雄には残された時間がなく、今度もまた待機者リストでは最高の緊急度を表すＵＮＯＳステータス１に上がるだろう。貴重な臓器には、本来、国内患者と国外からの患者に与えられる枠がそれぞれ決まっているが、今回はそれを検討している余地もない。

様々な事情を鑑みているはずだが、佐竹山にはこういう時に一歩も譲らない強さがあるのを、今では誰もが認めている。

「ステータス１で、再移植を望みます。新しい肝臓が入ることで感染症が収束し、また新しい宿主が入ることで、GVHDを起こしているリンパ球の勢いが弱くなる可能性は、まだゼロではない。望みはあります」

ホワイトボードに書いたGVHDという文字を、佐竹山はマジックペンの先で叩く。大きな手に、病気を叩いてみせてやると訴えるような迫力がある。

「確かに、腎臓の場合なら、第三者の骨髄を入れるという治療法を取っていますね」

そう発言したイタリアの医師は腎臓移植のチーフだ。今回のカンファレンスに、セイゲルが意見を求めるために呼ばれていた。またその隣には、どこか覇気のないアマデオも座っている。彼のノートに目をやると落書きをしていた。この様子だと、プレスビーではそう長くは持たないかもしれないと古賀はふと思った。

アマデオからは、彼がプレスビーに戻ってから何度か相談を持ちかけられた。初恋の乙女のように凌子に夢中だったのだ。

「僕は嫌われてしまったようだ。なぜだろう」と、繰り返すばかりだった。

Dr.セイゲルは長い指を顎にかけ少し考えていたが、一言だけ口にした。

「OK、コウゾウに任せよう。再移植へのステータスは1だ」

目が合った。いつもなら緑がかって映る瞳は、灰色にかげって見えた。

嵐の夜のドナー肝の切除法や灌流の方法に、本当に抜かりがなかったのか疑っているのかもしれなかった。あるいは、もう次はないよ、と念を押したかったのか。疑い深いというのではなく、セイゲルは、すべてに徹底的に慎重な人物だった。

あの夜もミスは犯していない。摘出においては、いまやそう胸を張れる。無数の犬たちの命が、彼を移植医に育ててくれたのだ。古賀はDr.セイゲルの目を揺るぎのない気持ちで見返すことができた。

カンファレンスが終わった後のライブラリーを、佐竹山が片付けている。ホワイトボードの文字を消し、カルテや資料を手に出ていこうとしたので、古賀から声をかけた。

「佐竹山先生、よろしいでしょうか。先ほど吉田くんの婚約者と少し話をしたのですが」

「どうしましたか？　私もこの後で、話しに行くつもりでしたが」

古賀は、うなずく。

「実は、費用がもう尽きかけていると」

急いでそう伝えた。カンファレンスの前に話すべきだったのかもしれない。そういう意味では古賀もずるい手を使ったことになる。

「金銭の問題は、確かに大きいだろうね」

佐竹山は、一瞬、間をおいて息を呑む。

「再移植となると、また同額が請求されるのでしょうか？　いくら吉田くんの家が裕福だといっても、急に用意はできないと思います」

佐竹山は拳を握り、唸ってしまった。

しかも、再移植をしたからといって、ＧＶＨＤを封じ込められるとは限らない。延雄の場合、既存の免疫抑制剤に効き目が期待できず、そうなるとふたたび拒絶反応がでるか、肝動脈が詰まって肝臓が壊死する可能性も有している。

古賀には、佐竹山がどう判断するのか、まったく読めなかった。セイゲルという医学の巨人の前で、いささかも動じないこの男は、驚くほど豪快な人間なのか、あるいはよほどしたたかなのかも、つかめなかった。

移植医療は他者の臓器ありき。他者の肉体の一部をもらって命をつなぐという行為だ。一つ目がだめで、もう一つもらう。それでもだめならどうするのか？　何を以て区切りにするのか。古賀は、少しずつ身についていく手技とは反比例するように、自分が医師として、決断ができなくなってきているように感じていた。

「そして日本人に二つ目の肝臓をもらおうと言うのだからね」

佐竹山は、どこか開き直ったようにそう言った。しばらく沈黙があり、その先に佐竹山が、この症例は論文として提出するにも十分に価値があるといった話をするのなら、そう珍しくもない野心家の医師の発する意見だった。

ホワイトボードにうっすら残ったペンの跡をもう一度拭った佐竹山は、その丸顔に突然、笑みを浮かべる。

「古賀先生。この手術は、僕らだけで、オール・ジャパンでやりませんか？　すべて僕らの責任だと表明し、延雄くんを助けるんです」

突然、清々しい口調でそう言ったとき、

「オール・ジャパンですか？」

声が少し裏返ってしまった。

「古賀先生、これがわが国の移植の現状なんです。日本人は、この地まで来なければ臓器移植を受けられない。ここでしか、彼を助けることはできないんです。費用のことは、後からあらゆる方法を使ってでも減額の申請をします。サワダ先生は、きっと抜け道をご存じでしょう。僕らといったが、責任は、この私が取ります」

佐竹山は自分に向かって言い聞かせるように頷くと、小声で続けた。

「何度だって、移植をしたらいいんだ」

三日後、シカゴの市街地で銃撃戦により脳死となったドナーの肝臓を取りに行ったのは、古賀と佐竹山である。

サワダはDr.セイゲルとの交渉にあたり、日本人のドクターたち全員がその日オペに入る許可を取りつけた。

延雄の体に残された右葉の摘出には、サワダがあたった。

手術台に向かうサワダの背筋がすっと伸びている。腹壁が開放されたままであった延雄の体は、再手術としては癒着が少ないが、緑色になった肝臓の表面のところどころには膿のたまりが浮いて見え、一部は自壊している。膿を散らせないように洗浄しながら、臓器と患部をえぐり出していく。アルゴンで出血を止めていく手の動きはよどみなく早い。決然として迷いがない。

ラボからは凌子も駆けつけて、ルーペを用いての生検を同時に進めてくれた。

再移植の執刀は佐竹山が中心になり、前立ちは古賀が務めた。四人の医師だけでは、手が足りない。事前に、輸血用の血液などは、出来うる限り確保している。あとはこのメンバーでの体力勝負になる。

佐竹山が言う。

「再移植を、始めます」

日本語でそう口にする。

「輸血が、足りるかどうか心配です」

古賀が問いかけると、サワダが即座に答えた。

「佐竹山先生には無輸血のオペの経験があります。今日も最小限でいけるでしょう。大丈夫」

延雄の出血量はじわじわと、しだいにその嵩(かさ)を増していった。オペ開始から六時間、七時間と経過した頃になると、どこからともなく、オペ着に着替えたドクターたちが続々と集まってきた。肌の色も目の色も様々だ。麻酔科医も加わってくれた。

「プレスビーには国境なんてないはずだよ。いつだって、インターナショナルチームでやってきたじゃないか」

麻酔科医は、そう口にした。

いつしか手術台に横たわる延雄の体には、大勢の移植医たちの人種を超えた手と目が向けられていた。佐竹山はそんな中で、空洞になった体にドナー肝を置き、一本ずつ丁寧に脈管を整える。肝臓を縦に通る下大静脈を、上部から吻合し、下部へ。

門脈の吻合は古賀が任された。

「よし、アンクランプ、鉗子(かんし)を外して」

佐竹山の声がオペ室に響く。

「血流再開です」

そう口にする。

「動いてくれ」

移植肝に、延雄の体をなんとか生かそうと巡っていた血液が流れ込む。

薄茶色の移植肝に赤い色がにじみ蘇っていく。

最後の細い動脈の吻合は、後から合流したアマデオが担当した。小動物を相手にしてきた彼には、この細さは慣れたものなのだ。

モニター画面を見ていたはずの佐竹山が、肝臓の表面をそっと撫でて呟いた。

「詰まらないでくれよ」

その声が響くほど、静かな手術室だった。

手術中の出血は前回同様１０００ccにも及び、全身の血液が二度、三度と入れ替えられたに等しかった。

タフな手術だったが、血液は確かに延雄の体を伝って肝動脈を通じ、肝臓へと流れ込んだのだ。移植手術の成功を知らせるラストシーンを、日本の医師たちは、救援に駆けつけてくれたドクターたちと、拍手をもって迎えた。

「みなさん、最高だ。ベストジョブでした」

佐竹山が、深々と頭を下げる。

凌子が最後の吻合を終えたアマデオの緑色の目を見つめて、「余計なことしないで」と口にして微笑む。「グラシアス」、そう伝えると、アマデオは静かにサージカル・キャップを脱ぎ、頷いた。

「あとは、延雄くんの体がどこまでがんばってくれるか、ですね」

そう言ってサワダもオペ着を脱ぎ、あとの傷口の縫合を古賀に頼んで、出ていった。

縫合をしながら、古賀は凌子に思わず呟いていた。

「サワダ先生のオペをはじめて見ました。Dr.セイゲルのオペともまた違って、案外男らしいんですね」

古賀が呟くと、凌子が笑みを滲ませる。

「案外だなんて、失礼よ、古賀先生」

「よかった。とにかく、オペは終了です」

すべてを終えたときには、十七時間が経過していた。

佐竹山がオペ着を脱ごうとキャップに手をやっている。

「Dr.セイゲルに報告にいかねば」

そう言った途端、手術室の椅子に力尽きたように大きな体を落としてしまった。一気に全身を脱力させたかと思うと、突然、オペ室に寝息が聞こえ始めた。

「眠ってしまったわ、佐竹山先生」

凌子がその巨体を見つめつつ呟く。

「私も、ラボに帰らないと」

古賀は、自分らも疲労困憊であることに気づく。

「なんだ、そうか。凌子先生とバーに寄ってから帰りたかったんですけれどね」

それでも精一杯意気がって、そう言う。

揃って手術室の外に出て、並んで手を洗う。

誰にも負けたくはない。この大きな渦から、振り落とされてなるものか、走り続けてやると疲れた体に言いきかせる。だが、自分の研究室の扉を開き、気づけば机に突っ伏していた。窓辺の像が月明かりを受け鈍く光を放っているのを、最後に目にしていた。

佐竹山が目を覚ますと、ざわざわと人が集まっていた。

一瞬、何があったのかと周囲を見渡し、もしかしたら自分はオペの直後に気を失ったのだとようやく察する。

「Hi, コウゾウ、まさかここに寝ちゃったのかい？」

次のオペの準備スタッフたちが、集まり始めたのがわかった。

「Dr.セイゲルの逸話のようだな」

などと、口々に言っている。別に真似をしたつもりはないが、その昔、オペ室へ来ると片隅でよくセイゲルがうずくまっていたという話を聞いた。移植に失敗したときの姿なのだという。

「ソーリー、ところで今は何時だろうか？」

イタリア人医師が腕時計を見て言う。

「七時だよ。もうじき、朝の七時だね」

その前に延雄のいる集中治療室を覗こうと考えると、胸が高鳴った。華純が寝ずに待っているような気がしたが、手術着を脱いで、手を洗浄し、ついでに顔も洗い、医療用のペーパータオルで水滴を拭う。

白衣に着替えて窓から緑の見える集中治療室の扉を開けると、延雄は挿管されたままだったが、すでにその顔には血色も戻り、佐竹山の方を見て大丈夫だと言いたげに目配せしてきた。

病室の片隅に置かれた椅子で眠っていた由佳里が、目を覚ました。

深く頭を下げる。

「長い手術でしたが、よくこらえてくれましたよ、延雄くんは」

そう言って褒めると、由佳里は目を潤ませながら微笑んだ。

また思い起こしてしまう。肝臓外科医としての出発点となった、あの若い肝ガンの患者とその美しい婚約者の姿を。もしもあのまま九南大に残っていたなら、こんな笑顔を見ることは終生なかったかもしれない。

日本では肝臓は未だにノーマンズ・ランドでしかない。だが、ここでは違う。

「日本人のドクターだけで取り組んでくださったって本当なんですか?」

由佳里に訊ねられた。

「威勢よく、そう宣言してみたのですが、いつしかいつも通りのインターナショナルチームとなっていましたよ」

日本人の患者に対する再移植を、プレスビーではドクターたちが皆で助けてくれた。移植はチーム医療なのだ。そして、チームの力を実感する機会をくれたのは、もう一度移植に挑戦した延雄の肉体なのだ。

「延雄くんのおかげで、忘れられない一日になりました。費用のことは、できる限り努力しますので、心配せずに回復に務めてください」と口にする。

佐竹山は延雄の様子に少しほっとして、集中治療室を後にした。

Dr.セイゲルの部屋の前に立って、廊下に入り込む朝日を眺める。扉をノックしようとすると、今でもかすかな緊張が走る。

セイゲルは、一体いつ寝ているのだろう。

彼は移植外科医になってから程なく、結婚生活を崩壊させた。日本で講演したときに、セイゲルはそんな個人的な話まで率直に披露していた。医師たちの私生活や人となりと研究の足跡が不思議なほどリンクして、聴講していた佐竹山の心に響いたのだ。彼の人生観を垣間見たように思えた瞬間だった。

礼儀正しく二回ノックして研究室の扉を開けると、セイゲルは長い足を組んで椅子に座りコーヒーを飲んでいた。彼の年配の秘書が佐竹山にもマグカップで手渡してくれる。五臓六腑(ろっぷ)に染(し)み渡るように、格別うまく感じられる。

「コウゾウ、ノブオのオペは、うまくいったようだね」

「再移植を認めてくださり、感謝しております。手術費用については改めてご相談にあがらせていただきます」

「サワダから聞いているよ。まずは再発のないように祈ろう」

佐竹山は、大きな体で折り目正しく頭を垂れて言う。

「慎重に診ていきます」

ドアが一度だけノックされる。サワダが入室するなり、佐竹山に言う。

「おはようございます。佐竹山先生は、その様子だと帰っていませんね」

その通りなのを気まずく思いながら頷（うなず）くと、笑みを浮かべて口にした。

「カスミ夫人には一応、私から昨夜のうちに電話を入れておきましたよ。すぐに迎えにゆくとおっしゃったので、手術室で見る夢もたまにはいいものですよとお返事しました」

「私の妻は、少しばかり心配性なのです」

「移植医の離婚率は全米の平均を軽く上回っていますからね。あなたにはそれを下げる方に向かってほしいものです」

セイゲルは二人のやり取りを聞きながら、長い足をぶらぶらさせている。肘（ひじ）をついたまま長い指を空に向けた。機嫌のいいときのお決まりの仕草だ。

「So, そこでだ」と、Dr.セイゲルは前のめりになり、改めて言った。

「さあ、コウゾウ、例の話を進めよう。ヒロシマ製薬ナツメからの話は、どうなった。その新しい薬は、私にはとても、smelling good, よく匂（にお）っているんだ」

その話は、思わぬところからプレスビーに飛び込んできた。セイゲルの研究室へかかってきた、ぎこちない英語の電話を受けたのは、サワダだった。

「使ってみてほしいものがあるのですが」

国際電話は、広島製薬の夏目(なつめ)という研究員からだった。免疫抑制剤の新薬となる可能性があるのだが試してもらえないかと、上擦った声で話しかけてきたのだという。

彼はこう付け加えた。

「そちらにはジャパニーズドクターのコウゾウ・サタケヤマがいるはずです。彼と直接、話がしたい」

夏目は、佐竹山の九南大時代の共同研究者だった。彼は、その頃から一つの確信を持って、免疫抑制剤の候補となるあらゆる微生物や細菌を探していた。佐竹山の渡米後も執念深く探し続けていた夏目は、佐竹山との電話で、こう告げた。

「私はついに見つけたんですよ。D薬の百倍は効くはずです」

その原料についても明言した。

「微生物です。土の中から、このすぐ近くの土の中から見つかったんです。もちろん、まだ試験管レベルのデータではありますが」

夏目から取り寄せてファイリングしてあったデータを広げた。

試験管内での薬効ではあったが、確かに見たこともない強さを示していた。セイゲルが指で追う。その緑の目が水を湛えたように光り、指先がデータの上を踊るように行き来する。

「コウゾウ、この微生物は実に興味深い。我々のところで大切に扱わせてもらおう」

「ありがたいお話です。すぐに夏目氏に伝えます。日本へは、サワダ先生に取りに行っていただいてもよろしいでしょうか？」

佐竹山が快活に言うと、Dr.セイゲルの長い指が机の表面を叩いた。

「サワダが？」

「延雄くんの様子が気がかりなものですから」

Dr.セイゲルは首を横に振り、唇を斜めに結ぶと、どこか皮肉な笑みを浮かべた。

そのとき、研究室の扉がまたノックされた。今度はとても遠慮がちで、消え入りそうなノックだった。

「ハロー、誰かな？」

セイゲルが部屋の内側から大らかに答えると、佐竹山にはよく知った声が響いた。

「カスミ・サタケヤマです。主人がそこにいるのでは、と。いたら、こちらを渡すだけでよいので……」

秘書が扉を開くと、バスケットを提げた華純が立っている。

「ごめんなさい、行蔵さん。あなたが、もう三日も帰ってないから心配で。着替えと、おむすびを作ってきたから、よかったら皆さんで食べてください」

「華純、悪いが今は大事な打ち合わせ中なんだ。今日は必ず帰宅するから、わかったね」

荷物だけ受け取ろうとしたときだった。セイゲルが立ち上がると、華純の肩に手をかけて部屋に招き入れてくれた。

「お座りなさい」

ソファの一角を示されて佐竹山の様子をうかがう華純に、セイゲルは笑いかけた。

「心配しないで。今朝は、オールジャパン・チームのミーティングだから、君の来訪は大歓迎だよ」

そう言われてはじめて華純は強張(こわば)っていた表情に安堵(あんど)をにじませ、魔法びんの中身を紙コップに注ぎ始めた。

一気に、馴染(なじ)んだ朝の香りが広がる。

「日本の味噌(みそ)スープです。どうぞ」

真っ先に手渡されたセイゲルは、鼻にしわを寄せて手を押し返す。

「いただきましょう」

サワダが手を伸ばした。それでようやく佐竹山も口をつけた。プレスビーで口にするとは思わなかった、わが家の出汁(だし)の香りだ。

海苔(のり)をまいたおむすびには、Dr.セイゲルも一口、口をつけたがまた机に置いた。

「申し訳ない。日本の味には馴染みがないんだ」

素直に華純に謝る。

「だがコウゾウ、ちょっとアイディアが浮かんだ。日本へ新薬の打ち合わせに行くのは、サワダではない。コウゾウ、君が行きなさい。ただし、運んで帰ってくるのは、君ではいけない。薬を運ぶ役は、カスミがいい」

「妻が、薬を?」

セイゲルは、華純が持ってきた保温ポットを手に、さらに皮肉に笑っている。

「コウゾウ、君はまだよくわかっていない。新薬の無限の可能性を放っておく者が、どこの世界にいるだろうか。ここからは、すべて口外禁止だ。サワダもまだラボメンバーにも話さないこと。ナツメへのチェック・リストは、私の方ですぐにペーパーにしておく。事前に渡しておいてくれて、構わない。一番のポイントは、薬を持ち帰る人間が、君ではいけないということだ。医師だとわかれば、オヘア空港は持ち込んだ医薬品を詳しく調べ始めるに違いない。その時点から、おそらく情報はどこへと知れず漏れていく」

「しかし、妻にその役が務まるでしょうか」

佐竹山は驚きで声がかすれてしまう。

「このポットは悪くない。液体を、こうして運べるわけだろう」

セイゲルは魔法びんを手にして振ってみせ、瞳をもう一度輝かせた。


華純は飛行機に乗っている。

成田からシカゴ・オヘア空港行きの便である。

手荷物にして機内へと持ち込んだのは、粉ミルクの缶だ。一度開封された缶にはぎっしりと白い粉が入っており、麻薬の運び屋に疑われても仕方がない。緊張が募った。

二泊四日の旅程が組まれた。短いが、子どもたちも連れていくことが許されたので、まず九州で子どもたちを実家に預けて、一人で広島製薬へ出向いた。夏目という研究員に面会し、粉ミルクの缶に薬を詰めてもらった。

佐竹山は先週のうちに一人で広島製薬へ足を運び、わずか十包分だけの薬をカバンに詰めると、すでにアメリカへと戻っていた。

「華純、頼むよ。うまく運んでくれ。これはDr.セイゲルにとって大きな一歩になるかもしれないんだ」

出発する際には、珍しく空港まで送ってくれた夫が、そう言って華純の背を叩いた。久々に実家へ帰ることができ、子どもたちを両親に会わせられたのはよかったが、実家にも、華純の任務は話してはいけないと釘を刺されていた。指示された通りに、九州から新幹線で広島へと向かい、駅からは公共の乗り物は使わずに、タクシーで製薬会社とを往復した。自分のことなど誰も知らないはずなのに、誰かに監視されているような気がしてならなかった。

夫はこうも言ったのだ。

「新薬の開発は巨額の富を生み出すから、製薬会社は鵜の目鷹の目だというんだ。時折飛行機が墜落すると、製薬会社の社員や医師の集団が乗っていたのではないかと囁かれるほどらしい」

「脅かさんでよ、行蔵さん」

「まあ、このくらい言っておけば、君も細心の注意を払うだろう」

生真面目だった夫が、少しずつアメリカ生活の中でジョークも言うようになったのを華純は感じる。一年の予定が二年になり、今では帰国の話はまるで出ない。家族を顧みる余裕もない夫に、ずっとついていきたいと思うのは、夫がアメリカでは常にいきいきとエネルギーを漲らせているからだろう。

シートベルトを固く締めて座った飛行機の座席の下に、薬の缶を置いた。八歳と五歳になる息子たちは、横の席で機関車のおもちゃを手に叩き合いの喧嘩を始める。

「しっ。騒ぐなら、おもちゃ没収よ。せっかく福岡のおじいちゃまたちに買ってもらったんでしょう?」

　顔の前で指を立てると、二人が口を尖らせて黙る。はじめはどうなることかと思ったが、二人とも学校や幼稚園では英語、家では日本語を器用に使い分けている。喧嘩のときは英語のスラング混じりだから、近いうちに自分だけが彼らの会話から置いて行かれる日が来るような気がしている。

　幼稚園や学校では、母親たちと交わる機会はほとんど持たなかった。

一度だけ、バザーのケーキ作りで思い切って仲間に加わった。夫の話になり、華純は外科医なので三日も帰らぬ日があると正直に話したら、顔を見合わせて笑われた。

「あなた、バカなのね」

　You are stupid と、はっきりと面と向かって言われたのは、生まれてはじめてだった。

「どんな外科医だって、そんなに帰れないはずがないじゃないの。あなたの夫がピッツバーグのどこのエリアで寝ているのか、早く探し出した方がいいわよ」

そう忠告されて以来、華純は学校行事には顔を出さなくなった。

バカでもなんでも構わないと思う。浮気の有無に頓着(とんちゃく)しているような余裕はなかった。自分にそう言い聞かせたい、意地もあった。夫が歩もうとする道があるのだから、そこで夫を立ててたい。運転手を引き受けているのも、寝ずに帰りを待つのも、行蔵に手柄を立てさせたいと、覚悟を決めているからだ。

いずれにしても、自分が直接夫の研究の役に立つ日が来るなど、華純は思ってもいなかった。使命をもって海外出張に出るキャリアウーマンの気持ちを少しくらいは味わいたかったのに、子どもたちはところかまわず騒ぐし、入国審査という難関が迫ってくると緊張は嫌でも高まってしまう。

荷物検査で粉ミルクの缶が開けられたら、一巻の終わりだ。すぐに病院へ電話をして夫に説明に来てもらう約束にはなっているが、こうまでして運んできたものにかえって関心を集めかねない。

「そうだわ、あなたたちね、もうじき飛行機が着くから、入国審査のときには騒いでいいよ。長旅だったもんね」

二人は不思議そうな顔をしている。

飛行機が降下を始め、華純は鼓動がさらに速まるのを感じる。無事、着陸した。落ち着いて、と自分に言い聞かせ、入国審査に向かう。

「バゲージ」

黒人の大柄な女性審査官に手荷物を開けろと言われ、手にしていたボストンバッグを広げてみせる。

「ミルク？」

五歳の子に粉ミルクとは訝しかったのか眉を寄せたので、華純は慌てて、

「もう一人、家に赤ん坊がいるの。日本のミルクはこっちでは高級品だから」

子どもたちは、機関車をぶつけ合って騒ぎ始める。

「どっち？」

審査官が訊ねてきたので「何が、どっち？」と、緊張して問い直すと、

「もう一人の赤ん坊はどっち？　って訊いてるの。また男？」

目を覗くようにそう訊ねられた。

「そうよ、大変なの。毎日が戦争よ」

すると審査官は自らの胸を叩いた。

「わかるわ。うちも男が三人なの。ＯＫ！　グッドラック！」

審査官は片目をつぶると、子どもらにも手を振った。

華純の手には汗が浮いていた。悪いことをしているわけではないのだが、嘘はついた。

「ママ、どうしてうちにはもう一人いるなんて言ったの？」

八歳の長男がそう言って華純を見上げる。

「このミルク、パパにはどうしても必要なんよ」

「リアリィ？」と、この頃行蔵とよくにてきた長男が前髪をなでつけて、玩具を手に肩をすくめた。

吉田延雄の退院日が決まった。

一度目の移植で移植肝に紛れて入り込んだドナーの免疫細胞だが、新しい肝臓を再度移植したことにより、攻撃すべきホストの的が絞れなくなった。つまり免疫を麻痺させることに成功したのだ。リンパ球の勢いは弱まり、拒絶反応も感染症も一気に改善された。

術後二週間、慎重に様子を見たが、肝動脈の閉塞も起こらず、瀕死の状態にあった延雄は日に日に快方へと向かっていった。

ひと月後には、由佳里と数時間ごとの外出も許されるようになった。退院を目前に彼らが医師たちに伝えたのは、ピッツバーグの教会を予約したという嬉しい報告だった。結婚式をこちらで挙げたいと言うのである。

「先生方に、ご列席いただけたらうれしいです。ピッツバーグの教会、あそこから眺める学びの聖堂は、どこまでも、どこまでも高くて、決して諦めてはいけないんだと呼びかけてくれているみたいで、こちらにいる間、何度も慰めをもらっていました。だから私、どうしても延雄さんのご両親にも見ておいてほしいんです」

延雄はまだ車椅子のままだろう。親族も一日も早い帰りを待っているには違いないが、入院を支えていた頃の強さを発揮して、由佳里が自分でいろいろ動いたようだ。

「二人の新たな出発点とするのに、ふさわしい場所ではないですか。それは万難を排してうかがわねばならないね」

佐竹山は、穏やかな表情を滲ませるようになった由佳里に、目尻を下げる。

渡米した頃は肩までだった由佳里の髪が、胸元の辺りまで伸びている。身の回りに気遣うこともできない日々を、若い婚約者がよく耐え抜いたと感心する。

神のご加護を感じるような、復活劇となった。移植にはこうした奇跡が起きる。二人は手に手を取り合って、大きな山を乗り越えたのだ。

手術にあたった面々にはさっそく結婚式の連絡が回り、コーディネーターのキャサリンやナースたちをはじめ、加わってくれたドクターたちも、緊急オペがない限り参列の意向を示した。

華純や子どもたちも、列席したいという。

誇らしい気持ちだった。移植でつながっていく命の証(あかし)である、延雄と由佳里の姿を、祝福の場を借りて、子どもたちにも見せてやれる。華純は百貨店へ行って、自分用のシンプルなドレスと子どもたちのブレザーを買い求めてきた。息子たちはそれにブルーのシャツ、揃いのレジメンタルタイだ。

華純は、袖(そで)がシフォンになったミディ丈のドレスを着る日を心待ちにして、寝室のクローゼットの扉にかけている。

翌月の帰国便も決まったと知らされ、東京の病院との連携も済んでいた。

今度こそ順調に見えていたのだ。結婚式場での予行演習に二人で出かけたはずの由佳里が、慌てた口調で佐竹山に電話をかけてきた。

「延雄さんが、すごい熱で、呼びかけても返事ができないんです。これは、まさか、セプシス」

プレスビテリアンに、コードのアナウンスが回る。

病室で由佳里に知らされたのは、医師たちが交わし合う、もう二度と耳にはしたくなかったはずの言葉、セプシスだ。

延雄の肝動脈が再び閉塞したのである。

コード115のアナウンスがプレスビー内を駆け巡り、古賀も走って向かった。

外出先から救急搬送で戻された吉田延雄の衣服が剝がされた。まだ縫い跡の深い胸部を、佐竹山がマッサージし始める。大きな体は患者を覆い、グローブのような両手が必死に圧力をかけ続ける。

「挿管チューブ、イン」

「エピ、ワンショットで静注して」

医師たちが器具を操作し、古賀は心電図モニターを食い入るように見つめるが、心停止のままぴくりとも動かない。

蘇生の様子も、病室に集まっている医師たちの顔ぶれも、まるで前回のデジャブのようだ。だから古賀も、青い医療着の腕まくりをして交代に当たろうと身構えたが、今回の心臓マッサージにおいては、心電図はフラットのままで一波形も現れてこない。

「代わりましょう、佐竹山先生」

「いいんだ、どいてくれ」

近づいた古賀を、佐竹山はラグビーのフォワードのように弾き返す。

そばにいた集中治療医のビルも、古賀を見て首を横に振る。腕時計を確認し、「テンミニッツ」と口にする。

「先生、十分が経ったようです」

佐竹山にも聞こえているはずなのだが、古賀がその必死の形相に向かって確かめるように言うと、

「延雄くん、おい、戻ってこい、延雄くん、死ぬんじゃない」

日本語でしきりに呼びかけている。ビルやジムはそれぞれの蘇生器具を扱いながらも、近づきがたい雰囲気を感じているようだった。

「佐竹山先生、私が代わります」

額から汗を流す佐竹山に代わり、古賀が心臓マッサージを始める。延雄の腹部が大きくドス黒く腫れているのが目についた。血管がどこかで破綻したのか。腹腔内で出血を起こしているのは明らかだった。

どうした延雄くん。古賀も祈るような思いでマッサージを続けるが、反応がない。

「除細動器、レディ」

佐竹山が指示を出す。無理だ。心室細動が現れてもいないのに、除細動器をかけても意味がない。しかし佐竹山のあまりの気迫におされ、除細動器が準備される。

延雄の胸にペーストが塗られる。

ベッドから離れるようにといういつもの指示もないまま、ドクターたちが自ら壁際に移動する。

ドーンという衝撃とともに、延雄の体は宙に上がったが、皆が注視する心電図モニターに波形は現れない。

「もう一度」

佐竹山は繰り返す。なお変化はない。

「延雄くん、戻ってくるんだ。何度だって何度だって、新しい肝臓をつないでやるよ」

待機のために廊下に出ると、由佳里が病室を覗き込むように両腕を組んで、立っていた。

「セプシス……延雄さんは、また」

古賀の横までくると、由佳里が必死の形相で訊ねる。

「どうしてまた急にそんなことに……」

「我々の力が及ばず、申し訳ありません」

セプシスなんて言葉を、なぜ由佳里に教えてしまったのだろう。まるでそのせいで延雄に病が再発したような気持ちに包まれる。

「まさか、もうだめなんてことはないですよね。延雄さんは、また戻ってきてくれますよね」

古賀は、先ほどビルが口にした時間からさらに十分が経過したのを腕時計で確認して告げる。

「今回は、非常に、厳しいと思います」

由佳里は手で口元を覆う。

その白くて華奢(きゃしゃ)な手が震え、しかし彼女はおぼつかない手つきで、慌てて肩から下げていたバッグの中身を探る。中からペンなどが廊下にこぼれ落ちたが、由佳里は構わず、カードを取り出した。

「何をしているんだろう。これを、渡しておかなきゃ。必ず渡してって延雄さんに言われていたんです」

「延雄くん自身が書いたものですか?」

古賀の問いかけに、由佳里は首を折るように、深く頷く。

「もしものときは、必ず先生方に渡してって。こんなにしてもらったんだから、自分も誰か人の役に立ちたいって」

古賀は手渡された葉書大のメモを見る。提供を希望するすべての臓器の名前や、角膜について記し、延雄の名がサインしてあった。

リストの最後に肝臓までが書かれているのを見たとき、古賀の視野が曇り、自分の涙腺(るいせん)が緩んだのを感じた。延雄は、このメモをお守りにしていたのだ。彼もまた、セイゲルの患者たちと同じように、医師らと一緒に闘っていたのだ。

「わかりました。もしものときはそうしましょう」

古賀は歯を食いしばって、病室へと戻る。ふたたびかけた除細動器にも反応がなく、佐竹山はパッドを手に立ち尽くしている。その横に立ち、延雄からの臓器提供の意思を告げたが、

「古賀先生、心臓マッサージを続けてください」

なお太い声でそう指示が返ってきた。

「わかりました」

指示された通りにマッサージを続ける。それで蘇生が叶(かな)うなら、いつまでだってそ

うしてやりたいと思うが、生命の反応のない延雄の顔は、先生、もういいですよと微笑んでいるように古賀には見えた。

蘇生は叶わなかった。享年わずか二十八歳、二度の肝臓移植を経て、吉田延雄は帰らぬ人となったのだ。

死後の解剖により、直接の死因は、動脈瘤破裂による出血、腹腔内にできた膿のたまりから全身に細菌が飛び散って敗血症を起こしたと診断される。

二十八歳の体は、もはやどんな医療も受け付けてはくれなかった。医師の言う言葉ではないが、古賀にはそれが宿命のように思われた。最後まで延雄は闘った。闘ってくれた。自分のためにだったのか、愛する人のためにだったのか。最後の瞬間はまるで、医師らまでを慰めるために闘ってくれていたようにも見えた。

角膜の提供で除去された延雄の目に、ガラスの眼球が埋め込まれて、閉じられる。静かに眠っているようなその姿に、古賀は改めて、自分の研究室に飾ってある真鍮の像を思い起こしていた。八段階の真ん中ほどにも駆け上がっていなかった、若々しい青年だった。しかし彼は、闘病の最中にあっても人々に愛され、医師たちとも深い信頼関係を築きあげた。古賀には、天へと召される彼の足取りこそが残りの段階をも、みずみずしく駆けていくようにも思えた。

「なんでだ？　古賀先生」

無影灯の下で、腹部に無数の傷跡をつけた延雄の亡骸（なきがら）を見つめながら、佐竹山が呟く。

「なぜ、我々は彼を助けられなかったんだ。一度ならず、二度までつながったのに。今度こそはと信じたかったですよ」

「免疫抑制剤でＧＶＨＤを抑えることができていたら、事態は変わっていたのかもしれませんね」

「必ず見つけなくちゃいけない。力を持つ薬を」

佐竹山は、古賀にはそれ以上語らなかった。ラボでは、新薬の研究の噂（うわさ）が囁かれていた。佐竹山は短くだが単身で帰国したし、ラボにも幾度も足を運んでいる。

凌子も再び活発になった動物実験で新たに使用を指示された薬の効果に驚き、サワダに訊ねたのだが、何も答えてもらえないと訝しんでいた。

佐竹山や自分だって同じように、あの真鍮の像の段階をまだ駆け上がろうともがいているのだ。

結婚式を予定していた教会の前の緑の芝には、今日も陽光が反射しているだろう。

そう思いながら、古賀はドレーン孔から出てきた膿性（のうせい）の廃液をすくい、培養に出すための試験管に収めた。

さしたる装飾もない部屋である。

書棚とオーディオセット、コーヒーテーブルだ。ほとんど寝に帰るばかりの部屋だが、せめてと古賀は花を飾っておいた。ピッツには車で二十分ほど走れば、ショッピングモールがあり、スーパーマーケットもベーカリーもリカーショップや花屋もある。大輪のダリアを花束にしてもらって、リビングテーブルに飾った。

一年ぶりに会う増田美佳子は、かつてのボブカットの髪を肩まで伸ばし、ゆるくカールさせている。髪色が明るくなり、洗練された印象だ。

レース素材のノースリーブのワンピースの肩に、黒いカーディガンをかけ、耳元ではゴールドの小さなピアスを揺らしている。

幼ない印象があった頃の方がどちらかと言えば好みだが、年に二度はこうしてわざわざピッツバーグまで会いに来る美佳子本人には、「会う都度、綺麗になって困るよ」などと、軽々しく褒めてしまう。

ピッツバーグに来てから、取っ替え引っ替えといっていいほどガールフレンドと交際した。最初はコーディネーターのキャサリンで、カナダ人の看護婦、外科グループの年上の秘書とも付き合った。こちらで出会う女性たちは皆積極的で、リバーエッジ・ラボから帰ろうとするとワイパーに手紙が挟んであったり、車の前で待ち伏せされたりした。女遊びが激しいと院内でも噂になっているのは知っている。独身だからいいではないかと開き直っているのだが、佐竹山からは何度か面と向かって嫌味を言われた。

「古賀先生も、早く身を固めたらどうですか。休みの日には、家に食事に来たらいい」

などと誘われているが、まだ一度も訪ねていない。

「淳一さんこそ、すっかりこちらの人ね」

古賀が脱いだ黒いレザーのジャケットをハンガーにかけてくれながら、頭の先から足元まで確認するように眺め、美佳子が言う。

確かにそのジャケットは、付き合い始めた頃にキャサリンが一緒に選んでくれたものだし、ピンクのストライプのシャツは秘書からのプレゼントだった。

「髪が伸びたからね。切りに行く暇もないんだよ」

古賀はそう言って、自分の髪を耳にかけ、それから腕を伸ばして美佳子の柔らかい髪に触れた。

思えば美佳子の年齢は、延雄の婚約者だった由佳里と同じくらいになるのだろう。日本にいたときに医局スタッフのセッティングした合コンで知り合ったのだから、医者との出会いを求めていた女の一人なのだと思う。もうとっくに結婚相手を見つけてもよさそうなのに、どうするつもりか。

日本では医者は確かにモテるが、ピッツでは、誰も移植医を結婚相手とは思っていない。多忙すぎてすれ違い、多くが離婚する羽目になる。キャサリンや看護婦とだって、ずっと院内にいるから出会ったのだし、アマデオは凌子との失恋を嘆き続け、春にはスペインへ戻るのだそうだ。

渡米してからは、外の世界での出会いなどは求めようもない。

「いいときに来てくれたよ。今日はオペが入っていないし、ゆっくりできそうだ」

「そういうのは、朝に言う台詞(せりふ)よ。もう夜の八時を回ってる。時差ボケの身には、ちょうどよかったけど」

言いながら、美佳子は日本からわざわざ運んできたすき焼き用の肉を古賀に手渡す。

「頼んでおいたもん、買っといてくれた?」

「なんだっけ?」

「ほら、もう。すき焼きするって言うてたのに」

美佳子は慣れた風に冷蔵庫を開けて、卵と豆腐を見つけた。一人でも時々食べる数少ない食材だ。

「あるものすき焼きで、いいよね？」

そう言って振り返った美佳子が愛おしくなって、古賀は思わず腕を伸ばし、抱き寄せた。

唇を合わせる。

「お腹、空いてないの？」

と、美佳子は腕の中で訊いてくる。

「空いてるけど、美佳子がほしい」

古賀は、小さな乳房、スカートの下の太もも、細い脚をなぞる。その唇や、首筋に口付けていくと、美佳子からは囁くような甘い吐息が漏れてきた。

日本の女ならではの華奢な体を久しぶりに思い出し、だからこそ美佳子がつかの間、とても大切な存在のように思えてきた。もちろん、そんなことを言ったら、美佳子は怒るに違いないと思いながら、二人でベッドシーツにくるまり、冷やしてあった白ワインを飲んだ。

「明日くらい、休めないの？」

「そうできるといいけど、明日も早朝には出なきゃ。夜まで帰れない」

「どうしようかな、私」

「プロホッケーかアメフトか、何かやっているかもしれないから、プレスビーで調べてもらうよ。それにさ、一度くらいあの学びの聖堂に登ってきたら？　ピッツの街が一望できるんだけどな」

「私、高所恐怖症だもん。淳一さんが一緒に行ってくれるなら、考えるけど」

「無理、今日はずいぶんだだをこねるね」

そう言って、美佳子のグラスに、白ワインを注ぎ足す。

美佳子には跳ねっ返りめいたところがある。留学を決めたときには、暗に一緒に来ないかと誘ってみたつもりだったが、箔をつけに行ってらっしゃいとあっさり送り出された。

渡米した後は、こうして休みを取って訪ねてくる。観光が目的ではないようで、いつも部屋で古賀を待っている。頼んでもいないのに、靴を磨いたり、窓を掃除したりしてくれている。

「すき焼き、もらおうか」

何をしてやれるわけでもないのに、と古賀は思う。

「うん、準備するね。誰かさんのせいで、あるものすき焼きやけど」

そう言って裸のままベッドから飛び出した美佳子の白い尻に触れる。それは温かく滑らかにもう一度古賀を誘った。

一九九〇年春

リバーエッジ・ラボにセイゲルが現れたのを、はじめて見た。

サワダの運転する車から降りると、前のボタンが開いた白衣が風に翻(ひるがえ)り、出迎えた凌子には長身のセイゲルがより大きく見えた。

さっそく二階に設置したミーティングルームで、実験データを広げて見せる。凌子が、丸テーブルや椅子を運び込んで作ったスペースだという。セイゲルは毎日、ラボからプレスビーへと秘密裏に運ばれていたデータの一つずつを見てきたはずだが、今改めてその全体像を、緑に輝く目で見つめている。

佐竹山は、現在はほとんどこちらのラボにいる。

「Dr.セイゲル、必要なデータがあればうかがいましょう」

佐竹山の声に、セイゲルは顔をあげる。

「コウゾウ、コングラッチュレイション、我々は今とてつもない新薬の誕生に立ち会っている。免疫抑制剤としては、限りなくスペシャル。少なくともD薬の百倍以上の力があるだろう」

D薬はヨーロッパの製薬会社と医師によって開発された免疫抑制剤で、この十年ほど最も有効な薬として全世界で使用されてきた。年間数十億ドルとも言われる売り上げを誇っている薬だ。佐竹山が大きな手を伸ばすと、セイゲルに力強く握り返された。

「コウゾウと私の二人の名を歴史に刻む新薬だ」

Dr.セイゲルがそう言うと、サワダは表情を変えず、拍手を送った。

そして静かな口調で訊ねた。

「データはもう十分ということで、よかったですか、Dr.セイゲル」

セイゲルは、小さく首を横に振る。

「ラットはイナフ、もう十分だ。ドッグはあと二十例はほしい。そこまでデータが取れたら、患者で治験に入ろう。だがその場合は、執刀医はコウゾウと私だけでやる。Dr.リョウコ、君もいいね、他の移植医にも、どのグループにも、まだトップシークレットで続けて」

「O・K」

サワダは特徴のある明瞭すぎる発音で、その場を離れる。白衣のポケットに両手を入れて、少し俯き気味に早足で歩き始めた。

凌子はサワダを追いかけていき、ラボの廊下を並んで歩いた。古い建物を改装したラボの内部はオペ室を除き、昼間でもおおむね暗い。歩いて行くと、自動的にセンサーが働いて照明が灯る。そのつどモンゴレルが吠えたてる。

こんなビルで、気づけばもう五年もの時を過ごしたのだ。檻に閉じ込められたままのヒヒのローラに次いで長くここにいるが、それ以前からここを知っているのが、サワダなのだ。

一階の動物舎には、いつ被験者になるかしれない動物たちが、それぞれケージに入れられている。

先ほど、「ラットはイナフ」と簡単に片付けたセイゲルの言葉は、凌子の心に棘のように刺さった。広島製薬の新薬の研究が始まっていることを告げられたのは、すでに二百例は実験を繰り返したあとだった。知らされた理由からしても、新薬の効果があまりに凄まじく、取り扱いを厳重にするよう案じられたからでしかない。

「Dr.セイゲルと佐竹山先生、二人の名を歴史に刻む新薬。サワダ先生は、それで、よかったのですね？」

凌子はサワダに訊ねる。あなたはそれで本当にO・Kなのかと。

いくら夏目が佐竹山を指名してきたからといったって、ずっと新薬を探してきたサワダにとっては心外ではないのか。延々実験を繰り返したのだって、自分たちラボチームではなかったのか。

だが、サワダはいつもと何も変わらず、鼻歌を歌っていた。

「そうだ、久しぶりにキャンディが届きましたよ」

ポケットからいちごキャンディを取り出して、凌子に手渡してくれた。

はじめてラボに来た日に渡されたのと、同じキャンディだ。

サワダがその包みをほどき口に入れかけたとき、凌子は言った。

「そんなに、強い人っているのでしょうか。人間は、そんなに強くない」

思わず、そう呟いていた。

眼の前にいる男は移植の腕だって確かなのに、まるで事務畑の秘書のように愚直にDr.セイゲルを支え続けている。日本語を放棄し、セイゲルとともに赴任地を変わり、自分のアイデンティティをすべてセイゲルに捧げているかのようだ。

隣でサワダが奥歯でキャンディを噛む音がした。だが返事はなく、凌子は続けた。

「それとも私が今、とらわれている感情が、幼稚なのでしょうか。新薬発見の功績をあげるとしたら、まずDr.サワダ、あなたの名が来て然(しか)るべきかと。それだったら私にも、納得がいきます」

凌子の口調は、少し興奮していたはずだ。

サワダはふたたびキャンディを嚙み、小さく唸(うな)った。

「納得がいく、ですか。あなたはどう納得がしたかったのですか？　強力な免疫抑制剤が新しく見つかった。我々はそれに貢献できた。それ以外に、何か要る？」

Dr.セイゲルが、佐竹山との連名で新薬の登録をするという話が、凌子には不満だった。Dr.セイゲルが、これまで彼のしてきたように、チームでたどりついた真実からすべてを自分の名のもとに行う分には、このような気持ちは生まれなかったかもしれない。累々(るいるい)と死者を出した移植初期には、セイゲルはすべて一人の名のもとに責任を負ってきたのだから。

「Dr.リョウコ、Dr.セイゲルは特別なストーリーの中を生きている人なんだと思いませんか？」

凌子は歩きながら淡々と話すサワダの口調に、少しずつ憤り(いきどお)がほどけていくのを感じていた。

「今度の新薬は、東洋の日本で発見された。一人の情熱をもった日本人医師が、聖書で語られる東方の三博士のように、Dr.セイゲルに新薬をもたらしたのです。日本は他でもない移植の後進国です。だというのに彼は現れた。そのストーリーは、この新薬をさらに魅力的にするでしょうね」

その博士があなたでなくて悔しくはなかったのですか？　喉まで言葉が溢れそうになる。代わりに、問いかける。

「Dr.セイゲルがそう言ったのですか？」

「いいえ、でも、彼の考えとそうは違ってはいないでしょうね」

サワダは無邪気に顔に皺を寄せて笑った。柔和な笑みをたたえたまま、建物の廊下から屋外へと出ていくのに従った。エントランスの前で煙草に火をつけ、スタジアムから煌々ともれ出す照明を眺めながら煙を吐く。

一緒にいるのに寂しいと凌子は感じた。心に近づき、寄り添いたいのだ。

紫煙は、川べりの温んだ夜気の中へと吸い込まれていく。

「新薬の発見は、天空に新しい星を見つけるように稀なのです。Dr.コウゾウは、神よりセイゲルの元へと遣わされたのでしょう。二十億ドルは下らない収益をヒロシマ製薬にはもたらす。同時にこれまでのD薬の利権を握ってきた製薬会社は、その分の収益を失う。ここからはまた、激しい闘いが始まります」

セイゲルは驚くほどの速さで論文の準備にかかった。その集中力は凄まじく、周囲の人間の情熱をも燃え上がらせ、だが彼自身は極めて冷徹を保っている。

「リョウコ、リル・リョウコ、もう一度チェックしてほしいデータがあるんだがね」

昼はラボへの度重なる電話。深夜になっても、凌子の自宅の電話が鳴らされた。そんなとき、電話口のセイゲルの声は老人のようにしわがれて響く。

それでも声の奥から熱は伝わってきて、凌子は今夜も車に飛び乗り、セイゲルの研究室へと出向いた。車を停めて、静まり返ったプレスビーを歩く。ガウンを着て歩く入院患者たちや、車椅子で廊下から夜空を見上げている患者たちのシルエット。

研究室の扉を開ける。毛布をかぶってデータと向き合うセイゲルの横には、シュラフが置いてある。

「どこのデータに不備が？」

「ここの免疫反応だけが、突出しているのはなぜだね。個体のサンプルは取ってある？」

「あるはずです」

セイゲルは、机の上を小さく叩き始める。

「シュアな返事をと、私はいつでも言ってきたよ、Dr.リョウコ」

研究室の片隅には、シュラフのほかに毛布が何枚も丸めて放ってある。机の上は散乱し、ケータリングのコーヒーのプラスチックカップや、ドーナツの包み紙が放置されたままだ。しかしそんな乱雑な机で、セイゲルは緻密にデータを確認し、どこから見ても非の打ち所のない論文を仕上げようとしている。

「そうおっしゃるのなら、新しく取った方が早いかもしれません」

凌子にはまた、ラボで光る動物の目が思い出される。いつオペの対象となるとも知れない動物たちが、ラボの夜を過ごしている。

「この時間に美味しいコーヒーは望めませんよ、Dr.セイゲル」

ノックと同時に扉が開き、現れたのはショート丈のコートを着込んだサワダである。買ってくるよう頼まれたのか、手にはコーヒーを提げている。

「サワダ、ここのデータなんだ。とても、誤差の範囲内とは言えない。何かが間違っている。君は気づかなかった？」

セイゲルがコーヒーを飲みながら、ペーパーを指で弾く。

サワダは承知したことを頷いて示した。

「できるだけ早く、やり直しましょう、Dr.リョウコ」

手渡されたコーヒーを、凌子も受け取る。サワダと目が合った。彼の口元がかすかに自分に笑いかけたように感じる。凌子に手渡されたのは、コーヒー以上の温もりであり、心を慰める優しい香りだ。ずっとそうだったではないか。サワダがいてくれたから、あのラボでの実験を続けてこられたのだ。この五年の間、単なる同志への思慕だとずっと言い聞かせてきたが、突然激しく鼓動が速まる。そうではない思いを、自分が彼に抱き始めているのを感じる。

　セイゲルが論文を発表した。新薬発見のニュースは医療の世界に瞬(また)く間に広まり、経済新聞の報道でも大きく取り上げられた。セイゲルと佐竹山、渡米した広島製薬の夏目は、連日記者らに取り囲まれて取材を受けた。

　プレスビテリアン病棟はこの時期、病室に入りきれないほどの移植待機患者を抱えていた。世界中から留学を希望する医師たちの数も、さらに増大していた。

　セイゲルは、どんなに多忙でも必ず木曜日の朝に、移植医を集めた定例カンファレンスを行った。担当医師から、それぞれ患者の症例についての報告があり、治療の指針が検討される。どの医師も、発表された新薬の効き目に驚き、自らの患者への治験を希望した。

セイゲルはすべての医師が参加する定例カンファレンスの時間を大切にした。移植は手術が終われば完了ではない。

アンクランプ。執刀医がそう告げてからの血流再開は、移植の成功そのものに見えるが、一つ目の重たい扉がなんとか開いただけに過ぎない。拒絶反応や感染症が、立ちはだかっているのだ。

カンファレンスが終わると、移植医たちがセイゲルを囲んでさらなる質問をする。自分が預かっている母校の研修医などのアプライをセイゲルを渡す時間にもなる。

大学の後輩より頼まれたアプライを手渡しに、古賀もセイゲルの研究室の扉を叩いた。

「カムイン、プリーズ」という声は、サワダのもので、ちょうど彼はまさに、履歴書の添付された、山積みになったアプライの整理をしていた。

「私も一通、預かっています。こんなに多くては出しにくいですが」

そう言うと、サワダはにやりと笑う。

「心配は無用です。Dr.セイゲルは、どの国の誰のことも、断るつもりはないようですから」

そう言って、アプライをまとめたファイルの上にマジックペンの大きな字でいたずら書きされたメモを指さす。

〈new slaves〉

セイゲルの文字で堂々と〈新しい奴隷たち〉と記されている。

サワダは上機嫌で、歌うようにこう言った。

「歓迎しますよ、我々の新しい奴隷です」

古賀は苦笑し、預かったアプライをサワダに手渡しながら、自分がアプライを送ったときもこんな風だったのかと振り返っていた。まだ移植の希望者も、移植医の希望者も現在の半分に満たなかったはずだ。

セイゲルは一人一人に、「君のレッドテープを切る手助けをしよう」などと書き送ってくれていたのだ。

古賀はその日、十八時間の手術を終えて、帰路につこうとしていた。

ここ数日はカナダ人の看護婦に、食事に行かないかと誘われている。しかしさすがにその気力は起きず、肩からかけたバッグの重みを感じながら駐車場へ降りていこうとした。

グレイのコート姿の東洋人の若い男がエレベータホールでぶつかってきた。黒縁の眼鏡に手をあてて戸惑っている。いかにも真面目そうな顔だ。

「あ、すみません」と、眼鏡に手をあてて日本語で言う。

「君さ、ここに留学するつもり？」

古賀は思わず、足を止め日本語で話しかける。

「はい、東帝大から来た大木と言います」

東帝大とは、ずいぶん優秀じゃないか。

「あのさ、ここだけはやめた方がいいと思うけどね」

研究室に漂っていた偽悪的なジョークが乗り移ったかのように古賀がそう口にすると、大木は目を白黒させた。

院内に新しいコードのアナウンスがある。古賀はもう一度、エレベータで九階へと戻る。今夜も長くなりそうで、目をつぶって深呼吸した。

第四章

一九九〇年夏

窓を背にして座れるように置かれた大きな机、左右に備え付けの書棚があり、応接用のソファセットが準備された部屋が佐竹山には与えられた。

ピッツバーグ大の教授職である、アソシエート・プロフェッサーへの推薦が受理されたのだ。

「よろしいですか？　Dr.サタケヤマ」

そう言って入ってきたのは、腎臓の移植医サムである。

「新薬の発見、おめでとうございます。ついては我々の科でも、早速治験に入らせてほしいのですが」

佐竹山は自分の足元に置いた段ボール箱に手を入れる。まるで山積みの菓子のようにざっくりと収められた新薬の包みを、大きな手で摑み上げると、

「Dr.サム」と、名だけを呼んで手渡す。

「サンキュウ」

佐竹山詣では後をたたず、彼は院内での立場を一気に高めた。

給料は九南大の数十倍になり、ピッツバーグ市内の落ち着いた住宅街に、プール付きの邸宅を購入することが出来た。なだらかな坂の上に建ち、広々としたアスファルトの道路に面している。

新居披露のパーティには、古賀、凌子らをはじめ、アメリカ人の医師たちもやってきた。運転してきた車が連なっても、駐車スペースは存分にある。

東帝大から来て間もない大木も、佐竹山の新居に呼ばれていた。

佐竹山夫人が大きな鍋におでんを作り、電熱式の保温トレイの上にのせてくれた。また大皿には盛大におむすびが並んでいる。ビールと紙箱に入ったワインもある。

三十畳は下らないリビングの窓を開け放つと、水を張ったプールである。まだ泳げる時期ではないが、青い水底が輝いて見える。

「これがアメリカの医師の暮らしか」

大木が窓辺に立って目を輝かせていると、エプロンをつけた夫人が、おむすびを差し出した。華純さんという名だと聞いている。

「たくさん食べていってちょうだい。私たちだってね、大木さん、こんな日が来るなんて思ってもなかったの。後であの地図を見てやってほしいんだけど、印がついているのが、行蔵さんが脳死ドナーの元へ回った先なんです。寝ていない日が続いても、嵐の日でも、電話がきたら駆けつけるものだから、私、一時は今日にも飛行機が墜ちるんじゃないかってノイローゼ気味になったくらい」

そう言って華純が壁に貼られた全米の地図を指差す。近づいていって眺めながら、おむすびに食らいつく。

「外科医の奥さんは、よほどしっかりしていないと務まらないですね。ましてやアメリカでここまでご成功されるためには」

佐竹山が二人の間に入った。

「大木くん、ちょうど君の話を聞きたいと思っていたんだ」

そう言って、リビングの中央に置かれた応接セットの黒いソファに、大木を座らせた。一リットルの紙箱から大きな手でワインを注ぐとテーブルにこぼれる。手術では手際よく動くが、普段は何をするにも豪快すぎる。華純が文句も言わずにこぼれたワインを拭っている。

「どうだい、日本の移植医療はまだ進みそうもないかね」

大木は眼鏡に手をあてて、頷く。

「脳死に対する考え自体が、まるで進んでいませんね。旧石器時代のごとく停滞しています」

佐竹山は笑う。

「旧石器時代とは、言ってくれるね」

よし、教授の懐に飛び込めそうだ、と彼は思う。

「砂山医大の移植手術のことは、先生ならもうご存知ですよね?」

大木が前のめりになって話しだしたのを見て、古賀は凌子と共にソファに腰を落ち着けた。

「胆道閉鎖症の息子さんに、確かお父さんがリビングドナーになって、肝臓移植をしたって話だったよね」

古賀も、その話が聞きたかったのだった。

生きたまま臓器を提供するドナーを、リビングドナーと呼ぶ。生体からの肝臓移植は世界でまだ数例しかない。それを行った医師に強く関心があった。

「担当のドクターを知ってるの？」

一体、どんな医師なのか。日本でたった一人で手術を行い、一応は成功させているのだ。

生きた人間の動いている肝臓を摘出するという発想は、プレスビーには存在しない。腎臓の場合は二つある臓器の片方を移植すれば済むが、肝臓は人体に一つなので、右葉と左葉の二葉からなると捉えて、スプリットする。今回は左葉外側域から、約四分の一を切り取って移植したというのを、論文で追いかけてはいた。肝臓が再生するのは以前から知っていたが、生体からの移植は、Dr.セイゲルも着手していない。

「僕らも、驚いたんですよね。術後に突然報道が始まったので、うちの大学でも京洛大でも、一気に注目を集めました。なんでも砂山医大の先生は、その男の子をどうしても救いたいと、単独で動物での肝移植を繰り返していたそうです。今回できないのだったら、もう移植は諦めるつもりでいたそうですよ。まあ、あの加藤移植のときよりは、院内の根回しもきちんとしていたようですね」と、屈託なく加藤洮嗣の名を引き合いに出した。

「噂によると、京洛大でもチームを立ち上げたそうです。じきに、生体肝移植チームとして、正式に動き出すのではないかと言われています」

「本当かね、その話は？」

背後からの佐竹山の問いかけに、大木は調子づく。

「しかし、脳死に関する倫理観は、一向に変わらないですからね。日本でやるなら、生体からいくしかないと、砂山医大の一件で気づいたのではないでしょうか」

その話は佐竹山を驚かせるに十分だったようで、彼は一つ唸るなり黙り込んでしまった。

京洛大からはピッツバーグにも、肝臓外科のグループが研修に来ていたのを古賀もよく覚えている。一週間ほどの短期の視察だったので、佐竹山が中心になって院内を案内し、オペの見学をさせたのだ。その頃には、佐竹山の執刀となれば、見学者は手術台を二重三重に囲んでいた。「アンクランプ」の声がかかり、臓器がふたたび赤く染まる瞬間を、各国の医師が固唾を吞んで見守るのだ。

それが一年ほど前の話だ。京洛大の医師たちはただただ驚きの声をあげて帰っていき、生体肝移植の計画があるなどとは、口の端にも乗せなかった。したたか極まりない奴らではないか。

「なるほど。しかし健康な人の肝臓を切り取るなど、それは本当の医療行為とは言えないよ」

佐竹山の言葉は、Dr.セイゲルからの受け売りだ。

世界ではじめてとなる生体からの移植手術が行われたと聞くと、Dr.セイゲルはカンファレンスの際に、移植医たちに顔をしかめて言ったのだ。

「今におそらくドナーにも死亡例が出るだろうね。健康な人間の肉体を傷つけるのは、医療行為ではないよ」

ビルたちに遊んでもらっている、佐竹山の子どもたちの流暢な英語が、プールサイドで跳ねている。

「男の子がお二人ですか。どちらも佐竹山先生にそっくりで、いかにも賢そうだ」

調子がいい男だ。大木を横で見ていた古賀は思った。この性格ならきっと、この国でもやっていける。

タクシーで来ていた凌子を、古賀が自分の車で送った。

アップタウンは静かだが、車を走らせるとじきに谷底のダウンタウンのきらびやかな灯りが見えてくる。

「凌子先生、たまにはバーへなどお付き合い願えませんか？　時々行くスポーツ・バーが通り道にあるので」

少しこちらを見上げると、凌子は笑みを浮かべた。

「古賀先生の行く店ってどんなところかしら。ご一緒しようかな」

その日の凌子は、珍しく古賀の誘いを受けた。

プレスビーからも程近いビアバーは、古賀が渡米して以来、時々立ち寄る場所だ。街のスポーツ好きがいつも大騒ぎしている。いささか賑やか過ぎる場所だが、実験やオペの帰りにここで一杯、二杯と飲めば気分転換になる。どうしてもそんな時間が必要な日があった。

大きなモニターにはアメリカンフットボールの映像が流れている。今日のようなシーズンオフには、録画された名ゲームが流れていて、地元ファンはそれにも歓声をあげる。

「凌子先生に向いてなかったかもしれませんね。もう少し、静かなバーの方がよかったかな？」

そう訊ねると、凌子は細い顎を小さく横に振る。

「平気だけど、古賀先生らしいとも、思いません」

小さく肩をすくめて笑った。

目の前に出された長細いグラスのビールで乾杯する。

「ホームパーティっていうのは、どうも得意じゃなくて」

古賀が言うと、凌子も黙って笑っている。単身者の多くがそう思うに違いない。せっかくのオフなのに、賑やかなファミリーに囲まれて気が休まるわけがない。

ビールのグラスを一気にあけて、イタリア製のシャツの袖をまくる。

「サワダ先生とは、時々ご一緒されるんですか？　そう言えば、今日も先に帰られましたけど」

「お疲れだったみたいね、サワダ先生」

凌子は、白い喉を反らせてグラスをあけていき、続けた。

「ラボの近くにリバーサイド・バーがあって、サワダ先生はそこが行きつけみたいです。缶詰がお好きなのよ」

グラスを置くと、愛おしそうに笑った。

「静かそうだな。ここことは違って」

加藤凌子はずっとミステリアスな存在のままだ。ラボに籠りきりで、必要なこと以外は話さない。けれどほんの時折、サワダにだけは彼女の方から何かを語りかけているのを目にする。

ラボのスペイン人医師、アマデオがこの女性に夢中だったのは知っていたが、彼も夢破れたかのように母国へ帰ってしまった。それを軽々しく口にできる雰囲気はない。

「僕らも気づけば、ピッツが長くなりましたね。凌子先生はわからないけど、僕なんかは最初は半年か一年のつもりで、ここへやってきたから」

「そうなんだ」とだけ、凌子が小声で相槌を打つ。

「ここ最近もまたどんどんアプライが来ていますよ。先日、Dr.セイゲルの部屋を訪ねたら、机には履歴書がこんなに積まれていて」

と、指でその厚さを示す。

陽気なアメリカ人たちが、ビデオのゲームに歓声をあげるので、凌子の耳元に少し近づいて続ける。

「サワダ先生がその仕分けにあたっていたんだけど、めぼしい人物たちの山に、セイゲルの字で、何て書いてあったと思います？」

凌子は、ん？　と声に出さずに大きな瞳を輝かせて訊ねてくる。

「new slaves」

古賀がそう言うと、凌子は珍しく声を出して笑った。

「らしい話ね。Dr.セイゲルは、ほんと、ユニークな方よ」

古賀は飲み干したビールの代わりに、ハイボールを頼んだ。凌子のグラスにはまだ半分ほど残っていた。

「そういう意味ではDr.セイゲルもサワダ先生も、みんなユニークで、だからここにいる時間があっという間に過ぎていった気もしますね。だけど、僕には凌子先生もとても不思議なんです。怒らないで聞いてくれますか？　凌子先生はもしかしたら、あの加藤移植の加藤洸嗣先生のお嬢さんなのではないか、と」

凌子は急に表情を凍らせてしまった。手のひらをスカートの表面で拭い、そのまま、押し黙ってしまう。

騒がしいビアバーの一角で、そこだけ時間が止まってしまったように思えた。

やがて、凌子は薄い唇をかすかに開き、ため息を漏らす。

「唐突なんですね。もしそうだと言ったら、この話はどう続くの？」

か細いが澄んだ声だ。静かにそう発せられたとき、古賀は思わず唸った。

「いや、待って。ってことは、まさか」

本当に加藤洮嗣の娘なのか？

訊ねたはずの古賀の方が慌てて（あわ）てしまい、思わず凌子の腕に手を伸ばした。腕はブラウスの上からでも骨格がわかるほど、華奢（きゃしゃ）だった。

「僕は別に、興味本位で言ったんじゃないんです」

凌子が椅子（いす）から降りようとしていた。その黒い目が、揺れながら古賀の方を見上げている。

「じゃあ、何なの？」

声はごく冷たく響いた。

すぐには応（こた）えられなかった。けれど古賀は、一つ小さく息をつくと、続けた。

「正直に話しますね。今日、加藤洮嗣先生の名前が大木くんから出て、凌子先生も同じ加藤だな、と。迂闊（うかつ）でした。ただ同じDr.加藤として、加藤移植をどう思われるのかな、とか」

「私の考えを聞いてどうするの？」

カウンターに向かって座ったままの凌子の横顔を見た。その瞳は大きく見開かれていた。

「謝ります。僕には、凌子先生がずっと遠い存在なので、もしかしたらさっきみたいな不躾な質問をしたほうが、話が弾むのかな、とか思ってしまったくらいで。よく言われるのよ、同じ苗字だから、とかそんな風に。いつか、加藤洮嗣先生と会ってみたいとかなんとか、答えてくれるのかな、と」

そこまで言って、古賀は拳で頭を叩いた。

「ばかだな、僕は」

凌子は、古賀の目をまっすぐに見返した。その表情からはすでに力みは消えていた。

「Dr.セイゲルや、サワダ先生はご存知なのですか?」

凌子は、静かに答えた。

「そうですね。入って一年くらい経ったときに、Dr.セイゲルが私は父によく似ている、と」

古賀は自分の気配りのなさに、泣きたくなった。

「そうか、いや、だから何って話でしょうけど。当時、僕はまだ小学生でしたが、医者にはなるつもりでいたから、素直に憧れを抱きました。移植医療がその後もずっと頭の片隅にあったのは、あのときの気持ちがあったからです。それは嘘じゃなくて、今日の砂山医大の先生もそうだけど、あの国で新しいことを始めるには、一人でやるしかないんだろうなと思って。侍みたいに」

下を向くと、凌子は笑みを浮かべた。

「父はお侍さんには見えませんでしたけど、もし古賀先生のような方が本心でそう言ってくれているのなら、うれしいでしょうね」

そう言うと、グラスの表面の水滴を、細い指で拭った。一つ、長いため息をついたが、それすら繊細に映った。

「父はやはり負けたんだと思っているの。Dr.セイゲルを見ていると、絶対にへこたれないもの。失敗しても、叩かれても、立ち上がってくる。新しい扉を開く人に必要なものって、たぶん何があっても戦い抜く覚悟なんでしょうね」

古賀も頷く。

「扉を開く……その通りだな」

「こんな話になるとは思ってなかった。でも、話せてよかった気もするわ。ありがとう。今日のビールはごちそうになってもいい？」

「待ってください。もう少し話し相手になってもらえませんか？」

凌子は、だがバッグを肩にかけた。

「ごめん、本当に明日の準備があるの。ヨーロッパチームから新薬への痛烈な批判が始まってる。サワダ先生も、それでくたくたになってる。帰って私も資料をまとめます」

そう言って少し歩み、振り返った。

「このチームにいたら、戦わせてもらえる。チームの一員としてね。だから、気づいたらこんなに年月が経っちゃったわ」

そう口にすると、凌子は店を出ていった。その背中は、ピッツの暗い夜の中へと吸い込まれていくかのように、儚く見えた。

追いかけていくことも考えたが、凌子の小さな背中が毅然とそれを撥ねつけていたのは明らかで、自分はまるで子ども扱いだった。ただ、凌子が置いていった心の高ぶりだけが残されているように思えた。

なんてことだ。凌子が本当に加藤洮嗣の娘だったとは。

あんな風にずけずけと凌子の心に踏み入りたくはなかったが、後の祭りだった。

そして改めて、凌子に対して思慕に似た気持ちを抱いていることを確信した。だから、ネズミや犬ばかりの部屋で、来る日も来る日も地道な基礎研究に打ち込めたのだ、セイゲルの要求に一つ一つ答えを出していけたのだ。

凌子が去った席に、カクテルグラスを持った褐色の肌の女がやって来た。

「ハーイ、私はエイミィ、よかったら一緒に飲まない？」

古賀は、女の腕にみなぎるしなやかな筋肉を見つめながら、つい先ほど、自分の手からこぼれていった、華奢な腕を思い起こす。

「ハイ、エイミィ、構わないよ」

加藤洮嗣の娘が、あれから二十年以上の時を経て、アメリカでセイゲルの研究を支えている。しかも、それを公言しようともせずに、ひたすら沈黙を貫いて。

サワダは知っていたのだ。知っているのに、それを徒らに会話の中に持ち出さなかった。二人の信頼の強さを、思い知らされた。

古賀は、隣に座った女とグラスを合わせた。


一年きりのつもりで渡米した佐竹山は、翌年に、フェローの中からわずか数名だけが選ばれる大学外科の客員講師に昇格したのを皮切りに、その三年後には客員助教授に、今はサワダと同じアソシエート・プロフェッサーについている。

古賀や凌子も昇進し、それぞれ客員講師、客員助教授という身分を持った。

新しい免疫抑制剤は、日本国内の土壌細菌からの分離という形で発見された。医師らの間では新薬の効き目がまたたく間に広まり、それを発見した広島製薬とピッツバーグの移植外科チームは、スターダムに上り詰めた。

様々な拒絶反応に苦しむ移植の現場だけでなく、吉田延雄が闘った移植片対宿主病、GVHDを始めとする難病へも効果が期待され、臨床試験の希望者は引きも切らない。

FDA、アメリカ食品医薬品局の承認は時間の問題かと思われたのだが、新薬承認にはついて回る攻撃も凄まじかった。

既存薬の発見メンバーであった英国チームは、次回ロンドンで開催される移植学会で、この新薬の危険性を訴えるという趣旨の文章を事前に公表していた。この応戦への関心は野次馬を含め高まっていた。

「コウゾウ、今度のミッションは私と一緒にロンドン・トリップだよ」

セイゲルは、軽い口調で佐竹山を学会へと誘った。

ロンドンの学会会場には、歴史あるカレッジの大講堂が選ばれていた。

英国人は、天井や壁になぜこのような装飾を施したのだろう。そこに集う人間らの心の複雑さや緻密さを、すべて飲み尽くすかのような意匠である。このように壁や天井の重厚な講堂では、発表者の声が天井や壁からも反響する。

四角張った発音のクイーンズ・イングリッシュで、英国の医師が発表を始める。ただ、スライドによる発表方法は古めかしいし、データが膨大なわけでもなかった。

どこからか入手した新薬の使用データとショッキングな内臓の異変を見せた動物たちの画像を示し、HIROSHIMAという製薬会社の名前と薬品番号を書くと、その横に、発表者は自らの声で読み上げながら、大きく赤い字で「TOXIC（トクシク）」と書き記した。

会場はその瞬間、幾秒間かの不気味な沈黙に包まれ、やがてざわめきが波のように広がっていった。トクシク・ドラッグ、つまり〝毒薬〟であるという主張が堂々と公（おおやけ）の場でなされたのだ。効き目の低さや副作用の可能性を指摘する以前に、劇薬を超えた毒薬であると発表するとは、我々は予期していなかった。

英国チームは断言した。この新薬は効能より先に、必ずや血管炎を起こすだろう、と。炎症を起こした動物たちの内臓の様子や、その症状の重症度をスライドで一つずつ示すプレゼンテーションを続ける。

「残念ですが、医療界から葬（ほうむ）り去るべき薬だと言えましょう」

壇上から最後にそうまとめた。まるで人類を生存の危険に晒（さら）す細菌兵器であるかのように。

当然、発表者のこのデータの集積には、既存薬で年に何十億ドルもの利益を出している製薬会社が、死に物狂いで取り組んでいる。

セイゲルは眉(まゆ)を寄せて長い指で机を弾いていた。席についたままメガネを幾度もかけ直し、彼らのレジュメの数値をペンで追う。ピッツから運んだ自分らチームのデータにも、改めて目を通している。凌子やサワダが、ラボで夜を徹し積み上げたデータだ。

「再チェックすべき点はありますか? Dr.セイゲル?」

隣席より小声でそう訊ねるが、セイゲルからは返事すら返ってこない。

二人でロンドンへ入ったのは、今朝未明である。ピッツバーグからシカゴへ出て、オヘア国際空港で乗り換え、軽く十時間を超す道のりをたどってきた。まだ宿にチェックインもしていない。セイゲルは、すべての航路をエコノミークラスに指定するので、佐竹山もいつも通り自分の大きな体を狭い席に埋めてやってきたのだ。

金がないわけでも吝嗇(けち)なわけでもなかったが、そうした快適さや美食を求めることは、秘書らが提案してもすべて無意味だとはねつけてきた。

リア・ジェットに乗っていても、国際線の機内でも、いつも資料を広げている。軽装に身を包み、幾つか並んでいる空席を見つけると、自ら移動していって、肘掛(ひじかけ)をすべて上にあげてしまう。横たわり、長い足を伸ばす姿はあまりに堂々としていて、乗務員からの文句も寄せつけなかった。

運ばれてきた甘いチョコレートケーキばかりを多めにもらい、特別美味しそうでもなく食べて、時折ぶつぶつ呟く。今回は何度も研究発表の練習をしていたのである。ストップウォッチでタイムまでカウントしながら。横にいる佐竹山には、表現を幾つか確認するが、そんなときにも冗談交じりだ。そうして、念には念を入れて準備をしていたはずだったが、今は眉間の皺が深かった。

セイゲルは、医療の場ではまるでアーチストだった。完全なるアートを追究してきた彼の周囲には、いつも多くの人が集まる。ピッツでは、肝臓移植だけで年間五百例という手術が続けられているが、医師に限らず、中国からの密航者だったり、ベトナムからのボートピープルだったりした人間までもが、何かしらのチャンスを求めて潜り込んでくる。

チャンスとは何だろう。佐竹山はこの場に立って改めて考えていた。

司会者によって、セイゲルの名前が呼ばれる。制限時間は一人、十五分だ。今回はこのたった十五分に全てがかかっていた。

強い反論で始めるのかと身構えていたが、セイゲルはいつも通りソフトな口調で始めた。

「やあ、皆さん。そして英国チームの皆さん、共にこの新薬の効能を検証してもらえたことに、心より感謝申し上げたい。ところで、この素晴らしい新薬に、わずか五文字のセンセーショナルな言葉を与えて医療界から葬り去ろうというのは、私の聞き違えでしたかな。もし本当だとしたら、我々医療者が失うものは大きすぎる。ついては、我々ピッツバーグ移植チームが検証を続けてきたこの新薬の正しい使用法と効果を、ここに示したいと思います」

長身にスーツをまとったセイゲルは、にこやかに発表を始めた。

スライドでデータが発表されていくと、参加者たちは前のめりになる。彼が提示したデータの一つ一つには、凌子がラボに籠りきりになって、小さな臓器をつないだ、無数の小動物の生き延びた時間が、つまり命そのものが宿っている。数え切れないネズミの命、古賀や佐竹山の手で犠牲になった犬たちの命、それを元にした基礎研究のデータが提示される。

セイゲルは、たった一つの言い間違いもしない。データを指し示す順番も、数値や単位を発する間も、すべて計算されている。

いつの間に組み込んだのだろうか。英国チームへの回答となる、使用法の誤りの例が追加されており、セイゲルは内部が被曝したような血管炎を起こした犬の内臓の画像のところで、敢えて言葉を止めた。

「このデータをくれた命に、深い敬意を払います。このように、使用法を誤ってはいけないのは、どの薬においても同じであり、決して繰り返してはいけないのです」

胸に手を当てて、そう静かに、祈るように付け加えた。

その後はすでにピッツバーグで準備が整えられた、ヒトへの処方申請の進捗状況が希望をもって伝えられた。

制限時間を知らせる合図とともに、彼はすべての発表を終えていた。

会場には、柔らかな拍手がさざ波のように広がり、やがてそれは喝采へと変わる。

健全な精神の伴う科学の勝利を決定づける瞬間だった。

佐竹山は眩しくセイゲルを見上げ、降壇した彼に向かって深く頷く。成功を確信した師の深緑の目が、青く輝く。

サワダや凌子、古賀の顔も、脳裏に浮かんできた。彼らも共にこの場にいる。亡くなった延雄も、由佳里もここにいるのだと感じるのだった。セイゲルが新しく開いた扉の向こうで、自分自身の夢がまた一つ実ってゆくように感じた。この新薬が承認されれば、さらに助かる命があるはずなのだ。

学会の終了とともに講堂の外へと出ると、セイゲルはすぐに人々の渦に囲まれていく。

石畳のロンドンで、街灯の明かりが遠くまで連なって揺れて見えた。未来がどこまでも続いているかのように。

一九九三年秋

新薬の正式な承認までにはまだ幾つかの関門があったが、ごく微量ずつの投与という条件のもと、ヒトへの本格的な治験が始まっていた。微量で効果が出る反面、使用法を誤ると劇薬になるのが、英国チームが指摘した通りなのは、凌子らも気づいていたし、数値化も行っている。

この年、ピッツバーグ大学が行う肝臓移植は週に平均して十例、佐竹山だけで平均三例。ピッツバーグで名をなし、新薬開発の大金星を手にした佐竹山に対しては、日本の複数の大学病院からの招聘合戦が始まっていた。

中でも、母校の九南大学の取った措置は、恐るべきものだった。

〈今年度の教授選により、佐竹山行蔵氏を、九南大医学部第一外科教授として全会一致で選出した〉

突然の通達が、打診ではなく決定事項として届いたのだ。願書を出したわけでもないのに、そのニュースはすでに出回っていたのだから、根回しは周到だった。

「今朝早くに、福岡の父からも電話があったの。九南大の教授のポストともなると、日本でも騒ぎになるね」

帰宅した佐竹山がリビングに座ると、華純がそう言いながら、冷えたおしぼりと灰皿を差し出してくれる。ビール瓶を抱えてソファに向かい合って座る。佐竹山は、酒を必ず華純のグラスにも注ぐ。はじめこそ金がなくて、料理酒を買おうとまでした時期があった。ビールを来客用の特別な酒として一本だけ冷やしてあったのは、未だに夫婦の良い思い出である。二人で飲む晩には、華純がどこかから調達してきた九州の焼酎が並び、日本の晩酌のような風情になる。

「大学を出て、何年になるんだったかな」

華純が、五本の左手に三本を重ねて、八を示す。

「達也が、六歳のときに来て、今は十四歳でしょう?」

と、上の子の年齢を口にした。

そう言われたから眺めたようなものだが、リビングの壁にはこちらへ来てからの様々な写真が飾られている。こちらのジュニア・ハイスクールへと上がった長男の達也は、ブラスバンドでクラリネットを吹いている。三歳でやってきた圭祐にいたっては、英語はネイティブも同様で、地元の子どもたちと地元の学校へ通っている。

この間、子育ては華純に任せきりだったのに、よく付いてきてくれたものだと彼は思う。

「帰りたいだろうね、華純は。一年と騙(だま)されてアメリカに連れてこられたようなものだからね」

子どもたちは、英語の方がずっと流暢だ。英語がよく話せない華純には、どれだけ心もとないことだろうか。同時に母親としては誇らしく思っているのかもしれないが。

いっそ、いつまでと知らされていたら覚悟の決めようもあったろうが、予定はずるずると延長されていった。移植医療に身を投じてしまったが最後、課題は尽きない。

「これ以上ない話なのはわかっているんだがね」

煙草(たばこ)の煙を深く吸い込み、続く言葉を探していると、長い髪を一つにまとめ、シンプルなTシャツにスラックスを合わせた華純がそっと遮った。

「言わなくていいよ。わかっているつもりだから。あなたにはまだ帰るつもりがないのは知ってますよ」

華純は、まるで自分を納得させるようにそう呟き、言葉を続けるのだった。

「それに、子どもたちだって、今急に帰ると言われたって、きっと困るはずだもの。

あの子たちは、掛け算の仕方だって、譜面の読み方だって、みんな英語で覚えたから」

佐竹山は、指で煙草を挟んだまま黙って聞いていた。リビングの窓を開け放つと、ライトアップされたプールが見える。そんな風景の中にいながら、自分たち二人の根がいつまでも九州にあると思うのは、こんなときだ。

「ねえ、あなた。こんな話はなかった方がよかったね。あれこれ考えてしまって、混乱するもの。私、急にこの辺りが寂しくなってしまって」

と、胸を押さえる。

「この話を断ったら、きっともう帰れない。そう覚悟は決めなきゃいけないよね」

華純と義父の会話を、佐竹山も想像する。プレスビーの佐竹山本人へも、九南大のかつての同窓生たちから、今日だけで何本もの電話があった。日本に帰ってくるなら今だ、と口々に言う。

名誉や権威を口にされても彼の心は揺れなかったのだが、

「久々に連絡をするのに生意気だがな、俺もお前に引き受けてほしい。日本の医療は、まるでだめで、お前の言っていた通りだったと痛切に思ってる。だから、お前が変えてくれよ」

かつての同僚の言葉ばかりは、いたく胸にしみた。また驚きでもあった。当時の同僚だった医局員たちは、揃って弱腰で、まるで気の合わない連中ばかりだと思っていたからだ。

八年も経てば、みんな変わるんだなと佐竹山は思う。

ここで断れば、母校への帰還は二度と望めないだろう。父や母、義父母をも落胆させるはずだ。それ以上に、日本の移植医療はどうなるのか？　脳死をめぐる法整備は遅々として進まず、移植を必要とする日本の患者は置き去りにされ続けるのか。

「どうしてなのか、今でも、九南大ではじめて書いた死亡診断書の文字を思い出すんだよ。夢に現れて、ぱっと飛び起きることもある。〈死因、肝硬変〉。若かったとはいえ、何の手当てもできずにそう書いたのが、屈辱だったんだ。Dr.セイゲルは肝臓移植の論文をもう何本も書いていた時代だったはずなんだがね」

煙草の煙を深く胸に吸い、佐竹山は目を閉じる。二度と肝硬変なんかで患者を死なすものかと思ってきたが、助けられなかった命もある。肝硬変ではないにしろ、二度の移植を受けた吉田延雄も救えなかったし、今だってプレスビーの九階には、四度目の移植を受けてなお生死の境を彷徨っている三十代の白人女性が一人いる。

「リバー・イーター」。幾つもの移植肝を食ってしまう患者――ピッツでは、あっさりとそう呼ばれる。一度つなぐたびに全身全霊をかけて挑む移植手術であり、その後も祈るような思いで経過を観察する。一つ目の移植肝がだめで、二つ目へ。それでもだめで三つ目へ。それだって構いやしないのだと佐竹山は思う。治る見込みがわずかでもあるのなら、成功するまで何度でも移植を繰り返してやりたい。どこかで諦めるくらいなら、Dr.セイゲルにしろ、はじめから移植などには手を染めなかったにちがいないのだ。

「その患者さんは、確か、肝内結石症からの胆汁性肝硬変になったんだったね。病院に運ばれてきたときには、すでに食道動脈瘤（どうみゃくりゅう）が破裂、腹水、黄疸（おうだん）、肝性脳症を併発、末期の肝不全で、すでに手術はできなかった。奥さんは、ご実家の反対を押し切って駆け落ちしたきれいなお嬢さんだった。奥さんのお腹には双子の赤ちゃんがいた……のだったわね」

華純が的確に病状を口にするのを、呆然（ぼうぜん）と聞いている。

「驚いたな。間違いはたった一つ、食道は動脈瘤ではなく、静脈瘤だ。私はそんなに何度も話したかい？」

華純が頬にえくぼを浮かべて、くすりと笑う。

「あなたは、家に帰ったら患者さんのことばかり話すもの。日本にいたときも、こちらに来てからも同じ。私も話についていきたいからね、わからないときには、医学書だってめくってきたもの」

佐竹山は、二つのグラスにビールを注ぎ足す。

「たまげたもんだよ。だったらこれも話しておこう。留学して一年経ったときに、まだ残りたいという意思を君に伝えたね。なぜだったかというと、Dr.サワダから、Dr.セイゲルのこの先の課題である三つのテーマを聞いたからなんだ。一つは、臓器のための保存液の改良」

「それはもう、できたでしょう」

「そう、ほぼ完成した。次は、免疫抑制剤の改良だった」

頷きながら、華純が佐竹山を見上げる。

「そのための新薬が、ようやく見つかったのね」

「その通りだよ。残されたのはあと一つなんだ。小腸、または全臓器移植。その大きな課題を、他の医師ではなく、私に課せられた使命だと思いたいんだよ」

華純は、静かな驚きを顔全体で表す。

「肝臓だけでなく、小腸や、すべての臓器を一緒に?」

佐竹山は深く頷く。

「これまで腸だけは、どうしてもうまく行かなかった。なぜかというとね、腸っていうのはね、とりわけ、拒絶が強いんだよ」

そこまで話すと、立ち上がって大きなグラスに焼酎を注いで運んできた。華純にも一つ渡す。嬉々として話し始める自分を、同時に情けなく思う。真の話し相手は、結局ピッツに来てからも、目の前にいる妻しかいないのだ。

「拒絶反応で腸壁がひとたび破壊されると、そこから腸管の中にいた微生物や細菌が、一気に漏れ出てくる。食物を分解するためにいる微生物が、周囲の組織や血流に入り込み、急激に体内を駆け巡って、感染症を引き起こす」

家庭で話題にするような内容からは程遠い話だというのに、華純は医学生のように真剣な顔つきで、目を光らせて聞いている。

医者の娘であるという素養もあるだろうが、華純にも、ここでは友達もいないに等しい。だからこんな自分の話にも、退屈しのぎに付き合ってくれるのだと佐竹山は思う。まるで酒のアテでもあるかのように。

煙草をもみ消すと、続けた。

「術式のことだけで言えば、Dr.セイゲルは犬ではもう一九六〇年代に、全臓器移植に成功している。だからこそ、どうしても強力な免疫抑制剤が必要だった。つまりあの新薬が発見された以上、実現させなくてはいけないんだ」

何度か頷いた後、華純は不意に瞳を揺らして、声を上擦らせた。

「もう、戻れんね？」

「わかってくれるか？　Dr.セイゲルの使命があと一つ残っているんだ」

華純が、目尻を手の甲で拭うのを、じっと見ていた。お前もだったな。凌子たちラボメンバーだけでなく、華純だって新薬開発の立派な一員だった。

「聞いてよかった。これでもう、あなたにはこれっぽっちの迷いもないんだって、わかったもの」

佐竹山の隣に身を移した華純は、肩に身を預けてきた。目尻を伝った涙が、彼の肩にしみてくる。

月明かりがプールの水面に反射して、揺れていた。


リバーエッジ・ラボでは、豚を用いて、小腸だけ、または肝臓と小腸の同時移植、さらに複数の臓器の同時移植のための訓練が、何度も繰り返されていた。

豚の小腸はヒトのそれにかなり近い。ツルツル、ヌメヌメしていてつかみにいっても逃げてしまう。人間の小腸は成人なら四メートル以上あり、腸間膜がついているので、ずっしりしている。豚はさらに長く、細く、腸間膜の根部が絡まって複雑なかたちをしている。

リバーエッジ・ラボの四階の実験室の無影灯の下には、麻酔のかかった二頭の豚の桃色の肌が見えている。

「小腸の縫合の仕方は、ひと通りではないですね」

共に手技にあたる、古賀が言う。新薬の開発メンバーには加われなかった古賀を、小腸移植のトライアル・チームに抜擢した。あの熱気と興奮をすぐそばで感じていた古賀からは、今はどんな風にだってしがみついてくる気迫が漂っていた。大木も、ラボでの実験を終えると、すぐに見学に現れる。

「手から逃げるときはガーゼでつかみなさい」

佐竹山は、いつも時間が足りないと感じている。寝食の時間さえ惜しい。ラボでの練習の後は、プレスビテリアン病棟に移って、患者の肝臓移植を一例でも多く引き受けたい。

朝五時にはラボに入るように自分を叱咤していた。

それを知った古賀も、頼まなくとも自らその時刻にやってくるようになっていた。

出会った頃、古賀についていて、あまりいい印象は持っていなかった。かつて九南大でさんざん見てきたような、ヤワな二代目、三代目の医者に違いない。はっきり言って、期待はしていなかった。今感じるのは、古賀はとてつもなく力をつけてきただけでなく、どんなときにも冗談交じりの余裕を見せる、強靭（きょうじん）な男なのだということだ。

「一生、結婚しないつもりなのかね」

メスを手にそんな質問をしても仕方がないと思いながら、この男が今も身を固めずにいることには、つい口を挟みたくなる。

「できませんね、こんな生活では」

うるさい上司を煙に巻くような言い方を平気でしてくる。

「私はね、古賀先生、こういう異国の環境でこそ、家族が助け合って生活する時間は宝物になると思いますがね。よかったらまた週末においでになるといい」

「いやあ、先生、僕はこの間、息子さんにビリヤードですっかり巻き上げられましたからね」

佐竹山の息子たちが、最近はゲストたちと、ポーカーやビリヤードで金を賭（か）けているのは、華純から聞いていた。勝っているのなら感心だとつい親バカな気持になる。

古賀は、そんな話をしながら、摘出した豚の肝臓と、そこから続く小腸に通じるか細い血管の壁をピンセットで繊細につまみあげ、保存液を通す。

ピッツバーグではすでに二例、人間の患者への五臓器移植が行われている。肝臓、膵臓(すいぞう)、胃、十二指腸、小腸という腹腔(ふくくう)内の臓器を同時に入れ替えるのだ。

一例目はDr.セイゲルが単独で、プールの底で吸水口に内臓を吸い出された少女へ行ったが、命は日数を数えられるほども延びなかった。

二例目は、佐竹山が助手に入った、先天性の小腸奇形の幼い患者に対しての手術だった。一九八七年のことで、新薬はまだその萌(きざ)しさえ見えていなかった。患者は三歳半で、ジャンという名の女児だった。彼女は小腸奇形で生まれ、生まれてすぐに腸管の機能不全に見舞われた。小腸の大部分を切除したために、口からは一切物を食べられず、点滴栄養だけで日々を過ごしていたのだ。

外で遊ぶこともできない小さな子どもにとって、物を食べられないのは、生きる喜びの大半を失っているに等しかった。

入退院を繰り返してきた小児病棟では、運ばれる食べ物の気配に、ジャンは常に敏感だった。味に覚えはなくても、匂(にお)いは漂ってくる。

「手術を受けたら、食べられるようになるのよ。その日を信じてがんばりましょうね」

両親からのそんな言葉が、病床のジャンの目を輝かせ励ましてきたのだ。

やがて肝不全は末期症状を迎え、移植外科へと運ばれてきた。腸管由来の感染はすでに周辺臓器をひどく汚染しており、セイゲルは、脳死ドナーからの、肝臓や腸管を含む五臓器同時の移植を決めた。それしか助かる望みはないのだ。

二十時間を超える手術だった。総重量数キロに及ぶ臓器の連なりを、ジャンの腹腔の中に埋め込み、すべての臓器から伸びる管を順につないでいく。最後にドナーの動脈とジャンのか細い動脈が吻合(ふんごう)され、ここでも血流は見事に再開した。

食物が通る筒が新たに縫い合わされたのは、その後だ。

「ジャン、魔法は成功した。これでもう、食べることができるよ」

Dr.セイゲルが、最後の縫合を終えたときに、まだ麻酔のかかった小さな患者に、そう語りかけたのはニュースにもなった。

手術は、確かに成功したのである。

ジャンは、生まれてはじめていちごやオレンジの味を知った。チョコレートアイスクリームを、小さな匙(さじ)にのせて、その舌先で味わうこともできた。

しかし、半年後に、リンパが増殖するガンによって、彼女は亡くなってしまう。

記者たちは再三にわたってDr.セイゲルを取り囲んだ。

多臓器同時移植が成功した際には人類の新たな可能性を謳(うた)い、少女の未来を救ったヒューマニズムを盛り込んで褒め称(たた)えた。匙を口に運ぶ少女の写真は、ストレートに患者と家族の喜びを伝えた。

だがジャンが亡くなると、一斉に執刀医であるDr.セイゲルへの批判が集中した。まるでぬか喜びだったと責めたてるように、「不可能な医術」「不毛な医術」へのトライアルを責め立てた。

理解の程度こそ違えども、日本における加藤移植のときと、ほぼ同じ反応だった。セイゲルは、いつもならどんなときにも報道陣と逃げずに向き合ってきたが、その折は彼自身も極度の失意に襲われており、珍しくうまく答えられなかった。ジャンはとても愛くるしい子どもであり、心の豊かな家族と苦楽を共にしていたからだ。Dr.セイゲルは、ジャンの写真を今も研究室の片隅に掲げている。

佐竹山は、免疫抑制剤の力が不足していることを痛感した。腸の拒絶を抑えられる決定的な新薬さえ見つければいい。多臓器同時移植の手技自体は、セイゲルの手によってすでに確立しているのだ。

ジャンの父親へ悔やみを述べた。幾度となくメディアに囲まれ、すっかり疲弊して見える。

「オペを受けたことを、後悔していませんか？」

その渦から離れそっと訊ねると、ジャンの父親はこう話してくれた。

「あのとき何もしなければ、あの子はただ死を待つばかりだったんです。彼女は、生きようとしていたし、私はあの子に、自分の人生と闘うことの大切さを教えることができたと思っていますよ」

横にいた母親は、こう言った。

「ジャンは、アイスクリームよりいちごが好きだったみたい。それがわかっただけでも、母親として、うれしかったわ。ジャンのことを知りたかったから」

そんなとき佐竹山は、アメリカ人の精神性に触れた思いがする。病やアクシデントを受け入れるときに発揮する強さである。

小腸の移植、複合的な臓器移植は、国内外の他のチームもトライアルにかかっている。しかし、既存の免疫抑制剤では、生存日数を少し延ばすだけで、決定的な成功は得られない。拒絶反応は血管を攻撃し、人工肛門(こうもん)周辺の粘膜の色をくすませる。排液も一日一リットルから二リットルを下らない。

先週、Dr.セイゲルに呼ばれて自宅を訪ねた。ピッツバーグに来て、はじめてのことだった。

広い庭のある大きな家だったが、どこもかしこもすべてが無造作だった。かつては家族があったが、研究室にばかりいる彼を置いて、妻はある日幼い子どもを連れて出ていった。一粒種だった子どもは、その後不慮の事故で亡くなったと聞く。庭にはへびのようにとぐろを巻いたホースや、スコップが汚れたまま放り出されており、ところどころで電球は切れていた。

カーペットを敷き詰めた室内は、研究室の延長のように薄暗く、床一面に資料が山積みになっていた。

セイゲルは佐竹山の顔を見るとキッチンへと入っていき、両腕いっぱいに酒の類を抱えてきた。普段は酒は飲まないから、ワイン、ウイスキー、日本酒、ビールと、いつの貰(もら)い物とも知れぬ高級品が、なんでも揃っている。

「コウゾウは、フリーエージェントの権利を放棄したと、サワダから聞いたよ」

メジャーリーグで地元球団パイレーツを応援しているセイゲルは、野球に引っ掛けてそう述べた。自分の進退を気に留めてくれていたのだ。佐竹山の胸が熱くなった。

二つのグラスに、佐竹山はウイスキーを注ぐ。

「サワダは、そんな君のチョイスをずいぶんクレイジーだと評していたがね」

二人でグラスを合わせると、意外にもセイゲルはごくりと飲み干し、すぐに顔面を赤くした。

「ナット　イエット、まだ、日本へ帰るわけにはいきません」

佐竹山が一言そう答えると、セイゲルは深く頷き、こう返した。

「コウゾウ、小腸の移植、そして全臓器移植のプログラムは、どうしても我々の手で完成させなくてはいけないんだ」

「オフコース、Dr.セイゲル」

名前にDr.をつける呼び方は変わらないが、口調は以前ほど四角張ってはいない。院内では佐竹山は軍人のようだと揶揄(やゆ)されているのも知っているが、そう振舞うことで、これまでなんとか気張ってやってこられたようにも思うのだ。

「あとワン・ステップだ。違うかい?」

「おっしゃる通りです。確かに、もう一歩のところまで来ています」

その一歩が、長くて過酷な道のりであることを、互いに認め合うように乾杯をした。あと何年、かかるのかもわからない。

「コウゾウ、私はこの間発表した通り、今度の誕生日を区切りにメスを置く。ペンシルベニアの州法に従うつもりだ。チャンスはそれまでには来ないだろう。実際のトライアルにあたるのは、コウゾウになるかもしれない」

その重責を受け止めつつも感じていたのは、セイゲルが外科医としてメスを置くことの寂しさだった。

「OK、コウゾウ」

わかってくれたらいいのだとばかり、セイゲルは佐竹山の分厚い背中を叩く。

ソファに深く沈んだセイゲルは、珍しく酔っていた。いつもの重みを含んだパワーが抜け落ちてしまい、ふわふわと漂う風船のようにも見えた。

大きな窓の外にはピッツバーグの深い森が見える。こんな孤独な部屋にセイゲルが住んでいたのを、はじめて目の当たりにした。巻き毛の美しい黒人の恋人がいて、たまの休みには一緒に球場などへ出かけているという噂を聞いているが、この様子だとどうやら一緒に暮らしているわけではなさそうだった。セイゲルはいつも、様々な患者の臓器との格闘を終えて、一人でこの薄暗い部屋へ帰宅するのだと想像した。普段は酒を飲まないようで、部屋の床には、無類の好物であるドーナツの箱が幾つも置かれている。

「パイレーツの全米優勝と我々の成功、どちらが先になるか賭けてみるかい、コウゾウ」

さらにウイスキーを呷ると、セイゲルは笑みを浮かべて言う。

「パイレーツは今後しばらく不振だろうと、私の周囲では誰もが言っていますよ」

パイレーツはナショナルリーグに所属する地元球団だが、昨年、中心選手だったバリー・ボンズがフリーエージェントで地元のサンフランシスコ・ジャイアンツへ移籍。今季はリーグ優勝を争うどころか、勝率は五割にも満たなかった。

地元には他にも常勝アメリカン・フットボールチームのスティーラーズやアイスホッケーのペンギンズがあり、パイレーツの人気は翳(かげ)りを見せ始めている。

佐竹山が、真顔で発した答えに、セイゲルはしかめ面(づら)をして、身を乗り出してきた。

「カモーン、コウゾウ。ピッツの海賊たちを、君まで見捨てるのか。我らの球団がパイレーツと命名されたのは、一八九一年だ。それ以前の名を知っているかい？ アレゲニー・ベースボール・クラブだよ。アレゲニー川から名前を取っただけの、地元の上品なクラブだったんだ。創設者のマックナイトは、強引に選手を引き抜いてきたために、『盗人(ぬすっと)集団』と揶揄された。開き直ってつけた名前がパイレーツなんだよ。最高じゃないか」

セイゲルと医療以外の話をしたのは、ほとんど記憶になく、急に親しみを覚え胸が躍った。ここでも師は、驚くほどの記憶力を見せ、パイレーツの歴史を年号、勝率まで交えて話した。

「バリー・ボンズの入団が一九八五年だ。すぐに頭角を現して、翌年にはメジャーに昇格した。ボンズは良い時も悪い時もある。入団の年は絶好調だったのに、二年目は不振。背番号を、敬愛するメイズと同じ24番にしてくれと球団に不満を訴え続けた。そして、その番号を獲得すると、ふたたび花開く。九〇年から九二年のボンズやボビー・ボニーヤの活躍はコウゾウだって少しは知っているだろう？」

「オペ中のDr.サワダからの耳打ちはパイレーツの速報だと、実しやかに語られていますが」

「ザッツ・ライト。九〇年は私にとって、ボンズと君が活躍した年だったよ。ボンズは33本塁打、１１４打点、52盗塁、長打率は０・５６５で、11年ぶりの地区優勝に導いた。九一年も九二年も、輝くような成績を残したが、九二年のリーグチャンピオンシップで彼とパイレーツとの歴史は終わったんだよ。相手チームは前年と同じ、ブレーブス。第六戦で、ボンズが本塁打を放って勝ち星をタイに戻す。だが第七戦、九回まで二対〇で勝っていたが、裏に一点差まで詰め寄られ、二死満塁だ。打者はフランシスコ・カブレラ、打球はレフトまで伸びて、ボンズがホームを刺そうと送球するも及ばず、全米のテレビジョンが映したのは、呆然と立ち尽くすヒーローの表情だったんだ」

少年のように熱く、セイゲルは話した。

「球団は、彼を手放した。私はこの間病院に来ていたパイレーツのコーチをコーヒーに誘った。もうボンズに頼れないのだから、秘策を伝えたよ。これからは、ビッグデータの時代だ。彼が最後にそれを教えてくれたんだ、と。それぞれの打者の打つ方向を徹底的に分析して、守備位置を変えていくのを勧めておいた」

「Dr.セイゲル」と、今度は佐竹山が眉を寄せ苦笑した。

「チームの負けが込んだら、あなたのせいですよ」

その夜は二人で酒を飲みながら、大いに語った。

「ボンズだけでなく、君までが故郷のチームへと移籍するかと思っていたんだ、私は……」

セイゲルは最後はそう言い残すと、ソファで眠ってしまった。佐竹山は転がっていた毛布をそっとかけると、すでに寝息を立てているセイゲルに向かって言った。

「約束します。必ず最後までやり遂げてみせますよ」

そう言って帰ろうと一旦(いったん)、立ち上がり、「移籍の代わりに、これは、もらっていきますよ」と、残りの酒ビンを持ち上げて見せた。

ピッツバーグにとって三例目の小腸を含む肝臓との同時移植の機会は、皮肉なことに、というよりもセイゲルが予見していた通り、彼の最後のオペの直後に訪れた。アメリカの州法では、外科医が執刀を終える年齢にはそれぞれ上限がある。セイゲルの最後のオペにはたくさんの取材陣や見学者がセレモニーのように集まり、皆がそのシルバーのグローブを嵌めた稀代の外科医がメスを置くのを惜しんだ。

それからひと月も経たぬうちに、患者の希望を受け、セイゲルは定例のカンファレンスで、小腸と肝臓の同時移植を行うと発表する。

「今回の執刀医は、Dr.コウゾウ・サタケヤマだ」

と、皆の前で伝えた。

患者は黒人の少女で、アップル・ピール症候群という、先天性の小腸奇形と闘ってきた末に、肝不全を起こして運び込まれた。

ジャンと同様に、一度も口からものを食べたことがない彼女を、佐竹山は励ました。

「いいかい？　この手術が無事に終わったら、君はきっと物を食べられるようになる」

彼女は黒々とした瞳を輝かせた。

「いちご、アイスクリーム、きっとなんだって食べられるようになる。だから、僕たちと一緒に力を合わせて、チャレンジしよう」

佐竹山は豚の小腸でのトライアルから、必要な手技をすでに自分のものとしていた。

少女の腹腔内から、アップル・ピール、つまりりんごの皮と表現される赤く光った小腸と肝臓を取り除き、新しい二つの臓器を同時に腹腔内に埋めるのだ。

オペは成功し、その後の拒絶反応も、日本の土壌から発見された新薬が、見事に抑えてくれた。

バニラ・アイスクリームを口にした彼女は、偉大なチャレンジャーとして、カメラに収まった。ニュースは世界中に速報で伝えられる。

この肝臓と小腸の同時移植を皮切りに、小腸と他の臓器の同時移植三例はすべて成功した。その後の拒絶反応も、新薬が劇的にコントロールした。微量で効くからこそ、感染症が抑えられるのが実感と共に広まっていき、この成功は改めて新薬の力も世界に伝えることとなる。

「小腸単独の移植手術に着手するときが来たようだ」

その執刀医にも、セイゲルは佐竹山を指名した。

小腸は、その扱いにくさから、単独で行なう手術の方が困難を極める。柔らかく渦をまく臓器には、吸収を高めるための無数の襞(ひだ)がある。小腸とそこから続くか細い血管を、佐竹山は古賀の助けを得て繊細に扱った。オペが終わると、二人で小腸では必ず起こるといっていい拒絶反応を注意深く抑えていった。ここでも、新薬の力は絶大だった。

人類の悲願だった、小腸の単独移植手術は、ついに成功を収めたのだ。一連の執刀主治医が佐竹山であったことにより、彼にはその年のアメリカの移植学会で講演の機会が与えられ、世界中の名医たちより拍手喝采を浴びた。

講演の最後のスライドに、移植を受けた五人それぞれの患者が、えも言われぬ表情で食事を口にしている画像を一人ずつ映し出すアイディアは、セイゲルによるものだ。喝采を浴びながら佐竹山は栄誉を嚙(か)み締めているように見えたろうが、本当のところは違った。

喝采を送る人々の顔ぶれの中にたたずむDr.セイゲルは輝くような表情で、いつも通りの我が師であった。

小腸移植の成功が三例続いたとき、佐竹山は思わず、セイゲルの自宅を訪ねてしまったのだ。前回と同じように、いやそれ以上の親密さで祝ってもらえるものと信じて疑わなかった。彼の好きなケーキまで持参していた。

だが彼は、いきなり扉の前で、冷水を浴びせられたように感じた。

セイゲルが先刻まで寝ていたような表情で重たい扉を開けたので、佐竹山は歩み出て言った。

「Dr.セイゲル、小腸移植を、我々は、ついにやり遂げました。今日はお祝いをしましょう」

トレーナーにスウェット姿のセイゲルは、玄関先に立ったまま、憮然(ぶぜん)とした表情で佐竹山を見返した。何をはしゃいでいるのだ、と諫(いさ)めるように無表情だった。

「コウゾウ、お前はもうそんなことに一喜一憂すべき人間ではない」

浴びせられた冷水は、その言葉からも勘違いではなかったのだと念を押してきた。こちらを黙って見つめる瞳の虹彩(こうさい)は輝くことのないままで、灰色がかって見えた。その向こうに、果てしない孤独がある。誰も見たことのない場所へと進んでいく人間の思慮深さがある。

「君は人類全体のために働くべき人間なんだ、それを忘れるな」

そう言って扉は閉ざされた。佐竹山は、玄関先にケーキの箱を置いて帰った。

箱の中で甘くデコレーションされたケーキには、チョコレートでこうアイシングしてもらっていたのだが。

〈We went over the Pirates/ 我ら、パイレーツの先を越せり〉

朝四時に起床する生活は続けている。五時にはプレスビーに着き、患者の様子を確認する。いかなる状況においても可能な限りオペを引き受け、時間ができるとリバーエッジ・ラボへも向かう。小腸移植のトレーニングを続けているのだ。

Dr.セイゲルとの向き合い方に悩み、鬱ぎ込む日が続いた。佐竹山の気晴らしになったのは、九州から両親がやってきたことだった。華純が空港の送り迎えから、ピッツバーグの案内までを買って出た。二日だけ久しぶりに休みを取って、ナイアガラの滝まで車で出かけた。手術明けで、助手席に乗り込むなり寝息を立ててしまったのだが、道中は華純がずっとハンドルを握ってくれ、良い休みになった。

研究室の壁に、ナイアガラの前で揃った両親と家族の写真を飾った。軍人だった父は、凄まじい水しぶきを前にしても姿勢も表情も崩さず、矍鑠としている。佐竹山には、写真の中の父の姿が心の支えのように感じられる。

定例のカンファレンス。楕円形のテーブルがあるライブラリーも、今では椅子が足りずに、壁際に立って参加するレジデントが多数いた。

「患者は三十代、男性、ミュージシャンだそうだよ。HIVに感染している、B型肝硬変患者だ。肝臓移植を望んでいる」

セイゲルがカルテを読み上げると、イタリア人医師が挙手をする。

「B型肝炎ウィルスによる肝疾患では、新しい肝臓を移植したところで肝炎を再発してしまうのではないでしょうか」

セイゲルは長い足を組んで、

「その通り。だから、人の肝臓を移植することはできない」

このとき、珍しくカンファレンスがざわついた。

佐竹山でさえ、セイゲルがまさかその試みに出ようとしているとは思わなかった。

「B型肝炎ウィルスは、人ではほぼ百パーセント再発する。しかしサルの肝臓に対してはどうだった？　コウゾウ、君が答えなさい」

慌(あわ)てて自分のファイルを手繰る。

「感染は、大幅に軽減できるはずです」

「科学者なら、数値で伝えなさい」

セイゲルはきっぱりと言って、自分のファイルから出したグラフを、質問したイタリア人医師に手渡した。

ホワイトボードに、彼が書き写していく。

佐竹山はそのときにも、セイゲルの声から自分への温もりが消えてしまったような気がしていた。

「移植コーディネーターによると、この患者は、自分でできる人体実験なら、なんでもやってほしい、と言っているそうだ。つまり、できうる限りのトライアルを望んでいる。臓器の提供者は、何者でも問わないそうだよ」

「つまり、ヒトにはこだわらない、ということでしょうか？」

若きイタリア人医師は、情熱を隠さずセイゲルを見つめる。

「ヒヒの……つまり、ローラの肝臓を移植するということなのでしょうか？」

古賀が、挙手をして言った。

「その通りだ、ジュニチ。執刀医はコウゾウに任せたい。人類ではじめての、ヒヒからの肝臓移植が、じきにプレスビーで行われるだろう。さあ、今日はここまでだ」

ヒヒの臓器を人間へ。セイゲルはついにその前人未到の領域へ挑もうというのだ。

執刀医に指名されたのは、自分である。誉れというよりは、崖から突き落とされたような不安を覚えた。

「患者へ会いに行ってきたいのですが」

佐竹山は、頷く前にそう言った。執刀するのだとしたら、共に手を取り合って挑む患者こそが、彼にとっては今、かけがえのない仲間なのだった。

一九九三年冬

佐竹山が院内を歩いていた。白衣のポケットに手を入れて、足早に。体軀が堂々としているからか、実際に先を急ぐ気持ちのためなのか、その歩みは空気を切り裂くかのように見え、進むつど、まとった白衣の裾に光が眩しく反射していた。すれ違う医師たちに、近寄り難い気配を感じさせる。

「佐竹山先生、今晩の移植は私も入らせていただきます」

ラボでの小腸トレーニングを終えて、いつものようにプレスビテリアン病棟へ戻って来た古賀は、渡り廊下の向こう側からやってきた彼の姿を認め、足を止める。敢えて軽快な口調でそう言った。

「願ったり叶ったりですが、古賀先生にも回るのではないですか?」

今朝、移植コーディネーターから伝えられたドナー報告は二例。一例は小児で、一例は成人、いずれも先ほどリア・ジェットに乗った若手の医師たちが、かつての自分のように臓器の摘出に向かっている。夜には二つの移植手術が始まるだろう。少なくとも一方の、より難度の高い方のオペは、佐竹山が任されるに違いない。古賀もすでに、一般的な肝臓移植なら、執刀医として腕がふるえるようになっている。細い肝動脈の縫合も迅速に行えるようになったから、今晩のもう一つのオペが回ってくる可能性は高い。

もしオペの機会が与えられないのなら、佐竹山の手術室には入っておきたい。そこには常に院内からの熱い視線が集まっているからだ。かつてのセイゲルのオペと同じように、各国からの見学者たちが手術台の周囲を取巻く。時には、席順まで争われる。手術を通して若手を指導する様子も、セイゲルが乗り移ったかのようで、突然見学者に「そこの君、助手に入りなさい」などと言って、手際の悪い助手を追い出し、見込みのありそうな若手を手洗いに走らせる。

競い合いの続く環境で、大木もいつも眠そうな顔をしてラボとプレスビーを行き来しながらも、めきめき力をつけてきた。脱落するわけにはいかないと、誰もが自分を追い込んでいく。佐竹山が現在、セイゲルを頂点とした移植チームを支えるリーダーであることに疑いはなく、古賀もそのチームの一員としてしっかりついていきたい。佐竹山が入局したばかりの頃は、少しでもオペ室にいようと、床掃除までしていたという。セイゲルに対しての佐竹山のように、佐竹山には喰らいついていきたいと心から思うようになったのは、吉田延雄のオペを経験したからだ。

「オール・ジャパンでやろう」と言ったときの笑みを浮かべた表情は決して忘れない。佐竹山はあの後、サワダと幾通も面倒な書類の申請をし、ドネーション（寄付）を集めるための手紙も自ら認めた。

外科医のメンタリティは、スポーツ選手とさほど変わらない。自分よりタフな相手だと心底認めた瞬間に、無条件についてゆく。体力の上でも精神面においても、今の佐竹山は揺るぎなくタフだ。だったら古賀は、それ以上にタフでありたいと思う。

「今日も長い一日ですが、がんばりましょう」

と言った後で、佐竹山がふと、渡り廊下の窓の外に目を移した。樹木の梢にいつの間にか降り積もった雪が、目に止まったようだ。

「いつの間に、雪が降ったんだろう。全然気づかなかった」

ピッツバーグの冬は雪深く、その上、冷たい風が吹きつける。渡り廊下さえ歩けばわかる景色だが、昨夜もオペ室で十二時間は過ごしていたはずの佐竹山には久しぶりの眺めだろう。

「ヒヒからの移植はもうじきのようですね。凌子先生が、お別れが近いと、この頃よくローラの部屋にいますよ」

ローラは雌でラボの一番の古株だった。凌子は、そのヒヒと長い年月を共に過ごしてきた。

「頑張るな、彼女は」

佐竹山は一つ深呼吸するとそう声を漏らし、付け加えた。

「今度のトライアルの際には、彼女にもぜひ助手に入っていただきたいのですが、伝えてみてもらえますか？」

古賀は凌子が加藤洮嗣の娘であることを、佐竹山も知っているのかどうかが気になった。けれど、佐竹山の放つ静かな緊張感の前では、そんなことを訊くのが無礼に思えた。

「私も、ぜひ入らせてください」

廊下の角まで来ると、佐竹山は自分の研究室へ、古賀はカフェテリアの方へと自然と別れるのだが、返事を待って立ち止まると、「そのつもりですよ」と頷いてくれた。

深夜に始まるだろう手術に備えて少し寝ておくつもりでいたのだが、カフェテリアでサンドイッチとコーヒーを二つずつ買い込むと、その足でもう一度ラボへと向かうことにした。

ラボで今、主に手技を磨いているのは大木ら、渡米して数年以内の医師たちだった。凌子だっておそらく、プレスビーへ戻っても構わないと言われているはずだ。何しろ新薬開発に必要な動物実験はサワダと彼女が中心となってやったのだから。

小腸移植で次々と成果を上げていった佐竹山は、今やプレスビーでは、熱気を帯びた舞台の花形役者のようである。

けれどラボの雰囲気は、プレスビーの成功とかけ離れており、まるで変わらない。川べりの、冬は雪が吹き付けるコンクリートの殺風景な建物だ。

そこへ凌子は日々通い続けている。

加藤泚嗣の娘だから、そんなにがんばれるのか。

奮闘している彼女を想うと、自然と足が向いてしまう。

サワダが訪れたときの、花がこぼれるような笑みが自分に向けられることは決してないのだが。

ハンドルを握る四輪駆動車のワイパーが、吹き付ける雪を左右に弾いていく。リバーエッジ・ラボに到着する。ピッツへ来てすでに三台目、初めて新車で購入した。

コーヒーとサンドイッチ、そして佐竹山からの伝言を携えて、凌子の姿を探す。

一階の飼育室で、やはりローラの前に凌子は座っていた。気がかりがあるのか、両腕を組んで様子を見ている。

三階のオペ室ではこの頃は、アメリカ人の研修医が選んだジャズピアノのCDがよく流れている。無影灯の下に横たわっている動物たちの体――、たとえば無影灯の光に映し出される豚の体、桃色にまだらの混じった腹部を前にしたときにこぼれ出る医師らのため息が、音楽によって少しは和らぐようだ。

だが飼育室からは、相変らずモンゴレルが吠え立てる声ばかり響く。ガラス窓から覗きつつ、飼育室の扉をノックする。ケージの前に座る凌子が振り向き、扉を開けて出てきた。

「凌子先生、よかったら、どうですか？」

飼育室に動物たちの臭いがしないはずがない。もう鼻が麻痺しているのか、気にする余裕もない。

「グッド・タイミング」

凌子も、コーヒーの匂いに鼻先を動かすように、珍しく笑みを浮かべた。

「佐竹山先生からの伝言があってきたのですが」

動物ごとの部屋の中央に、動物舎全体の小さな休憩スペースがある。椅子とテーブルがあり、ラボテクニシャンが休んだり、研究者たちがミーティングするときに使われている。

「まあ、悪評高いカフェテリアからのデリバリーですが」と、提げてきたペーパーバ

ッグを見せると、

「とんでもない。ごちそうになります」

そう言って凌子は華奢な手でコーヒーの蓋を開けて口にあて、プラスチックの包みを開けると、獣の臭いも気にせぬかのように、その場でサンドイッチを豪快に頬張った。

「お腹が空いていたの。サンキュ」

たまには気分転換をしたくならないのだろうか。いや、それ以上に毎日毎日こんな仕事で辛くないのかと、今更ながら思わず訊いてしまいたくなる気持ちを、古賀は抑え込む。

「佐竹山先生からの伝言で、ヒヒからの移植のオペでは、ぜひ凌子先生にもお手合わせ願いたいということですが」

日本の医師たちが使う古臭い言葉を、思わず口にしている。

すると凌子は、食べかけのサンドイッチを持ったまま、笑いかけてきた。唇を閉じ首を傾げた。そんな姿は少女めいていて可憐だ。

「無理だな、それは」

「と言いますと？」

古賀は驚いて見返す。

「私ね、ローラとは友達だったから。辛いけど、臓器の摘出までは責任もってやらせてもらいます。彼女とはここでお別れがしたいの」

「なるほど」

そうとしか、言えなかった。こんなときサワダならなんと言葉を返すのかと考えた。

凌子は一つに結んだ髪のほつれを耳にかける。

「はじめから、いたのよ。私がここに連れてこられたときから、彼女はずっとここにいて。今も、話しかけてたところなの。許してねって、許してなんかくれるはずがないけど、少しでも長く患者さんの中で生きてねって」

今度のオペに入りたくない外科医は、プレスビテリアン中を探しても他にはいないだろう。ヒヒからの移植の噂はすでに他国の移植医たちにも伝わっており、見学希望も海外から続々と届いている。メディアも大きな関心を寄せている。廊下ですれ違うたびに、心臓や肺など胸部の医師たちから、古賀までが進捗状況を訊ねられる。けれど、手術をこんな思いで迎えようとしている医師がいることは、おそらく誰も知らない。佐竹山だって、気づいていないかもしれない。

「僕は、向こうで助手に入りますが、こちらでも必要なことがあったら、何なりと」

「ありがとう。大木くんたちと相談してみるわね。佐竹山先生には、ラボでできる後方支援だったら、なんだってしますからって伝えてください」

凌子はそう言うと、半分残したサンドイッチをきれいに包みなおし、ポケットに収め、立ち上がった。ポケットをそっと小さな手で押さえる凌子の姿が、古賀にはその日、小児科医のように優しく見えた。

クリスマスイブの夜、アメリカ人にとっては特別な夜にも、佐竹山は、プレスビテリアン九階にあるその病室を訪れていた。

横たわる患者はもう長らく、点滴につながれたままだ。体は痩せ細り、顔や目は黄疸に見舞われ、腕には重い病を示す不気味な染みが無数に広がっている。

彼の病室には、クリスマスのオーナメントがたくさん飾られ、ライトが点滅している。佐竹山が入室したのを知ると、患者の恋人が、枕元に置いた人形にスイッチを入れる。

トランペット奏者の姿をした人形が膝をくねらせて動き、「赤鼻のトナカイ」の演奏を始める。

「彼の代わりに、今年はマイク・ジュニアが演奏をしているからね」

白髪の恋人がマイクという患者の額に手を当てながら言う。患者は、まだ三十代だ。長身で、長い指はよく動きそうに節くれ立っており、グレイの瞳をしている。B型肝炎からの肝硬変を抱え、HIVにも感染している。自分と同じ名をつけられた人形の奏(かな)でる機械音を聞きながら、立ったままの佐竹山に向かって手を伸ばす。佐竹山のメガネのレンズをじっと見ているのは、そこにマイク・ジュニアやオーナメントの放つ光が反射しているからだろうか。

「メリー　クリスマス！」

佐竹山が言うと、マイクも小さく頷いた。

椅子に座って患者と向かい合う。

「いよいよ手術は明日になったので、少し話したくてね」

「私がいてもいいのかな？」

恋人が訊(たず)ねるので、「もちろん、構いませんよ」と、言葉を返す。

「明日の手術は、極めて実験的なものになるけれど、意思は変わりませんね？」

佐竹山がアメリカに来て驚いたことの一つが、患者と医師の包み隠さぬリコンファームだった。医師は患者を励ましつつも、手術のリスクを正確に伝える。患者が迷い始めたら、手術は取りやめてよいことになっている。

日本の大病院のように、予定が変更になるのを恐れる空気は微塵もない。日本では、患者が手術をやめるなどと言いだせば、誰のせいかとすぐに医師の責任問題になる。オペがキャンセルされれば、麻酔科医と確保した手術室が無駄になるからだ。しかしアメリカでは、ドナーが出次第始まる緊急オペでも、土壇場のキャンセルを受け付ける。臓器は次の待機患者へと回されるわけだが。

日本では、手術前夜、患者に睡眠薬の希望を積極的に訊く。もちろん体力温存のためでもあるが、できたら眠っておいていただきたいという発想が定着している。

だが、二度と生きたまま目覚めないかもしれない手術の前夜であれば考えたいこと、したいことが必ずあるはずだ。家族とゆっくり時間を過ごしたいだろうし、執刀医と四方山話をして、信頼関係を作っておきたいはずだ。九南大時代に夢物語のように空想していたそうした関係が、ここでは当たり前のように存在し、佐竹山は日本の医療の未熟さを肌で感じている。

ただしそうとなれば、患者と真剣に向き合えるような人生経験があるのかと、自分にも問われる日々だった。いくら移植手術をこなしてきたとはいえ、移植を受けるほどの大病を患った経験はない。家族にだって、そんな命の瀬戸際に直面した者はいない。

死生観はすべて、患者たちから学んできたように感じている。

ただ真摯に話すのみだ。自分の未熟さも、移植医療が未だ克服していない問題点をも率直に伝えることで、患者と一緒にオペに向かう勇気をもらうのだ。

マイク・ジュニアの演奏がゆっくりと止まると、マイクの恋人は、「アゲイン？」と、訊ねてくる。

佐竹山はゆっくり首を横に振る。マイクは、笑みを浮かべながらこう言った。

「わざわざ、クリスマスを選んだんだね、私のDr.は」

「神のご加護がありますようにと、この日を選んだのはDr.セイゲルですよ」

「私はこのままでは、肝臓病によってか、ＨＩＶによってなのか、近いうちに命を落としてしまう」

佐竹山はマイクのその言葉には迷いなく、頷く。

「ヒヒの肝臓によって、少し時間をもらえるかもしれない。それに」

「それに、ん？　なんでしょう？」

佐竹山がすぐには続きを思いつけずにいると、マイクの恋人はふたたび、「アゲイン？」と、ジュニアを指差してくる。

苦笑する佐竹山に、

「冗談さ。君たちの忙しさはここにいたら痛いほどわかっている」

そこまで言うと少し咳き込み、マイクは続けた。

「私は君たちのような医者に出会わなかったら、おそらく、移植になんか関心は持たなかった。街中で野垂れ死のうとしたかもしれない」

マイクの瞳が濡れて、揺れ続けていた。

「だが、君らと共になら、人類の発展とやらのために、貢献してみたくなったんだ」

佐竹山はどれだけ感謝してもしきれないような気持ちになり、拳を固く握った。

「サンキュウ」と、武骨に答えかけたが、制止される。

「わかってる。何も言わなくても、ＯＫだよ」

そこまで言って目を閉じると、マイクはもう一度目を開けて続けた。

「訊いていいかい？　君らは、なぜそんなに、がんばれるのかな。入院中に思ったのだけど、君たちは大した野心家でもなければ、聖者でもない。普通の人間だ」

佐竹山は考えていた。マイクの問いかけは、幾度も自問自答してきたことのようにも感じた。なぜ、家族をないがしろにして、寝る間も惜しんで移植医療に没頭し続けているのだろうか、と。

「いい質問だね。一緒にここで考えさせてもらっても構わないかな？」

「いろいろな奇跡を見たからなんて、言うつもりかい？」

マイクはそう言って、また咳き込んだ。

恋人が額に手を当てる。高熱なら、あとで薬を運ばせようと思いながら見つめているうちに、答えにもならない言葉が浮かんだ。

「あなたがどう思うかはわからないが、私がここで感じるのは、ミラクルという言葉より、エンジョイに近いかもしれない。ここでは、皆がたった一度きりの人生をこの医療に賭けてきた。それでもまだ完成形にたどりついたとは言えない。でも、ここにしかない喜びがあるんだ。君の執刀医は、英語が下手で申し訳ないがね」

「ＯＫ、マイ・ドクター」

ゆっくり答えを返し、やがてマイクは嗄れた声で続けた。

「素敵じゃないか」

そう言ってもう一度、細い手を伸ばしてきて、握手をすると、さらに言葉を続けた。

「もしも、失敗に終わったとしても、この経験は次に生かせるんだろう？　そう思えば、私も明日のオペをエンジョイできるさ」

佐竹山はふたたび、胸が熱くなるのを覚える。

「ベストを尽くします。メリー・クリスマス、マイク。そしてあなたも」

恋人にも挨拶して、病室を出る。不意にセイゲルへの感謝の気持ちが湧いてきた。この場に喜びをくれているのは、セイゲルなのだ。自分の手に、マイクの枯れ枝のような手の感触が蘇る。メスを握る自分の手を思うと、力が溢れてきた。

まぶたに、病室のオーナメントの灯りが点灯している。

セイゲルは一九六三年十二月から翌年一月にかけて、チンパンジーからヒトへの腎移植を六例行っている。当時の保存液や免疫抑制剤の限界から、いずれも三週間から二ヶ月間の生存期間であったが、彼はその時代に、異種間の臓器移植が技術的には可能であることを知っていた。さらにヒトのB型肝炎ウィルスが、ヒヒなどの臓器には感染しないという発見にもいたっている。

「Dr.セイゲル、今からオペ室へと向かいます」

佐竹山はその朝、セイゲルの研究室のドアを叩き、師に挨拶をした。

「グッド　ラック」

セイゲルはこの州の法律にのっとって、すべての執刀から引退してしまった。今なお若々しくタフで、おそらくメスを握れば誰より見事な手技を見せるに違いないのに、多くの後進たちに最後の手術を見守られると、そっとメスを置いたのだ。

他州では八十歳までだって手術をする外科医はいるが、手にぴったりと張り付くオリジナルのグローブや刃先が特別に鋭利なメスを特注してまで、ベストの状態で手術に臨んできたセイゲルは、この州の年齢制限を自分の手技の引き際とした。

今なおチームのトップに君臨し、教授としてカンファレンスを行い、論文も発表しているが、手術室へは一歩も足を踏み入れない。

そうであっても、ヒヒからの移植というこの歴史的な大手術には立ち会うつもりだろうと誰もが確信していたが、セイゲルは部屋から出ようとさえしなかった。

佐竹山はたった一人で、オペ室へと向かった。院内で選抜したチーム編成で助手が四人、その一人が古賀であり、そこで待機しているはずだ。すでにヒヒの肝臓は、飼育されてきたリバーエッジ・ラボで凌子らによって摘出されて、灌流を終え、保存液に浸っている。

術着に着替え手洗いを終えて、眩いオペ室の中へと入ると、黒山の人だかりだった。佐竹山の動きに合わせ、人々の視線が動く。

横たわる患者マイクの、腹部だけがせり出した体に向かうと、電気メスで一気に皮膚を切開した。

「いつも通り、やろう」

自らを落ち着かせるように小声でそう独りごちたのが、古賀にはわかっただろうか。ヒヒの肝臓は、すでにきれいに形成され、それぞれの血管も形良く伸びている。凌子は完璧な仕事をする。

佐竹山は大きな手で、腹腔内に、人間のよりも小さ目のそれを置いた。見物の外科医たちから息が漏れるが、佐竹山の意識はしだいに器具と患部の立てる以外のすべての音を、排除していった。


ICUから病室へと戻されたマイクは、ゆっくり目を開いた。視線の先にいた佐竹山に、一つ頷く。

異種間の移植手術は成功した。

病室の壁にはバナナが吊り下げられている。マイクの友人たちが、〝新しい彼〟がすぐに欲するに違いないとふざけながら、準備したものだ。

マイクは日に日に回復していき、五日後には本当にバナナを食べて笑顔を見せた。その写真は新聞にも掲載された。

凄絶な拒絶反応が彼を襲い始めたのは十日後だった。高熱と震え、全身の免疫系統が警告音を鳴らし始めたに等しい。

マイクは生死の境を彷徨(さまよ)いつつ、どうにかヒヒの肝臓とともに生き続けていた。カンファレンスの中央にはセイゲルが座り、佐竹山らと共に中心となって、新薬によるコントロールの計画を詳細に検討した。

手術当日から、記者たちはプレスビテリアン病院を占拠していた。マイクがふたたびＩＣＵへと戻ったのを察知した頃から、取材陣はさらに増えた。三度目の会見ではDr.セイゲルが中心となり、改めて今回の移植の意義を説いた。

「ヒヒから肝臓移植を受けた患者は、プレスビーで確かに生存している。人類は可能性を広げているんだ」

会見翌日の新聞記事を飾ったのは、セイゲルのそんな文言だったが、会見会場には動物愛護団体も詰めかけていた。希少なうえに高度な知能を持つヒヒを用いたことに彼らの批判は殺到した。

会見の会場には、動物ラボから凌子も呼ばれていた。

だが凌子に答えさせることなく、セイゲルは、こう答えた。

「では訊くよ。君たちは、ドナーカードを持っている？」

全米より多くの期待が寄せられたマイクだが、高熱で意識が朦朧(もうろう)としている彼にはもう、どんな言葉も届いていないかもしれない。それでも佐竹山は、枕元で話しかけ続けた。

「Dr.セイゲルが今日、君が人類の可能性を広げた、そう言ったよ」

「マイク、君は今、宇宙飛行士さながらだ」

恋人も横で手を握って声をかける。

ヒヒの肝臓がマイクの中で広げた人類の可能性は、七十日目で幕を閉じた。肝臓そのものや、移植の接合には問題は見当たらなかった。だが、真菌が脳へ感染してしまったのだ。

セイゲルが最終的に死因としたのは、免疫抑制過剰による真菌の感染だった。奇しくも、危険性を指摘されていた新薬投与による問題点が壁となったのだ。

このデータは後世への記録となる。偉大な七十日だったと言えるはずだ。

けれどマイクは、最後は感染に悩まされ続けてこの世を去った。苦しみを緩和することさえ難しかった。

〈これは君に、Dr. Kozo〉

病室の片付けをしていた彼の恋人が手渡してくれたのは、手紙だ。『OUT OF AFRICA』という写真集の、しおりを挟んだページを開けば、ヒヒたちが森の陽光の中で互いに毛づくろいしている姿がある。

赤い顔のヒヒは、樹につかまって、穏やかな表情をしている。

〈Keep on enjoying what you do, my maverick Dr.〉

こんなメモを、いつ書いたのだろう。マベリックは、テキサスの開拓者の名だ。孤独な開拓者は西部劇のヒーローで、マイクのお気に入りだった。

強力な新薬をもってしても、今回は不十分だった。免疫を抑制しすぎたゆえに発生した真菌が、マイクを黄泉(よみ)の国へと引きずり去ったのだ。

これ以上に強い薬は望めない。もはや新しい免疫への発想が追究されるべきなのだ。実はロンドンの学会の会場で、漠然とそう思い始めていた。セイゲルはあの場をうまく切り抜けたが、劇薬であるのは間違いなく、薬効に頼るのは限界にきている。

マイクに、申し訳ない気持ちでいっぱいになる。

写真集にマイクのメモを挟み、自分の研究室で身動きもせず時間を過ごした。次の移植に取りかかる気力が、どうしても湧き上がらない。

「Dr.サワダ、今日はお忙しいでしょうか?」

その晩、佐竹山ははじめて院内電話で、サワダを酒に誘った。

「そんな電話が来る頃かと思っていましたよ。たまには外にでも出ましょうか」

「そう願えたらと」

指定された場所は、リバーエッジにあるバーだった。まだサワダは到着していない。川に面した静かなバーを、佐竹山はこれまで知らなかった。

大きく切り取られた窓の向こうは白銀で、木立も川面も白く、ここまでのピッツでの時間を塗り替えてしまったかのように、先に到着していた佐竹山には感じられた。雪の表面がガラス質のように月の鈍い光を集めて輝くのが、涙が出るほど美しく見えた。マイクに見せてやりたかった、と感傷的になった。

「結果は残念でしたが、ここでは健闘をたたえさせていただきたい。乾杯しましょう」

サワダが到着し、二人だけで静かにビアグラスを合わせた。

口を開かぬうちに、同じようなペースでバーテンダーが用意する二杯目、三杯目と酒が進んだ。

「強いな。あなたのペースに最後までついていけるかはわかりませんが」

サワダが苦笑したのを見て、佐竹山が不意に語り出した。

「いつまで、いやどこまでやったらいいのか。移植をやってそれを考えない人はいないだろうと思うのです。私はマイクと手術前夜に話をした。そのときにはDr.セイゲルやあなたのおかげで、この医療をエンジョイしているとまで言った。しかし今は、いつまで、どこまでお前はやるつもりかという問いが浮かんできましてね」

バーの扉が開いて、頭や肩に雪をのせた初老の女性客が入ってくる。寒さで赤く染まった頬は、生命の証のように見えた。

「移植なんかもうやめてしまいたいと、Dr.セイゲルは思わなかったのかな。そう言われたことはなかったですか？」

サワダは飲み物をウイスキーに変え、グラスの中の氷を転がしながら、口にした。

「思ったでしょうね。それは、何度も」

そう言って、小さくため息をつく。「セイゲルの言葉はもうすこし複雑ですが、私が思い当たるだけで」

そう言って、指を折る。

「言葉ではないな。彼は本当に頭を抱えたり、オペ室の濡れた床にしゃがみ込んでしまったり、部屋から出てこなくなったりした。こうして酒でも飲んでくれたらいいのですが、何しろほら、愛しているのは、ドーナツですから」

そう言って、カウンターに水滴で丸を描く。

「患者を何度失っても、何度も立ち上がって、パンチを喰らい続けるボクサーのように、また新しい挑戦を引き受けてしまう」

「彼はボクサーには、見えませんが。まあ、メジャーリーガーにも見えないんだけど」

佐竹山がそう言うと、サワダは少し笑った。

「正直に話しましょう。私は、Dr.セイゲルが誕生日にメスを置くと言ったのを聞いても、半信半疑でした。他州へ移ることも、セイゲルはかなり考えていたんですよ」

「オファーはあったでしょう」

「それはもう、バリー・ボンズ並みに」

サワダは肩をすくめ、おどけておきながら少し照れたように続けた。

「ただ、実はセイゲルにはもう限界がきていたんです。あなたも立ち会ったはずのオペです。五歳の子への移植手術。特別難しいオペではなかったはずですが、小さな腹部に癒着が強く、彼はルビーライトを用いた」

ルビーライトの器具の先の光は、小さな傷であってもその出血源を一瞬で焼き尽くす。だから、医師はその光を絶対に直視してはいけない。うろ覚えな記憶が蘇ってきた。小さな出血源を焼き止めようとしたセイゲルの手の先では、強度の癒着で剝離面からなおじわじわと血が溢れ出していた。

「あの光を、Dr.セイゲルはまともに見てしまったんです。扱い方は、十分すぎるほどわかっていたはずなのに。しかも、あの子の血管は術後に結局、詰まってしまい、再手術も奏功せず、命を落とした。Dr.セイゲルは視力の一部を失いました。実はね、今もまだ完全には復活していないんです」

「気づかなかった」

佐竹山は呆然(ぼうぜん)としながら、これまで幾度も見てきたはずの、虹彩の色をくるくる変えてみせる瞳を思い出す。

「まあ、オペで自分がＨＩＶに感染したのではないかと疑って悩んでいた時期もありましたしね。そのときには、ドナー肝に触れた医療関係者の一人一人を調査したし、彼の患者たちへ感染していないかと、それはそれは案じていましたよ。最終的にピッツに残ったのは、パイレーツの応援を続けたかったからでしょう」

サワダはそこまで言って佐竹山を覗き込んだ。

「私は、何も知らなかった。ピッツバーグにこんな良いバーがあったことさえ」

佐竹山は、すこし酔いの回った口調で頭を下げた。

「そろそろ、カスミ夫人に電話をしましょう。ここよりいい場所が、あなたにはあるのですから」

サワダがそう言って、グラスの中で輝く光の粒を眺めている。

一九九五年冬

古賀は渡米以来はじめて新年を日本の実家で迎えた。
出発前に偶然、プレスビーの廊下で会ったDr.セイゲルからは、
「カモーン、ジュニチ、まさか、こんなハイシーズンに、ホリデイを取ろうとはして
いないだろうね」
と、移植の混雑期を軽妙に「ハイシーズン」と表現して、嫌味を言われたが、その
年は無性に帰りたい気持ちが募っていた。
美佳子を待たせているという思いもあった。三十歳を過ぎて、未だ独身を守ってく
れているのだ。
正月二日には、彼女の赤のアウディを古賀が運転し、六甲山へと上がった。
冬の海辺を手をつないで並んで歩いた。移植から完全に解放されて迎えた、久しぶ
りの柔らかな時間だった。
潮風に髪の毛をそよがせる横顔や、書店で大量に日本の書籍を買う古賀を助けて、
本を抱えてついてくる姿を、そして自分の腕の中で柔らかく溶けていくその体を愛(いと)お

しく思わないはずはなかった。

　ただ結婚となると、どうしても踏み切れないのだ。渡米して暮らしはじめたらどうなるのだろう。日本でこうして過ごす分にはよいが、ろくに二人きりの時間は取れていない。訪ねてくれたときだって、ろくに二人きりの時間は取れていない。

　プレスビーでは遊軍として時機を見計らっている必要があり、移植医療のために誰もが精一杯の時間を割いている。それでも毎日が回りきらないのだ。苦痛に思わずに済んでいるのは、自分が独り身であるからだと古賀は思う。佐竹山のように、妻子をいつまでも待たせておけるような家父長的な考えは持てないし、美佳子だって華純のような役割に耐えられないだろうと思ってしまうのだった。

　もしもパートナーが凌子だったらと、時折あらぬことを考えたりもする。互いが今のままで、何も変わらず、寄り添い合えるのではないか。凌子が自分をそんな風に思っているはずもないのだが。

　帰米の直前には、ふと思い立って母校の教授に連絡を取った。

　当時の担当教官だった助教授は、第一外科の教授に昇進している。正月休みの最中だったが、芦屋の自宅に招いてくれた。研修医時代の自分を可愛がってくれていた教官は和服姿だった。玄関から和室へと誘われる。食事を用意してくれているのだ。

「古賀くんは、アメリカが性に合ったんだろうね。肝胆膵は相変わらず人材不足で、君が帰ってきてくれたらという思いもあったんだけど。まあ、こちらからの留学生をずいぶん受け入れてもらって、感謝しているよ」

座卓につくと、ガラスの酒器から金箔のはいった祝い酒を注いでくれた。

「お役に立てているならよいのですが。彼らはどうですか？　こっちでは、移植はどのような段階ですか？」

「まあ、相変わらずだ。アメリカで箔をつけたい人間は、まだ何人もいるんだけどね」

たまたまなのだろうが、口に出た箔という言葉と合わせ、ガラスの猪口を持ち上げてみせる。

自分だって、その箔をつけたくて行ったはずだが、そんな言い草で済ませるとは、と幻滅する。

これまで母校からは五人もやってきたが、誰も長くは残らなかった。夫人が重箱に入った料理を運んでくれる。教授はそれらを勧めながら、こうも言った。

「いや、日本では相変わらず難しいよ。一年もアメリカへ留学すると、皆のぼせ上がって帰ってきて、日本の体質を変えねばいけないと口を揃えて言うわけだけど、熱はすぐに冷めるんだ。その点、君は違う。学生の頃から、群を抜いて光っていた」

教授は久しぶりの再会にそうしておだててくれたが、懐かしささえ色を失っていくようだった。時間が止まっているような退屈を覚えた。自分はもう移植医でしかないのを改めて実感した。いつか日本に帰ってくることがあるにしても、その道を追究するのみだろう。

タクシーに揺られながら、本当は最後にもう一度美佳子と会いたかったと思う。せめて声を聞こうかとジャケットの胸元のＰＨＳに手をかけたが、美佳子にこれ以上は期待をもたせてはいけないと自分に言い聞かせた。

父や母と共に妹の祐子の家族たちが神戸の最後の晩に集まってくれた。ホテルの小さな宴会場は祐子の夫が予約をしてくれたようだ。円卓の中華料理での食事会には、テーブルマジックまで用意されていた。

母は拍手をして喜んでいたが、妹からの電話で聞いていたように認知症の初期症状が見られた。

古賀をまだ学生だと思っているのだ。

「淳一ちゃん、早く国家試験を通るように、お祈りしていますよ」

「がんばりますよ」と、古賀が母の手を握ると、皆も合わせて笑った。

黄ニラや、きくらげの中華料理は美しい皿に盛られている。

「ずっと結婚しないの？　淳一おじちゃま」

妹の子どもがずけずけとそう訊いてくる。

「なんや、いっつも家でそんな話をしているんやろ？」

妹の祐子に笑いかける。美佳子なら上手にこの輪に入ってくれるにちがいないが、やはりまだ帰るわけにはいかないと、古賀は料理を母の皿によそいながら思う。

ピッツバーグに戻った古賀は、一月十六日には約束だった佐竹山邸の新年会へ顔を出した。

少し憂鬱（ゆううつ）だったが、妹が渡してくれた神戸の洋菓子屋のクッキーを手土産に向かうと、華純は殊（こと）の外喜んでくれた。

「こんな繊細なお菓子をいただくのは、いつ以来かしら。アメリカのはみんな甘すぎてね」

昔ならすぐに菓子に手を伸ばしたかもしれない息子たちが、丁寧に頭を下げ礼を口にする。すでに盛大に料理が並んでいて、皿に取って渡すのを手伝ってくれている。

そのとき到着したサワダが、扉を開けて入ってくるなり言った。

「大変です。すぐにTVをつけてください」

「何？」

息子たちがさほど気にも留めずにいると、華純がリビングルームの大きなテレビのスイッチを入れた。

「神戸で地震があったと言っていますが、これは、ひどい」

大木の声に、客人らが一斉に集まった。

神戸が？

そんな、まさか……。

古賀は、佐竹山の家の壁の大きなテレビモニターを食い入るように見つめた。

空撮されている阪神間の一角は、つい数日前まで自分も帰郷していたまさにその場所だった。

美しい住宅街だった芦屋、教授宅もあるはずの地域の家々は崩壊し、あちらこちらから狼煙(のろし)のように火炎があがっている。

「先生、ご実家は大丈夫ですか？」

佐竹山も、近づいてきた。

「いや、まさに、この辺りなものですから」

古賀はさらに前へと進み、今にもモニターに触れそうなほど近寄っていく。映し出される風景の中に、見知った家や顔ぶれがないかを必死で目で追う。

「これは、ひどいわ」

華純の上ずった声に、中学生になる次男が続ける。

「今、CNNで見たら、地震は早朝だったから、みんな寝ていたんだって。そのまま家が倒れて、人がたくさんクラッシュして死んだって」

英単語混じりの息子の繊細さに欠ける言葉に、華純は目を瞑(つぶ)る。

「ごめんなさい、無神経な言い方をして」

と、古賀に謝罪する。

「いいんです。ただちょっと電話をかけさせてください」

古賀は華純に向かって手で合図をして、中庭のプールサイドまで出る。携帯電話を耳にあて、何度か実家の番号を呼び出すが、話し中を知らせる音しか流れない。

あの様子なら電話線も切断されてしまっただろう。こんなに離れた場所から、どうやったら連絡が取れるだろうか。履歴の一番上にあった美佳子の家にもかけてみたが、こちらも同様に通じる気配がない。

しばらく皆でテレビモニターを囲み、CNNのニュース映像を見ていた。キャスターが眉（まゆ）を寄せ、日本を襲った大震災の被害、建物の倒壊、火災の凄（すさ）まじさを報じている。

「あんな小さな子まで。かわいそうに」

ずっと黙っていた凌子が、崩れた街を泣きながら歩いている子どもを見て、そう口にする。異国での戦争の映像を観（み）ているようだ。

その場からもなお電話をコールし続けるのだが、ずっとつながらない。

「古賀先生、気休めかもしれないけど、この電話からかけてみたらどうかしら？」

華純に家の電話の子機を手渡され、古賀は国際電話の方式で実家の番号をもう一度押してみた。

すると、呼出音が鳴った。

「コールはしています」と、古賀は思わず口にする。

出てくれ。何の根拠もないが、呼出音が鳴るのだとしたら、電話回線がただ混線しているだけで、火災や倒壊からは免れているのかもしれない。しかし、応答はない。二度、三度とかけるうちに、そこでもやはり話し中のツーツーという音だけを返すようになった。

「古賀先生、すぐに、ご帰国された方が良いのではないですか？」

大木がそう言って、続ける。

「僕らに代われることなら、なんとかやっておきますけど」

「そうだ、そうなさい、古賀先生。鈴音(すずね)ちゃんのオペの件なら、構いませんよ。Dr.セイゲルも認めてくれるでしょう」

と、佐竹山も話を受ける。待機患者が、日本からプレスビーに移ったばかりだった。今回は、古賀が執刀医師としてDr.セイゲルからも指名を受けていた。

他の医師に任せられることはわかっていたが、この職務は全うしたいという自分の中にもはじめてといっていい衝動、意地にも似た気持ちが湧いた。

「まず、連絡を取ってみます。父は医師ですし、妹夫婦もそばにはおりますので」

古賀に日本からの第一報が届いたのは、地震の発生から丸二日後で、京都にいる親類の男性からだった。自転車を漕(こ)いで、実家まで確かめに行ってくれたのだ。実家と経営する病院の建物は倒壊していない。父親と妹は無事である。ただ母親が見つかっていない、という連絡だった。

母の安否が気がかりなままさらに三日が過ぎたとき、妹の祐子より電話があった。

古賀がちょうどラボでの小腸トレーニングから、プレスビテリアンに移動しようとしていた矢先だった。

「お兄ちゃん、私」

まるで小さいときのように、祐子はそう呼びかけてきた。

「駅前に特設電話ができて、ようやくかけられた。地震のことは知ってるでしょう?」

「ああ、京都の惇矢(あつや)さんから家と病院は大丈夫だとは聞いているよ。お母さんは、どう?　見つかった?」

「お母さん、外を徘徊(はいかい)していたらしいんやけど、どうやってたどりついたんか、隣町の学校の体育館にいたんよ」

神様、と思わず心の中で呟き安堵(あんど)のため息が漏れた。

「そうなんや、祐子?　お母さん、無事なんやね」

「うん、無事やった。そやけど、桜田のおばちゃんはあかんかったんよ。おばちゃんだけやないねん。道ばたに、たくさん亡くなった人が並んでるの。こんな経験、するやなんて思ってもいなかった」

祐子が抑えていた思いを一気に吐き出すように話し、古賀の胸が詰まる。

「ごめん、じゃあみんな列に並んでるから、切るよ」

そう言う祐子に向かって、古賀は必死で呼びかける。

「待って、祐子、ちょっとだけ頼まれてほしいんや。こんなときに悪いんやけど、探してみてほしい人がおる」

古賀には地震の発生を知ってから、もう一つの気がかりがあった。灘区篠原北町という美佳子の住まいの辺りも、被災しているはずだった。美佳子なら無事であれば電話をくれるはずなのに、一向にかかってこない。

その住所を口にして、古賀は続けた。

「増田美佳子さんっていうんだ」

「……ほら、お兄ちゃんにだって大切な人がいたんやろう？」

祐子が冗談めかして言ってくれたので、古賀の方が涙ぐみそうになる。

「お兄ちゃん、帰って来れへんの？」

「待機している患者さんがおってな、今日か明日かというところなんや。祐子に任せきりで悪いんやけど」

「わかった」

「母さんに、心配してたよって伝えてな」

「お兄ちゃん、ほなね」

すぐ横を通りかかった淩子が、気配を察して、少し足を止めた。けれどまた、その場に居残るのを遠慮するように、前へと進みだした。

畳んだ携帯電話を、ポケットにしまう。急いで、淩子を呼び止めた。そんな彼女の気配りがありがたかった。

「母が、見つかったんです。とりあえず家族は皆、無事でした」

淩子は笑みを浮かべ、小さくうなずく。

「よかった。どんなにか心配だったでしょうに、古賀先生、こんなときにも落ち着いていて、さすがですね」

「なんとか、そんなふりはできていたでしょうか」

苦笑混じりにそう言うと、「そうだ、これ」と、白衣のポケットに手を入れた淩子が、いちごキャンディを取り出し、手渡してくれた。

なんだろうと見ていると、

「サワダ先生が、時々こうやってくださるんです」

包みの結び目の解けかかった小さなキャンディの粒が、手のひらに載った。

プレスビテリアン病棟に戻ると、オペ室付きの看護婦も助手たちも身支度を済ませ、準備を進めていた。

日本から募金で渡米した、十五歳の美しい少女で、鈴音という名前だった。胆道閉鎖症を患っている。

健康なときの写真では長い黒髪の美しい少女だったのに、全身真っ黄色で、顔は土気色にむくんでいた。腹もすっかり膨れ上がり、募金のためとはいえそうした外見が人目に晒されるのを気にしていたそうだ。

ここ数日は意識が混濁し始め、移植コーディネーターが優先順位をトップランクにあげたところで、今朝方、ドナーが見つかったという連絡をラボの方で受けた。

古賀はオペに入る前に、少女のいるＩＣＵの前で、日本からきている母親と話す。

「なんとか、間に合いそうです」

鈴音の母親が、ＩＣＵの中で挿管され、人工呼吸器につながれた娘をじっと見守っていた。

日本で葛西式の手術は受けているが、その後も不調が続き、肝臓移植しか道はないと宣告された。砂山医大の生体肝移植を知って、母親が自分の臓器の提供を望んだが、鈴音の年齢がその制限を超えていた。

彼女にピッツバーグでの移植を勧めたのは、かつてここで、二度の脳死ドナーからの移植を受けた吉田延雄青年の元婚約者、由佳里だ。彼女は帰国後、苦しみを乗り越えて医師と結婚し、移植医療推進のボランティアスタッフになっている。

鈴音のための募金も、由佳里の呼びかけで集まった。

募金額が大きいこともあり、今回の移植手術には日本のマスコミからも注目が集まっていた。それもあって、執刀医に古賀が指名されたのだ。

「ジュニチ、ベストを尽くしなさい」

セイゲルはオペ室の前まで来てそう送り出してくれた。

鈴音の母親は、まだ四十歳前後だろうか。髪の毛を一つにまとめて、今にもくずおれそうに見えるが、鈴音を見守る眼差しには燃えるような芯（しん）の強さがあった。ずっと一人きりで付き添っている。

そんな姿を遠目に見るたびに、古賀は自分の母親を思い返すのだった。震災の後、母はどこをどんな姿で彷徨っていたのだろう。見つかってくれて、よかった。あとは美佳子も無事でありますように。

鈴音の母親はオペの前に、古賀に深々と頭を下げた。

「先生、この子には大変なことばかりあって、意識があるうちにきちんとお伝えできていなかったと思うんですけど、アメリカで出会えたのが、古賀先生のような人でよかった、と私には言っていました」

「それは、どうして？」

「そうですよね、どうしてなのかは、鈴音じゃないとわからないので、意識が戻ったら、訊いてみますね」

「この手術で最後にしたいですね」

古賀は、目の前で目を閉じて頷く母親を前にしながら、むしろ自分に向かってそう言い聞かせていた。

ふと廊下の向こうに漏れる灯りを見つめる。

神戸の街で母は生き抜いていた。あの破壊された街を、道もわからず、なんとか歩き続けたのだ。母だけではない。郷里の人々は今、必死で生きている。美佳子だってきっと、無事でいてくれるはずだ。今頃は、困った人たちを助けているのかもしれない。そう考えると力が湧いてくる。

初めて一から任された移植手術だ。先輩医師たちの信頼に応えたい。

オペ室には、すでに灌流の行われた形のいい肝臓が届いている。だが少女の痩せた体には少し大きすぎる。うまく腹腔に収めても、門脈を圧迫してしまうだろう。脾臓を摘出する非常手段もあるが、ただでさえ低下しがちな免疫に支障を来しやすくなる。前立ちの助手のときには、セイゲルや佐竹山が瞬時にそうした場合の判断を下すのを当たり前のように見てきたが、執刀医になれば判断はすべて自分に委ねられる。緊張が背筋を貫く。

鈴音の肝臓はすでに象の皮のように硬化し赤茶けている。腹水を吸引すると、累々とした静脈瘤が腹部を覆っているのが分かる。生半可な癒着ではない。血止めをしながら腹部を這う癒着を一つ一つ剝がして、最後に血管を遮断し、ようやく肝臓を摘出する。

腹腔内を生理食塩水で幾度も洗浄し、ドナー肝を収めてみる。

これならいけるはずだ。いつも通り柔らかく、だが迷いなく、自分に向かってそう言い聞かせていた。

出血は3000cc、経過時間はここまでで七時間、まだ折り返し地点である。

灌流により褐色になった滑らかなドナー肝を体内に収めると、血管を肝上部下大静脈、肝下部下大静脈、門脈と抜き出して、一本ずつ順につないでいく。

糸結びは助手たちが行う。スペイン人の助手の、背を丸めた姿勢が気になっていたが、案の定、結んだ糸がするりと外れ、慌てはじめた。

「落ち着いて」

両手を空にあげたまま、古賀は静かに言う。セイゲルや佐竹山が、手術の際に失敗する助手を声をあげて叱責しているのを見てきたが、新世代の医師としてそれだけはしたくなかった。怒鳴るくらいなら交替する。助手は結局、何度も失敗し、額に汗を浮かべはじめたので、古賀が代わった。

鈴音の門脈は細くてひ弱になっており、確かに難しい。彼はもう一度門脈をつなぎ直した。大丈夫、どの血管もうまくいっている。

「アンクランプ」

一つ間を置き、落ち着いてそう声を出した。

その瞬間に、血管を止めていた鉗子が外される。

祈るように、ドナー肝を見つめる。

「動いてくれ」

肝臓の表面にじわっと赤が沁みだすと、あとは一気に染まってゆく。ドナー肝に鈴音の鮮血が流れ込み、彼女の体の一部となって、機能し始める。

この瞬間を、幾度見てきたろうか。

はじめてここ、プレスビテリアンのオペ室で目の当たりにしてから、十年が経とうとしている。何度見ても、この瞬間だけは、沈黙してしまう。移植という行為には、今もどこか人智を超えた領域の出来事だという思いがある。やがて自らの緊張をとかしていくような、感動と安堵が全身に広がっていく。

鈴音の体にもう一度チャンスが芽生えた。一枚目の扉が開いた。ここから拒絶反応との闘いが待ち受けてはいるのだが。

「ルーペ」

細い肝動脈の吻合を始める。吉田青年は、結局二度ともこの肝動脈が詰まってしまい、それが原因で亡くなったのだ。

今度こそ、と古賀は思う。

どこまでだって、この手術を楽しんでみせる。

オペは無事に終了した。鈴音の母親への報告を済ませると、彼は手術着を剝ぎ取り、自分の研究室に入って扉を閉めた。

疲れてはいたが、昂ぶってもいた。

このオペのことは決して忘れないだろう。郷里の街が崩壊し、母の無事が知らされた日に、全権を任された移植手術だ。

こんなときにも、オペがこなせたんだ、と思う。誰かの背を追うわけではなく、人と競い合うわけでもなく、ただ目の前のオペに集中できたことが、古賀にはうれしかった。

机の上に足を上げると、いつものように人間の成長をかたどった真鍮像が目につく。今日は自分がその一段目にいて、その先にいる像たちが、佐竹山や凌子のようにも思えた。

母の姿をもう一度想像する。生きていてくれてありがとう、母さん。窓から外を見つめる。

空が明るく白み始めている。大学生が歌いながら歩いている。ピッツバーグのアイスホッケーチーム、ペンギンズの勝利に祝杯をあげていたのだろう。

こんな日こそ、どんなに疲れていたって飲んで帰ろうと立ち上がる。

術後の経過は極めてよかった。新薬の効き目も劇的で、直後の肝機能を示す値も想定内だ。

人工呼吸器をつけたままではあったが、次の日の夕方にＩＣＵで目を覚ました鈴音は、しっかりとした視線で、ピンク色のカーディガン姿の母親を見つけた。

三日後には一般病棟へ移り、会話も飲食もできるようになり、一週間後には微熱はあるものの、ベッドの上に座って本を読むまでになっていた。

鈴音とその横に立つ古賀、そして母親の写真が報道カメラマンたちによって撮影された。

眼球から黄色味は消えて黒々と輝く瞳(ひとみ)が蘇(よみがえ)り、肌は澄んで、唇も赤みを増してきた。胆管のつなぎ目から入っている管からは、きれいな胆汁が順調に流れている。肝臓が機能している証拠だ。

古賀が関わった中でも、もっとも経過良好といっていい手術となったので、報道陣に堂々と伝えることができた。

「体調は安定しています。あとは、プレスビーのチームで、拒絶反応が起こらぬよう注意深く見ていきます」

母親は時間さえあれば、ベッドサイドで、鈴音をじっと見つめている。美しい十五歳の娘に生き生きした表情が帰ってきてくれたことを、いつまでも見ていたいようだ。

これが移植の引き起こす奇跡なのだ。だから、助かる命なのであれば、手術をしてあげたいと我々は思うのだ。

日本でも鈴音の手術は報道されたが、記事は煙草(たばこ)の箱にも満たない大きさだった。

新聞を運んでくれたサワダが言った。

「今回も小さな記事となりまして、おめでとうございます」

失敗の方が、日本ではずっと大きな記事となるのを、サワダは皮肉っている。いつまでも移植への逆風がやまないのを、よく知っている。

脳死の認定基準が定まらないために移植を生体肝移植から始めた日本では、移植した臓器が生着しなかった不運なケースばかりが執拗(しつよう)に報道される。医師たちの間でも意見は大きく分かれており、今なお時期尚早という言葉で片付けてしまう者もいる。

そんな中で、大変な最期(さいご)をたどった吉田延雄の元婚約者が、こうして移植希望者を支えてくれているというのは、小さくとも大切な灯火に思えるのだった。

「由佳里さんにも、良い報告ができそうですね」

「はい、昨日も、コーディネーターのキャサリンさんが、一緒に日本へ電話をかけてくれたんです。古賀先生のこと、ハンサムなドクターでしょうって言っていましたよ」

母親は、そう言うなり顔を赤くしてはにかんだ。父親の影が一切ない。母娘だけで長い時間を過ごしてきたのだろう。子どもが重篤(じゅうとく)な病を患(わずら)ったために離婚する夫婦は少なくない。絆(きずな)を深める夫婦もあるが、重すぎる現実に逃げていく親を医師たちは少なからず目の当たりにしている。

「腕がいいって言われるよりずっとうれしいなぁ」

古賀は調子を合わせながら、喜びに弾けんばかりの母親の様子に、改めて安堵する。

これからも、一つ一つ、移植手術の成功を積み重ねていきたい。

「鈴音の言いたかったことも、それだったんですよ。訊いてみたんです、ついさっき、手術前の話を。人生で最初で最後のハンサムに出会えたのかと思っていたら、生き残れたみたいだって。古賀先生は、病院の先生にしておくのはもったいないよねって」

「じゃあ、何になったらよかったのかな」

と、首を捻ってみせる。

「先生が担当医でありがたかったですよ。古賀先生、鈴音は、幸運な子ですね。色んな人の助けを得てここまで来られて。でもここからは鈴音の生命力を信じてやろうと思います」母親は濡れた瞳に力をたたえ、続けた。「いつか、ドナーになってくれた人のことを、鈴音にはきちんと伝えようと思っています」

ドナー肝は、銃の流れ弾にあたって死んだスラム街の若者から摘出された。しっかりした美しい肝臓の持ち主だった。これからは鈴音の中で生きてくれるはずだ。

「今のところ心配はいりませんから、お母さまもゆっくりなさったらいいですよ」

古賀がそう言って病室を出ると、携帯電話が鳴った。

画面の番号を見ると、前の特設電話のときと同じ日本からだ。窓辺で足を止める。

「今いい？」

「大丈夫だよ」

後ろが騒がしい。悲鳴も聞こえてくる。

「おい、祐子、どうしたの？」

「余震が続いているんよ。そっちは大丈夫？」

気丈にもそう返してくる。

「お兄ちゃんそれよりね、美佳子さんという方が見つかってん。おそらく、間違って
へんと思うんやけど」

「そう、無事だったんだね」

しばらく間を置いて、祐子は続けた。

「それがね、無事とは言えへんみたいやの」

もう一度悲鳴が聞こえる。余震が続いているのだ。

「祐子、もしもし」

「美佳子さんは、神緑（しんりょく）病院に入院してる。家具の下敷きになって、内臓の一部が破裂

してんて」

「なんやて？」

また後ろが騒がしくなった。

「ごめんね、お兄ちゃん、また余震やから切るけど、伝えたよ。神緑病院よ」

通話は途切れ、無機質なツーツーという音が古賀の耳元に響いた。


セイゲルに呼び出されて、白衣のまま研究室を訪ねると、珍しく奥の壁のモニターではCNNのニュース映像が流れていた。

「ジュニチ、大変なときに、オペをみごとにこなしたね」

そう言ってセイゲルは立ち上がり、肩を叩いてくれた。こんなときの瞳の色は深く、樹木を映し込んだ湖のように見える。

「ありがとうございます、心にかけていただきまして」

サワダも立ち上がって、古賀に封筒を手渡した。

「Dr.セイゲルと我々チームで集めたものです。神戸のご家族に必要なものを用立てていただけたらと思います。もし不足している医療品などがあれば、お送りしたいと思っています」

見ると部屋の片隅にはすでにダンボールが五つ重ねられてあり、そこに〈Donation to Kobe〉とマジックペンで大きく記されていた。

古賀は二人のどちらにも顔を向けられず、頭を下げる。我がことのように心にかけてくれていたことがいたく胸に沁みた。

「鈴音ちゃんが退院するまではと思っていたのですが、実はどうしても神戸に気がかりな人がありまして」

「ご家族は皆さん無事だったのですよね？」

サワダに頷きながら、古賀は先ほど電話で確認した、美佳子の深刻な状態を伝えた。

「私を待っていると思うんです。恋人としてというよりは、肝臓外科医としての私が必要な状況なのではないかと」

そんな言葉が思わず溢(あふ)れ出た。

セイゲルがサワダに耳打ちする。二人が真剣に何か話し合っているのを、じっと見つめる。

「そんな深刻な状態なら、代わりにコウゾウを送ろうかとDr.セイゲルが」

「それは、あの」

古賀が口ごもると、セイゲルが目尻に皺(しわ)を寄せて笑った。

「冗談だよ、ジュニチ。ベストを尽くしなさい」

「あとのことは心配しないで。セイゲルとは、その打ち合わせをしていただけです。鈴音ちゃんの報道で、渡航の問い合わせが幾つも来ているのです。鈴音ちゃんの担当医に、自分たちの子女もお願いできないか、と。あなたの写真の影響ですよ。お帰りをお待ちしています」

古賀は封筒を手に笑みを返し、慌てて廊下を駆けるように進んだ。


神緑病院は、野戦病院そのものだった。

震災から二週間が経ち、今なお手足が切断された患者たちや、重傷患者たちが廊下にも出したベッドに寝かせられている。

手足を瓦礫(がれき)などに挟まれると、圧が解除されることによって、壊死(えし)組織から出たミオグロビンやカリウムが全身に回り、腎不全や不整脈からの心停止を引き起こす。クラッシュ症候群で数日後に死亡したケースが多発したと聞いている。

美佳子の病状については、出国前に担当医から報告を受けていた。

神緑病院には肝胆膵の専門医はいない。おそらく運ばれてくる患者を、手分けして診たのだろう。美佳子は、右胸部から腹部にかけての圧迫により、右肋骨(ろっこつ)の骨折とともに、腎臓、肝臓に損傷を負った。

すでに肝切除が行われていた。

古賀は、言葉を失った。

六甲山を一緒にドライブしたばかりだった。腕の中で溶けていくようだった白い裸身を思い浮かべた。

深い傷と損傷した臓器の様子は、医師である古賀には容易く思い浮かんだ。フライトの間中、言いようもない感情に包まれているのを感じた。美佳子の肉体や臓器は、自分の手中にあったのに、という心がえぐられるような執着心だった。

だが、実際に病室で美佳子を目の当たりにすると、溢れてくるのはただ愛おしさだけだった。

すでに重度の黄疸を起こしており、横たわった姿で古賀を認めると、黄色くなった目から透明な涙をこぼした。

枕元で美佳子の手を握った。

「なんや、病気になったら、来てくれるんや」

美佳子はそう口にして、かすかに唇に笑みを浮かべた。

震災の発生した時刻、美佳子は灘区篠原北町にある瓦屋根の二階で眠っていたそうだ。連日、父の会社である輸入家具の棚卸を続けていたので、すぐには揺れにも気付かぬほど熟睡していた。父の会社は貿易会社だが、大都市にあっては零細企業といってもいい。

美佳子の母親は、彼女がまだ高校生のときに胃ガンで他界している。兄はすでに家を出て大阪で家庭を持ち、家屋の一階、母の遺影を飾った仏間で父親だけが寝ていた。母がいなくなってから、家事を担っていたのは美佳子で、母を見舞ううちに医者への憧れを強くしていったそうだ。

けれど、負けん気の強い美佳子本人がそう口にすることはなかった。貿易会社の規模も古賀にはもっと大きいふりをしてきたかもしれない。

話してくれたのは、病室ではじめて会った彼女の兄である。

最大震度七を記録した激しい横揺れにより、築二十年を超える木造家屋はひとたまりもなく倒壊した。一階で眠っていた父親は、ほぼ即死の状態だった。

倒壊の衝撃で、美佳子の体を太い梁が直撃し、複数の臓器が損傷を負った。肝破裂の症状がもっとも深刻だった。

神緑病院の医師が言うには、運び込まれてきたときにはすでに腹部の内出血がひどく、血圧が下がってショック状態に陥っていた。即刻、開腹手術による肝切除が行われたが、肝臓自体の低血圧によるダメージが大きく、その後の肝機能が一向に回復しない。血漿交換や血液透析を行なってみたが、それも今のところ有効ではないようだ。若い担当医から改めて詳細を聞きながら、古賀は美佳子の頸部に残されたカテーテルのあとを見つめる。

「こちらに肝胆膵の外科医はおりません。かといって、他に搬送できる余裕もなく、当院での開腹を決めました。右葉が断裂していて、右肝静脈から出血があったため、プリングルをしながら、右葉切除を行いました。一部断裂が左葉にも及んでいたので、縫合止血しました」

プリングルは、肝臓に入ってくる肝動脈と門脈の血流を、断続的に遮断、解除しながら肝切除と肝臓の灌流を行う方法で、出血量を減少させる専門的な方法だ。

「輸血用の血液も不足していたのでしょう」

と、古賀が言うと、医師は頷く。彼だって、被災者の一人に違いない。

「切除したのは、全体の六〇パーセントくらいになりますか？」

「ほぼ、その計算でいいと思います」

若い医師は、頭髪に寝癖をつけたままだ。十分な睡眠が取れていないのか、憔悴し切った顔でそう説明した。専門医ではないのに、頭が下がるほどの適切な説明だった。おそらく美佳子は、騒然とした状況の中、できるだけの処置はしてもらったのである。

黄疸や意識障害の度合いからして、肝不全は進んでいる。毒性物質が解毒されずに体内を循環しているのは明らかだった。このままでは脳が侵され、意識が混濁してしまう。ひいては、錯乱、さらには昏睡に陥る。

病棟は患者と家族たちでひしめき合っている。美佳子の病室でも、四床のベッドがすべて埋まっていた。備え付けの医療器具の様子から、それぞれが重篤な患者だと見て取れる。本来ならＩＣＵにいてもおかしくない者ばかりだった。

気付けば、どこかに臓器を提供できそうな脳死者はないのかと見渡している自分がいた。

病室の枕元で長身の兄が、眠っている美佳子の顔を覗き込んで額に手を触れて話しかけていた。古賀と同じ年の兄がいると言っていた。色が白く、柔らかい髪質の雰囲気などが兄妹でよく似ている。

「わざわざ、帰国してくださったのでしょうか」

「私の家族も神戸ですから。もっと早くに来られたらよかったのですが」

「皆さんは、ご無事で？」

兄に訊ねられ、古賀は母のことなどを話す。

「よかったですね」と、古賀に向かって力強く頷く。

「なんでここに淳一さんが、おるんやろう」

と、目を開けた美佳子がぽつりと言う。

「夢かな、お兄ちゃん」

「どうやってここを見つけてくださったのですか？」

兄に訊ねられ、古賀は妹が探してくれたのだ、と話す。

美佳子の兄は、奥歯を強く嚙むようにして、少し呼吸を置いて言った。

「よかったな、美佳子。こんな風に思ってもらってたんやったら、お前もうれしいやろ」

「もっと話してて。淳一さんが、ここにいるの、なんでやろ」

じきに美佳子の目は虚ろになる。口が半分開いたままだ。脳に毒が回り、意識が混濁している。末期の状態だ。その手を握ると、まだ温かい。

ベストを尽くしなさいという、セイゲルの言葉を古賀は反芻する。

「お兄さん、新しい肝臓を移植するのが、ベストだとは思うのですが」

古賀は、横にいる兄に向かってそう口にする。

「移植、ですか？」

兄は、ゆっくり首を横に振るが、古賀は続けた。

「こちらの事情は私もよくわかりませんが、京都などでは、ご親族の肝臓の一部を移植する、という形式の手術が、始まっているはずです」

「ちょっと待ってもらっていいですか」

そう言って兄は、自分の胸に手を置いた。

「妹にはなんだってしてやりたいですが、まったく現実的ではありません。正直言うなら、この状況では聞くのも辛い話です」

兄の声は乾いてしまい、最後は消え入るようになる。

先ほどの担当医が廊下を通ったので、立ち上がって引き止めた。

「申し訳ないのですが、少しお時間をもらえますか？」

美佳子の兄も腰を上げて、廊下で立ち話が始まった。医師は、首から聴診器を下げたままだ。

「美佳子さんを、アメリカへ運べませんか？」

古賀は二人に向かって、そう切り出した。ベストを尽くしなさい、といったセイゲルの声が、もう一度蘇った。

「今からですか？」

医師が驚いてこちらを見るので、急いで付け加える。

「間に合うかどうかは私にもわかりません。ただ、他には方法がありません。現地での移植に賭けてみたい」

なおも驚いたようにこちらを見ている医師に向かって、古賀はこう付け加えた。

「アメリカで私は臓器移植を行っているんです。こちらではまだあまり一般的ではないでしょうが」

医師は、白衣のポケットから懐中時計を取り出し、時刻を見る。小さくため息をつく。

「しかし、どうやって搬送するのですか？」

「ヘリを頼むしかないと思いますが」

「ドクターヘリのことをおっしゃっているなら、アメリカみたいには、まだ存在しないんです。それがあったら、今回だってどんなに人命を救えたか。それに、大変なのは、こちらの患者さん一人ではないんです。見たらわかりますよね」

医師は苛立ち混じりにそう言って、頭に手をやる。

兄が口を開いた。

「消防の防災ヘリは飛んでいます。確か震災の日にも、男の子が一人、それで大阪の病院へ運ばれて助かりませんでしたか？　ラジオでそう……言ってたはずです」

兄はそう言いながら、緊張しているのか、医師に向かって自ら何度か小刻みに頷く。

しばらく唇を嚙み締めていた医師が、病室で口を開いたまま寝ている美佳子を見て、こう言った。

「国際空港まで運べたら、後の手続きは古賀先生の方でなんとかしてくださるのでしょうね」

医師は、覚悟を問うように語りかけてくる。

「できると思います」

渡航の準備や手続きは、アメリカのコーディネーターたちにも助けてもらえる。

「わかりました。そうだ、できることをしたらいいんです。消防と自衛隊のヘリもあたってみましょう。搬送の前にもう一度できる処置を、古賀先生にお願いします」

「透析と血漿交換は私にやらせてください」

と、古賀は頷く。

兄は、病室の美佳子の元へ戻っていった。また額に触れながら、話しかけ続けている。二人は幼い兄妹のように、寄り添っていた。

「古賀先生、ではさっそく、カテのある場所をお教えします。私はこれからもう一件処置がのこっておりますので。透析のカテをお願いします」

と、足早に病棟の物品室に案内する。

古賀は白衣やキャップを借りて、急いで手洗いを済ませる。その横で用具を出しながら、医師が口にした。

「この震災で、日本の医療は、本当にいろいろな問題を突きつけられたんだと思っています」

若くて必死なだけに見えていた医者が、そう言って、唇を噛む。古賀は、その名札にある柳田(やなぎだ)という名前を心中でくり返す。

「柳田先生、お察しします」

翌日には、美佳子は血液透析と血漿交換により、意識をかなり清明にしていた。病院に隣接している小学校のグラウンドの上空に、ヘリがやってきた。ストレッチャーで美佳子を運ぶ。防災用のヘリが上空の風を巻き込んで着陸し、彼女とともにそれに乗り込む。

「美佳子、がんばりや。がんばらなあかんで」

ヘリが飛び立つ寸前まで、兄が懸命に話しかけている。

「ヘリコプター、高いところ、怖いなぁ」

美佳子も、息は切れ切れだが声を返す。

「大好きな古賀先生と一緒やないか。怖いことあるかいな」

わざとおどけたような口調でそう言って励ます。古賀に向かって、真剣な表情で頭を下げた。

「先生、美佳子をお願いします」

こちらを見つめる目が遠ざかり、ヘリの扉が閉められた。

上空から見下ろす神戸の街は、建物がことごとくなぎ倒され、色彩を失っていた。それとは対照的に、頭上には冬の澄んだ青空が広がっている。

何だかまだ、現実ではないような気がする。この光景も、美佳子をこうしてヘリで搬送していることも、ここが日本であることもすべて。

「よく、こんな中で生き延びてくれた」

美佳子に、そして兄や自分の家族たちに向かって、古賀は呟（つぶや）いている。

「愛してるんだ、美佳子、わかっとうやろ」

旋回するローターの音にかき消されないように、耳元で話す。柔らかい耳たぶが、古賀の唇に触れる。

「眠って体を休めてゆこう」

これまで何度ヘリに乗ったかわからない。けれど、愛を囁いたのははじめてだなと古賀は思う。美佳子を失いたくないという強い思いに満たされる。

防災ヘリは、関西空港に無事に到着した。

驚くことに、こちらはすでに平常通りに動いていた。

大阪と神戸とはわずか数十キロしか離れていないというのに、大阪の街はライフラインをほとんど維持し、空港のテレビモニターは漫然とニュース映像やワイドショーの報道を流している。手に見知った百貨店のショッピングバッグを提げて優雅に歩いている男女までいる。

関西空港では、すでにピッツバーグからの指示で準備は整えられていた。三時間後に出発する便で搬送する。医療用の酸素ボトル、薬を投与するシリンジポンプ、心電図モニター、ベッドが設置された。

医療センターで待機しながら、もう一度アメリカに連絡を取った。佐竹山が電話口に出てくれた。

「容態はいかがですか?」

率直に伝えると、佐竹山は言う。

「希望はありますよ、古賀先生」

そして、こう続けた。

「サワダ先生の手配はパーフェクトです。お金のことは、全員で応援します」

これは移植医たちの特質なのだろうか。誰もが、希望ばかりを口にする。プレスビーという野球場には、いつでも灯りが煌々とついていて、彼らは、飛んでくるすべての難しいボールに、あとは任せてくれとグローブを伸ばす外野手たちのように明るい。日本がこのような危機的状況のときに、家族でもない女性一人だけを連れ帰ろうとしているのだ。

「アメリカへは一気に飛ぶからね。ピッツで、仲間のドクターたちが待ってくれているんだ。美佳子、そこにいるのはね、世界一のチームなんだ」

規則にのっとり、エコノミーシート最前列の四席を外す形でベッドが設けられた。他の座席とはカーテンで仕切られている。

こちらの緊張感とは裏腹に、搭乗を開始した乗客たちにはグループ旅行なのか、嬌声を上げている一団さえある。

離陸する。機体が傾き、古賀は美佳子の体に手を置いて安心させる。シートベルトの着用サインが消えた頃から、美佳子の意識はふたたび混濁し始めた。耳元で必死に声をかけ続けると、美佳子はまた目を見開いた。

「一緒に、アメリカへ行くの？」

視線が彷徨っていて、古賀が見えているのかどうかは、わからなかった。

「美佳子、ピッツで一緒に暮らそう」

なぜもっと早くそう言えなかったのだろう。そうしたら、きっと、美佳子が神戸で被災することはなかったのだ。一緒に暮らそう。あの地で、力を合わせて必死に生きていけばよかったのだ。

「だから、治ってくれなきゃ困るんだぞ」

点滴のバッグを確認しながら、そう声をかける。

「嘘（うそ）やないよね、淳一さん」

「嘘なんかじゃないよ。大丈夫、しっかりするんや」

そのとき、古賀の膝（ひざ）が一気に濡（ぬ）れた。慌てて手で拭（ぬぐ）うと、真っ赤に染まっている。鮮血だった。突然、大量に吐血したのだ。血液は真っ赤な色で、おそらく胃か十二指腸からのものと思われた。

美佳子の手を強く握る。だめだ、逝（い）くな、戻ってくるんだ。

肩で息をしながら、

「ちょっとだけ、苦しい」

そう言うと、また美佳子の口から血がぶくっとあふれ出した。

「淳一さんが、おるのに」

見開いた目に、古賀の姿が映った。やがて瞼が閉じられる。「ありがとう」と、唇が動いたように見え、心電図モニターの波形がフラットになった。

古賀は慌ててそのモニターに手を当てる。嘘であってほしいという思いで。

第五章

一九九七年冬

阪神・淡路大震災から二年近くが過ぎた。佐竹山は五十歳という節目をプレスビーで迎えようとしていた。

相変わらず移植を希望する患者や移植医療を学びに来る医療関係者が後をたたなかったが、いっときの人でひしめき合っているような状況ではない。全米各地に移植医療の拠点ができていたからだ。移植以外に助かる道のない患者は、それぞれの州の「プレスビー」を目指すようになった。

そんな中にあって、Dr.セイゲルを頂点としたピッツバーグの移植チームは、前進を続けていた。一パーセントでも高い成功率や生存率を目指し、新しい試みに果敢に挑んでゆく。

セイゲル自身は、医者の家系に属していない。医師になったことすら、彼のひらめきによるものだ。外科医としてもクリエイティブな側面が際立ち、それが彼を移植医療へと向かわせた。その過程で既存の価値観や概念を飛び越え、破壊していった。そんな彼には、そもそも肌や目の色で壁を作るような発想がない。セイゲルの下には、人種も国籍も関係なく、切磋琢磨する医師、真面目で腕のいい医師だけが残っていった。

日本人チームは佐竹山を中心にDr.セイゲルを支える核となった。もちろん、サワダの存在も欠かせない。プール付きの佐竹山邸に、年に数回はチームが集う。招集されぬ日も通いつめているのは大木で、いつしか彼は佐竹山の紹介で、日本から留学していた女性と結婚し、同じ住宅街の片隅に小ぶりな邸宅を購入して住んでいる。

十人以上が軽く着席できる大理石のダイニングテーブルには、いつものように煮物やいなり寿司などの華純の手料理が並んでいるが、古賀を含め、まだ誰も手をつけていない。

「今日は、皆さんにお話があります」

サワダが着席すると、佐竹山が待ちきれなかったようにそう切り出した。

「Sorry everybody」

少しおどけてサワダが片手を挙げて挨拶する。

佐竹山が煙草の火をもみ消しながら話し始めた。

「日本の状況を、共に考えたいのです。昨年末に議員立法として提出されていた臓器移植法案が、いよいよ可決されるのは、ご存知だと思います」

「国会議員の中に、移植が必要な有力者がいて、一気に進んだそうですね」

絶妙な合いの手を入れる大木の声に頷くと、佐竹山は、一人がけのソファで両手を握り身を乗り出してきた。

「この機を、皆さんはどう捉えているだろうか」

「どうと言いますと？」

古賀は問い返す。佐竹山がこちらを見返す。その間に耐えられないように、大木が口を開いた。

「まさか、これを機に帰国しようというご提案ではないですよね？」

佐竹山の家に入り浸っている大木が、信じられないという風に眉を上げていた。渡米して四年で、彼は日本人最速で客員助教授に昇進したのだ。いまや眼鏡もチタンフレームのブランドものである。もちろん佐竹山の引きがあってのことだ。

佐竹山へは日本国内から幾つかの招聘話があるのは、漏れ伝わっていた。そのうち、実際に出かけた先があるという噂も耳にしていたが、深刻に捉えてはいなかった。母校の九南大からのオファーを蹴った佐竹山が、そう簡単に帰国するとは思えない。

「驚かれることと思いますが、私はこのたび、北洋大からの招聘を受けようと思っています。移植医療の専科を日本で立ち上げるのには、これまでどの大学も及び腰でした。北洋大だけは、必ずそれを設けると約束しましたからね」

「北洋大、北海道ですか？」

大木は素直に驚きを言葉にしたが、凌子はその地名をどう受け止めたのか、声を発さなかった。両手を膝の上で握っているのに、古賀は気づいた。

「私と一緒に母国で移植をやろうと考える方があったら、ぜひ名乗り出てほしいと思っています。いや、本心としては、このチームで帰国したい」

佐竹山が言い切ると、横にいた華純も落ち着きなくテーブルを拭く。

「私たちも一緒に、というお話ですか？」

凌子の声が静かに、だが深い動揺を乗せて響く。

佐竹山は苦笑する。

「無理にとは言いませんよ。ただ、いつかは帰国をと考えているなら、ともに立ち上がってほしいのです。ゼロからのスタートにはなるが、日本に移植医療を根付かせたい」

しばらく沈黙が続くと、ダイニングの端に立ったまま、華純が切り出した。腰にエプロンを巻いており、こんな豪邸に住みながら相変わらず髪の毛も一つに結んだままで飾り気がない。チームが集まる日には、懐しい日本の家庭料理を用意してくれるのも変わらない。華純が、日本人医師たちを陰で支えてきたのは確かだった。

「阪神・淡路大震災のときに決めたみたいなんですよ。ニュースを見ながら、これで日本も変わるかもしれないって。あんなに若い人たちがボランティアに積極的に参加する国になったんだからって行蔵さんが言い出して」

「二年です。あれからすでに」

古賀はそう言った。目の当たりにした光景は、世界を成り立たせている柱が一瞬にして崩れたような印象を彼に与えた。

重篤な病を患った人たちは、もしかしたら、一人一人がそんな瞬間を抱くのかもしれない。柱を何とか立て直そうと、医療の門をくぐる。

美佳子を移送する前に、ほんの数時間だけだが、父や母、妹たちと再会を果たした。妹とは、壊れた家具や食器などをすべて外に出したがらんとした実家の庭先で、膝に毛布をかけて語り合った。

震災後一週間は風呂にも入れず、夜は唯一灯り（ゆいいつ）のある体育館で身を寄せ合って眠っていたのだと、妹の祐子は、敢えて笑みを浮かべながら口にした。防災ヘリを出してもらって、美佳子をアメリカに運ぶつもりだと言ったときに返ってきた言葉は、忘れられない。

妹は毛布の上から膝を摩り（さす）ながら、こう言ったのだ。

「他には何もできなくてもいいから、命を一つでも救ってよ。私、本気で言うてるんよ」

美佳子の命は救えなかった。

「なぜ、北海道なのですか？」

凌子の問いかけに、佐竹山は顔もあげずに答えた。

「専科を創設するという条件を飲んでもらったからですよ」

「今の佐竹山先生なら、その条件を飲んでくれるところばかりでしょうに」

凌子は珍しく、問いかけ続けた。

「そうですね、北海道だから受けたのかもしれません。フロンティア・スピリットの宿る土地だからです。それに」

佐竹山は凌子の方を見て、少し笑みを浮かべた。

「加藤移植が日本の移植医療を止めたと言われ続けるのなら、我々はもう一度、その地から挑戦すべきではないですか」

凌子がため息を飲んだのを、古賀は見つめる。

加藤移植が行われた地から挑戦する。凌子の前でいきなりそう切り出した佐竹山だが、彼の発言こそがチャレンジングなものだ。

凌子には、日本の移植医療を二十九年前に停滞させてしまった加藤移植の功罪を、もう一度あぶり出そうとしているかのように響いたのではないか。

佐竹山が言いたいのは、北海道の一医大の片隅で挑戦した加藤氾嗣の意志を、自分たちで引き継ぎたい、という思いだったのかもしれないが、彼の話に続きはないので、凌子がどう受け止めたかはわからなかった。

「北洋大の専科という話は現実的なものなのですか？　相当の予算が必要なはずですが」

驚きを抑えつつ、古賀は冷静に問いかけていた。佐竹山が返事をする前に、華純も珍しく口を挟んだ。

「私も、そう簡単には信じられないって言ったのよ。だって行蔵さん、一度北洋大へ顔を出したときはひどく期待外れだった、くだらない質問ばかりで、移植についてもろくに知ろうともしないって、すぐに向こうから電話をしてきたんです」

「ソーホワイ？　ではなぜ、それが期待へと変わったのでしょうね？」

サワダが肩をすくめる。

「長い話になります。皆さん、食事を召し上がってください。華純が一所懸命、用意しましたので」

「いつも、ありがとうございます」

古賀はこの頃、心からそう言えるようになった。美佳子がもしあのとき、プレスビーでの移植を受けられて回復していたら、自分たちもこんな風に家庭を持てていたのかもしれない。客人があれば、美佳子はにこやかに得意のすき焼きをふるまったのかもしれないと感じる。

それぞれ立ち上がって、皿に料理を乗せて、また着席する。大根の煮物の味がしみてくる。

「うまいな、これ」

　大木がそう言って、夢中で頰張っている。

「話はボストンから始まります。あちらの邦人夫婦に招かれて、華純と出かけたんです。ちょうど息子の志望大学のオープンキャンパスがありましてね。四人で食事をして、酒をいささか飲みすぎて、帰り道に華純がトイレへ寄りたいと言ってね、ふと入ったのがコンサートホールの入った建物だった」

「そうしたらちょうど、盛大な拍手が響いてきて、ポスターを見たら、指揮者がセイジ・オザワだったのよね。それで翌日の席を買い求めて、出かけたの」

　華純が話に加わった。

「佐竹山先生がクラシックとは、珍しい」

　古賀は率直に言う。佐竹山がコンサートへ行った話など、この十年で一度も聞いたことがなかった。

「きっと、良いコンサートだったのでしょうね」

　そう続けると、佐竹山は笑った。

「私はね、古賀先生、そのときのセイジ・オザワの指揮を見て、自分もコンダクターになれないかと考えたんです。若い人たちの指揮をとりたいと思った。あの日のセイジ・オザワは、私が若い日にオペ室で出会ったDr.セイゲルのようでした。小さな呼吸の間合い、視線や手の動きに、オーケストラは集中していた。セイゲルのオペをはじめて見たとき、私も同じように高ぶっていた。あのときの思いが一気に蘇(よみがえ)ってきたんです」

大木は天井を見上げている。凌子は膝の上に皿を置いたままじっと話を聞いている。

佐竹山は立ち上がって、プールの見える窓辺に立ち、煙草に火をつけた。

「北洋大の話を鵜呑(うの)みにしているわけではありませんよ。大学から新千歳空港へと戻るときには、この話はないと華純に電話をしたのは本心でした。ただ、タクシーの運転手が少し面白かった。運転手さん、あなたにとっては大切な病院かもしれないけどね、北洋大っていうのは、ひどいところだね、と私が言うと、バックミラーをちらと覗(のぞ)きながら、お客さんはどこからきたんですか？　と。遠いところから来られたんですね。それで北洋大は、だめでしたかね？　彼は、にこにこ笑いながらこう言いました。まあ、私には難しいことはわかりませんよ。しかしね、日本広しといえども、観光客がくる大学はあそこだけらしいですよ、と」

「そうですね、あのキャンパスは、私の子ども時代の遊び場でした」

そう言って一番初めに凌子が笑い、それが古賀にはうれしかった。想像の中の凌子の子ども時代は、冷え切った北海道の風景とともにあった。それが溶けていくように感じられた。

「どうですか、皆さん。観光客の訪れる大学は？」

席に戻った佐竹山が、肩の力の抜けた口調でそう言う。

大木が真っ先に告げる。

「先生がそうお決めになったのなら、前向きに、検討させていただきます」

佐竹山はそれまで少しこわばっていた表情を崩し、大木に日本酒を注いだ。

古賀は窓からプールを眺めた。落ち葉が、水の渦を回っている。

招かれていた四人は、佐竹山邸を出た後でラボに立ち寄った。凌子を送り届けるという理由もあったし、皆で今一度この件について話しておきたいという古賀の考えもあった。

幸い、緊急のオペはない。

動物舎に入ると凌子は白衣に袖(そで)を通し、犬舎の扉を開いた。それぞれの犬の様子を確認している。ヒヒがいなくなった後、凌子は新薬のトライアルからずっと生き続けている犬に、特別目をかけているようだった。

凌子がフリー・スペースに戻ると、丸テーブルを簡易椅子(いす)で囲む。大木が二階の冷蔵庫からビールや炭酸飲料を持ち出してきて、それぞれが口をつけた。

「突然の話で、驚きましたよね」

大木がそう言って、さらに言葉を続ける。

「根回しなしだもんな、佐竹山先生」

「法案が通ったとしても、そこから保険申請の手続きもあるし、何年かはかかるでしょうね」

古賀が言うと、サワダが鼻にかかった笑い声で、

「そういうもろもろの壁を打ち破るために、自ら帰国して陣頭指揮をとらねばと思ったのでしょう。佐竹山先生らしい責任感です」

サワダの横では、凌子がじっと宙を見つめていた。白衣の下には、白いブラウスを着ている。

少し酔った大木が、得意気に言う。

「思えばいろいろ、サインはあったんだよな。ほらこの間、日本から取材チームが来てたじゃないですか。佐竹山先生、やけに協力的だったんですよ。何でもオープンにするから、どこでも好きなだけ取材してほしいって、患者のペンツ切開の切り傷とそ

の縫合まで撮影させて、無影灯の角度まで調整してあげていましたからね」

その手術は確かにいつもと様子が違っていた。その言葉に甘えて、長いカメラのレンズは、ややもすると術中の清潔域にまで侵入しようとしていたのだ。

「Dr.ジュンイチ」

サワダの声に呼応したように、犬舎からモンゴレルたちの鳴き声が響いた。

「あなたがどうするのか、お決めになったらお知らせください。残るのなら、Dr.セイゲルは、次の客員教授ポストを検討するでしょう。ただし佐竹山先生は、あなたがどうしても欲しいでしょうね」

古賀は苦笑する。

「私が帰国したからといって、何ができるだろうかとは思うのですが」

冷たい水をボトルから飲む。

こんな話がいつかは来るようにも思っていたが、正直言うと想像よりずっと早かった。

生涯をこの国で過ごすと決めたわけではないが、佐竹山から遅れてきた分、まだやり切れていないという思いがあるのも確かだ。

凌子は首を横に振った。

「私は、帰国するつもりはありません」

はっきりと、そう口にした。

大木は、ビールの缶を手で潰しながら言う。

「みんな、案外冷たいんだな。僕らみんなで帰国しないで、どうやって新しい専科が始められるんですか。佐竹山先生は、本当は心の中で懇願していたんじゃないかって思いますけどね」

「わかってるわよ、大木くん。そんなの、みんなわかってる」

凌子が横からそう言って、大木を見つめる。

古賀が思わず天井を見上げると、ラボで幾度も見上げた沁みが入道雲のように広がって感じられた。

このタイミングで帰る理由が見つからない。自分だって、今まで以上の医療を提供できる地点に立ちたいのだ。移植医療を前進させたい。日に日にその思いが募っている。あの震災を目の当たりにして感じたのは、とてつもない医療体制の遅れでしかない。日本で一から新しい医療をおこすなんて、考えもしなかった。

大木がトイレに立ち、凌子も言う。

「日本が変わったなんて、私には信じられないんです。だからといって、このままでよくはないんでしょうけど」

　そう言って、古賀と正面から視線を合わす。贅肉(ぜいにく)のない美しい輪郭と、つんと反り返った唇が相変わらず魅力的だ。しょうがない男だな、と古賀は思う。この女性をそんな目で見てどうする。

　大木が千鳥足で戻ってきて座ろうとしたとき、凌子が突然切り出した。

「古賀先生、すみません。大木先生を連れて先に帰ってもらってもよいかしら。私まだ、サワダ先生とお話がしたくて」

「え？」

　率直な頼みに、古賀は驚いてしまう。

「わかりましたけど、本当は僕だってもっと話していたかったので、残念です」

　そう言ったが、凌子はもう笑ってもおらず、サワダの方をまっすぐに向いていた。

　二人きりで川べりのバーに移った。凌子はサワダと並んでただ静かに飲んでいた。サワダは白ワインのボトルを頼み、それをこちらにも注いでもらった。

　いつもなら何も話さなくても、ただ二人でいるだけで落ち着けたのに、ざわざわと急(せ)き立てられる思いがあった。

「サワダ先生、もう長い間、私の気持ちには気づいていますよね？」

心の中に閉ざしていた思いの封を、凌子はあっけなく開けた。

佐竹山の話を完全に断った後、凌子の気持ちは不思議なほど揺れ始めていた。大木の言う通りだ。皆で立ち向かわねば、今度は佐竹山が父のような目に遭うのはわかりきっていた。

返事をもらえないまま、凌子は続けた。

「私のことは、どう思ってくださっていますか？」

こんなに、鼓動が速く打ったことはあったろうか。声が上ずって出ていく。ヒヒのローラに最後の麻酔をかけたときの、彼女の胸を打っていた鼓動を思い出した。睡眠薬を打たれてすぐに、観念したように見開いた目を、凌子は今も時々思い出す。

「特別な感情は、持たないようにしようとしてきました。あなたは、我々の大切な研究仲間ですから」

サワダは、ワイングラスの表面についた水滴を指の腹で拭いながら答えた。

「それだけですか？」

「急に、どうしたのですか？」

「急ではないわ。私は、ずっとサワダ先生が……、あなたが好きでした」

思わず日本語で、そう口にしていた。

アメリカで口にしたのは、はじめてだった。

「Dr.リョウコ、そうか、本当は帰国を迷われているのですね」

そうやってサワダは、凌子の心をいつも静かに包んでくれた。必要なときには、いつもそばにいてくれた。自分をどう思うかなど、今さら訊ねる必要はないのに、封を開いたがために、凌子のこれまでの思いは、一気に溢れ出した。問いかけを変えた。

「一緒に、帰国してほしいんです」

凌子はそう言うと、少し背伸びをするようにサワダの唇にキスをした。

触れ合った先から溶けていくように合わさり、サワダの温かい手が、凌子の片方の頬を包んだ。これまでずっと触れもせずにいたのが嘘のように、唇と唇が溶け合った。少なくとも、凌子にはそう感じられた。

そして、同じ手が凌子の顔をそっと押し戻した。凌子はサワダの腕に手をかけて、引き寄せようとするが、もうぴくりとも動かない。

「私から、くちづけするつもりなんてなかった。あなたが心を開いてくれないからです」

サワダは凌子の目を見つめ、唇に視線を移した。サワダの唇はかすかに動き、まだそこにとどまっている熱量を伝えてくるようだ。ただそう信じたいだけなのかもしれないが。

彼は、こう言った。

「だとしたら、これはれっきとしたセクシュアル・ハラスメントだ。法律家は誰も取り合ってはくれないでしょうけれども」

冗談めかしてそう言って、唇を閉ざす。凌子は、未練がましくサワダの目を見つめたが、その瞳はもう輝いてもおらず、視線が絡まり合うこともなかった。

頬が赤く熱を持っているのが、自分でもわかる。頬だけでなく、体中に宿ってしまった熱を感じた。

「Dr.リョウコ、伝えておきます。私には帰る意思は、これっぽっちもないんだ」

突然、くだけた口調で首を横に振る。

「なぜそう言いきれるのですか？　Dr.セイゲルへ忠誠を誓っているからですか？」

サワダは、水の入ったグラスをゆっくり回す。大きな氷が水中で光を反射させる。

「ロイヤリティとは、ずいぶん古風な表現ですね。違いますよ。私には、引退後にも、こちらでやりたいことがあるんです」

「やりたいこと？」

別れた家族にまつわる話をするのなら、もう諦めるしかないはずだと凌子にはわかっていた。

けれど、意外なほど朗らかな口調で返事がきた。

「缶詰バーですよ。前に言ったじゃないですか」

それがサワダからの答えなのだ。そう思っても、体の熱は冷えていかない。その言葉がどんなに自分を突き放しても、隣にいる男の心は優しく自分を包み込んでくる。それはただの思い違いだというのだろうか。

チェイサーにもらった水に、バーテンダーが黙々と砕いた氷が浮かんでいる。その大きな手がダイナミックに氷を砕く様子を、これまでサワダと二人、何度眺めてきただろう。ただそばに互いの温もりを感じながら。

グラスの丸い氷を指で押しながら、

「この氷、溺れているみたいだわ」

凌子はひとりごちる。

日本へ帰った方がよいのかもしれない。けれど、サワダのいない場所で闘える自信がない。父が受けたものと同じ仕打ちに、耐えられるのだろうか。自分にそんな強さが備わっているのだろうか。

「あなたに言ってあげられることがないんです。残ってほしい。日本でがんばってほしい。どちらを口にしても、私は無責任です」

そうサワダは呟き、続けた。

「けれど、これだけは言わせてください。今まで、本当にありがとう。Dr.リョウコ。私の人生に、あなたのような、神様からのギフトを得るとは思ってもいませんでした。あなたがいてくれたから、私はとても幸せでした」

その声色は優しかった。見上げると、サワダは顔にかかった髪を振り払うように、ゆっくり首を横に振った。

「宇宙のどこにいようが、大切な仲間です」

彼も中指の先でチェイサーの氷を弾き、飲み干す。

「お送りしましょう」

しばらくの間を置き、サワダがそう言ったが、凌子は一人、バーに残った。丸い氷は、なかなか溶けてはいかなかった。

ワイングラスの向こうに、川べりの木立が見えていた。郷里の北海道にもあるプラタナスの樹木だ。まだら模様の木肌が、店から漏れ出た照明を受けて、鈍く光って見える。

一九九七年春

報道カメラマンたちの焚くストロボが、目の前で眩しく光を放つ。

北洋大医学部長の田崎寿也は、重たい口髭を蓄えている。

「今年度より新しく創設される移植外科は、本校では第一外科肝胆膵グループとして、外科全体のトップに配置します」

その発表に、報道陣は一気に熱を帯びた。

佐竹山を筆頭に、ピッツバーグより帰国したチームが会見に揃っていた。

帰国を一番に決めたのは大木で、最終的に古賀も帰国チームに加わった。共に第一外科の助教授として就任、揃ってベン・ケーシー型の白衣姿でフラッシュを浴びている。

記者よりぶつけられる質問は時代錯誤この上ないものだったが、佐竹山はどの質問にも大きな体でどっしりと構えたまま、誠実に答えていた。

「私たちは、アメリカで移植医療の父と呼ばれるセイゲル教授のもと、十分に研鑽を積んでまいりました。日本国内でも、移植しか選択肢がない患者さんを一人でも多く救うべく全力で取り組みます。これまで海外へ渡航する以外に道のなかった移植医療が不備なく受けられるよう持てる力を尽くし、またアメリカのプログラムにのっとって、第一外科や後進たちを育成して参ります」

「なぜ、北海道を選ばれたのか、お話しください」

　その質問に佐竹山は堂々と答えた。

「フロンティア・スピリットの根付く土地だからです。我々は一日も早く、日本で移植医療を実現させていきたいと思っています。期待していてください」

　佐竹山が大きな体を折って礼をすると、古賀たちも続いた。するとふたたびフラッシュが一斉に焚かれた。

　翌日には新聞各紙がこのニュースを取り上げた。

〈米医療界のメジャーリーガーたち、来道。北洋大第一外科は、本邦初の移植外科として創設〉

　記事は想像以上に大きく扱われ、いずれもどちらかと言えば好意的な報道で、その日のうちから、患者や家族からの問い合わせが始まった。

　幸先は悪くない、という手応(てごた)えをチーム全体で共有した。

「やはり、待っている人たちはいたんですよね。新聞にだって、ああ書かれるのはなかなか気分のいいものだ。古賀先生、心をお決めになってよかったでしょう？　凌子先生も、来たらよかったのに」

大木が言った。

北洋大の広々としたキャンパスを東西に横断する通りの両脇には、ポプラの並木がある。大学病院を併設する医学棟は、北洋大にあってはまだ七十年ほどの歴史しかなく、街の中心部からもっとも奥まった北側にある。そこから延びる中央通りの左右に広々とした芝の広場や学部棟が点在し、多くの学生が行き交っている。

中央通りの中ほどにあるカフェテリアに向かって、古賀はコートを着こみ大木と並んで歩いている。

「まあ、あまり期待しすぎない方がいいよ。しかし、ずいぶん足下がぬかるんでいるもんだね。もう春だっていうのにこんなでは、長靴を買った方がいいんじゃないかな？」

どこか浮き立って見える大木に向かって、最後の最後まで帰国を迷っていた古賀は言う。

ピッツバーグに残れば、客員教授として好きな研究テーマを選ばせてもらえたのかもしれない。そんな未練がましい思いは断ち切りたいものだ。

季節が目覚めた解放感に満ちている。陽光は、湿った道路さえ輝かせて見せている。木々にも山々にも一斉に新しい季節を喜んで迎えているかのような清冽な気配があり、それが古賀には慰めに思えた。

苦戦するには違いないが、いつか、成果は出せるだろう。

しかし、あのとき自分はなぜ、帰国を決めたのかと、何度も思い返してしまう。

佐竹山の付き添いで一度北海道を訪れた。新科設立のために何が必要かを検討する会議をサポートする役を、Dr.セイゲルからも要請された。

アメリカとの落差に愕然とすることばかりだった。大学キャンパスそのものは、さすがに北の学び舎の要であり、敷地も広大だったが、医学棟そのものは相当老朽化している。雪で傷みやすいのか建物は疲弊しており、つぎはぎの研究棟には寒風が入り込んでくる。

いや、ピッツバーグの大研究棟に比べたら、どこであってもそう感じたのかもしれない。

つぎはぎの研究棟を佐竹山は堂々と歩いた。彼には建物が窮屈そうに見えた。

真冬だった。

研究棟の廊下を渡ろうとして、佐竹山は立ち止まった。薄氷の張り付いた窓辺から外を見て、「寂しい景色だな」と言ったときに、古賀の中にあふれてきた感情があった。

私はあなたをここへ置いていきますよ、と言いきるべきだったのに、「本当に、ここでやるんですね?」と、その覚悟を確かめていた。

ここでゼロから始め、日本に移植医療を定着させるなんて、どんなに死に物狂いでやっても無理なのではないか。帰ろうか、古賀くん、とでも言ってくれたらどれだけ気が楽だろう。無理だなと、呟いてはくれないか。

古賀はこのときはじめて、佐竹山の不安を見た思いがした。

医学棟設備のチェック・リストの確認をするだけで、時間が過ぎていった。二日目の夜には、医学部長の田崎からの誘いを断り、佐竹山と二人きりで、円山の居酒屋で飲んだ。いきのいい刺身や肝などをつまみながら、日本酒をあけた。

佐竹山から、最後にもう一度、誘いがあるのを覚悟していた。大きな手で日本酒をコップに注いでくれながら、丸い顔に満面の笑みを浮かべ、しかし、こう言ったのだ。

「古賀先生、ピッツに残られるのならば、小腸移植のプログラムは、あなたにすべて引き継ぎます。どこに在っても互いにがんばりましょう。私たちは医師として、一人でも多くの命を助けねばならない」

そんなことを言われたら、一緒に帰国するしかないではないか。

「小腸プログラムを、日本でもできるくらいに鍛えていかなくてはいけませんね」

気づけばそう答えていた。


「それにしても広いキャンパスですよね。学生は教室を移るとき、大変だろうな」

大木は、メタルフレームのメガネの真ん中を指で押し、周囲を見渡している。

「ここの学生はね、雪が溶けたら中国みたいに自転車で移動するそうだよ。これだけの並木の間を走るのだから、新緑の頃には気持ちがいいだろうけどね」

古賀がそう答え、二人はカフェテリアを見つける。四方をガラス窓で組んだ眺めのいい席は、見るからに身なりのいい教授クラスで一杯である。

食事はコース仕立てであり、一品ずつのんびりと運ばれてくるから、ランチでもずいぶん時間が取られてしまう。

「明日からは、十三条門の近くの定食屋かな。佐竹山先生は、そうしているらしいですよ。もっとも、そこなら心ゆくまで煙草が吸えるからみたいですが」

大木が腕時計に目をやって、さらに続ける。

「あんなにヘビースモーカーで、よく体が持ちますよね」

「その上、大酒飲みだからね。まあ、医者の不養生は、アメリカでも同じだったじゃないか。Dr.セイゲルは酒こそ飲まないが、まともな昼食を取っているのを、一度も見なかったよ」

最後に帰国の意思を伝えたときに、古賀はセイゲルから二人きりで昼食を取ろうと誘われた。もしかしたら帰国を考え直すように説得されるのかと身構えて、スーツに着替えて研究室のドアを叩いたのだ。どんなレストランへ連れていってくれるのか、皆目見当がつかなかった。

案内された先はいつもの街角のスーパーマーケットの隣にある、ごく普通のベーグル・ショップだった。

「好きなベーグルを選びなさい、ジュニチ」

古賀は不意にそんな思い出に包まれながら、慌てて食後のコーヒーを飲んだ。湯で割りたいほど、それは苦く感じられる。

佐竹山は、北洋大でも、早朝から出勤した。その習慣は実は九南大の研修医時代から変わっていない。アメリカでは、セイゲルらも同様に早くから回診を行っていたから、彼はそれが外科医のとるべき行動だと揺るぎなく信じていた。

移植医は、ひとたび手術室に入れば何時間後に出られるかわからない。休息や睡眠を削り、残りの時間を回診や研究、論文の執筆にあてるしかない。そうしなければ、日進月歩の医療にはとても追いつけないのだ。

だが北洋大に来てみれば、朝の六時に出勤するのは百人を超える医局の中で、宿直の看護婦たちと、佐竹山、古賀と大木だけなのだった。

古めかしい医学棟には亡霊たちでも棲んでいるのか、空気がどんよりしている。佐竹山が古賀、大木と並んで廊下を歩くだけで、奇異なものでも見るような視線が向けられた。

着任してひと月も経たないうちに、看護婦長が教授室のドアを叩いた。

紺色のカーディガンを羽織った少し神経質そうな婦長が切り出した。

「先生、ご相談があるのですが」

「どうぞ、なんでも言ってください」

佐竹山は、風通しのいい環境を作ろうと心底願っていたから、愛想よく答える。

「では、率直に。いきなり相談もなしに回診時間を早められて、みんなが困っています」

「みんなというのは、誰ですか?」

煙草の火を一応は消したのだが、婦長は顔の前で煙を払う。

「みんなとは、みんなです。朝の回診につく看護婦たちが、みんな言っているんです。婦長である私も同意見です」

うむと、一つ唸(うな)り佐竹山は椅子の背に体を倒す。

「いずれにしろ、誰かがついてくれたらいいんですから、準夜、深夜、どちらの看護婦さんだって構いませんよ」

さっさと話を終えようとしてそう言うのだが、

「そういうのが、困るんです。回診は、うちでは日勤の看護婦がやるってずっと前から決まってるんですよ。勝手にルールを変えないでくださいよ」

なかなか引かない婦長に、佐竹山は驚いてしまう。

「たとえば回診を一時間早められたら、ドクターたちは一時間早く手術や研究にあたれるんですがね」

「先生、患者さんは次々にくるんですよ。私たちだって、できるだけ回診に加わって、患者さんの状態を把握したいと思っているからこそ、お願いしているんです。無責任に言っているわけじゃないのをご理解いただかないと」

看護婦長は言いたいことだけを言って、急いで部屋を出ていった。

「まったく無遠慮だな」と、佐竹山がひとりごちると、秘書が緑茶を淹れてくれる。髪の毛に柔らかいウエーブをつけ、白いタートルネックのセーターを着ている。

「何も言わないよりは、言ってくれる方のほうが信頼できるのかもしれませんね」

彼女は少し遠慮がちに言う。

「そんなものかね」

と返したのだが、秘書の言がもっともであったと痛感させられたのは、各科からの数々の声なき抵抗が始まったからである。

移植を希望する患者はまだ出ていなかったが、肝臓ガンをはじめとした肝切除の手術の要請は、すぐに回ってきた。そんなオペなら朝飯前に思えていたのだが、麻酔科医がこちらの要望に一切応えてくれないのである。

アメリカ式で行くなら、肝切除のオペに入院日数は数日しかあてない。検査も手術も迅速に行われる。各種検査技師と麻酔科医が臨機応変に対応してくれるからだ。

しかし日本の大学病院では、アデノイド（咽頭扁桃肥大症）などの簡単な手術であっても、患者を数日間も入院させてしまう。各種検査と麻酔科医の順番を待たねばならないからだ。

医局員百人を前に就任の挨拶をした際に、今後第一外科では、移植以外の手術、入院に関しても、アメリカ式の方法を取り入れて効率をあげていきます、と力説した。そのとき、確かに講堂がどよめいたのだが、麻酔科医らがさっそく、抵抗を示してきたというわけだ。

外科手術は麻酔科医なくしてはできないのだから、麻酔科の予定に合わせて予定を組め、と言うのである。これには開いた口が塞がらなかった。麻酔科の部長の部屋にアポイントなしで入っていき、国際基準を滔々と述べた。

院内の不穏な動きは、患者からも仄聞するようになる。新しく設立された第一外科の移植医療について相談をしたいと持ちかけても、内科側が受け付けないというのだ。

「内科の先生には何度も相談したのですが、移植は現実的ではありませんと言われてしまって」

直接外来から佐竹山の予約を取ってやってきたのは、重度の肝硬変で治療中の患者の妻だった。妻は泣きはらした目で言った。

「移植以外にもう、夫が助かる方法はないんですよね。内科の先生は、はじめはそうおっしゃってました。なのに、実際に先生方が来られると、頑として紹介してくれないので驚きました」

円山の住宅街で、ケーキ店を営んでいるという。肝炎が重症化して重度の肝硬変となった夫はまだ四十代だ。苦労の末開店した店がようやく軌道に乗り始めたばかりなのだと、妻は言った。

佐竹山は憤り、すぐに内科部長のもとへ足を運んだ。なぜ、すぐにこちらへ患者を回さなかったのかと訊くと、彼ははっきりこう答えた。

「先生、申しあげにくいのですが、私は移植医療には賛成しかねているんですよ。内科的処置で延命するのが最良の手段だと、判断したまででね。大体、第一外科を移植グループにするだなんて、この大学もずいぶんな英断をしたものです」

そんな皮肉まで口にする始末だ。

一方、国のほうは正式に動いた。

十月になり日本国内でもついに臓器移植法が施行となる。本人による書面と家族の承諾があれば、脳死後の心臓、肺、肝臓、膵臓、腎臓、小腸などの臓器提供が可能になったのだ。ただし、ドナーの年齢は十五歳以上という制限付きで、これは遺言可能年齢に準じた形となった。

小児の脳死患者の臓器提供は先送りにされたため、もっとも多く移植を待っている小児には福音とならなかった。

佐竹山は、ケーキ店店主の希望する移植を叶えるためにも、脳外科へとたびたび足を運び、脳死の状況に陥りそうな患者がいたら積極的に説得してほしいと伝えた。だが、脳外科医たちは揃って苦虫を嚙み潰したような顔をする。

「先生、僕ら、殺人者扱いされたくないんでね」

露骨な悪態を吐く医師もいれば、

「脳死判定の手順が複雑すぎますよ。こっちは、ただでさえ忙しいのに」

と、もっともらしく現状を訴えてくる医師もいる。

脳死状態の患者を確定するための作業は、そんなに複雑ではないはずだ。六時間空けて、二度脳波を取るだけなのだ。法律が施行となるのはわかっていたはずなのに、脳外科医たちにその準備がまったくなかった。改めて日本の遅れを嚙みしめるばかりだった。

脳外科の看護婦は、こう言った。

「亡くなるかもしれない患者さんやご家族に、そんなこと相談できるでしょうか？　アメリカでは、それを言えるんですかね？　そっちの方が私たちには不思議なんですよ。国民性の違いっていうのはあると思いますよ」

佐竹山が積極的に動けば動くほど、移植チームは孤立に向かうように、古賀には見えた。

「さっそく、雲行きがあやしいですよね。僕ら、明らかに歓迎されてないってことでしょう？」

大木が、古ぼけた定食屋で味噌汁(みそしる)をすすりながら言う。

「まあ、まだわからないけど、佐竹山先生は、見事なまでに真正面からぶつかっていくタイプだからね」

そう言って、古賀は鮭(さけ)フライに、ウスターソースをかける。タルタルソースがあったらいいのだがと思う。

「やはり、この国のスケールに合う人じゃなかったんですよ」

「そう決め付けずに、少し様子を見てさ、話すべきことがあったら私からも話してみますよ」

古賀はそう言いながらも、窓の外に茂るポプラの樹木のパッチワーク模様のような木肌に目をやる。なんだって、そう簡単にはいかないのだ。

研究室に戻った古賀は、パソコンでメール文を打った。

〈凌子先生
ついにわが国でも臓器移植法が施行となりました。手枷足枷のついた法案とはいえ、なんとか通過しました。
こちらは多忙を極めていますと言いたいところですが、残念なことに我々は、まだ一例も移植を手がけることができずにいます。日本で脳死を受け入れる準備はゼロ地点というより地下にある、と言っていいほどで、この情況を改めて受け止めるしかありません。このままでは、手技を忘れてしまうかもしれませんね〉
凌子は、一度も帰国の意思を見せなかった。
サワダへ全幅の信頼を置いているのは、その眼差しや、二人のやり取りを見ているだけで明らかだったから、帰国せず研究を続けると決めたのだろうと古賀は思っていた。
サワダからは帰国直前に思わぬ話があった。
帰国を前に、二人きりの昼食に誘ってくれたのは、セイゲルと同様だった。プレスビーの近隣の店であるのも同じだったが、サワダが案内してくれたのは中国人夫婦の営む、殺風景な中華料理店だった。

円卓が三つ、ところ狭しと並んでいて、客はまばらだ。窓際の円卓の一つにサワダと向かい合って座る。久々の中華料理ということもあったが、店構えに対して運ばれてくる料理は本格的で味もよく、古賀は神戸の南京町を思い出した。

「Dr.ジュンイチが帰国するのを、セイゲルは惜しんでいましたよ。何しろあなたは彼の有望なスレーブでしたから」

「そう言っていただけるなら、本望ですね」

箸でふっくらした海老をつかみながら、古賀は笑みを返した。

だがそこからの議題は二点あり、とても笑ってなどいられなくなった。

「今回の帰国について、私にはどうしても気になる点がある」

一つ目の話は、そう切り出された。

「Dr.サタケヤマの報酬についてです。ピッツで得ていた報酬を日本で得ることは、不可能です」

それはそうだ。教授職についてからの佐竹山の年収は億に近いはずだ。

「ましてや地方の国立大学では、言わずもがなです。彼はアメリカに子息を置いていくこともあり、その点を単刀直入に訊ねたのですが、どうもその話が胡散臭い。国立大でも教授クラスになると、他から得られる報酬があると説明されたようなのですが、だとしたらそれは、危ない金です」

まったく心配していなかったわけではないのだが、その話は憶測の域を出ない。いつか確認しようとも思うのだが、サワダにそう答えたのなら、それ以上確かめようもない。

そしてもう一つの話題を、サワダは酒も飲まずに真顔で語った。

「Dr.リョウコを、日本へ連れ帰ってほしいのです」

「なぜ、そんなことを私に？」

古賀がそう訊き終えるか否かのうちに、サワダは続けた。

「日本の移植医療をなんとか軌道にのせて、彼女を呼び戻してあげてほしい」

自分が誘って帰国するくらいなら、もちろんそうしているだろう。この俺に何ができるというのだ。凌子が必要としているのはあなたなのだからと、少しいじけた気持ちになった。

「それだったら、サワダ先生にも帰っていただけたらどんなにか心強いと思いますよ」

古賀は、サワダの皿に鶏肉とカシューナッツの炒め物を取り分けた。

「考えなかったわけじゃないのですよ」

少し笑みを浮かべると、サワダは意外にもそう言った。

「私だって、うまいそばやおでんが食べたい。帰国するには、いいタイミングだった、と思います。傲慢に聞こえるとしたら謝りますが、Dr.リョウコは、私から解放されるべきだと思います。彼女には立ち向かうべきライフワークがある」

「ではなぜ、というのもおかしな質問だとは思っていますが、サワダ先生が残る必然性もないですよね」

サワダは屈託無くこう言った。

「Dr.ジュンイチ、私がこうして普通にしていられるのは、おそらくあと一年なんです。いや、もっと短いかもしれない。膀胱ガンが再発して、転移している。私はオペを選択しませんでしたから」

驚いて、箸を置いた。サワダの澄んだ目が、こちらを見つめていた。

「凌子先生はそれをご存知なんですか?」

「まだ話していません。あなたの介護をするからここに残ると言い出しかねない。彼女にはそういう日本人としての温情があるように感じます」

サワダはもう凌子に告げたのだろうか。凌子からは、どんな話も伝わってこないが。

古賀の机の脇には、アメリカから持ち帰った真鍮の像がある。ふと目を移し、自分自身は今どこを歩んでいるのだろうと思い、メールの続きを打つ。ケーキ店店主の移植手術がこちらへ来ての第一例になりそうであること。それは、我々が禁じ手としてきた生体からの移植になりそうだと、古賀は迷いつつ、最後に書き添えた。

八年前、日本ではじめて行われた肝臓移植は、生きた人間の体から、肝臓の一部を切除して行う生体肝移植だった。砂山医大病院で、医師が単独で動物実験を繰り返した後に執刀した。患者は小児で、肝臓を提供したのはその父親だ。手術は成功したが、患者は拒絶反応のために一年持たずに死亡している。生体肝を用いての移植としては、それが世界で三例目であった。

続いて京都でも、肝臓移植は始まったが、すべて生体肝の移植である。

Dr.セイゲルは、そうした日本の状況に、苦言を呈し続けている。同時に日本人の国民性をつくづく不思議がっていた。亡くなった者の臓器が使えるのに、なぜ生きたものの肉体にわざわざ苦痛とリスクを与えるのか、と。カンファレンスの場で、映画で観たという特攻隊の犠牲的精神までを持ち出して、彼は問いかけてきた。彼に差別意識はなく、その尽きない好奇心で、心底からその精神性を理解しようとしているようだった。

日本の医師らは、佐竹山もサワダも、誰もセイゲルの問いかけに答えられなかった。

佐竹山はしばらくの間、脳死からの提供を待つよう説得していた。彼を北洋大で最初のレシピエントにしたいという野心を持っていたはずだが、もはや肝硬変の症状は末期の様相を見せつつあり、妻が自分の臓器を使ってほしいと懇願してきたのだ。夫に死なれては生きてはいけないとまで言って佐竹山にすがりついた。

今週はじめのカンファレンスで、佐竹山がついに苦渋の決断を下した。

「リビングでやります」

Living donor、つまり、生きた肉体から肝臓を切除して移植する手術を行うと決めたのである。

月曜日正午からの手術を、麻酔科医が了承した。

妻からの肝臓切除は、移植される夫のオペ室の隣室で、古賀が執刀することになった。

医局の医師たちをはじめ、研修医たちも大勢見学にきていた。アメリカ式に、自由に出入りできるオペ室作りの第一歩にしようと、佐竹山は大いにそれを歓迎した。

三十八歳の妻の決意は、前夜のインフォームド・コンセント取得の際の確認においいても固かった。

既往歴のない、傷ひとつない健康な体にメスを入れる。すべてが生き生きとした鮮やかな色の臓器の奥に、腹腔(ふくくう)内の最大の体積を占める肝臓が見えてくる。辺縁部のシャープな、ひらひらとした肝臓が古賀の手に載る。久しぶりに得る重量だ。

この右葉の三分の二を、超音波振動で止血が行えるメス、ハーモニックスカルペルで切る。

臓器そのものの摘出なら慣れたものだったが、生体からの部分切除は一度も行ったことがない。ただ、脳死者の大きな一つの肝臓を二つに切り分け(スプリットし)て、二名の患者に移植したことは幾度もあったから、前日のカンファレンスで佐竹山らと確認した通りにやれば、特に問題は起きないはずだった。

そう言えばプレスビーで、二つにスプリットした肝臓を移植された二人の患者はともにめきめき回復して、嘘のようだが同じ日に退院した。二人は「自分らは双子になった」と、おどけて肩を組んでみせた。移植医たちは、そうした患者たちから常に一歩進む勇気を教わってきたのだ。

切除摘出した肝臓の灌流(かんりゅう)も順調に済んだ。臓器の色が刻々と血の気を失い変化していく様子に、見学者は息をのむ。

隣の部屋では、佐竹山が患者の肝臓の摘出を始めている。腹部に癒着はあるが、佐竹山はアメリカにいた頃と同じように、細かくはり巡らされた血管を焼き切りながら、べりべりと剝がすような手際で、またたく間に患部へとたどりつく。

すでにまったく血液を通さなくなった重度の肝硬変を患った肝臓の周囲は、行き場を失った血液の溜まり場になっている。それを吸い上げながら血管を探し出し、臓器を摘出する。佐竹山は腹腔の中を豪快に洗浄する。逡巡は禁物だ。だから、佐竹山のオペは際立って早い。

隣室から運ばれてきた妻の肝臓を腹腔の中に収め、つなぎ始める。

佐竹山も古賀も大木も、約半年もの間移植手術をしていなかったのだが、誰も手技の正確さを失ってはいなかった。

血管をつないでいく段階になっても佐竹山の作業の速度は落ちず、糸結びも完璧で、やがて見学者たちからはため息が漏れ始める。

その瞬間は、静かにやってきた。日本に帰ってはじめて声にした、懐かしい、まるで自分たちのコンサートホールから響くかのような一言だ。

「アンクランプ」

佐竹山の声に合わせて、大木が鉗子を外す。彼はそのとき、慎重にもったいぶって自らも「アンクランプ」と、言葉を重ねた。

夫の体につながれた妻の臓器は、じわっと赤い血をめぐらせてゆき、ついに働き出す。

「リパーフュージョン」

という佐竹山の声に続き、「リパーフュージョン」と口にした大木は、感極まっていたろうか。

時刻は夜の十時を過ぎている。オペ開始からすでに十時間を超えていたが、見学の研修生たちからは拍手が起きた。彼らにとっては、はじめて目の当たりにする臓器移植であり、つながれた臓器が働き出した瞬間だった。

翌日の朝刊には、〈北洋大で肝臓移植　妻（38）の肝臓の一部を夫（43）に〉との記事が出る。

臓器を提供した妻は、二週間後には無事に退院した。

しかし、夫の方は強烈な拒絶反応に見舞われてしまったのだ。

安田寛と芽衣夫妻は、円山で「シェリ」というケーキ店を営んでいる。芽衣の健康な肉体から肝臓の右葉三分の二が切除され、肝硬変末期状態にあった夫、寛へと移植されてから、もうじき二週間が過ぎようとしている。寛の容態は一向に安定せず、未だICUから一般病室へは移れない。

オペの成功で安堵はできない。移植後の拒絶反応との闘い。もう引き返すことができない。

移植に臨むには、医師も患者もその家族も、自らの辞書から諦めるという言葉を消し去らねばならない。

夫婦は菓子の専門学校で出会い、パティシエとして神戸や東京の洋菓子店に勤め、やがて連れ立ってパリに修業に出た。その地で結婚の約束をし、五年の修業を経て札幌に戻った。開店してまだ三年目の「シェリ」は、路地裏の小さな店だが、二人の作るケーキは少しずつ評判になり、得意客を増やしている最中だった。

〈生体肝移植、成功。夫婦のケーキ店、再開待たれる〉

二人が新聞の取材などに応じたため、地元のテレビ局が芽衣やケーキ店を特集する。

ドナーとなった芽衣も退院したてであり、社会復帰まであと二ヶ月以上はかかる。

元々芽衣は健康的な小麦色の肌をしており、目鼻立ちが整い、ほとんど化粧もしない。

ショートカットの髪型にも清潔感があり、清々しく気丈に振舞う姿を、メディアは熱心に追いかけた。

今や夫婦は北海道においては時の人であるといってもよく、寛の経過には注目が集まった。

北洋大第一外科では、今日も寛の今後の治療方針を話し合うためのカンファレンスが行われていた。医学部長の田崎までもが顔を出している。

「果たして何が原因なんですかね？」

田崎に問いかけられると、佐竹山は椅子の背に大きな体を倒し、野太い声で憮然として答える。

「拒絶反応が起きている、ただそれだけですよ」

「抑制剤は効かないんですか？　その、佐竹山先生たちが開発したという、新薬はどうなんですか？」

ありきたりな質問すぎて、佐竹山は返事もしない。代わって大木が答える。

「あてにしていた抑制剤の投与は、すでに適量を超えています。これ以上は逆効果となり、腎不全や痙攣が起こってもおかしくありません。いくら優れた新薬といったって、すべての患者に効果があるわけではないんですよ、田崎先生。残念ながら、今度の患者さんの場合は、効かない方のケースに入るかと思われます」

新薬には、腎障害、神経障害、催糖尿病などの副作用があり、ロンドンでの発表時には、毒薬というレッテルさえ貼(は)られかけたのだ。

大木の言葉は、どこか訳知りな雰囲気を帯び、田崎はより表情を曇らせる。

「免疫抑制剤の組み合わせや量を変えながら、諦めずに取り組むしかないと思います」

と、古賀は田崎に告げ、続いて佐竹山の方に向かって言う。

「佐竹山先生、倫理委員会からも不安視する声があがっていて、田崎先生もご心配されているのではないでしょうか」

佐竹山は再び唸る。「倫理委員会」という嫌いな言葉が出たことでますます眉間(みけん)の皺(しわ)を深め、煙草に火をつけた。

国内で移植手術を行う場合には、その都度、倫理委員会でドナーおよびレシピエントの適応などを話し合ってもらう必要がある。そんな厄介な決まりとも、帰国後にはじめて出会った。これは想像以上に足枷になった。そもそも委員会は、田崎医学部長をはじめ、基礎研究や臨床の教授たち、弁護士や一般市民の代表などで構成されており、何かあったときに責任を取らされないように防波堤となる役目でしかない。そこには、移植の専門医が含まれていないのだ。

仮に脳死によるドナーが現れても、専門的な知識のない者のみで、脳死判定はじめ、移植の基準を満たしているかどうかの最終の結論が下されてしまうのだ。

アメリカと違い日本では、一つの病院が脳死ドナーからの移植を行う施設として指定を受けるためのハードルが、極めて高い。例外はあるものの、数十例の生体肝移植の経験と、決まった成功率を達成せねば指定病院にはなれない。そんな規定が発表されたときには、その場でくずおれそうになった。

生体からの移植はやらないなどと決めていては、いつまでも指定病院にはなれないのである。佐竹山や古賀がアメリカで何百例というキャリアを積んでいても、それはまったくカウントされなかった。

まずは一例ずつ、生体肝移植の成績を積み上げねばならない。

だというのに、一例目から窮地に追い込まれてしまった。

ドクターコールが響く。

「佐竹山先生、佐竹山先生、至急402号室においでください」

「またか、今度はなんだよ」と、大木は唸る。

402号室はICUの別名で、安田寛はここで生死の境を彷徨(さまよ)っている。拒絶反応による発熱、免疫抑制剤の濃度が上がりすぎたことによる全身痙攣が続いている。黄疸の悪化や体につないだままのドレーン排液の増量から、妻からもらった肝臓が小さすぎたゆえの過小グラフト症候群が予想されたが、まさに今、その典型的な症状である、吐血が起きた。

厳重に部外者の立ち入りが禁止されているのだが、度重なるドクターコールで、院内はもとより、詰めている記者たちの間でも、噂が立ち始めているという。新設された第一外科のはじめての移植手術は、おそらく失敗に終わる、と。

アメリカなら、過小グラフト症候群だとわかれば、もう一度新しい肝臓を移植すればよいだけだ。二度三度と移植を繰り返す患者もいて、佐竹山は「あの患者も、リバー・イーターになりそうだね」などと、親しみを込めてそう呼んでいたくらいだ。

しかし、安田寛に代替できる肝臓はない。この国は、リバー・イーターという存在を許さない。

「大木先生と先に向かいます。では後ほど」

佐竹山がそう言い、二人がカンファレンス・ルームを出ていくと、急にその場から硬直した空気が流れ出ていったように思えた。

「やはり、移植は難しいものですね」

糊(のり)のきいた旧型の白衣を着た田崎が、率直に言う。

「まあ、簡単ではありません」

静かな口調で古賀が返事をすると、田崎は少し笑った。

「古賀先生と話していると、ほっとしますよ。普通の会話ができる。佐竹山先生とは何を話すにしても、どうも喧嘩腰(けんかごし)に感じられてしまいましてね」

「重責を感じられてのことかと思いますが」

「しばらくの間、他科の先生とお話しするときには、古賀先生が窓口になられた方がいいかもしれませんね」

田崎は机の書類をまとめながらそう言い、続ける。

「そうだ、よければ今度、お食事でもいかがですか。ススキノに、うまい寿司屋があるんですよ」

「ぜひ。安田さんの容態が落ち着いたら、よろしくお願いします」

卒なく答えるのは古賀の処世術だ。アメリカから持ち帰った、ベン・ケーシー型の白衣の胸元よりペンを出す。これまでの肝生検のデータに、詳細に目を通していく。

術後七日から、肝機能の値を示す現在はＡＳＴ・ＡＬＴと呼ばれる数値が悪化の一途をたどっていた。発熱と黄疸。手術後の経過を見るために胆管の吻合部(ふんごうぶ)に入れたチユーブから流れる胆汁の色が消失し、量も減少していった。強度の拒絶反応は長くても一ヶ月以内に決着がつく。

このためステロイドのパルス療法を施し、新薬の量を、リスクを受け止めながらあげていくしかなかった。

十日目頃には一時的な回復を見せたが、ふたたび肝機能の悪化が見られ、肝生検の結果を見て、ステロイドのパルス療法などに加え、新薬の量をさらに増やした。

しかし昨日になっても改善せず、佐竹山は賭(か)けに出た。OKT3というリンパ球を消失させてしまう強力な抗体製剤を投入したのだ。佐竹山はこういうときに、剛胆だ。躊躇(ちゅうちょ)しない。この薬効は強力だが、感染症を引き起こすリスクもさらに高い。肺水腫(すいしゅ)からの呼吸不全などに陥っていなければよいのだがと考えていた矢先に、院内電話が鳴った。

「古賀先生、安田さんの蘇生(そせい)術に至急加わってください。心停止です」

「了解」

　案じていた通りの報告に、席を立ち上がる。もう何度、こうしたやり取りを繰り返しているだろう。朝に夜に、安田寛の容態が急変するものだから、大木と古賀は交代で寝泊まりしている。合間にパソコンでも立ち上げようとすると、決まって呼び出しがある。

正直言うなら、古賀は腹を据えていた。

北洋大ではじめての移植患者は、口惜しいが、死なせてしまうことになるだろう。

しかし、移植から四週間を経た頃になると、まるで天から光が射すように、寛から拒絶反応が一気に引いていった。リンパ球がすべて破壊された体は、憑き物が落ちたように、高熱や痙攣からも解放され、見舞いに来る芽衣とも会話ができる状態にまで落ち着いた。

「一時はどうなるかと思いましたけど、OKT3がうまく効きましたね。佐竹山先生の、思い切った判断が功を奏しました」

一般病棟に移った安田と妻の芽衣に、大木は話しかけていた。

ずっと院内に寝泊まりしていた大木が、頷きながら、患者と対話している。その様子を見ながら古賀は、彼も胸を張りたかったのだろうと感じた。日本ではそのキャリアはカウントされないのかもしれないが、プレスビーのチームが蓄積してきたデータがこうして活かされたのだ。データは人の症例だけを礎にしているわけではない。凌子らが無数の動物実験を繰り返して得たものは大きいのだ。

「さあ、安田さん、何が食べたいですか？」

古賀が笑顔で訊ねる。

「もう、食べられるんですか？」

そばにいる芽衣が瞳を輝かせて、古賀を振り向く。

「今に許可が出るでしょうし、何か食べたいものを思い浮かべたら、力が湧くでしょう」

「シェリ……、どうなった？」酸素マスクをつけたままで、寛がそう口を動かした。

ICUに入って以来伸びきった、白髪混じりの髭が顔じゅうを覆っている。

「安田さんたちのお店の名前でしたよね」と、中堅の看護婦が点滴の目盛りを確認しながら微笑みかける。

「ええ、ご存知ですか？」

芽衣が看護婦へ訊ねる。

「何度か買いに行ったんですよ。レモンのタルト、ああ思い出しただけでよだれがでそう」

看護婦は、まだ食べられない患者の前で遠慮もなく、ケーキの話を始める。

「タルト・オ・シトロンのことね。うれしいね」

芽衣が寛に言う。

そのときまるで泣いたように、緊張で開いていた寛の目から溜まっていた涙が少し溢れた。芽衣は細い指先でその滴を拭う。

「では、また何かあったらすぐにご連絡ください」

古賀はそう言い残して、病室を後にする。

「いいご夫婦だよな」

と、廊下を歩きながら大木が呟く。

「なんでなのかな、移植で出会うご夫婦は、感じのいいご夫婦が多くないですか？」

「いい夫婦とか、悪い夫婦とかいうのは、僕にはわからないけどね」

と、独身の古賀は言いながら、移植で命をもらえる者は幸運なのだと感じる。改めて、美佳子を救えなかった無念を思い起こした。

長い廊下の先を見つめる。病院の廊下というのは、どこであっても長く感じるが、北洋大では灰色の壁に挟まれて、いっそう長く、寒々しく感じられる。

安田の容態が安定したので、今夜くらいは久しぶりに街で一杯飲んで帰ろうと、大木に提案したその日の夕刻だった。

「古賀先生、佐竹山先生が至急で研究室にお呼びです」

秘書からの連絡で駆けつけると、佐竹山が椅子をぐるりと回転させ煙草をもみ消した。

「安田さんの件は、お疲れ様でした、とりあえず、そう言っていいでしょう。そして、いよいよ出番がきた。松山より連絡が入り、明日の朝にも、患者の脳死判定が行われるだろうということなんです。まあ、どうぞ」

秘書よりコーヒーが差し出された。教授室であってもアメリカ式に紙コップだ。

「噂は遠からずや、だったわけですね。しかし、何もそんなに秘密裏に進めなくてもいいのにな」

古賀はコーヒーに口をつけながら、そう呟く。

くも膜下出血で入院していた三十代の女性の患者が、臓器提供の意思を示すドナーカードを所持していた。移植法の制定とともに組織化された、臓器移植のためのネットワークが慌てて対応にあたった。

摘出した心臓は、南大阪大の肥大型心筋症の患者へと提供される。待機リストのトップにあがっているからだ。南大阪大には、脳死心臓移植施設認定審議会にＯＢがおり、過去に移植の症例がないというのに、すでに実施施設としての認定を受けている。当時、誰が見ても不透明な認定ではないのかと、プレスビーからのチームを落胆させたのだった。

今回が日本で臓器移植法が制定されて以来、はじめての脳死判定になる。

加藤移植から約三十年のときを経て、脳死者からの心臓が移植されるのだ。

「肝臓の摘出は我々が頼まれました。今晩のうちに松山まで飛びましょう」

佐竹山の口調は、興奮からは遠かった。北洋大への要請は、摘出のみ。待機患者の有無の問い合わせも受けてはいない。日本で本格的に始まる移植シーンの蚊帳の外にあるといってもよかった。

「摘出した肝臓は、どうするのですか？」

古賀が訊ねると、佐竹山は目を閉じてもう一度煙草に火をつけた。

「信州のチームが引き取るために待機しているそうですよ。摘出だけは、熟練している我々に、ぜひお願いしたいそうです。我々は、脳死臓器提供のナショナルチームと位置付けられたそうです。最初の十例をすべて任せたいと」

ナショナルチームとはよく言ったものだ。

「早く公正なネットワーク作りをしないといけないですね」

古賀はそう答えた。

「当面の重要課題ですね。まあ、そんな話ばかりだけどね」

佐竹山は思い詰めるのもばからしくなったのか、そう言って笑った。丸い顔に浮かぶ久々の屈託のない笑顔に、古賀は安堵する。

ハーベストに向かうと言っても、アメリカのようなリア・ジェットが用意されるわけではないので、新千歳から関西空港へ飛び、そこから夜半の長距離バスと乗り継いで向かった。

翌朝、しかし脳死判定は出なかった。

病院の周辺には、新聞各社の旗を立てたハイヤーやテレビの中継車がずらりと並び、空にはヘリまでが飛び交っている。

脳死判定には、移植医療とは無関係の医師が二人以上で当たるという取り決めができていた。深い昏睡（こんすい）、瞳孔（どうこう）の散大と固定、脳幹反射の消失、自発呼吸の停止、平坦（へいたん）な脳波、という五つの判定基準があり、そのすべての項目にあてはまらねばならない。判定は成人の場合、六時間の間隔を空けて二回実施され、判定が覆（くつがえ）らないことを確認した上で、脳死と確定する。

しかし、二回目の判定の際、患者の脳波にはざわつきが生じた。コーディネーターは家族に、もう一度判定のやり直しをさせてもらえるよう頼んだが、家族は躊躇しだした。患者の夫は、その脳波のざわつきを妻の心情だと受け止めたようだと、コーディネーターが電話で意見を求めてきた。

「納得のいく形でご判断いただきたいですね。ただ脳波にざわつきが生じるのは、そんなに特別なことではありません」

古賀からの返事を、コーディネーターは患者の夫にどう伝えたのだろう。

再判定を、患者の夫は受け入れた。その上で、脳死判定の詳細については公表しないことと、家族らのプライバシーの保護を病院に求めた。メディアは「密室判定」だとして、大騒ぎを始めた。患者の家族の神経は逆なでされ、病院側も対応に追われた。

三十年前に行われた、加藤移植。

それ以降の日本では、移植を手がけようとした医師はことごとく苦境に立たされた。

一九八四年には、筑波の医師が脳死状態の患者から摘出した膵臓の移植を実施した。しかしその患者は死亡し、他の医師より、殺人罪で告発されている。九年後の九三年には、大阪の救命医療センターで、脳死状態の患者から臓器を摘出しようとしていたところに、府が横やりを入れ、心停止後の摘出となってしまった。

移植医療に関しては、医学部記者ではなく、社会部の記者が取材することが多い。マスコミでは医療行為としてよりも、もっぱら社会問題として捉えられており、記者らはどんな事態にせよ、概ね問題視する。

一回目の判定より丸一日が経過しての再判定。臓器移植法制定後、はじめての脳死は、多くの人々の熱射のような注目の中で、確定された。

　各臓器を担当する十名ほどの医師らがめいめい手術着に着替えて、待機していた。人工呼吸器をつけて心臓を動かしたままの患者の体がオペ室に運ばれると、医師らは手術室の部屋の前で一度、また部屋の中でも改めて、手を合わせ、ドナーを囲むように見守った。誰からともなくはじめた一連の動作はドナーに礼を尽くす気持ちの表れで、古賀にとってみればアメリカでは見たこともなかった光景だった。

　運ばれてきたベッドから患者を手術室のベッドへと移したところで、医師たちは手洗いに向かった。

　最初の開腹にあたるのは、肝臓を摘出する医師というのが通例である。

　今回は、佐竹山だ。

　オペ室付きの看護婦や、前立ちを務める医師らが無影灯の明かりを取り囲むように、すでにグローブをはめて両手を挙げて待機している。

　佐竹山が近づくと、前立ちの医師は彼にメスを渡そうとすでに手にしている。

　メスで丁寧に最初の線をつけるだろうと、誰もが思っていたろうか。

「電気メス」と、しかし佐竹山は低い声で言った。

「で、電メスで、よかったですか?」

前立ちの医師の慌てたような声にも手を伸ばしたまま返事もしない。

手渡された電気メスでその肉体の胸部から腹部にかけて、一気に深くまで開いていった。どの命だって、同じように大事なのだ。一例目だって、百例目だって、変わりはない。どの命にも公平に、佐竹山は少しでも早く、すべての生かされる臓器を摘出できるように、躊躇なく切り開く。

切った先から、皮膚が脂肪をつけてめくれ返っていく。傷は深く残るが、それが臓器移植というものなのだ。

「電気メスでいきましたね？」

「いや、驚きましたね」

後ろに立った心臓や腎臓の外科医たちが囁き合っているが、佐竹山は意に介さぬように、またたく間に胸部から腹部への正中切開を済ませた。すべての臓器が術者たちから見渡せるように腹腔を十分に広げ終えると、心臓外科医へその場を譲った。

最初の摘出は、臓器の保存できる時間がもっとも短い心臓からだが、佐竹山にはまるで、出番を終えて舞台から降りていく大物役者のような存在感があると、古賀は感じた。

南大阪大の医師が、宣言する。

「では、心臓の摘出を始めます」

国内ではじめての脳死下での臓器摘出は、こうして衆人環視のもとで行われたのだ。オペ室に足を踏み入れた際には、緊張の色を隠せなかった医師たちも、佐竹山のまったく動じない執刀ぶりに、緊張の質を変えられていったはずだ。我々は、世評のために移植をするわけではない。死の淵にある、一つずつの命をつなげるために、ここにいるのだ。佐竹山の電気メスは、雄弁にそれを伝えたことだろう。

取り出された艶やかな心臓が、ヘリで大阪の待機患者の元へと運び出されていった。再びバトンを渡され、佐竹山と古賀が肝臓を摘出する。摘出された肝臓は佐竹山と古賀も付きそう形で信州へと運ばれた。肝臓の場合、猶予は十二時間と言われているが、古賀らは経験上、二十四時間と捉えていた。

大学のオペ室で、摘出した肝臓から横隔膜などの付着物をすべて落とし、レシピエントにつなぎやすいようにするバックテーブルでの作業までを行ったのは古賀だ。肝動脈に破格があり三本になっていたため、一本に形成した。これまで何度やったかわからない作業だ。

信州の大学病院の教授と東京からの教授が中心となり、その後の移植を教科書通りに行った。〝ナショナルチーム〟と位置付けられた佐竹山と古賀は、無事に移植されるのを見届けてから、静かに病院を後にした。

その夜、二人は長野で一泊した。

「私はちょっと出ますよ」

酒に誘われると思っていたら、佐竹山は一人で夜の街に消えていってしまった。

古賀は、駅前のホテルの部屋で冷えた白ワインを開けながら、テレビのニュースを見ていた。

〈命のリレー〉。報道番組は、そんなタイトルをつけて、一連の流れをドキュメント風に伝えている。松山から、心臓がクーラーボックスに収められて救急車で運び出され、ヘリで大阪の病院へと運ばれていく様子がリレーのように映し出される。

大阪で、受け取ったクーラーボックスを手に走る医師の姿に、評論家が眉をひそめてコメントする。

「命に対する尊厳が感じられないですな」

心臓と腎臓二つ、それに肝臓、また角膜までが、本人の所有していた臓器提供カードの記述通りに提供されたが、メディアが報道したのは心臓だけであり、それを移植した医師の姿と略歴のみだった。

心臓移植の実施病院となった南大阪大の医学部長が、記者会見を開いている。

経緯を説明していた医学部長は、途中で大学職員より手渡されたメモを見て、口にする。

「たった今、レシピエントの心臓が自己拍動を始めました」

そう報告をすると、テレビにはすでに用意してあったと思われるテロップが大きく出された。

〈加藤移植より国内ではおよそ三十年ぶり、南大阪大で、脳死ドナーからの心臓移植、ついに成功〉

フラッシュの向こうにいる人物が古賀には不意に、少年時代に驚きを持って見つめた加藤泚嗣のように見えてきた。あのときの加藤は、喜色満面の青年医師だった。その後、日本から姿を消すとは、誰も思ってはいなかっただろう。

疲労もたまり酔いも回っていたが、思わずホテルの交換台に通話を頼んだ。


「今日、ついに日本でも三十年ぶりの心臓移植が行われたんです」

凌子は、その日出勤したばかりのリバーエッジ・ラボで、古賀からの電話を受けた。

三十年ぶり、という言葉にしばらく声を発せず、だが医師として冷静に確かめた。

「成功したんですね？」

「ドナーの開腹は、佐竹山先生が、衆人環視の下、一気に電気メスで行いましたよ。あれは、すごかったな。すみません、少し酔っていて」

古賀の屈託のない言い方に思わず笑った。それから日本の状況を想像した。

「きっと、開腹したのが誰であっても、他の臓器が移植されたとしても、日本では心臓移植ばかりが報道されるんでしょうね。それできっと、父の移植に話は遡（さかのぼ）って」

父の移植、素直にそう口にしていた。新聞やニュースに躍る文字が、凌子には手にとるように見えた。加藤移植から三十年、きっとどこもそう伝えるのだろう。

「心臓なんて、太い血管を四本つなげばいいだけで、肝臓の方がずっと難しいのにね」

凌子がそう言うと、古賀も話にのってくる。

「心臓は畳の縫い合わせ、肝臓は繊細な刺繡（ししゅう）。それくらいに違いますよ」

古賀は、少々呂律（ろれつ）の回らない口調でそう言った。

「ご連絡くださって、ありがとう」

凌子はラボの机に向かって座っている。サワダが最近、休みがちなのが気になっていた。

しばらく返事がない。

「先生、古賀先生、聞いてます？」

「すみません、ここ数日、というか、もう長らく、もうずっとです。ゆっくり眠れなかったので」

「今日はゆっくり休んでくださいね」

そう言って通話を切ろうとすると、

「凌子先生、もしもし？　聞いてるかな。いつだって、帰ってきていいんですからね。脳死移植がついに、認められたんです」

それきり電話口の向こうで音が途絶え、やがて寝息が聞こえてきた。

いよいよ通話を切ろうとすると、横にサワダが立っていた。

「日本からの、吉報でした」

ひとたびそう言葉にすると胸の奥から熱い塊が溢(あふ)れ出した。老いた父もこのニュースを知るだろう。今更、もう何も感じないだろうか。この国に来ても、父はもう二度と移植に関わろうとはしなかったのだから。

大学では多くの記者が待ち受けていた。佐竹山はカンファレンス・ルームを開放し、日本ではじめて行われた脳死判定と摘出手術、また移植について質問に答えていった。

「質問があれば、いつでもいらしたらいい」

帰国して以来、佐竹山のスタンスは変わらない。道内の記者は国内ではどこよりも移植医療に理解を深めている、と実感している。

しかし院内をはじめとした医療関係者は、依然として関心を寄せてこなかった。むしろ遠ざけておこうという気分がみえみえで、松山から戻った佐竹山とすれ違っても、声をかけもしない。だったら自分から出向いていって、理解者を一人でも増やすしかない。

脳外科のある病院を選んで、公開講義をし始めた。

看護学校を併設する北方医大の講義では、松山で行われた脳死判定について、また摘出された臓器がそれぞれ運ばれた先で、心臓、二つの腎臓、肝臓と、結局四人の患者の命を救い、角膜を提供された患者は目が見えるようになったのだと、説明を交えて伝える。

「日本の報道では、〈命のリレー〉と呼んでいましたが、ピッツバーグ大学では、〈ツリー・オブ・ライフ〉という表現が用いられています。それぞれの人間の体とは命を循環させている小さな樹であり、生死を超えて集合し、大樹をなすという考えです」

いつものように、質問の手も挙がらない。

だが、徒労と思ってはならない。きっといつかわかってもらえるときがくる、佐竹山は講義を終えると、そう自分に言い聞かせながら教室を出た。

「佐竹山先生、あの」

そう言って、廊下を追いかけてきたポニーテールの看護学生がいた。

「少しお話しさせていただくことはできますか？」

大きな瞳を輝かせて訊いてくる。

「あ、看護科の三年です。夏井と言います」

すぐに、そう名乗る。

「もちろん構いませんよ。ロビーででも、お話ししましょうか」

「いいえ、私、この後また講義があるんです。さしつかえなければ一度、北洋大の先生の研究室に伺いたいのですが」

自分の希望をはっきり口にする看護学生が、佐竹山の虚しさを慰めてくれた。廊下の隅に友達らしき学生が他に二人立って待っている。夏井は振り向いて、ちょっと待ってて、と言う。

「いつでもどうぞ。お友達と一緒でも構いませんよ。あなたは看護学生なんだから、オペも見学したらいい」

佐竹山がそう答えると、ノートを抱えたまま彼女は頷き、友人たちの方へ戻っていった。

無事退院の日を迎えた安田寛を、古賀や大木、看護婦たちとともに見送る際、自然に拍手が沸き起こった。

寛の入院生活は、まさに死闘だった。彼は厳しい闘いに勝ち抜いてくれたのだ。すでに入院時の黄疸もむくみもなく、自分の足で歩いて病院を出ることができた。そこにはやはり奇跡の生還と呼べる姿があった。

その日の午後になり、看護学生の夏井が、栗どら焼を詰めた箱を手に佐竹山の研究室にやってきた。

秘書に出されたお茶を遠慮なく手にする姿は若さに溢れている。

「和菓子は召し上がりませんでしたか？」

きちんと風呂敷を外して、手渡してくれた。

「私は甘い物はどうも苦手なんだけどね、今時こんな気遣いができる人がいるんだね」

そう言うと、夏井は小さく頭を下げた。

「白状すると、母が持っていけと。偉い先生が、本当に来ていいっておっしゃったのか、って心配されまして」

佐竹山が笑っていると、白いタートルネックのセーターにプリーツスカート、ショートブーツ姿の夏井は、いきなり言った。

「私、移植医療に興味があります」

単刀直入に、そう切り出した。十歳のときに、父親を肝臓の病で亡くし、そのときに、看護婦になろうと決めた、とも。

「あのとき、移植ができたら父は助かっていたのかもしれないなと思いながら、佐竹山先生のお話を聞いていました。なんだか、父が先生と出会わせてくれたような気がしたんです」

名前を訊くと、

「静かに香ると書いて、しずかと言います。この説明は、年配の方用のバージョンで、若い子たちには『ドラえもん』のしずかちゃんで覚えてもらいますけど」

屈託無くそう言ったときには、後ろで聞いていた秘書も頷き、

「ここのどら焼、有名なんですよね。確か栗はこの季節だけで。先生、さっそくみんなでいただきましょう」

と、声を挟んだ。

「夏井さん、あなたのような聡明な人に、ぜひ移植を学んでほしいのです。あなたなら移植コーディネーターになれると思う」

「移植コーディネーター、ですか？」

そう言うと、目を輝かせてポニーテールの髪を揺らした。金色の麦の穂が、さっと風になびくかのように佐竹山には感じられた。

華純が鍋の準備をしていた。夫妻の住まいは、中島公園のほど近くにある。広々とした公園には長い散歩道があり、ポプラや白樺の並木が続く。春の芽吹きから、青葉、紅葉、雪をかぶった梢まで、どの季節も美しく部屋の窓から見渡せる。

公園の中には音楽ホールがあり、佐竹山が北洋大へ行くと決めたボストンでの音楽会の思い出にもちなんで、夫婦は住まいをその場所に決めた。

こちらでの音楽会にはまだ出かける機会がないままだが、華純はホールのカフェを訪ねたようだ。針葉樹をモチーフにした立派なパイプオルガンがあったと、教えてくれた。

白菜や豆腐とともに、あさりやタラの身の詰まった鍋が湯気をあげている。

その日、佐竹山は久しぶりに明るい気分だった。

安田寛は自らの足で退院していき、また午後には、たった一人であっても移植に夢を馳せる学生が現れたのだ。

「これはうまそうだ。今日は、久しぶりに芋焼酎でも開けようか」

「そのつもりで、用意していますよ」

子どもたち二人はアメリカに残してきた。それぞれ、ボストンの大学と、ピッツバーグの寄宿舎のある高校に通っている。

「ちゃんと食べているのかしらね、あの子たち」

華純はことあるごとに、息子たちを思い出して寂しがる。

「もう大人のようなものだから、心配はいらないさ」

「私がいたって、どうせ家になんてそう帰ってこないんでしょうけど、いつまでも世話を焼きたくなるのが母親なんです。今日もうどんを送ったんだけど、前の分だって食べたのかどうか」

華純はそう言って、鍋から具材を取り分けた。

二人で鍋をつついても、どこか寂しい気持ちになるのは佐竹山も同様である。しかし、自分の息子たちだ。知恵を絞ってたくましく生きていくだろうと思う。今日の肴護学生だって、息子たちと同じ年頃だ。あんなにはっきりと、自分の希望や意思を口にしていたではないか。

「今日テレビでは、心臓を移植された患者さんが、笑顔でインタビューに答えていましたよ」

タラの身が佐竹山の口の中でほぐれていく。

「経過がいいようだね。何よりだ」

そう言ってあさりを殻から外す。出汁の味がしみてきて、焼酎によく合う。

「うん、いい味だ」

「北海道に来てからは、鍋にする手抜きを覚えちゃったわ。タラもですけど、鮭だって、ほっけだって、こっちでは市場へ行くと、なんでも鍋に合うって書いてあるの」

「毎日それでいいよ。うまいもんは、うまいんだ」

佐竹山は豪快に、器によそわれた熱いスープを飲み干し、お代わりを頼む。

そのとき、家の電話が鳴った。

壁の時計を見る。こんな時間に家まで電話が来るのは、入院患者によほどの事態が起きたときくらいだ。脳死者が出るたびに呼び出されていたような滞米時代の忙しさは、おそらくもう生きている間には訪れないような気がしている。

安田寛の具合が急変したのか。吉田延雄のケースがふと脳裏をよぎった。

華純がおしぼりで手を拭いながら立ち上がる。

「そう言えば、あなたが帰る少し前に、道内新聞の山室さんっていう方から、お電話があったんだったわ。後でまたかけますからって言っていたので、つい忘れてしまって」

「道内の山室くんが。なんだろうね。熱心なことだね」

華純が電話を取り、山室さんよ、と、通話口を押さえて言う。

佐竹山がグラスの焼酎を飲み干して、通話を代わる。

「佐竹山でございます」

「どうしましたか？」

不機嫌というわけではない。むしろ、安田寛の治療経過についてもっと知りたいという要望があるなら、今から家で一緒に鍋をつつかないかと誘ってみようかとも思っていた。

受話器の向こうでは雑音や車の音が聞える。外からかけているようだ。

「先生、それがですね。あまり結構なお話ではありません。私としては、なんとか止めたかったのですが、うちの明日の朝刊に、先生をめぐるスクープが出てしまいます」

一瞬、耳を疑った。

「スクープ？ なんのことですか？」

女性問題だとかそういう話なら、どこをつつかれても痛くない。

だが山室の口調は深く沈んでいくようで、ただならぬ気配を伝えてきた。

「記事の内容は、先生らが得ておられる、裏の報酬についてになります」

「なんだって？」

佐竹山は、慌てて華純に向かって手を伸ばした。煙草とライターを受け取り、火をつけた。煙草の火は赤く燃え、顔の前に一筋の煙が立ち上った。


翌朝の新聞を、佐竹山はガウン姿のまま自ら玄関まで取りにいった。

北海道の住まいの多くは、寒冷と雪の対策のため、二重構造の玄関になっている。通常の玄関ドアの先に、ガラスの玄関フードがある。

佐竹山は大きな手でガラスフード内に設置された、新聞受けを覗いてみるが、まだ届いていない。

外はまだ薄暗く、いつもの五時より三十分は早く目が覚めたのだから、昨夜の電話が気になっていないと言えば嘘になった。

「新聞配達がこんなにのんびりしていてどうする」

唸りながらリビングに戻ってくると、華純も起きてきたようで、室内にはコーヒーの芳香が漂い始めている。

二人でテーブルに向かってコーヒーを口にした途端に、外の扉でがちゃがちゃという音が響いた。佐竹山は新聞を引き抜くだけではなく、外の扉を開ける。

朝晩はまだ肌寒い。自転車を漕いで配達しているのが幼い少年だったのを見て、そうだったのかとふと思う。

「配達の君、気をつけて」

と、声をかける。キャップをかぶった少年は振り返ったのでよろけ、そのまま去っていった。

佐竹山は室内に戻り、気持ちを落ち着かせてから紙面を広げた。

一面トップは、世界貿易機関閣僚会議の記事。また同じ面には、〈心臓移植から三週間〉という見出しで、先日移植にあたった南大阪大学教授のインタビューが、笑顔の写真とともに掲載されていた。

どこだ、山室が言っていたスクープとは。紙面をめくっていくと、《北洋大第一外科医局》という字が〈心臓移植〉より何倍も大きな文字で、社会面の右上に躍っていた。

《北洋大第一外科　医局同窓会組織通じ、1500万円受け取り／遠野塩町が支出》

慌てて指でなぞりながら記事を読んでいく。

——なんとか記事の方は、なるべく婉曲には仕上げさせたのですが。

昨夜の山室記者の申し訳なさそうな声を思い起こす。

「華純、こんなのが載っているよ」

札幌から北へ三百キロ以上離れた海辺の町、遠野塩は、人口がわずか四千人ほどの町である。昭和二十四年に、内科、外科、婦人科を備えた遠野塩町立病院（38床）が設立された。今回の調査で、北洋大第一外科が、遠野塩町の一般会計より一年に一千五百万円もの入金を得ていることが判明した。第一外科の医師は、アメリカから帰国した移植医たちで構成されており、三週間前の日本の臓器移植法制定後初の臓器摘出にも参加した。先進医療のために新設された科であり、その科と遠野塩町立病院との関わりについては、町民のほとんどは知らずにいる——。

はっきり言えば佐竹山だって、その町については何も知らないも同然だった。帰国後、幾つかの病院の顧問となったのは事実だが、実際に足を運んだ病院は少なく、北海道独特の当て字のような地名も縁遠く感じられ、いずれも僻地としての認識しかないままだ。

医局からは、帰国前にこう説明されていた。北洋大では代々第一外科教授は道内の僻地病院の顧問になるのが伝統である。時折、僻地の担当医より電話相談を受けたり、要望に応じてアルバイトの研修医を派遣する役目があることについて、承諾してほしい。

相談の電話は、確かに時折かかってくる。腹部画像を判断してほしい、とデータが送られてきたら早急に判断したし、病院の赤字を削減するための改善策のレポートにも目を通してきた。

まだ帰国を検討していた頃、前任の教授からも、その話は聞いていた。大学病院の給与だけではアメリカに残す子どもたちの学費も払えないと率直に訴えると、「伝統的にわけのわからない金が入ってくるから、大丈夫です」と、答えたのである。

その言い方が気になっていなかったわけではないが、伝統とまで言うなら、大丈夫だろう、という単純な感想を抱いた。国立大学の代々の教授陣が本当に「わけのわからない」ことをするはずがなかろう。

そして、こうは返答した覚えがある。

「わけがわからないのでは困りますよ。もし私が引き受けるなら、そういう収入もすべてガラス張りにしてもらえますね」

前任者は佐竹山のその申し出に、「おっしゃるとおりです。日本の医局もこれを機に変わっていくべきでしょう」とまで言ったのだ。

しかし、記事ではこの収入を明らかに問題視している。

「どうしたって言うんですか？」

華純は、横に並んで記事を覗いてくる。

「顧問料って、不正にあたるお金なんですか？」

「何度読んでも、よくわからん。顧問料のことなら、大学にもちゃんと兼業届を出して、正規に受け取っている。どういうことか、医局に確かめてくるよ」

コーヒーの入ったマグカップを手に、華純は心配そうに瞳を揺らした。

「あなたがお手柄でないことで新聞に載るのは、はじめて見ますね」

「第一外科を名指しで、なんだというんだ。日本の移植がこれからというときに」

佐竹山はそう言うと慌ただしく新聞を折り畳み、大学へ向かった。

週に一度のリサーチカンファレンスが七時より始まる。古賀や大木はいつも眠そうな顔をしているが、今朝は彼らも記事を読んだようで、緊張した面持ちでそこに座っていた。

入院中の肝ガンの患者が肝臓移植を希望しているという情報が共有され、本日の肝切除の患者についての注意点の確認をする。カンファレンスを終えると、佐竹山は両手を腰に組んで、第一外科スタッフを前に言った。

「新聞をご覧の方は驚かれたかもしれませんが、まあ、何らかの行き違いがあっての記事だと思います。外部からの問い合わせについては、何でもお答えしますから、どうぞ遠慮なく通してください」

腕時計の針を確認し、佐竹山は医局長のいる部屋へと向かって階段を下りていった。

こんなときにも堂々としているのがいかにも佐竹山らしく思えたが、だからこそ、古賀の気がかりは募った。大事に至らねばいいが、種火を上手く消さなくては、ごうごうと燃え上がるだろう。

――それは、危ない金です。

そう言ったサワダの英語の発音がやけにクリアに思い出される。プレスビー近くの、中華料理店の光景とともに。

サワダが危ない金だと断言したのは、彼自身の苦い経験によるもののようだった。セイゲルの研究予算の捻出を支える、日本で言えば医局長のような役割も果たしてきたサワダである。ピッツで移植が進み始めた頃、Dr.セイゲルも、移植医療へと集まる寄付金を個人的に着服していると、さんざんに書き立てられたそうだ。

実際のセイゲルは、その時期、水はけの悪い地下のオペ室に入り浸っているだけだった。金に執着がなく、彼は寄付金で、後にリバーエッジ・ラボはじめ、次々と研究棟を建てていくのだった。

佐竹山には今一度、事実のほどを確かめておくべきだったろうか。しかし、帰国が決まってからの佐竹山には、移植医療のこと以外何も見えていなかったはずだ。

「話がこれ以上広がらないといいですけど、古賀先生、どう思います？」

大木は眼鏡のフレームに手をあてながら、訊ねてくる。

「佐竹山先生は、少し軽く考えすぎているかもしれない」

古賀は大木にそう耳打ちする。

医局長との話し合いは、佐竹山を憤慨させていた。

「まあ、この金については、代々教授方の個人口座にそれぞれ直接お支払いがあったわけで、誤解を解く云々と言われましても、大学としては些か困ってしまうわけで」

医局長は、佐竹山とソファに向き合って座ると、平然とそう言い放った。

「おかしいでしょう。これはすべて個々人の問題だと？　私に全ての責任を押し付けるつもりですか？」

「私ども大学が得ている金ではありません。代々の教授方が個人的に受け取られてきたわけですからね」

佐竹山の胸に暗い雲が押し寄せる。これはまずい、とこのときはじめて気づいた。迂闊すぎた。慎重に検討することなく、調子のいい話にのってしまったのだ。生唾を飲み込むと、茶を含み、気持ちを落ち着かせようとした。

医局長は、ソファの背に身を預けると、開き直った口調でこう言った。

「しかし新聞も、なぜいきなり今頃言い出したのか。昔からなんですから」

「昔というのは、いつのことですか？」

佐竹山はなんとか怒りを鎮めながら訊く。

「どこまで遡るのかは、私にだってわかりませんよ。ただ少なくとも、前任もその前の教授も同じように受け取っていた金です。北海道は広いでしょう？　それぞれの市町村が、病院を作るわけですよ。医師は当然足りなくなるでしょう？　ですから、ここから医局員を送ったり、医療相談にのったりする代わりに、研究協力金だとか、医局助成金という名目で、言うなれば、まあ、寄付金を受け取ってきたんですよね。それぞれの先生方が」

その軽薄な言い草に、佐竹山の内心は再び煮えはじめたが、それは自分に対する苛立ちゆえだった。

「寄付なら寄付、顧問料なら顧問料とすべきでした。それは大いなる反省材料です。だが私は、はじめから収入についてはすべて可視化しておいてくれるよう、頼んでいたはずだし、大学にだって、全て届けを出してある。取材などを受ける際にはみんな話しますからね」

と言って大きな手で握ったこぶしを机の上で揺すると、湯のみからお茶が少し飛んだ。

「わかるでしょう? こんなことで、日本の移植医療を頓挫させるわけにはいかないのですよ。危険視しながら、この慣行が代々続いているのを放置していたのなら、大学にも大きな責任がある。あなたたちも平然とはしていられないはずじゃないか」

「いやまあ、その辺りは、佐竹山先生が来られるにあたって、これまでよりも金額が増えているという面もあるからでして」

「ひと月数十万ずつの顧問料が、そんなに大きな金額ですか」

佐竹山は自分がそう口にしたときに、やはり本当は見て見ぬふりをしていたのかもしれない、と自らを省みた。脇の下に冷たい汗が走るのを感じた。家の通帳を預かる華純からも、「不思議なお給料の払われ方ですね」と、指摘されていたのではなかったか。

「まあ先生、ここは一旦私らに引き取らせてくださいよ。騒動を抑えられるようにそれなりに手を打ちますから。先生や第一外科の評判を落とさないように、細心の注意を払います」

ネクタイに紺色のカーディガンを合わせた医局長はそう言って、肘をついて身を乗り出してきた。

「それより先生、先日のケーキ屋さんを、無事に退院させてくださいましてありがとうございました。メジャーリーガーの面目躍如でしたね」

調子よくそう言った医局長の冷たい目を、佐竹山は呆然と見つめた。

外科病棟に戻ってきた佐竹山は顔面蒼白だった。古賀と目を合わせると、ただ首を横に振る。

古賀は考えた末に、自分の意思で道内新聞記者の山室に連絡を取った。

札幌駅前にあるホテルのラウンジが待ち合わせ場所になった。大きな窓ガラスが、気になる。

「奥の席へ移って構いませんか？」

と、古賀が頼むと、

「もしかしたら、ここへおいでになったのは、古賀先生お一人のお気持ちなのでしょうか？」

山室は確かめるように、そう訊いてくる。

「記者としてではなくて、個人的なご意見をうかがえたらと思ってご足労願いました」

白髪混じりで痩せた山室は、しばらくコーヒーカップの中を見つめていた。元々、どちらかというと寡黙で、移植の取材で各紙記者が集まっている中で、じっと皆の応答に耳を傾けていた印象がある。最後の方に、ぽつりと的を射たことを訊く人だと感じていた。それを伝えると、山室は少し表情を緩めた。

「私も古賀先生とは、一度ゆっくりお話しできたらとは思っていました。しかし、移植の先生方はいつもお忙しそうで、よく体を壊しませんね」

「さては佐竹山先生の横で、欠伸をしているのでも見つかったのかな」

と、古賀はコーヒーカップを口に運んだ。

記者の山室は冷水のコップを静かにテーブルに置くと、一つため息をついて話し始めた。

「昨日、佐竹山先生にもお電話はしたのですが、状況は、あまりよくないんじゃないかと思います。今回はうちが、まあスクープという形で出しましたが、実は内部告発があったんですよ」

「告発？　それは、どこからのですか？」

まさか院内からの告発だろうかと、日頃から衝突している麻酔科の医師らの顔を思い浮かべてしまう。

「ここだけの話ですが、ある民間病院からでした。今回の教授選考が強引な形で行われたことに、起因しているのかもしれません」

山室の口調は真摯だった。

「そうでしたか」

「告発があった以上、調査チームが動き始めます。すると、前々から噂のあった道内の医療界の複雑な金銭の流れが見えてきました。そういう次第です」

この男の話を信じてみようと思った。

「その顧問料というのは、要するに危ないお金なんでしょうか？」

「今朝の紙面では、わかりにくかったですよね？」

山室の方が、頭に手をやった。

「つまりは、悪しき慣習が急に問題化した、と捉えていただけたらいいと思います。遠野塩町立病院の側では、顧問料の支払いなど、まったく問題にはしていないんですよ。むしろこんな記事が出て、北洋大に顧問をやめられたら困るというのが本音でしょうね。他の病院でも、戦々恐々としている状態だとは思います」

古賀はほろ苦いコーヒーに、ミルクを入れてかき混ぜる。急に空腹を覚え、砂糖もふた匙混ぜた。

それを見ていた山室が、言う。

「先生方は本当に大変だ。この間の移植のときにも、ひと月近く当直を続けていらしたでしょう。僕ら記者も、移植についてまったくわかっていませんでしたよね。面と向かって言うことではないですが、最初は金持ちを救う医療だくらいに思っていましたから」

「いや、日本では面と向かって、よくそう言われますから、ご遠慮なく」

古賀は胃の中へと落ちていく苦いコーヒーを実感しながら相槌を打つ。

山室もコーヒーカップに口をつける。二人が黙ると、ラウンジの片隅から女性たちのグループがあげる笑い声が響いてくる。

そちらの方を見ていた山室が、ふと古賀に問いかけてきた。

「先生は、ご家族はお持ちなのですか？」

「いえ、独身です。気づけば心配される年齢になってしまったかな」

「そうか、独身だからなのかな。今回の顧問料問題には、大木先生のお名前もあがってくるはずです。金額は佐竹山先生の比ではないですが。古賀先生だけは、どこをどう調べても真っ白だったと聞いています」

持ち込まれもしなかっただけだ、と古賀は思う。大木はアメリカで結婚をした。おそらく給与への不安を佐竹山に相談したのだろう。帰国後大木は、その僻地医療とやらへ自ら出向いてもいるはずだ。ほとんど寝ずに自ら車を運転して。

「臓器移植というテーマは、何かと人を試してくるような気がしますね。あの記事を書いた記者も、父親が腎不全を患い、臓器提供をしてもらえないものかと相談を持ちかけられて困っていました。妻子の反対もあって断って、それからは臓器移植について考えると、吸い込まれていきそうな深い穴に思えてくるというのが口癖でした」

日本とアメリカとでは、人間の気質に含まれる湿り気のようなものが違うのだと感じることが多々ある。日本人が、情緒とか優しさと呼ぶ湿り気は、重たい雪のようで、医療を前進させたいときに、ずっしり絡(から)みついてくる。

「すみません、話しすぎましたが、佐竹山先生のことです。先生は他にも五つの病院の顧問をしておられます。おそらく、これが全て表面化するだろうと思われます」

「もう、止められないのですね」

山室が首を縦に振る。

「他の大学病院だって、ずっとやってきたことなんですよ。踏襲されたにすぎないのですが。結局、先生がスターなので記事になってしまう。佐竹山先生が一度も遠野塩町を訪ねていないことも、スターゆえに皆が気づくわけです。顧問料問題は、もうじき始まる選挙の争点になる可能性もあります。地方財政で賄(まかな)われる顧問料の問題をクローズアップするために、佐竹山先生はスケープゴートにされたようなものです」

根が深い、と古賀は思った。これは、すぐに収められる話ではなかろう。

「まあ、佐竹山先生が今日までの間、実際に遠野塩へは行く暇はなかったかもしれないですね。大木くんがバイトに出ている病院へ、一度様子を見に足を運んだようですが」

「後輩思いの面がおありになるのですね？」

「大木くんは、面白おかしく話していましたよ。佐竹山先生は来院するなり、おい君、スリッパをきちんと並べなさいとか、細かいことを指導していた、とかって。来られた方が驚きますよね」

「何をしても、大きいんだよな。体も声も大きい。いや、いい話です」

　記事の通りだとすると、佐竹山の個人口座には、それぞれの病院から、月に数十万円ずつが入金されていたことになる。古賀は、心底からやりきれない気持ちになった。僻地病院から月に数十万円ずつ振り込まれる顧問料で、佐竹山はアメリカにいる息子たちの授業料を捻出しているのだ。

　あのままピッツで教授をしていたら、何の苦労もなく、さらに研究を前進させられていたのではなかったかという考えに、すぐに行き着いてしまう。

　佐竹山はあの時、なぜあんなに日本へ帰りたがったのだろうか。日本人を救いたい、自分らの母国が医療後進国であってはいけない、今こそ移植を根付かせたい。その情熱からだったのか。

　Dr.セイゲルの輝くような深い緑の瞳を思い出す。この地であらゆる困難に打ち勝って、日本のセイゲルになってもらわねば困るのだ。

だが果たして佐竹山に、こうした事態の収拾ができるのだろうか。根回しなどもっとも苦手な人間だ。この先起きるであろうことを思うと、みぞおちの辺りが冷たくなった。

「お話しいただいて、ありがとうございました」

古賀は立ち上がり、握手を求める。山室は一瞬躊躇い、しかしひと際強く握り返してきた。

「今日は一晩中降りそうですが、父のところへ寄って帰ろうと思います。すみません、さっきの話は、実は私の話なんです。父は人工透析を始めましたが、もうあまり長くないようです。ここのところ、つい足が遠のいていましたから」

トレンチ・コートを着込んで、頷いた。

新聞報道をきっかけに、他メディアの後追い取材が始まっていた。

そんな中でも、佐竹山は移植医療の普及のために、出向いて講義を続けてくれた。戴帽式を終えた夏井静香は、もっとも熱心に講義を受けている一人だった。同級生たちは国家試験のための勉強に集中し始めたが、静香は一回も欠かさず佐竹山の話を聞きに通った。

講義では、コーディネーターという役割がとても大切なのだと知った。アメリカでは、レシピエントとドナー、それぞれにコーディネーターがいて、クリニカル移植コーディネーター、ドナー移植コーディネーターと呼ばれている。クリニカル移植コーディネーターは、移植医たちと緊密に連絡を取りながら、レシピエントを術前、術後にわたってケアし、原則亡くなるまで面倒を見る。ドナー移植コーディネーターは、全米臓器配分ネットワークＵＮＯＳが集約する、地域ごとの臓器調達機関ＯＰＯに所属して、脳死となった、あるいは、なると予想される患者のいる病院に出向く。その患者がドナーとなりうるかの評価をして、家族に提供の説明を行い、提供同意書を取得、ドナー手術のアレンジをする。

ＯＰＯは一年に八千人以上の脳死ドナーを担当し、二万五千人に臓器を提供する原動力となって機能していると聞いたとき、日本ではこの間ようやく一件の脳死判定がなされたばかりで、それがあんなに大々的に報道されていたのだという温度差に改めて驚いていた。だから佐竹山先生は、必死なんだな、と。

もうじき、北洋大でも看護婦たちの採用試験がある。佐竹山には試験を受けるつもりだと伝えていた。

最後の勉強会が終わり、静香は一人で教壇のところまで進んでいった。

「先生、今日まで講義をありがとうございました。私、皆勤賞だったんですよ」

「ここでの講義は十二回、十分だったかどうかわからないが、この先ぜひ役立ててほしいと思っています」

「このノートが、私の教科書です」

そう言って、これまでの講義ノートを抱きしめた。

「驚かないでほしいのですが、私、北洋大への願書を取り下げました」

佐竹山の丸い顔の中で瞳が揺れて、失望が広がる。

「新聞を読んだんだろうね。まあ、気になることはあるでしょう。弁解させてほしいところですが、今は私自身も、何が問題になっているのかよくわかっていないんです」

佐竹山が言い終わらぬうちに、静香は首を横に振った。

「全然違う。そんなんじゃないです。先生を尊敬する気持ちに変わりはありません」

静香は佐竹山に向かって手を伸ばした。

「握手してください。まだ秘密ですけど、何年か後には、必ず先生のところへ帰ってきます。だから先生方も、それまで必ずがんばっていてください」

大きな手が、静香の手を包んだ。強く握り返したのは、静香の方だった。「先生、こんなことに負けないでください。この国で戦うのを、諦めないでください」

佐竹山が先に教壇を降り、静香はホワイトボードに書き残された佐竹山の大きな丸い文字を、なぞるように丁寧に拭った。

一九九八年春

悪い話は、なぜこうも早く伝わるのだろう。

年が明けて春になった頃には、顧問料の問題は、水に落とした油滴のように拡大していった。最初の記事が三段なら次は五段、さらに後からは七段を用いてという具合で、より大きく波紋を広げ始めた。

古賀が山室から耳にしたように、佐竹山の口座には六つの病院から顧問料が入金されており、各紙こぞってその詳細を書きたてたし、〈北洋大第一外科医局〉の問題とされていた当初の見出しは、いつしか、〈北洋大　佐竹山教授ら〉と名指しになり、〈肝移植権威の佐竹山教授に2300万円　大木助教授に1000万円　公立病院などから「顧問料」〉のように具体的になり、全国紙や週刊誌の特集記事にまで取り上げられた。

三ヶ月も続くと、取材者にも質の変化が表れ、周囲を嗅ぎ回るようなしつこい人間たちの追跡が始まった。学会に出た佐竹山を見つけては、直接質問をぶつけてくる。佐竹山は包み隠さず答えていたが、やがては学会に来た他の医師たちを呼び込んで、佐竹山の裏の顔を探ろうとする記者が増えていった。

その日、古賀は佐竹山の家に久しぶりに呼ばれていた。共に顔を出した大木も、しょげ返っていた。妊娠中の妻の気持ちを思うと、いたたまれないようだ。

テーブルには酒が置かれているだけで、窓辺に置かれた鉢植えの植物が皆枯れたままになっている。先ほどから華純は部屋の窓辺に立って、カーテンの隙間から外の様子を不安気に覗いている。

「大学だけでなく、九州の実家にまで記者らが押しかけていてね。華純には、しばらくアメリカの息子たちのところへ行ったらどうかと勧めているんだがね」

佐竹山の声に、古賀も頷く。

「落ち着くまでは、その方がよいのではないですか」

そう言ってみるが、華純は首を横に振る。アメリカにいた頃は、多忙な佐竹山を支えてあんなに気丈に振舞っていたというのに、今はずいぶん心細げに見えた。

それでもきっぱりこう言う。

「私たちが何をしたっていうんですか？　アメリカへ行けば、逃げたみたいでしょう？」

佐竹山は、妻の尖った声色にため息を吐く。

「古賀くん、大木くん、今度のことは私も迂闊でしたが、結局、医局長にはしてやられましたね。顧問料はまだしも、名義貸しには正当性のかけらもありません。それも最後は、みんな私に押し付けてきた。私の見立てでは、この事態は当分、収まりそうにありません」

他人事のように佐竹山は口にする。彼がそうして必死にバランスを取っているのが、古賀にはよくわかった。

一連の問題は、想像以上に根深かった。医局では、僻地病院へ、医師だけではなく院生たちの名義まで貸していた。

前任教授が当初口にした「わけのわからない金」とは、実はこのことだった。医局長はそれらを主導していたはずだが、こうした金を、彼は個人的にはまったく受け取っていなかった。それが、強みだった。最後は責任逃れに徹し、関係各所にもすべてのリストを渡し、自分だけは無罪放免とされる手筈をとったのだ。

新聞がことさらに書きたてたのは、北洋大第一外科が「名義貸し」という、北海道医療の悪癖の温床となっていた苦々しい事実だった。

道内遠隔地のあらゆる病院で医師が不足している。顧問料や寄付金を支払って、週に一度、または月に一度でも北洋大から研修医をアルバイトで派遣してもらえたら。当初はそれだけでよかったのだが、研修医の名前がより多くあれば、僻地病院に回される予算もさらに多くなる。まだどの病院にも勤務していない院生はいわば幽霊であり、格好の名義貸し要員とされていたわけだ。

幽霊たちの給与を北洋大が吸い上げる、という金銭の流れが慣例化していた。税金を支払う市井の者たちがそれを許すはずはない。

遠野塩町立病院はあの後、北洋大への「寄付」を止めた代わりに、堂々と〈医師募集　年収4500万円　見学随時　温泉宿泊　4LDK住居、学会公費負担〉と謳って公募を始めた。町長の五倍近い年収である。医師が来てくれないと、町民の生活が成り立たないからだ。

毎週、東京や九州の医師に、町民の送り迎えつきで飛行機で通ってもらい、数千万円の報酬を支払っている病院もある。

この名義貸し問題が発覚してから、各社の記事はさらにヒートアップしていった。

佐竹山と第一外科は血祭りにあげられたも同然で、移植の相談希望者もめっきり減ってしまった。

「我慢のときだと思います。我々は淡々と、やるべきことだけをやっていくしかないでしょう」

そう言うしかない。いっそこんなときに、集中すべき患者がいてくれたらどんなに気持ちが楽だったろうかと彼は思う。

「帰国などしなければよかった、のでしょうかね」

と、佐竹山が口にしたとき、古賀の頭の中で、何かが弾(はじ)けた。

頼むから、今更そんなことは言わないでほしい。あなたがこんなことで弱音を吐くなら、一緒に帰国した私たちはどうなる。大木だって、彼なりに精一杯明るく振舞っているのだ。野心を胸に抱いて渡ったアメリカで、これからというときに決意をさせられたのだ。家族をもった今は休日もなく、生活のために、月に一度僻地病院まで自分の運転で往復し、土日の宿直を担当している。それで、得られる報酬はわずかばかりだ。

それでも、ここまで付いてこられたのは、佐竹山の信念が、皆にとっての希望だったからだ。

「佐竹山先生は、本当にそう思われているんですか?」

沈黙に耐えられずに大木が問い返す。

「待って、大木くん」

古賀は身を乗り出し、小さく深呼吸した。

「こういう話になったので、私にも言わせてほしいことはあります。顧問をされている病院や地域を、今からでも一度回られるべきではないでしょうか」

怒るかと思ったが、佐竹山は煙草に火をつけて静かに聞いていた。

「それともう一つ。取材をお受けになる媒体を制限された方がいいかと思います。正面からすべてお受けになるというのは佐竹山先生のポリシーでしょうが、どこで突然質問をぶつけられても、なんでも答えるという方法では、出ていく記事も無責任なものが増えてしまいます。先生、人間というのは、みながあなたのように真面目な方ばかりではありません。世の中にはいい加減なやつもたくさんいます」

佐竹山は、下を向いて唇を嚙み締めていた。激昂させたのかもしれないと古賀は思った。だとしたら、それはそれで仕方がない。ここで何も言えないのだったら、一緒に帰国した責任を果たせていないも同然だ。

「そうか」

佐竹山は眼鏡を外し、白いハンカチでレンズを拭った。

「第一外科を解散しなくていいのだね。もう一度Dr.セイゲルに頭を下げて、君たちを引き取ってもらうことも考えたんだが」

いつの間にか少し離れたダイニングテーブルに座っていた華純が、こちらを見ていた。

「佐竹山先生はそもそも、なぜ、帰国しようとされたのですか？」

自分の中で沸き起こる激情が収まっていかない。

「ピッツではもう、なすべきことがなくなったからではなかったのですか？　Dr.セイゲルが、あなたをもう一度谷底へ突き落とした。新しい道を切り開きなさい、と」

佐竹山は俯いたまま、手を拳にして握っている。その手が震えていた。

「私や大木くんにはわからない次元の結びつきが、お二人の間にはあったのではないでしょうか。Dr.セイゲルは、あなたに大切な使命を与えたのではないでしょうか。私たちは、だからこそ、ついてきた」

佐竹山は皆のグラスに、ウイスキーをどくどくと注ぎ入れた。いつものように、それは溢れた。

アメリカでの佐竹山は、誰の目にもかっこよく映った。惚れ惚れするほど手術がうまく、どの患者にも研究にも、決してひるまず諦めず、新しい研究を剛毅に前進させ、若手を引きつけていった。師からの絶大な信頼を得て、あるときその腕は、セイゲルすらを超越したかのように見えた。小腸移植も驚くほどの早さでものにした。だがその功績をセイゲルは、佐竹山へは与えなかった。

「Dr.セイゲルとその仲間たち」として、発表したのだ。

佐竹山はそのときに、アメリカでの役割の終焉（しゅうえん）を感じていたはずだ。

「私は先生に、Dr.セイゲルのように、後進を指揮してほしいと思っています。けれど、ここではアメリカ式ではだめなんです。先生にはここで、自らの城を一から築いてほしいと思っています。そのためだったら、なんだってやります」

佐竹山は強い酒をそのまま呷（あお）った。

古賀はそこまで言うと、

「今日は帰ります」

と、口にして立ち上がった。

翌年にかけて様々な調査が進んだ。北洋大は事態の収束を図るために、佐竹山はじめ各科の教授二十八名、医学部教員六十四名、院生や研究生総勢三百名以上を、国家公務員法や大学内規に基づき、医学部長名で厳重注意処分、減給、戒告処分とした。

もっとも重い処分を受けたのは佐竹山であり、三ヶ月の減給処分となった。

名義貸しについては、道内の三大学が内部調査を進め、所属医師三千名弱のうち五百名以上が、道内にある病院数の約三分の一にあたる二百以上の病院に、名義貸しをしていた実態が明らかになった。

一九九九年春

〈佐竹山華純様

前略　ご無沙汰しております。私が奥様にお手紙をお送りするのははじめてのことですから、驚いておられるのではと存じます。ピッツバーグでは、いつもお心のこもった手料理をいただいておきながら、お礼状の一つも差し上げずご無礼ばかりでした。

北洋大でのことを、サワダ先生と私も、少なからず知ることとなりました。もっと早くにお手紙すべきだったように思っております。ご憂慮は深く、ご体調も優れぬのではと案じております。

このようなときに、余計なことであろうとは承知で、私が急に思い出したある出来事をお伝えしたくなりました。

道内に、登別(のぼりべつ)温泉という、山の中腹にある有名な温泉町があります。私たち家族は、父の加藤洮嗣が騒動の渦中にあった頃、なぜだったか父の発案で一度だけそちらへ出かけたことがありました。日本での最後の家族旅行のつもりだったのかもしれません。

山頂には、クマの牧舎があります。そこで、飼育員の女性に聞いた話です。その日、檻(おり)に無数の血痕(けっこん)が散っており、それはどうしてなのかと他の客が質問をしたので、彼女が淡々と答えたのです。

彼女が手塩にかけて育てたヒグマを成獣の檻に放した。しかしそのヒグマは、とたんに数匹の成獣に襲われて食われてしまった。なぜなら、檻の中で、背を向けて逃げてしまったからだ、と。ヒグマという生き物には背を向けて逃げる相手を見ると、襲いかかってしまう習性があるのだそうです。

その話を、飼育員は父にしたわけではなかったでしょう。ただひたすら、ヒグマの死を悼(いた)んでいたようでした。

父と私たち家族は、逃げ回るヒグマでした。そして、父はついに祖国へ帰ることができなくなってしまいました。

それでも私たちは、生き延びました。ヒグマではなく、人間だったからです。

決して背中を見せないドクターセイゲルのようなユニークな師とも出会えました。

私たち日本人医師たちは、皆でその姿に出会いましたよね。

ベストを尽くし、それぞれの地で生き延びようではありませんか。

古賀先生や大木くんのように、頼もしい防壁にはなれませんが、離れていても私は、いつも共におります。佐竹山先生と奥様が誰にも背を向けずに、すべて受け止め、前進され続けますよう、心より祈念しております。

草々

ピッツバーグにて

加藤凌子〉

レポート用紙にプリントアウトされたその手紙を、佐竹山も読んだ。

「ヒグマですってよ、あなた」

華純は佐竹山の隣に座って、夫のその白髪混じりの髭(ひげ)を指ですいた。

「やだ、こんなに白髪が増えて、こんなおじいさんのようでは、若い学生さんたちに嫌われますよ」

　大幅な減給処分となった佐竹山の息子たちの学費は、当面米国の奨学金制度から充当されることになった。その手続きをしてくれたのは、サワダだった。

「クマ牧場なんてところがあるんだね、私らも、少しは北海道を旅した方がいいかもしれない」

「こんなにもあなたをいじめる土地をですか？」

　そう言って茶々を入れる妻の顔に久しぶりにぎこちない笑みが浮かび、佐竹山の胸の奥に熱いものが溢れた。

「コーヒーでも淹れようか」

　そう言って自ら台所へと立った。

　全国紙も週刊誌も、佐竹山の顔写真まで入れて名義貸し問題を報道したが、次第にこの話題が収束していった理由は、メディアが叩き飽きたためであり、佐竹山個人にはスキャンダルの匂いがまったくなかったからだった。セイゲルの着服の疑いが晴れたときと、同様だった。

　かつての同僚たちは、こぞって彼を「研究バカ」と表現した。招聘の話を断ったというのに、九南大の教授がテレビのインタビューにこう話してくれていたと、華純から聞いた。

「佐竹山なら、研修医時代から、明けても暮れても、研究と論文に時間を当てるタイプの人間でした。人付き合いはよくありません。もちろん、女の影もない。だからアメリカであれだけ成功したのです。それを母校では誇りに思い、教授に招聘しようとも考えました」

私を知る人びとは、私を深く理解してくれている。だが、道を切り拓く者は、自らを厳しく律していかなければならないのだ。佐竹山はコーヒーの苦さを嚙みしめながら、窓の外の樹間に目を移した。

第六章

一九九九年初夏

〈北洋大第一外科を、脳死肝移植認定施設とする〉

それはたった一枚の紙による通知だった。

北洋大に移って、三年目の夏を迎えようとしていた。認定委員会より、ありがたいその通知が事務室を経由して机に届けられた。

佐竹山はしばらくその通知を見てから煙草(たばこ)に火をつけたが、ふと笑ってしまった。脳死者からの移植を行うためには、こんな紙切れ一枚がどうしても必要だったのだ。

そのためにも、本来ならやるつもりのなかった生体からの移植を、続けて二十例は成功させねばならなかった。

「古賀くんを呼んでもらえるかな」

秘書にそう頼むと、ノックの音とともに、相変わらずベン・ケーシーをぱりっと着こなした古賀がやってくる。どんなに夜勤が続いても、なぜかこの男の白衣は糊が効いていて美しい。

「ようやく、脳死肝移植の認定が下りましたよ。なんとか、ここまできたね」

佐竹山の太い指が、机の上を指す。古賀はその認定書を見やると、

「しかし、肝心の脳死ドナーは、なかなか出てきてくれませんが」

第一外科には現在二名、肝臓疾患の重症患者が入院している。

一人は野本という六十五歳の肝硬変の患者で、明らかに飲酒に起因する病歴を持っていた。今のところ家族の誰からも、肝臓の一部を提供したいという申し出はなく、この頃は見舞いにすら現れない。妻はもともと健康状態が芳しくない。血を分けた兄弟たちも、息子たちも鳴りを潜めている。彼はそれを夜な夜な医師や看護婦に愚痴るのだった。

もう一人の患者はわずか二歳の男の子だった。生後間もなく、新生児の九千人から

一万人に一人という、胆道閉鎖症患者であることがわかり、すでに葛西式手術を受けていた。この手術では七割から八割の患者の黄疸が消失するが、十年生存率は五〇パーセント、二十年生存率となると二〇パーセントまで減少する。そうなれば自己の肝臓で生きるのは難しく、この患者もすでに、今年に入り黄疸を再燃させていた。

二歳の患者は、金子という若い夫婦の間の第二子、祐也だった。父親は、いかにも人の良さそうな快活な男で、大型トレーラーの運転手である。自分の肝臓を分けてよくなるならすぐにでもそうしたいと申し出ていた。母親も同様に申し出た。

どちらが提供するにしても、臓器提供後は数ヶ月の安静が必要で、肉体労働に従事する父親の場合、仕事を半年近く休む必要が生じる。母親も、長男の子育てがしばらくできなくなる。血液型は母親だけが適合し、父親は不適合であった。血液型が不適合の場合も移植はできるように研究は進みつつあるが、臓器提供を夫婦のどちらにするかは、検査の結果次第となる。

「古賀先生、僕らは北洋大へ来てから、一体幾つ移植の手術をやったんだろうか？」

佐竹山は、机の上を指で弾きながら訊ねた。

「ちょうど、規定の二十例を終えたところですね」

「そうか、古賀くんに任せきりだったオペもあったからね」

「佐竹山先生が手掛けられた手術は、千例を超えていますから、どうぞお気になさらず」

と、古賀は済ました風情で言ってのける。

認定委員会は、肝臓学会、移植学会、肝移植研究会などの委員たちで構成されている。彼らがアメリカでの千例をゼロだとみなす理由が、佐竹山にはわからなかった。古賀も同様で、そのことに憤りも焦燥感もあったろう。

ようやく届いた認定書を見た古賀も、喜色満面というわけでもない。

顧問料や名義貸し問題への対処や、大学内での処分などで、佐竹山の日々は目まぐるしく過ぎていた。北洋大第一外科では、患者はふたたび増え始めている。一時過熱した報道で悪評を受けた第一外科だったが、アメリカから帰国した移植医たちのチームの存在を、期せずして全国に浸透させることにもなったからだ。

佐竹山が学内の調査に駆り出されている時間にも、古賀と大木は生体からの移植手術や、そこから始まる拒絶反応、感染症への対応を必死で続けてくれた。夜勤や僻地病院回りを掛け持ちしながら、これ以上、悪評を立てるわけにはいかないと、第一外科を支えていた。

古賀と大木には、真の活躍の場を用意せねばならないと、佐竹山は思う。ネガティブな出来事でチームが結束したところで、虚しいばかりだ。若い日に出会ったDr.セイゲルのようなリーダーシップを思い描いてここへやってきたというのに、未だ足元にも及ばない。佐竹山は灰皿の中で燃えている煙草の火を揉み消す。

「私は帰国してから、吸いすぎのようだね」

佐竹山が言うと、古賀は苦笑を返す。

「確かに。せめて窓を開けて過ごされてみるのもよいかもしれませんね。北海道の新緑の時期の心地よさは、ピッツ以上なんじゃないかと、私は最近思っています」

「なるほど」

そう返すと、佐竹山は大きな手で豪快に窓を開ける。煙草の煙が出ていき、代わって新鮮な空気が流れ込んできた。

「今日は確か、肝切除が入っていたね。執刀医は大木くんかな？」

古賀は壁にかかった丸い時計を見て、頷く。

「もう、オペ室に入っているはずです。私の方は、今日は祐也くんのご両親がお見えになるので、双方の肝臓の評価をさせてもらいます。祐也くんの状態は、あまりよくありませんので」

「古賀くん、ここからは、エンジョイしていこう。僕らの手で、命を一つずつつないでいくんだ」

佐竹山が自らを励ますように朗らかにそう言うと、古賀がこちらを驚いたように見て、大きく頷いた。古賀が研究室を出ていくと、秘書が外の空気を、鼻先を動かしながら吸い込む。

「この窓が開くの、いつ以来でしょう。佐竹山先生、今日はオーストラリアのガールフレンドから、メールが届いていますよ」

「夏井くんのことかな。なんて書いてありますか？」

「あら、照れているんですか？　どうぞ、ご自分でお読みになってください」

秘書はそう言うと、パソコンを置いたデスクを離れて、コーヒーメーカーの周囲をクロスで拭く。

「もう、先生ったら、またこんなに豆をあふれさせてしまって」

と、呆れ気味にため息をつきながら、トレイに洗い物をのせて、廊下へ出ていった。

〈佐竹山先生

お元気ですか？

さすがにもう、いじめは終わりましたか？〉

看護学校を出た夏井静香は国家試験に合格したが国内で看護職にはつかず、その年の六月にオーストラリアへと留学していた。移植コーディネーターの専科のある学校へ進学したのだ。

オーストラリアからは、時々メールが届く。勉強で行き詰まっているときには具体的な質問もくるし、他愛のない文面に「地球の裏側より」などと友人のように書き添えているときもあった。

コーディネーターは、生半可な覚悟ではとても務まらない。ドナー・コーディネーターは、愛する者の脳死という状況を迎えた家族へ、期限までに臓器提供を呼びかける、つらい仕事だ。レシピエントのコーディネーターであれば、順番がなかなか回ってこない患者の不安や苛立(いらだ)ちに寄り添わねばならない。朗報が届いたらすぐに知らせることができるように、いつでも居場所を明確にして、通話を可能にしておく必要もある。そうでないと、別の患者へと貴重な臓器は渡ってしまう。

アメリカでは、若いコーディネーターはおしなべて苦労していた。悲しみにくれる家族に向かって、臓器提供を呼びかけるためには、人間性の豊かさが問われるのだ。そんな現実を学んだはずだが、静香はめげなかったということだ。もともと伸びやかな子であった。そこにも佐竹山には、溢れてくる希望を感じる。


〈ご無沙汰してしまいましたが、私はついにこちらで念願の卒業証書を手にしました。

これで、どの国でも働ける移植コーディネーターです。

日本で佐竹山先生のお手伝いができる日を夢見て、がんばってきました。

晴れて北洋大で、雇っていただきたく、願書を提出するつもりです。

応援、よろしくお願いします。

Shizuka N〉

今日はいい日だ。紙一枚の通知も、気安いメールも、佐竹山の心に差し込む陽光のように、彼の気持ちを弾ませてくれた。

静香が北洋大へ着任すれば、専科で学んだ移植コーディネーターを迎えられることになる。きっと大きな戦力になる。さっそく看護科へ打診に行こう、そう思っていたときだった。

研究室の電話が鳴った。良い気持ちの日には、また良い知らせが重なってくるような気がする。

ゆっくり受話器を取り、耳に当てた。

「もしもし」

佐竹山の声を遮るように、慌てた声が耳元で響いた。

「佐竹山先生、すみません」

看護婦の声だ。

「どうしました？」

「はい、オペ室ですが、患者様の出血が止まりません。オペ室へお見えいただけないかと大木先生がおっしゃっています」

「止まらない？　出血が」

吸いかけの煙草をもみ消すと、佐竹山は立ち上がった。

大きな足取りで地下のオペ室へと駆ける。開いたままの扉が惨状を伝えている。状況を一瞥すると、佐竹山は即座に手術着に着替え、手洗いを済ます。こんな現場も、外科医なら何度も経験している。

「患者は、肝ガンの再発だったね」

執刀医の大木の横に立ちながら、朝のカンファレンスで読み上げられた、五十二歳、二度の出産歴のある女性であるという患者についての情報を思い出す。

「癒着がひどく、止血しながら切除をしていたのですが、はじめから、どこからともなく血が湧き出て、ずっと止まらないんです」

眼鏡の奥で、大木の眼が血走っている。

「輸血は今いくつ？」

大木が答えた輸血量の1000cc という単位に、佐竹山は、生つばを飲む。さきほど吸ったばかりの煙草のタールの味がする。

「輸血パックを、院内からありったけ用意してください。血液センターからも届けてもらって」

患者の腹腔内はすでに血に染まったガーゼで埋め尽くされている。佐竹山はそれらを指ですべて取り出した後、再び患部に手を差し込み、静脈などの血管が切断されていないかを探る。そうであってほしいと必死に探す。術中に大量出血にいたる主な理由は二つだ。一つは手技的なミスによるもので、これなら切断された箇所を見つけ出せばなんとかなる。

しかし、そうでない場合の大量出血には、凝固障害が起きている。輸血を繰り返すことで止血が起こるかもしれないという楽観論で、対処するしかない。

「吸引、急いで」

だめだ。大木が言うように、肝切離面はもちろん、おなかの傷などそこかしこからも、血が滲み出てきている。希釈性凝固障害以外は疑いようがなかった。

手術開始よりすでに五時間が経過している。もともとの患者の体質によるものか、大量の出血に起因して引き起こされた止血不全の症状なのか、もはや判断がつかない。

「血小板とＦＦＰ（凍結血漿）は？」

「血小板は四十単位、ＦＦＰも、二十パック以上入って、今またオーダーしています」

麻酔科医が言う。

出血との闘いに、オペ室の看護婦が貧血を起こす。院内アナウンスで呼ばれた古賀も駆けつけた。

「先生、血圧が一気に低下しています」

麻酔科医が口にして、すぐさま続けた。

「いえ、心停止です」

「心マして。準備、急いで」

その後も蘇生に全員で力を注いだが、もはや打つ手はなかった。

蘇生を中止した瞬間に、大木は床に蹲ってしまった。

佐竹山が、全身から血の気の失せた患者の切開創を縫(う)い直している間に、古賀が人工呼吸器を装着する。生きているとは言い難い状況だ。ＩＣＵへと運び、臨終を家族に看取らせる儀式的な行為しかもはや提供できなかった。

肝ガンが再発していたとはいえ、手術に入る前は普通に歩き、食事も会話もできたのだ。まだ五十二歳である。夫や子どもたちは廊下でじっと待機している。

「ご、ご家族に、ご説明しないと」

憔悴(しょうすい)しきった大木は手術着から顔面まで、もはや血まみれである。その様子に、佐竹山は声をかける。

「私が行きましょう。古賀先生、その間にＩＣＵの準備をしてください」

古賀は黙って、大木の背中をグローブをつけた手で慰めた。大木は立ち上がろうとしたが、膝(ひざ)からくずおれてしまう。

キャリアを積んだ外科医なら一度はこのような経験があるはずだ。佐竹山も九南大時代に、前立ちの医師として目の当たりにした。

術中死を経験して、二度と外科手術に戻れなくなった医者もいる。治すための手術をして、死なせてしまった痛手から医師が得るのは、恐怖心だけだ。そして、経験を積み重ねた佐竹山が感じたのは、いつもと同じ心の痛みだった。

手袋を剝ぎ取って、オペ室の前で手洗いをする。鏡に映った自分の目も、大木と同じように充血している。これまで生還させることができずに見送った患者の姿が、こんなとき順繰りに思い出されてくる。九南大ではじめて見送った患者から、吉田青年や、ヒヒの肝臓の移植をした患者まで、次々に。

重たい足取りで階段を上がる。

待合室に座っていたスーツ姿の娘は、会社から駆けつけたのだろうか。

「終わりましたか?」と、立ち上がり、朗らかに声をかけてきて、しかし佐竹山の顔を心配そうに覗き込んだ。

「お母様は、術中に容体が急変されました。出血が止まらず、これから最後のお別れをしていただくことになります」

娘の表情が一気に陰り、両手で顔を覆う。

「遅いと心配はしていたんですが……、急にそんなこと、起こるんでしょうか。麻酔が効きすぎたとか、そういうことですか?」

患者の夫が、信じられないといった顔をして訊ねてくる。

「麻酔による急変ではありません。偶発症発生によるところの止血不全かと思われます。血液の凝固が一切効かず、大量出血となりました」

佐竹山は言葉を濁さずそう伝える。すべて率直に伝えるのが、医師の役目だ。

娘の大きな瞳から溢れ出る涙に、彼はただこう謝罪する。

「力が及ばず、申し訳ありません」

医師の力が及ばない。そんなことがあってはいけないのだと佐竹山は思う。明朝にはさっそくに、今回の手術の検証をしなくてはならない。希釈性凝固障害に果たしてガイドラインは存在するのか。もしも存在しないのならば、今回の症例を報告して、麻酔科医や血液凝固専門の医師らと再発防止のための方策を練るしかない。どんな症例も教訓にしていくしかないのだ。それを全うすることしか、自分たち医師には、決着はない。

患者の家族は納得の上、ＩＣＵで最後の別れをしたが、メディアはどこで嗅ぎつけたか、ふたたび煽情的に書き立てた。

〈北洋大病院第一外科　肝切除の患者死亡　大量出血〉

報道陣がふたたび院内にも、佐竹山の自宅や、大木、古賀の住居前にも現れ、翌日の夕方には、急遽記者会見の場が設けられた。

会見に臨んだのは、佐竹山と古賀、そして大木で、質問には佐竹山がすべて答えた。

「手技的なミスは起こしてはおりません。血液が凝固しない特有の症状が起きたことを、大変残念に思っています。凝固剤の投与に関するガイドラインは存在しておらず、今回の症例を今後につなげていく方針です」

肩からカメラを下げた記者の山室が、手をあげる。

「では今回の件は、ミスではないが、事故だと考えてよいのでしょうか？」

山室の口調は相変わらず真摯である。彼には事実を伝える役割がある。

「まあ、言い方によってはそうなるのでしょう。偶発性の事故ではあります。どうしたら再発を防げるかは、課題として残っています」

佐竹山は一瞬の間を置いたが、率直にそう答える。

「ということは、ミスだと認めたようなものじゃないか」

他の記者が、一斉に詰問し始める。

佐竹山の様子を会見場の片隅に立ち、着替えを持って病院に駆けつけた華純がじっと見つめていた。

〈拝啓

落ち葉の降り積もる頃、外を歩くとさくさくと音が響きます。

其方にも此方にも、季節は幾度巡ったことでしょうか。

いつぞやは温かいお気持に満ちたお手紙を頂戴しておきながら、お返事をできずにおりましたことを何卒お許しください。

おかげさまで、佐竹山も私もなんとか少しずつこちらで顔をあげて過ごせるようになってまいりました。夫は、講義だけは続けていたものの、しばらくは床屋にも行きたがらない有様でした。自分たちの迂闊さは悔やんでも悔やみきれず、古賀先生、大木先生にはお詫びの言葉もありません。

私は情けないことに、いっときは思い詰めてしまい、死んでしまいたいとさえ思いました。なんと罰当たりなことでしょう。一つ一つの命を助けようと日々奮闘する男と暮らしていながら、夫の助けになるどころか、すっかり足手まといになってしまいました。

一度失った信頼を取り戻すのは容易ではありませんね。第一外科では、夏に術中死が出て、つらい思いを共有しました。記者の方々からは、またコテンパンにやられてしまいました。けれど佐竹山は相変わらずクマのように大きな体で、全身で真正面から、記者たちの質問という名の罵声を受けて、そこに立っておりました。

そのとき、ああきっともう大丈夫だと感じました。夫はアメリカにいた頃のように、強く大きく見えました。見栄や外聞よりも大切なことがあるのだと、そのとき私は知らされた気がしました。佐竹山は不祥事でもないというのに記者に頭を下げながら、気持ちはすでに研究室に向かっていたでしょう。患者さんが亡くなられた理由を、徹底的に調べたかったはずです。

私共がこちらでのことに振り回されている間に、サワダ先生、凌子先生には息子たちの奨学金のための煩雑な手続きまでしていただきました。なんとお礼を申し上げたらよいのか。息子たちにはしっかり学んで、このご恩に報いることのできる人間へと育ってほしいと、深く願っています。サワダ先生のご体調のことをはじめてうかがい、驚きました。少しも知らずにおりましたことが情けなくて仕方ありません。そんな中でお力をくださったことに改めて胸が詰まり、涙が溢れました。

つまらないものですが、同梱しました。この頃日本で売られるようになったりんごで「奇跡のりんご」と呼ばれています。農薬も肥料も使わずにりんごを作るのは、不可能だとされていたそうです。久しぶりに開いた新聞の片隅で、その記事を見つけました。先生方と同じように、新しい扉を開いた人だと感じました。

サワダ先生のご体調が安定されますことを、そして凌子先生の益々のご活躍とご健康をお祈りしています。

ご多忙と存じております。ご返信については、どうぞお気遣いなきよう、お願い申し上げます。

敬具

加藤凌子様

華純〉

送られてきた箱からは、甘酸(あまず)っぱい香りが立っていた。凌子は休日を、自分の部屋で過ごしていた。

同梱されていた手紙を何度か読んで、送られてきたときと同じようにきれいに畳み、封筒にしまった。和紙に万年筆の達筆な文字、久しぶりに読む日本からの手紙もまた甘酸っぱく香った。

思い切って壁にかけた電話の受話器を持ち上げ、一度下ろした。グラスボードから、透明なカットグラスを一つ取り出すと、冷凍庫の氷を入れて水を注ぐ。グラスは、実家から持ち出した中で、手元に残っている数少ないものの一つだ。

「もしもし、もうお休みだったでしょうか？」

凌子は今、ビーグル犬を飼っている。もう老犬の域に入った、モンゴレルの肝臓を移植され、すでに十年生きた雄犬だ。犬舎の犬たちは、オペの後もずっと、Aから順に付けられていく英語名で呼ばれ、血液を採取され続けてきた。彼の名は、二巡目のチャーリーだった。いよいよお役御免となったので、凌子が引き取った。背中を撫でてやると、小さく尾を振る。

サワダは今日、大学に辞職願いを出した。凌子が膀胱ガンの再発を知らされたのは、先週だった。白衣に身を包んでいても明らかに体調が悪そうな顔色をしており、欠勤の日も増えていた。

なぜそんなときまで、弱みを見せないのかと思うばかりだった。ずっと心配していたのに、何か重い病を得ているのではないかという気配には勘付いていたのに、労わりの言葉さえかけさせてはくれなかった。

自宅にいたようだ。ピッツバーグ大学を挟んで反対側のエリア、小高い斜面に立つその家は、かつての佐竹山たちの住まいの近くにある。何度か彼を送り届けたこともある。

「どうしましたか？」

「自由の身になられて、どうかなって思って」

知り合ってもう十四年が過ぎているのに、距離が縮まることはない。なのに失望を抱かせもしない。ずっとそばにいてくれる安心感は、とぎれたことがない。

ピッツの医師として一気にスターダムに駆け上がった日本人医師といえば、間違いなく佐竹山だが、凌子にはずっとサワダが眩しかった。立ち止まってしまった医師たちを見つけて、そっと助け舟を出し続けていた。オペの手技を教えるのも限りなく上手だった。凌子は彼から、若手医師との接し方まで教わった。

「自由の身といっても、まだ二十四時間も経っていない。実感はありませんよ」

凌子は、その声に耳を澄ます。

「華純さんから、おりんごが届いたんです。奇跡のりんごと言うそうですよ。これまでのようにラボでお渡しするわけにもいかないので」

サワダが、通話の向こうで小さく呟いた。

「心配されるのも悪くないものだ。そう思えるのは、もう同僚ではないからでしょうね」

その声は掠れながら、どこか弾んで響いた。

「お届けにあがっても、構いませんか？」

少し沈黙があり、彼は言った。

「私の散らかった部屋へ来るのなら、ドレスコードはジーンズに限りますよ。私と同じく、お役御免になったチャーリーも連れてこられたらいい」

凌子は驚いて、受話器を耳に当てる。住まいの前までは何度か車で送っているが、部屋へ招かれたことは一度もない。

「チャーリーも、私も？」

「ヤッ」

と、サワダは音を弾くように切る。

「同僚なら、誘いませんが、もう違うわけです。近くの小さな公園を散歩するのもいいし、そこで奇跡のりんごとやらを一緒にかじるのはどうですか？」

茶色のペーパーバッグに慌ててりんごを詰めて、凌子はチャーリーとサワダの家へと向かった。

通された家には意外なことに、日本語の書物が無数に積み重ねられていて、壁には和服もかけられている。全体に和風の落ち着いた趣味だ。

しかしよく見ると、書物はすでに紐で束ねられている。

「これは？」

凌子が立ちすくんでいると、

「すぐにではありません。ただ、私はピッツを離れますので」

サワダはそう言って、目を伏せた。

いつ、そう決めていたのだろう。何ひとつ、知らされていなかった。

「どこへ行くのですか？」

「転地療養です。ここで缶詰バーを開くのだと言いたかったのですが、私はホスピスで、最期を迎えようと思います」

凌子の腕からりんごがこぼれ落ち、チャーリーが床を転がるりんごを追いかける。

凌子は慌てて、床のりんごに手をのばした。


北洋大の小児病棟は、いかにも殺風景だ。アメリカの小児病棟のように色とりどりの壁紙だったら、子どもたちだって少しは癒されるだろうに。

金子祐也は、おかっぱに切り揃えられた髪をした、何とも愛くるしい子どもだった。

小さい頃から病気をしていた分、少し我がままで看護婦の手を焼かせるところも、子どちらしくて好ましかった。

古賀が病室を訪ねると、ピーッと声を出して、古賀の鼻の頭を指差してくる。かわいそうに、食べ物を口から一切摂取できず、点滴だけで栄養を得ている。すでにむくみが始まり、顔にも目にも黄疸の症状は顕著である。

「ピーッ」

古賀も指を伸ばして祐也の鼻先を押さえたり、指と指を合わせたりする。見ていた看護婦長が、

「知ってます？ この頃陰では、小児のみんなが、古賀先生のこと、ピー先生って呼んでいるんですよ」

「聞き捨てならないね」

古賀も冗談で返しながら、アメリカ時代友達だった泌尿器科医を「ピー・ドクター」、幼児の言葉でおしっこのお医者さん、とからかったら、向こうは「じゃあ、お前らはプー・ドクター、うんちのドクターだな」と言われたのを懐しく思い出しかけるが、すぐに金子夫妻の病理診断が脳裏をよぎった。

それは、ここ数日、古賀の頭を悩ませていた。

どちらかの肝臓を移植するなら血液型が適合する母親でと考えていたが、診断して

みると、痩(や)せた体で酒も飲まないはずのその肝臓が、脂肪肝の値を出したのだ。肝臓には、誰でも中性脂肪が三から五パーセントは見られるのだが、これが五パーセントを超えると、肝臓肥満症、脂肪肝と診断され、放っておくと肝硬変や肝ガンの原因ともなる。

何も珍しい話ではない。日本人の四人に一人は、程度の差こそあれ脂肪肝だと言われる。

最初の診断でそれを伝えると、母親は泣き出してしまった。

「私がこんな体質だから、祐也もあんな病気を持って生まれてきてしまったのでしょうか」

古賀はそんなとき、しばらく黙って聞いている。肝臓医である自分が向き合う患者は、命の極限を迎えた重篤(じゅうとく)な患者が多いのだから。無神経な一言で落胆させたくはない。

「脂肪肝は、ほとんどが治ります。食事の改善、軽度の運動、補助的に薬も飲んでもらいます。いずれにしろ、治しておいた方がいいんです。祐也くんが見つけてくれましたね」

診察でそう伝えると、母親は胸元を抑えて困惑した。

「だけど、移植はどうなるんですか？　祐也、どうなっちゃうんですか？」

「急ピッチで治していきましょう。大丈夫、まだ間に合います」

そんなやり取りをしたのが、ひと月前だ。

母親の肝臓の値は、このひと月でほぼ正常の値まで落ち着いた。必死に努力したはずだった。本来なら、あとひと月かふた月は待ちたかったが、祐也の体力や病状は悠長なことを言っていられる状態になく、すぐにオペの予定が組まれた。

九月二十日、北海道では秋風が吹き始めた日に、移植手術は始まった。

父親と長男は、院内で待機して成功を祈っていた。

母親の体にメスが入る。肝臓の一部が摘出され、確実に祐也に移植され、その体内で動き始めたはずだった。しかしどうしたことか、移植肝はまったく定着しなかった。すぐに門脈閉塞（へいそく）を起こすという危機的な反応を示し、祐也は術後三日で危篤状態にまで陥った。

代わって父親が、迷わず、自分の肝臓を使ってほしいと申し出た。

肝臓の一部を切除して寝たきりの妻、またそのわずか三日後には、夫もドナーとなった。

ＣＴ室のベッドの上で、ＣＴを撮影するための造影剤が、夫の腕の血管に投入される。

「ひ、ひ、息ができません」

父親は突然、痙攣（けいれん）を起こし、白目をむいた。

「もしもし、金子さん、大丈夫ですか？　先生、金子さんが呼吸困難です」

看護婦の声に慌てて振り向く。

「アナフィラキシー・ショックです。アドレナリンを至急用意してください」

造影剤でこの症状を起こす患者が、年に数人は現れる。しかし、まさかこのタイミングで起きるとは。

ＣＴ室には必ず常備されている太い注射を、金子の膝に突き刺す。

五分後、父親の意識は戻った。

「一体、何が起きたんですかね？」

目を白黒させて、天井を見上げている。

「もう大丈夫ですよ」

そう声がけしながら、古賀こそがほっとしていたのだが、金子の方はもう笑みを見せている。

この父親の明るさはかけがえがないと、古賀は思う。子女が重篤な病を抱える辛（つら）さと向き合えずに離婚にまで至る夫婦だって少なくないというのに、彼の明るさは、周囲を生き生きとさせる。この力を以てさえすれば、祐也は助けられるはずだと、古賀は自分自身を励ますようにそう言い聞かせていた。

だが、再移植のためにオペ室に再び運ばれた祐也の意識は消失して、荒い呼吸ばかりを繰り返している。

全身麻酔がかけられた父親が、祐也の隣のオペ室に運ばれた。そこでは大木が、ひどい緊張に包まれながら待っていた。術中死のショックから立ち直ったとは言い難いこの男が、佐竹山より摘出に指名されていた。

大木が少し猶予をもらえないかと頼むと、佐竹山は笑いながら背中を叩いたそうだ。

「じゃあ、いつまで待てばいいの？　肚を据えるしかありませんよ。日本式に、ふんどしでも締め直しますか？」

大木はなんとかその役を果たした。父親から切除された肝臓はほど良く形成されて、古賀のオペ室へと運ばれてきた。祐也の体に埋めてまだ三日しか経っていない、母親からの移植肝を摘出する。

もう一度、まったく同じ手順で移植が開始される。元気になるまで、何度だって、何度だって続けてやる。移植医は、諦めの悪い単純な人間の集まりなのだと、この頃開き直っている。オペ室に諦念を持ち込むくらいなら、はなから移植など行わない。

「アンクランプ」

通じてくれ。赤く、蘇ってくれ。何度だってつないでみせるよ。古賀はピッツ時代の佐竹山の口癖が自分に乗り移ったのを感じる。

祐也の小さな体の中で、父親の肝臓がふたたび赤い鮮血に染まった。

北洋大には、金子家の三人が入院している。

祐也はICUで厳重に体調をチェックされている。三日違いでドナーになった父と母は、共に寝たきりの状態で隣同士のベッドに横たわっている。

古賀は朝に夕に夫婦の部屋を訪ねて、祐也の様子を伝える。

点滴の管をたくさんつけたまま、自分だって腹部の痛みを抱えているはずの父親が、妻を励ましながら、懸命に明るく振舞っていた。

夕方、また部屋を訪ねると、母親がよく眠っているようだったので、

「また後で来ましょう」

そう言って病室を去ろうとすると、父親が声をかけてきた。

「先生、祐也は今度こそ大丈夫ですよね？」

今度こそ、という言葉に痛いほど感情がこもっている。葛西式手術、三回にわたる門脈閉塞の手術、移植、再移植、あの小さい体で幾度もオペに耐えてきた。まだ幼い子どもなのに、オペ室へ向かうときには、何かを覚悟したような顔をする。親であれば、泣いたり叫ばれたりする方がむしろ気持ちは楽かもしれない。

「がんばっていますよ」

実際は、母親からの移植のときほどではないが、拒絶反応による幾つかの症状に見舞われていて予断を許さない状態ではあった。

「早く、会いたいんですよね。あいつも、俺たちに会いたいだろうなと思って」

「大丈夫。祐也くんの体の中には、今あなたがいますからね」

「そうか、そうだよな。先生に言われると、急に実感が湧いてきたな」

強い西陽が差し込む時間で、カーテンがしっかり閉められている。カーテンの黄色い色が、金子がなんとか保っている笑みを、切なく映し出していた。

「お二人のなれそめを、少し聞いてみたいですね」

そう水を向けてみると、金子は屈託なく話してくれた。

「俺はこいつより、三つ年が下なんですよ。はじめは、頼りなく思ったんじゃないですかね、全然、真に受けてくれなくて」

年下男が恋する女に熱烈にアプローチした末に結ばれたというストーリーだった。道東の町で出会って、祐也の病気のために北洋大のある札幌へ最近越してきたのだそうだ。

「家内が結婚してもいいよって言ってくれた日の気持ちは、まだ覚えているんですよね。あれを思えば、どんなことだって乗り越えられます」

こんなまっすぐな男が、精一杯営んでいる家族なのだ。彼らを、なんとしてでも助けてやりたいと感じた。

「みんなで元気に退院しましょう」

古賀の声に金子は頷き、そのとき妻がふっと目を開く。

「いやだ、何を話しているの？」

照れくさそうに、そう、呟いた。

一方、肝硬変の患者、野本の病室は、閑散としていた。見舞いがくるたびに、肝臓を分けてくれと、臆面(おくめん)もなく頼むものだから、親族もすっかり足が遠のいてしまったのだ。

一般病棟の奥まったベッドで、相変らず土気色の顔をしていたが、症状は小康状態にあった。

「先生、俺はこのまま野垂れ死になのかい。死にたくないです。今度ばかりはもう、酒は止めますから」

　また泣き言が始まる。その日は担当医の大木だけでなく、移植医全員で回診をしていた。

「野本さん、野垂れ死にが嫌だったらね、ドナー登録してくれてもいいんだよ。移植を待っている人の気持ちが、ここにいたらよくわかるでしょう？」

　佐竹山が、野本に大きな声でそう告げる。後ろから付いてきた、少し緊張気味の看護婦を紹介した。

「野本さん、いいですか？　ここにいる人は、まだ入りたてだけどね、オーストラリアで移植コーディネーターの資格を取ってきた立派な人ですよ。夏井くんといいます。いろいろ相談に乗ってもらってください」

「先生まで、俺を見放すのかよ。死にたくないよ」

　古賀は佐竹山とふたたび回診へと出るが、ナース服に身を包んだ夏井静香はその場に残って、野本の話に耳を傾けることになる。移植を待つ患者の心のケアをするのも、コーディネーターの重要な仕事だ。

北洋大の渡り廊下を佐竹山と並んで歩くのは、古賀には久しぶりだった。

「祐也くんのご両親の経過は順調ですね？」

佐竹山に訊かれる。

「ええ、ご夫妻の方はなんとか予定通り退院できそうなのですが、祐也くんの症状は未だ落ち着きません。血液型の不適合による拒絶反応が出てきています」

「そう、何か手立てはあるの？」

廊下に切り取られた窓の外では、鈍い色の落ち葉が風に舞っていた。

「実は思い切って退院させてあげようと考えています。慢性の胆管炎を起こしていますから、入院していても、施せる治療はありません」

古賀はそう答えながら、もう一度窓の外の樹木を見る。いつの間にか、桑の大きな葉は、すっかり落ちて、ごつごつした樹皮ばかりが見える。

「良い判断ですね。ただ、その後はどうしますか？」

佐竹山が大きな足取りで進みながら、訊ねてくる。

「脳死ドナーからの臓器提供を待つことも提案したのですが、ご家族は、特にお母さんの方は心を決めあぐねているんです」

「他人の臓器をもらってまで生きていいのか、と悩んでいるの？」

古賀は素直に頷く。

「夏井くんにはまだ荷が重かったかな。なんとか助けてあげたいが」

「私からも、もう一度任せてほしいと言ってみるつもりです」

「そうだね、そのときがきたら頼みますよ」

古賀は佐竹山のその声に戻ってきた精気を感じた。

北海道へ来てからは、月日が目まぐるしく過ぎていく。院内の医師以外の者とは、外へ出かける時間もない。

ピッツに残っていたら、今頃どうしていたのだろう。アメリカにいた頃だって十分に忙しかったはずなのに、思えばしょっちゅうバーには出かけたし、野球やホッケーも観戦していた。ガールフレンドたちとデートもした。アメリカという国に馴染むために、それらを必要としていたからに違いなかった。日本に戻った今も、それなりに充実した日々を過ごしているのだろうと、古賀は他人事のように考えた。

両親に続き、祐也もなんとか退院の日を迎えた。

祐也の目の色は澄み、自分の足で立って歩くこともできるし、食べ物を口にすることもできる。だが、それはいつまでなのか。

祐也の症状が悪化しているのが、古賀らにはわかっていた。

最終章

一九九九年初冬

高さ一六〇メートル、四十二階建ての、ピッツバーグ大学の「学びの聖堂」は、大学の校舎としては全米で最も背が高い。ゴシック様式の建物から、ぎざぎざと尖(とが)った屋根が、澄んだ空を錐(きり)で突くように伸びている。

凌子は、今更ながら案内板に記されている文章を、サワダと並んで読んだ。

完成は一九三四年。一九五三年にモスクワ大学のメイン・ビルディングが建つまでは、世界で最も高さのある学舎だった。

冬の空へと昇ろうとしているように見える、その屋根を見上げ、こんなにも高かったろうかと、改めて感じ入る。ゆっくりとその先端までを目で追った。

「学びの聖堂は単なるモニュメントには非ず、学生たちが研究目的で用いる建物です。各階には、コンピュータ・ラボ、各学部の教室、事務室、劇場などが配置されています……」

なぜこんなに高い校舎を建設したのか。今更浮かんだ疑問に対する答えも、案内板には示されていた。学びの聖堂ができるまで、ピッツバーグ大学の講義は、第一次世界大戦中に造られた木造校舎で行われていたという。

新キャンパスの構想が練られたとき、選出されたばかりの学長は、校舎はただの校舎ではなく、ピッツバーグの教育における、「劇的な象徴」にすべきだと考えた。

大きな河川に囲まれたこの一帯を開拓した人間たちは、ろうそくの灯火の傍で、川の向こう側へと思いを馳せていたはずだ。

新キャンパスを、学問における開拓者たちの、灯火としよう。

高すぎる建物には反対もあったが、それを押し切って建設が始まった。市内の学校に通う、児童や生徒たちが、この大学のために一人一枚十セントのレンガを買うキャンペーンがスタートし、九万七千人が参加した。その後、ピッツバーグ大学からは、名だたる研究者たちが次々と生まれた。Dr.セイゲルも、この地で新しい医学の階段を登った開拓者のひとりである。

「こういう歴史を、先生は当然ご存知だったのでしょう?」

凌子が読み終えて隣を見上げると、

「詳しいとは言えませんね。ピッツには、もう三十年いるはずですが」

その声に笑いながら、凌子は俯く。

「私だって気づけば、十四年をこの街で過ごしています。入ってみませんか?」

二人並んで学びの聖堂へと足を踏み入れる。天井の高い回廊のホールに出迎えられる。冬季は二十四時間暖房が点され、無数の机と椅子が用意されている。学生たちはここで、心おきなく学ぶことができる。

天井から等間隔にぶら下がる丸い照明灯の鈍い光が、回廊の中を照らし出していた。

〈永遠の泉がここにある。

君たちにとって、天国の星はつねに新しく輝く〉

回廊の門に英国人の詩が刻まれているのに、出会う。

キャンパスを出入りする学生たちは、胸にPittとプリントされたトレーナーやユニフォームを着て、若者らしい賑やかな声をあげている。

サワダと凌子の立てる足音が、対になって響く。それが凌子に若き日のような気恥ずかしさを与えた。

先ほど、ピッツでの最後の昼食を、サワダにごちそうになった。古賀も帰国前に誘われたという、中華料理店だ。窓辺の席で、彼がいつも頼む鶏肉のカシューナッツ炒めを食べた。サワダが店主に凌子が近々帰国する旨を伝えると、「オウ　アイ　ミスユー」と言って、頼んでもいないコーラを二本、出してくれた。

「回廊のアーチには、鉄骨が使われていないとも書いてありますね。それぞれのアーチには、重さ五トン分の柱が配置されているそうですよ。第十代学長のMr.ボーマンは、立派な大学を造るのに、手を抜いてはだめだと、建築の完璧さを追求したのだとか。どこかの誰かに似た人だったのかもしれませんね」

サワダの話で笑い合った後、凌子はふと足を止めた。

「あの子の名前、やっぱりバリーがいいかもしれない」

凌子の引き取ったビーグル犬のチャーリーは二代目なので、チャーリー二世としてラボテクニシャンたちにも親しまれていた。犬舎の外では、最後につかの間であっても自由な暮らしを与えたい。だから、ラボのルールと関係のない名前をつけてやりたい、と、サワダとは会うたびに思いつくまま、候補をあげあってきた。

暖炉のあるサワダの家のソファでも、二人で紙にたくさんの名前を書き出した。

驚くことに、サワダはよく、自室で茶を点てくれた。疲れが取れるのだと言う。

「コロ」や「サスケ」は、かつてサワダが子どもの時分に飼っていた犬の名前だ。ビーグル犬なので、ダーウィンが探検に出た航海船ビーグル号の船長、フィッツロイも候補にあがったが、犬の名としては長すぎると考え直す。

「まさか、あのバリーですか？」

これまでのやり取りを思い出したのか、サワダがその単純な名前の由来を、半ば呆れたように訊いてくる。「なぜ？」と、眉をひそめる。

「結局、バリー・ボンズを超えるタフガイには出会えなかったからです。サワダ先生も、内心では彼の熱心なファンだったでしょう」

「それは、お好きなように」

サワダは腰の後ろに手を組んで、首を横に振る。

凌子は、ようやく帰国を決めた。サワダを看取りたいと何度も訴えたのだが、彼はホスピスへ移る準備が万全であることを、凌子に自慢してみせるばかりだ。

それでようやく決心ができたのだ。

セイゲルには北洋大へのアプライを出す旨を伝えた。大袈裟なくらいに嘆かれたが、その場で佐竹山宛てのレターにサインをしてくれた。自分にとっていかに充実した十四年であったかを改めて思った。

「バリーを置いていったらいかがですか？　私の行くホスピスでは、動物連れでもOKだそうですよ」

「だったら、私を連れていってくれたらいいでしょう？」

サワダと肩が触れ合う。

「諦めの悪い人ですね。何度でも言います。あなたには、ホープフリー、私の看護人ではなく、いい医者であり続けてほしい。そう、言ったはずです」

そして、サワダはゆっくりと続けた。

「それが、私の最後の希望です」

日本語で、そう言った。二人で回廊の外に出る。待たせておいた犬のリードを凌子が引いた。周囲は樹木に囲まれた公園になっている。

バスケットボールが弾みながら転がってきて、黒人の子どもが駆け寄ってきた。父親と遊んでいたようだ。サワダは拾い上げると、両手で彼にパスした。ボールは少し不恰好な軌道で飛んだが、子どもはうまく拾い上げる。

サワダは両手を払うと、話し始めた。

「ちょうど、あのくらいの年の子でした、私がはじめてセイゲルに言われて、臓器を取り出したのは。ショットガンの流れ弾にあたり、ダウンタウンから運ばれてきたアフリカ系の子です。体は熱いくらいで、心臓も必死に動いていた。今にも目を開けて、話し出しそうな気がした……。実はね、私はその後、佐竹山先生よりずっと長い期間、悩んだんです。脳死を受け入れられなかった。あのときは、レシピエントもすぐに亡くなりましてね。それが私の最初の移植手術でした」

サワダはそう言うと、両手を腰に当てたまま、少し下を向いた。歩調が弱まり、靴の音は少し控えめになった。

「はじめてうかがいました。サワダ先生にも、そんな時期があったなんて」

「口にしないできましたからね。Dr.セイジ・カトウが、あのはじめての心臓移植のときに、どう感じたのかを時々考えるんです。自分がしているのは果たして正当な医療行為なのかと疑うのは、医師として当たり前だと思っています」

凌子の胸に、錐が刺さるような痛みが走った。

サワダはそのまま続けた。

「Dr.カトウは、おそらくそれを誰にも言えなかったはずですよ。それが先頭をゆく者の宿命なのです」

胸の奥に温かい水が流れ込んで、溢れそうになる。サワダ以外に、誰がそんな言葉で、凌子の胸の奥で凍ったままでいた父への気持ちを、溶かそうとしてくれただろうか。

「父が誰にも言えずにいたこと……」

「Dr.リョウコ、帰国の前に、セイジ・カトウに会われてはいかがですか。移植医療の大先輩ともう一度向き合えば、あなたにも、きっと得るものがあるはずです。これからはあなたも、臨床医になるのですから」

犬がボールに向かって走っていこうとするので、リードを引く。少し引きずられると、サワダがその手に自分の手を重ねてくれた。

大きくて温かな手だ。

ずっとこうして寄り添っていられたらと凌子は思う。この手を放したくない。

「あなたはどこでだって、やっていけます。大丈夫」

さきほどのバスケットボールを持った父と息子が、もう遊び終えたのか、背筋を伸ばした歩き方で並び、ゆっくり通り過ぎていく。

足が止まる。思いが溢れ、しばし佇んでいると、サワダが凌子の体を引き寄せてくれた。それは力強く、すべてを委ねたくなる。

何かを言いかけるが、じきにはなれていくサワダを見上げる凌子の視線の先には、聖堂の屋根があった。高く尖った先が、今は夕映えの空に包まれている。

検診のために診察室を訪れた金子祐也は、父親の膝(ひざ)にのっていたって元気である。変わらず古賀の鼻先に向かって指を伸ばし、ピーッと口にして笑う。

「食欲もありそうですね」

「ええ、よく食べるんですよ。カミさんも、張り切って好きなものを何でも作ってやってますから」

「そう、祐也くんは何が好きなの?」

「アイス」

すかさず答えるので、

「ここは、お母さんの作ってくれた料理を言うべきところだよ。それで、アイスはね、一日一個までだからね」

防寒用の肌着をめくりあげると、小さな体にベンツ切開の跡が浮き上がっている。胸に聴診器をあてて、汗ばんだ頭を撫(な)でる。

一見すれば元気そうなのだが、二度の生体肝移植を経てもなお、祐也の胆管炎は治まらない。それどころか、血液検査の結果は、少しずつ悪化している。

側にいる父親にも伝えてはあるのだが、

「心配は、そんなにしなくていいですよね」

と、今も朗らかに古賀に同意を求めてくる。

「しばらく様子を見ましょう。お家で過ごすのが何よりだよね」

と、子どもに向かって頷いて見せる。

祐也の父親は、懸命に明るさを装いながら、その実、毎日が気が気でないはずだった。

家の中に爆弾がある――。子どもの肝臓の病を経験した家族が押し並べて述べる感覚だ。

毎朝子どもの目を見る。白目は黄ばんでいないか。尿や便の色は正常か。風邪を引いただけでも、熱が出ればすぐに肝臓のせいかと疑う。

移植がうまくいきさえすれば、それは杞憂ですむ。昨日、定期検診にやってきた「シェリ」の安田は、今では自分で車の運転をして、以前のように洋菓子店を営んでいる。

両親ともに犠牲を払ってもらい、二度も手術を行ったというのに、祐也の門脈はそのつど詰まってしまう。

小児の移植は難しいとは知っていた。アメリカでの経験がないのが不安材料だった。かつてはセイゲルも小児を担当していたが、最近は専門外来が設けられている。子どもには細かく成長段階があり、大人とは異なるガイドラインが策定され始めている。だが、ここではとてもそんな贅沢は言っていられない。古賀と大木はこのところ、小児移植の論文を手当たり次第に読んでいる。

「ではまた、来週にはきてください。何かあったら、いつでも連絡をしていいですからね。風邪をひかないように。いいかい？　アイスは一日一個までだよ」

そう言って指を立てると、祐也はその指を避けて、また自分の小さな指の先で古賀の鼻先をぎゅっと押してくる。


北洋大の第一外科のカンファレンスは、殺風景な小会議室で行われる。丸テーブルを囲み、古めかしいソファに座る。佐竹山の秘書がコーヒーをポットで運んできて、めいめいがプラスチックのカップに、コーヒーや砂糖、クリームを入れる。徹夜や長い時間のオペの後は、外科医たちは砂糖をたくさん入れて、意識的に血糖値を上げる。テーブルの端には、ナースキャップ、紺色のカーディガンの夏井静香が座り、メモをとっている。すっかり第一外科の一員だ。

「野本さんの意識が混濁し始めました。アンモニアの値が二〇〇まで上がってきていて、ビリルビンも一六になっています」

大木が、カルテをめくって報告を始める。アンモニアは通常肝性脳症の指標で、正常値は八〇μg/dl以下だ。ビリルビンは黄疸の指標で一・〇mg/dl以下で正常であるから、値は大変に悪い。報告する大木の声にも覇気がない。術中死から、立ち直っているとは言えないようだ。

「金子祐也くんの胆管炎もよくありません。今は小康状態ですが、いつ急変を起こしてもおかしくはない。私はやはり、ご夫妻にもう一度移植のオペを勧めてみたいと思います。ただし、提供してもらえるのは、脳死ドナーからしか考えられない状況なのですが」

という古賀からの報告も、大木からのものと同様に、佐竹山は黙って聞いていた。

「二人にステータスをつけるなら、どうなりますか？　血液型も聞かせてください」

万が一脳死者が出た場合に、待機患者がいる。それを北洋大が出すという所信表明になる。

「いずれも、血液型はAプラスです」

コーディネーターの静香が即座に答え、続けた。

「緊急度は祐也くんは再々移植で十点、野本さんは六点で登録していましたが、肝硬変がそこまで悪化しているのであれば、八点まであげられると思います。委員会にあげてよいですね」

正式な資格を持つ静香が院内にいてくれるおかげで、ステータスをつけ申請するまでの過程は迅速だ。臓器移植ネットワークに申請が回り、臓器別のステータス順に、待機患者として登録される。

「それと」と、静香は自分のメモをめくった。「つい先ほど。古賀先生に、脳死判定に関しての相談のお電話がありました。神戸からです」

「私に？　神戸のどなたですか」

古賀の問いかけに、静香はノートを指で追う。

「ありました。慌てていて、すみません。以前は神戸の神緑病院にいたという柳田先生です。今は別の病院に移られていて、こちらです」

静香は名前と番号を書いたメモのページを破り、古賀に手渡した。

だとしたら美佳子の担当をしてくれた、若い医者に違いなかったが、果たしてどのような相談だろう。彼は脳外科ではなかったはずだが。カンファレンスを終えたら、すぐ電話をしてみようと思う。

しかし佐竹山は、もう一つ大切な議題を告げてきた。

「今日は、皆さんに大切なお話があります。第一外科ではこの度、もう一人の医師を迎えます。心づもりをしておいてください」

「どこから迎えるのですか？」

古賀が訊ねると、佐竹山は、

「まあ、きちんとしたご紹介はお見えになったときにしましょう」

と、お茶を濁す。

一瞬、凌子が思い浮かんだが、期待をするのはやめようと、古賀は小さく息を吐く。サワダが退官したと聞いたが、どうしているのだろう。あの動物舎にまだ残っているのだろうか。

「まさか、凌子先生、ではないですよね」

と、大木も耳打ちしてくる。

「リョウコ先生って、どなたですか？」

静香が訊ねてくる。

「ピッツで一緒だった、それはそれは厳しい先生だよ」

と、大木はどこか懐かしそうに言った。

静香はきょとんとして、肩をすくめた。

壁や床に無垢材を施した重厚な内装の研究室だった。中国系の秘書に通された研究室にはアンティークめいた革張りのソファが鎮座しており、威厳を感じた。

「日本へ帰ることに決めたので、ご報告にあがりました」

凌子が渡米してから父に会うのは、はじめてだった。この研究室を訪ねたこともない。父はこの人工心臓の研究機関の顧問を務めていると聞いている。

父は北洋大医学部を首席で卒業した。その後留学し、カナダとボストンの二つの大学で胸部外科の医術を学んだ。帰国をすれば北洋大に招聘されると信じていたのだが、それは叶わなかった。

札幌に新設された医科大学に籍を置いた時点から、傍目にもわかるほど躍起になったというのが、事件後、まことしやかに報道されたストーリーだ。

父は凌子の姿をゆっくり見つめた。間近に見るのは、母の葬儀以来だ。四十歳を過ぎた娘をどう感じているのだろう。

「変わらないね。凌子はお母さんと同じで肥らないんだな」

「お元気そうですね」

七十代に入ったはずだが、年よりは若く見える。昔と同じく額は秀で、肌艶もよい。ただ、撫で上げた髪は、もう白髪の方が多い。会っていない時間が降り積ったかのようだ。

「いろいろガタは来ているよ」

ソファに向かい合って座っている。父は、母を膵臓ガンで失ってから一年も経たずに母の旧友だった女性と再婚した。それも凌子が距離を置く理由だ。ストライプのシャツにえんじのセーターを合わせている。今の妻の趣味なのだろう。父に似合うのは、もっとシックな色合いなのに。

研究室に外線が入るが、父は秘書を通じ、後ほど掛け直すと伝える。研究室の壁のいたるところに、ディプロマと呼ばれる特別な証書の数々が額装されて飾られている。胸部外科の名医たちとだけでなく、Dr.セイゲルはじめ、世界の名だたる移植医たちと一緒に写った写真もある。そうした写真の中で、父は精一杯微笑んでいるが、凌子にはそのいずれもが、自分の知っている父の笑顔には見えない。

「北洋大でアプライが受理されました。佐竹山先生たちと合流して、あの国の移植医療の力になれたらと思っています」

「第一外科だったかな。佐竹山くんは苦労されているとは聞いているが」

父としてというよりは、加藤洮嗣としての口調でそう言った。

日本人が、しかも娘である自分がもう一度あの地で移植医療に挑んでいこうとしているというのに、向かい合った人から放たれたその言葉には、温もりの欠片（かけら）もなく感じられた。まるで関わりのないことのように突き放して話す父に対し、凌子の中に、怒りにも似た苛立（いらだ）ちが溢れてきて、指を口元に運んでしまう。

「私はまだわからない。だからどうしても、帰国前にお父さんの口から訊きたかったんです。あのとき移植に挑み、あの一度きりでやめてしまったのはどうしてだったの？」

父は黙って窓の外を眺めていた。うりざね型の横顔は、一見朗らかな印象を与える。薄くなった頭髪は、すべて後ろへ撫でつけてある。

「この機会に、聞かせてほしいんです」

凌子は、自分とバリーをピッツバーグ国際空港まで送ってくれたサワダの声を思い出した。「あなたを心配していますよ。ご高齢を迎えたお父様を、決して追い詰めたりはしないでください。お二人にとって良い時間を過ごすのですよ」。そう言われていたはずなのに、詰問（きつもん）口調になってしまう。なぜなら、父の沈黙こそが、長年自分たちを苦しめてきたからだ。勇気を持って訊ねた今こそ、真正面からぶつかりたい。

「まだ指を嚙んでいるのか。人間の癖は直らないものだね」

加藤洮嗣というより父が、懐しむようにこちらをじっと見つめていた。この問いかけには答える必要はない。

秘書が扉をノックしても、彼は返事もしなかった。やがて、もう一度電話が鳴り始める。おそらく本当は先約があったのだろう。

沈黙は長く深く、結局三十年以上もの時の上に、さらに重なっていくばかりに感じられた。

「何か言ってくれませんか?……」

さらに沈黙が流れ、凌子は耐えられずに一人ごちるように呟いていた。

「あのとき、お父さんが準備もなく移植にあたったなんて、そんなことは思ってはいない。できるはずがないもの。患者さんは八十日も生きたのだから」

「八十三日だよ。拒絶反応がなければ、オペは成功していた」

父は立ち上がると、まるで話を逸らすように、デスクマットに挟んであった一葉の写真を引き抜いてきた。

おかっぱ頭の子どもが大きな白衣を着て父の膝に乗って笑っている、セピア色の写真だった。父の後ろで、母も曇りのない笑みを浮かべている。

「私は凌子はきっと医者になるだろうと思っていたよ。移植医を目指すとは、思ってもいなかったがね」

母は、髪がセットされていて、モダンなエプロン姿だ。華純がそうしていたように、テーブルにはたくさん料理が並べてある。記憶の中の母は、頑(かたく)なにただ気丈に振舞っていた。

「私はどうしても知りたくて、移植医になったんです。お父さんのこと、お父さんのしたことが知りたくて」

写真の中の、大きな白衣を着たおかっぱ頭の少女に同意を求めるように、凌子はそう口にしていた。

父は一度目を閉じソファに体を沈め、ゆっくり話し出した。

「あのとき私がしたことが、間違っていたとは思っていない。今も昔も、移植でしか助けられない命があるのは、凌子もよく知っている通りだ。私がしたことは、ベストな選択だったはずだよ。だけど、医療とはつくづく残酷なものだね。時代が違った」

「お父さん、ドナーの心臓の温かさを忘れたことはないでしょう？」

凌子は、父の目を見つめた。

父はまじまじと見返した。

凌子にとっては、摘出した臓器の温かさこそが、生と死の境界線をつらぬくものだった。そう思えたのはたぶん、動物とはいえ何百もの臓器を摘出し、つないだからだ。そのデータを必ず活かしてくれる仲間がいると信じられたから、その温もりを怖れなくなった。

でも父は、父の手は、ひとつの温もりを失った恐怖に囚われたままなのだ。

膝の上で幾度か小さく握り直された父の手を見ているうちに、自分が三十年を経て父に向けた質問は、やはり残酷だったのだと悟った。

「辛いことを思い出させてしまって、ごめんなさい」

そう言ってかばんに手をかけ立ち上がろうとすると、

「少し、待って」

と、その手で制された。父が腰を上げ、机の方へと回った。椅子に座って引き出しを引こうとする手が震えている。小さな木箱を手のひらに乗せると、ソファに戻った。

「凌子にこれを、渡したくてね。さっき家に戻って取ってきたんだ」

目の前で細長い木蓋を開く。木箱には溝があり、白いガーゼの包みがはめ込まれている。父の大きな手が包みを解いた。

メスだった。表面に錆止め(さびど)の油が塗られて、まるでそこでじっと時を止めているような、鈍く輝く一本のメスだった。

「もらってくれないか」

そう言うのなら、かつて日本から持参したメスに違いなかった。夜逃げするように日本を出てきたというのに、メスだけは、こうして持ってきたということか。

「あの薬は……凌子たちが開発した免疫抑制剤は、私も使ってみたかった。もう一度メスを握るには、年を取りすぎてしまったがね」

凌子は両方の手を伸ばし、厳か(おごそ)かな心境で受け取る。

「負けるな、凌子」

父から手渡された木箱を抱くようにして、研究室を出た。


神戸で脳死者が出るかもしれないという一報が、早朝に北洋大に届いた。脳死下の臓器提供の最初の十例は、ナショナルチームが参加する。開腹は佐竹山と古賀であるというのが、臓器の提供先に関係なく、移植学会との約束だった。

「開腹をお願いしたい。それから、肝臓ですが、現在重症度はそちらの金子祐也くんが筆頭です。提供をお受けになりますね？」

正式に連絡が入った頃には、祐也の黄疸症状は誰の目にも明らかになっていた。

古賀はその通話を切るや否(いな)や、すぐに病院のデスクから金子家に電話をかけた。

「金子さん、神戸で脳死判定が出ました。祐也くんに移植ができますが、どうされますか？」

頼むから、受けると言ってほしい。受話器を握る手が汗ばんでくる。順番待ちをしている患者は数多く、肝臓は特に躊躇(ちゅうちょ)している間がない。

「え？　そ、それはすぐに決めなきゃだめなんですね？」

父親が電話口で戸惑っているのがわかる。古賀は冷静に、四百万ほどの輸送費がまず必要なことを述べる。後に療養費として自治体から大半が支払われる可能性もあるが、古賀には、その詳細を調べている時間がない。自らも開腹に向かわねばならないのだ。

「そうです。恐縮ですが、この電話でお返事をもらいたいと思います」

迷っていると、肝臓は次の待機患者に回ってしまう。脳死が正式に判定されたら、すぐに摘出が始まる。そこから十二時間のうちに移植が行われる。

「一分だけ、妻と相談していいですか？　すぐに折り返しますので」

おそらく電話のすぐそばでは、家族が耳を澄ませているだろう。夫人にとっても、ベンツ切開されたみぞおちのあたりは、今だって痛んでいるはずだった。

「待って、金子さん。でしたら奥様にはこう伝えてください。これしか、もう助けられる方法はないんです。脳死判定の患者さんは、ドナーカードを持っていました。自分になにかあれば、人の役に立ちたいと考えていた方でした。こんな風に順番が回ってくることは、今の日本では奇跡に近い。このチャンスを待ちながら亡くなる人たちも大勢いるんです」

通話が切れる音の代わりに、金子の声色が低く静まって、そのまま返ってきた。

「妻は必ず説得します。いや、あいつなら大丈夫です。古賀先生、よろしくお願いします」

受話器を置いた古賀は、さっそく摘出へと向かう準備を始めた。

神戸の病院の玄関で出迎えてくれた医師の中に、見覚えのある顔があった。震災のときに、野戦病院のような状況だった神緑病院にいた、かつての青年医師だった。

「古賀先生、お久しぶりです」

変わらず救急を担当しているのか、柳田はいつでも手術にあたれる簡易手術着を着ている。少し白髪が混じったろうか。美佳子を担当してくれたときと同じように、髪には寝癖があり、腰から懐中時計を下げている。

「お電話をありがとうございました。こちらへ移られたんですね」

「思うところあって、一昨年にこちらへ移りました。先生方のことは、新聞の報道などで」

「だとしたら、良い報道とは言えなかったでしょうが」

浮かんだ苦笑は一瞬で消えた。

「摘出をよろしくお願いします。ドナーとなるのは、患者さんのご意思だったそうなので」

柳田はそう言って、頭を下げる。

「こちらこそ」

喫煙室から戻った佐竹山の姿を認めると、さっそく、カンファレンス・ルームへと案内される。

フィルム解析をする照明器具の下で、脳死判定を受けた患者の、各臓器のＣＴ画像などを確認する。

患者はスクーターに乗っており、走行中に急に飛び出してきたトラックに接触され転倒、ガードレールに頭部を強打した。まだ二十五歳の教師だった。

救急車で運び込まれた際の担当医が柳田だった。すぐに腿（もも）にアドレナリンを打ち、CT画像を撮ったが、脳内出血はすでに脳幹を強く圧迫し、自発呼吸も停止していた。

柳田は、患者の免許証と一緒に収められていた手書きのドナーの意思表示カードを認めつつも、半信半疑で家族と話した。移植コーディネーターに話を通すというのも、その場では思いつかなかった。

脳死という医学的な判断を伝えると、両親は深い悲しみに浸りながらも、臓器提供について理解を示した。

「母さん、アメリカでは子どもたちには、ぬいぐるみを使って臓器移植への理解を深めているそうだよ。腕や耳の取れたぬいぐるみを送ると、別のぬいぐるみから腕や耳が付けられて、帰ってくるんだよ。それを見せたら、うちのクラスの子どもたちも、ぬいぐるみを送るって、いくつも持ってきた。もう使わないから、ツギハギに使ってって持ってきた子もいた。たった十歳の子たちがさ、きらきらした目でね」

やけに熱っぽく両親にそんな話をしたことがあったのだそうだ。

その話を受けて、柳田は、一度古賀に電話をかけてきた。結局は、院内にもマニュアルは存在した。然るべき手順で脳波が測定されて、臓器提供ネットワークを経由し、改めてその話が古賀の元へと届いたのではあるが。

「こういうのをご縁というのかもしれません」

頭を下げてオペ室へと降りていこうとすると、先に部屋を出ようとしている大きな男の背を見ている。

「あの方が、佐竹山先生でしょうか」

柳田が目をみはっている。

「そうです。責任をもって我々で摘出させていただきます」

オペ室の入り口にはすでに、各臓器を担当する医師たちが並んでいる。ストレッチャーで運ばれてきた、人工呼吸器をつけた脳死患者を皆で迎える。

医師たちがずらりと見つめる中で、佐竹山が一例目と同様に開腹にあたり、古賀が前立ちを務める。心臓がなお生き生きと激しく動いているのを、佐竹山は大きな手で触れて確かめている。この状態を見て、患者がすでに生きていないと断言するのが移植医なのだ。

今回心臓を摘出する医師は、脳死下からの摘出にはじめて当たるのだと事前に聞かされていた。患者の体内で動く佐竹山の大きな手の動きを固唾を飲んで見つめている。

既往歴のない患者からは、心臓だけでなく、二つの腎臓、肝臓、肺までが摘出される。各臓器がCTでの判断同様に健常なのを目視で確認し、心臓を摘出する、その胸部外科医と場を交代する。

心臓摘出の間、佐竹山と古賀は廊下で待機する。モニターで見ていたらしい柳田が、そばまでやってきた。

「臓器の摘出を見るのは、これがはじめてです」

古賀が佐竹山に神緑病院からの経緯などをかいつまんで話すと、丸い顔に笑みを浮かべた。

「あのときの神戸は、大変だったですね」

柳田がええ、と頷くと、

「古賀くんの恋人は残念でしたが、もしかしたらあなたも、あの一件を通して臓器移植を考えてくれるようになったのかもしれないね」

佐竹山は、まるで学生に講義するようにそう話しかけている。柳田が気を悪くしていないかふと見つめると、彼は目を輝かせていた。古賀はDr.セイゲルのオペをはじめて見たときの興奮を、束の間思い起こしていた。

「移植をやってみたくなったら、いつでもご連絡ください。北海道は、いいところですよ」

太い声で佐竹山がそう言ったとき、古賀は笑い出しそうになった。自分の研究室においでというならわかるが、北海道という地にはあんなに苦しめられてきたというのに。

「心臓、もうじき終わります」

オペ室の看護婦が、そう言いにきた。

肝臓のサイズが大きければ、その場でスプリットされて、二人の患者に移植される可能性が生じる。今回、待機リストの一番にあるのが祐也であるのは知らされていたが、スプリットができなければ二番目までは回らないので、次の待機患者にはまだ連絡はしていなかった。

痩せ気味ではあるが、筋肉質の青年から摘出した肝臓の重量が測定される。

「スプリットには、大きさが不十分かもしれません」

その数値を見て、コーディネーターがその場で判断し、ネットワークにも即座に電話で伝えられた。

古賀は、緊張しながらその発表を聞いていた。大きさが間に合う可能性もあり、スプリットのチャンスはある。分割できるとなれば、嘆き節の野本へもチャンスが回る。実質的には他の病院へと移す時間はないはずだからだ。

エンジン音の轟（とどろ）くヘリの機内で、摘出した臓器を札幌の丘珠（おかだま）空港へと運ぶ道すがら、古賀は佐竹山の気持ちを確かめるべく口にする。

「肝臓の大きさは、実際のところどうでしょうね」

古賀は、佐竹山の思いを確かめるように口にする。

「我々には、十分じゃないですか」

佐竹山は、臓器の収まったクーラーバッグを見つめながら言った。

やはり同じ思いであった。

「オペ室は、もう一つ準備しておいてもらいましょう」

佐竹山はそう言うと、目を瞑（つぶ）る。

ヘリはエンジン音を唸（うな）らせながら、やがて津軽海峡を越えて北海道上空へと入る。

チャーター機の発着は、札幌近郊では新千歳空港ではなく、丘珠という名の小さな空港が担（にな）う。

「こうして見ると、雄大な雪景色だな。だから北海道の人たちは、ああもけろっとしているのかね、古賀くん」

津軽海峡までの吹雪が去って、眩い雪原が眼下に広がっている。旋回するヘリの窓から地上の様子を見つめながら、不意に佐竹山が呟く。この辺り一帯はたまねぎ畑なのだが、今は雪をかぶり、すべてが白く覆い尽くされている。雪面は眩いほどに、白く輝く。

前回、二人で四国まで摘出に行ったときも、冬だった。しかしあのときは、任されたのは摘出までで、移植は別の病院の医師が行った。当時はまだ、脳死移植の認定施設にさえ指定されずにいたのだ。

「我々も、この雄大さに救われているのかもしれないね。冬が来て、また春が訪れるたびに、何度でもやり直せるような気がするんだ。あなたは、そう思いませんか?」

佐竹山はそう言うと、窓の方を向きぽつりと続けた。

「血液型も同じだというのだから、あの飲兵衛の野本さんを、強運の持ち主と評してあげたいものですね」

そう呟く佐竹山に頷き、もう一つのオペの可能性があることを、夏井に連絡した。

「古賀先生、こちらの準備は万全です。お気をつけてお戻りください」

静香の落ち着いた声が返ってきた。

野本は、昨日も意識が混濁して、目を覚ますと錯乱して暴れた。肝硬変の成れの果てを、彼は生々しく体現していた。

ヘリが下降を始める。二人ともほぼ同時にシートベルトを締め直し、目を閉じた。

「ただいまより、金子祐也くんの手術を始めます。よろしくお願いします」

声を震わせそう言ったのは、北洋大第一外科に着任したばかりの、加藤凌子だ。

「メス」

そう言ったと同時にナースが手渡そうとしたメスは、真新しいディスポーザブルのものだった。

「ごめんなさい、それじゃない方のメス」

「こちらでよかったですね？」

と慌てて渡された、確かな重みのあるそのメスを手にした瞬間に、凌子の手はグローブの中で俄かに汗ばみ、ひととき止まった。

「それでいいです」

「先生、大丈夫ですか？」

前立ちを務める大木にそう言われ、凌子はメスを握り直す。

モンタナで父に渡されたメス、現代のものとは違い、鋼から削り出した古めかしいメスだ。

手渡してくれたナースが驚くのは当たり前だと思いながら、凌子はすでに切開の跡のある、小さな患者の体に一気にメスを入れる。

小さな腹部に、ベンツ切開の深い跡が幾つも重なるようについている。

「これで最後にしてあげてください」

オペが始まる前に、佐竹山からはそう声をかけられた。だが、腹腔(ふくくう)内は蜘蛛(くも)の巣が張ったように癒着がひどい。

「電メス」

「アルゴン」

人間の移植を行うのははじめてに近いなんて、今更誰に言えるだろうか。

着任早々、日本で二例目の脳死判定が出ると聞いたとき、佐竹山から呼び出され、こう頼まれた。

「三度目の移植になる小児の患者さんがいます。その日、古賀くんには、スプリットした肝臓でもう一人の患者さんを担当してもらう可能性があります。小児については凌子先生にオペの執刀をお願いします」

凌子はまだ院内のシステムの説明もまともに受けていなかったし、足慣らしもできていない。

「先生、少し猶予(ゆうよ)をいただけませんか？　そもそもご存知のように、私にヒトの移植はまだ――」

と言いかけたのを、佐竹山はわざとらしい咳(せき)で遮った。横にいた移植コーディネーターが驚いて目を見開いていたからかもしれない。

「帰国早々お疲れかとは思いますが、ここにいる医師たちの中でもこれまでオペをもっとも多く手がけているのが、あなただ」

「でも、それは――」

「Dr.リョウコ、どんな小さな腹腔内でもあなたは臓器をつなげた。とてつもなく早く。サワダ先生譲りなのでしょうが、私は敵(かな)わなかった」

佐竹山は白髪が増え、アメリカにいた頃より、背も少しだけ丸まった気がした。笑った目尻(めじり)にも皺(しわ)が深く刻まれていた。けれど、以前よりも包容力を増し、さらに頼もしい。

「なにしろ患者はとても小さい。太い指の私より、凌子先生の方が向いているはずなんです」

佐竹山はそう言って凌子の肩を叩(たた)いてみせたのだ。

帰国して着任の挨拶をすると、古賀と大木は二人でハイタッチをした。

「してやられましたね」

「秘密にしていたのは、佐竹山先生です」

「凌子先生、ずっとお待ちしてましたよ」

大木が、感極まった声を出す。

古賀は無言で、アメリカ式に凌子をハグした。

摘出した臓器をバックテーブルでスプリット、つまり分割肝にする高度な技術を施したのは古賀だった。

見事なスプリットと形成がされていた。古賀は肝臓を少しも無駄にせずに、切り分けていた。大人のドナーからの肝臓を小児に使う場合、左葉外側区域だけで十分だ。かつては残りは捨ててしまうという方法が一般的だったが、残りの右葉で、もう一人助けることができるケースが出現していた。

スプリットの成功を受け、肝硬変ではもっとも緊急度の高い八点の枠でうまく待っていた野本に、右葉を移植するのを、ネットワークが認めた。同じ枠内にいたのは、野本だけだった。

二つのオペ室で同時に肝臓移植が始まった。

古賀がスプリットからそのまま野本への移植を担当し、凌子は大木を前立ちに祐也のオペにあたっている。佐竹山はそのいずれかのオペ室に緊急の事態が生じたときのために待機している。

祐也の体内は癒着がひどく、なかなか肝臓にたどりつかない。電気メスの触れた部分から、どろっとした膿(うみ)が溢れてきた。化膿(かのう)した箇所の摘出をしようと凌子がその小さな箇所に電気メスを当てた瞬間に、血が溢れ出し、腹腔内が一気に血の海となる。

「肝静脈から出血しています」

凌子が麻酔科医に告げると、オペ室に緊張感が走る。

「吸って、ちゃんと吸って」

前立ちの大木に、凌子は声を荒らげる。

「はい、あ、まだ」

と、大木が蒼白(そうはく)になり、膝からくずおれそうになる。

「またって、何言ってるの、大木くん」

その尋常ではない様子を目にして、むしろ落ち着くことができた。

「とにかく、吸うの。出た血は吸えばいいんだし、その分、入れたらいいの。サワダ先生から私は、そう教わりましたよ」

ＯＫ？　Dr.ビッグ・ツリー。サワダはよく欧米人の医師たちに、彼を紹介するときに、ふざけてそう呼んだ。

「サワダ先生が……。はい、輸血を頼みます」

凌子より先に、大木がそう言った。彼は指示を続けた。

「アカ（赤血球）二十単位、ＦＦＰ（凍結血漿）二十単位、至急追加してください」

「至急、承知しました」

麻酔科医が答える間に、看護婦が輸血用血液を運び込む。麻酔科医と外科医が血液を注射器で輸血回路内に押し込むポンピングを行っている。

大木は、調子を取り戻したようだ。

「切除面を探しましょう。吸引、早く」

助手にそう指示を出す。

「膿で膨らんでいた部分だと思います」

凌子の指示で、大木はグローブの手を血だまりの中へと入れ、出血点を探る。

「おそらく、ここです。凌子先生」

「ビンゴ。次はゴゼロ、プロリーン」

この細い糸で、どんなに脆くて薄い血管壁だって縫ってみせると凌子は思う。

「……ＯＫ、Dr.リョウコ、それでいいでしょう」

オペの練習に何度も付き合ってくれたサワダのささやきが聞こえた気がした。

縫ってもすぐにじわりと溢れ出す血液をガーゼで圧迫する。ガーゼが赤く染まっては取り替えるのを繰り返す。やがて、ガーゼが染まらなくなったのを見届けて、大木は大きな安堵のため息をついている。体温が低下しやすい小児のオペのため通常より室温が高いのもあり、ナースたちが、大木や凌子の額に浮かぶ汗を拭う。

「凌子先生、僕、術中死を出したばかりだったんです」

「知ってる。でも、私たちは立ち向かい続けなきゃ」

離れていても、それは華純の手紙で知っていたのだから、やはり以前のままの仲間たちなのだ。

凌子は不意に、帰国直前のシカゴの空港での出来事を思い出した。

ペットホテルに預けていた犬を引き取り、搭乗手続きをしようとした際に、そこに思わぬ人が立っていた。Dr.セイゲルだ。

凌子の見送りにきたわけではなかった。国際線でスイスの学会へと向かうところだそうだ。

もう一度会えるとは思っていなかった恩師は、ケージの中で尾を振る犬を指差し、訊ねる。

「ヒズ ネイム?」

犬は、しばらくホテルに預けられていたせいか、急に落ち着きなくケージの中で回転した。

「バリー」

「ええ、バリー?」

セイゲルは、付き添っていた秘書と声をあげて笑う。

「バリー・ボンズです」

「バリー・ボンズまで、日本へ連れていってしまうつもりかい? Dr.リョウコ?」

「Dr.サワダも、きっとあなたはそう言うだろうと」

「グッドラック! リョウコ」

そう言うと右手を差し出し、セイゲルはいつものように続けた。

「どこへ行っても、ベストを尽くしなさい」

大きくてしなやかな手の温もりを、凌子は胸に刻んだ。

「肝臓を摘出します」

祐也の腹腔内で灰色となり硬化していた父の肝臓が、取り出される。

続いてバックテーブルから形成された肝臓が運ばれてくる。すべての血管が長いまま伸びている。つなぎやすいベストの状態で伸びている。

セイゲルから教わったことは、究極なまでにシンプルだった。一つの命に執着し続けること。

そのために、医師それぞれが、ベストを尽くすしかなかった。用意された肝臓から伸びた長い血管は、古賀が後で繋ぎやすいように、一ミリでも長くと形成したに違いない。肝臓を摘出した後の腹腔内を、大木は神経質なほど隅々まで洗浄してくれた。

移植をしなければ助からない命だ。

目の前の小さな患者は、必死で生きようとしている。彼の命をつなげるため、父も母も痛みを抱えたまま、このオペの結果を祈るように待っているのだろう。

父は移植医としての人生をまっとうできなかった。けれど、自分にこのメスを託してくれた。

凌子はもう一度、鈍く光る父のメスを見る。

「野本さんの手術も、順調とのことです」

止血の成功に安堵して、麻酔科医がそう告げてくる。

形成された肝臓は、祐也の洗浄された腹腔の中にぴたりと収まりそうだ。鉗子(かんし)をした状態で、順に血管をつないでいく。小さな腹腔内で正確に、早く、血を漏らさないように針を運ぶ。この技術なら、世界中の誰にも負けない自信がある。

「さすがだ、とてつもない早さです」

大木がそう呟く。

そのときがきた。これが最後のチャンスなのかもしれない。新たな肝臓がここに繋がれようとしている。

「アンクランプ」

そう言って鉗子を外す。

「リパーフュージョン」

細い血管を通って、小さな患者の赤い血液が新しい臓器へと通っていく。

「血流再開しました」

と、大木の声が響く。

父が、この雪深い街のオペ室で祈るように見つめたはずの光景を、凌子は黙って見つめていた。

肝臓に赤い生気が宿った。

あとがき

筆者が移植医療と出会ったのは、二〇一一年、北海道放送のテレビ番組に出演した折だった。

妻の腎臓の一部を息子へ生体移植された経験を有する市井の方と、小児患者へ、その父の肝臓を一部摘出し、移植したばかりの医師と話した。旭川の街で、窓の外には、いつもと変わらぬ雪景色が広がっていた。

国内での移植についての私の認識は、その時点では一九六八年、自分自身がまだ子どもだった頃に行われ、「事件」となった和田心臓移植のままで留まっているに等しかった。集めた募金で移植を受けに渡米する家族の様子などが、わずかばかり、記憶にあったくらいだ。

その番組を通じ、現在でも移植でなくては助からない命が無数にあること、国内にも移植医たちがおり、専門の医療施設が存在すること、臓器移植が普通の医療として行われている現状などを一気に知ることとなった。生きた人間から肝臓の一部を摘出する生体肝移植について知ったのも、そのときである。番組でお会いした旭川の医師は、アメリカのピッツバーグ大学で十年以上、移植医療の父と呼ばれるトーマス・スターツル博士に師事し、帰国したという経歴を持っていた。

米国で移植の臨床、研究に携わってきた医師が帰国後、北海道大学医学部にまとまり、移植医療の専門部署を立ち上げた。彼らは国内では長年閉ざされたままであった移植医療の重たい扉を開いた。扉を開けたその場所こそ、まさに私の母校であったのだ。

自分も含めて多くの人がその現実を知らずにいる違和感が、物語を書くきっかけとなったと言っていい。移植は、外科的な技術だけでなく、拒絶反応の抑制や、臓器提供のネットワーク作り、そうしたものの体系的な成熟が必要とされる重層性をもった先端医療であり、どの過程にも人間のドラマが深く編み込まれている。書き手としての私はそうした編み目の一つ一つを辿りながら、時に医療の限界線をどこにも引こうとしない、医師たちの世界に惹きつけられていった。

ストーリーはすべてフィクションであるが、多くの医師たち、医療関係者、また患者ご自身やそのご家族からお話を聞く機会をいただいた。

中でも、ピッツバーグより帰国された藤堂省氏（聖マリア病院研究所所長、聖マリア学院大学院移植外科講座教授）、古川博之氏（旭川医科大学病院長、教授）のお二人には、多くの時間を割いていただいた。

二〇一四年のピッツバーグ大学取材では、今は亡きスターツル博士へのインタビューとその研究所を訪問する貴重な機会を得た。

嶋村剛氏（北海道大学病院臓器移植医療部部長）、山下健一郎氏（本別町国民健康保険病院外科医長）、村瀬紀子氏（医療法人仁寿会　タジミ第一病院診療部長）、鈴木友己氏（すずかけセントラル病院診療技術部長）、またドイツで多くの心臓移植を手がけられた南和友氏（大崎病院東京ハートセンター顧問）からもご教示をいただいた。

公益財団法人北海道移植医療推進財団の方々、総務企画委員、株式会社メディカルシステムネットワークの加賀香氏には、様々な取材の手助けを請うた。

移植コーディネーターとしては、佐藤真澄（市立札幌病院）、高橋美香（中村記念病院）、萩原邦子（大阪大学医学部附属病院）各氏から経験談を伺うことで、その役割を理解することができた。

移植医療との出会いと、ピッツバーグ大学での取材の場を提供してくれたのは、北海道放送プロデューサーを務めておられた高橋新一氏である。

医師ではない私がこの小説を書くには、多くの方々からのご助力が不可欠だった。ここで改めてお礼を申し上げます。

取材への同行、資料の収集はじめ、執筆の全行程を変わらぬ確かさで励まし、支えてくれたのは、新潮社『小説新潮』編集部の小林加津子氏、出版部・藤本あさみ氏、新潮文庫編集部・青木大輔氏である。

医療監修は、古川博之氏にご多忙な中お願いした。

多くの方のお力をお借りしたが、文責は言うまでもなく、すべて著者にある。

谷村志穂

二〇二〇年一月

主要参考文献

参考にさせていただいた文献、図書の中で、記せるものとしては以下の通りである。

『ゼロからの出発――わが臓器移植の軌跡』トーマス・スターツル著　加賀乙彦監修　小泉摩耶訳　講談社
『臓器移植の人類学――身体の贈与と情動の経済』山崎吾郎著　世界思想社
『甦る鼓動』後藤正治著　岩波現代文庫
『生体肝移植――京大チームの挑戦』後藤正治著　岩波新書
『空白の軌跡　心臓移植に賭けた男たち』後藤正治著　潮出版社
『ママ、ありがとう』各務優子著　角川書店
『移植病棟24時』加藤友朗著　集英社文庫
『移植病棟24時　赤ちゃんを救え！』加藤友朗著　集英社文庫
『外科医　須磨久善』海堂尊著　講談社文庫
『脳外科医マーシュの告白』ヘンリー・マーシュ著　栗木さつき訳　NHK出版
『白い宴』渡辺淳一著　角川文庫
『神から与えられたメス――心臓外科医56年の足跡』和田壽郎著　メディカルトリビューン

移植とはいのちをつなぐ医療である。

海堂尊

本作は、移植医療の黎明期の人間ドラマに真っ正面から向き合った、スケールの大きな本格医療小説です。

物語の前半では1980年代のアメリカでの最先端の移植医療を、後半ではそこで移植医療を支えていた日本人医師のグループが1990年代に帰国し、「旧石器時代」と揶揄された日本に移植医療を導入する悪戦苦闘ぶりを、描いています。

物語の前半を席巻するセイゲル博士のモデルは肝臓移植のパイオニア、アメリカのピッツバーグ大学のトーマス・スターツル博士です。また、この物語の主人公は複数の日本人医師ですが、それぞれに実在のモデルがいます。ですから本作は、移植医療の歴史の観点からみれば、限りなくノンフィクションに近いといえましょう。

しかし作者があとがきで言うように、プライベイト部分はほぼフィクションです。日常とは煩瑣なものであり、時にその中で人々は本質を見失ってしまいます。

ところがそこに、虚構の物語を挿入するとそうした雑音を排除でき、本質に目を凝らすことができる。それがフィクションの持つ強みであり、本作ではそうした効力が作者の筆力により遺憾なく発揮され、読む者のこころをつかんで離しません。

谷村さんが本作にチャレンジしたのは、「余命」などいのちに関わる作品などで、常に「いのち」と向き合ってきたからでしょう。そうした延長線上にある必然性と真正面から向き合った結果、その系譜の集大成となった作品だと思われます。「小説新潮」誌に連載してから単行本になるまで一年以上が費されています。

その間、谷村さんはある人物の心情が理解できず悩んだといいます。フィクションの強みを生かして物語を作ってしまえばいいではないかと考える人もいるでしょう。けれどもその瞬間、その人物は作り物の人形となり、精彩を失ってしまうのです。人物の行動やエピソードはフィクションでも、本質的な心情はノンフィクション。谷村さんはそんな作品を描きたかったのだと思います。

連載時、手術時に使用する医学専門用語「アンクランプ」だったタイトルを、隠喩(いんゆ)も修飾もないど真ん中の「移植医たち」と変更したのは、まさにその象徴でしょう。

谷村さんは連載終了から単行本刊行までの煩悶(はんもん)の時期に、移植医療という医学分野は背景であり、本質は医療に関わる人間ドラマなのだと思い至ったのだと思います。

専門医学小説から人間ドラマに軸足を移したことで、却(かえ)って移植という医療の本質が浮き彫りになったのは、実に興味深く感じられます。医療とは人間の根源的な営みに直結しているため、人間不在では存在し得ないのです。

移植医療は一大事業です。もちろん、手術手技には高度な技術が必要とされます。でも本当に大変なのは手術後に襲ってくる拒絶反応との戦いです。免疫抑制剤の開発、並びにその適切な使用と免疫抑制状態と生命維持のバランスをとり続けるためには、繊細かつ高度な実験データの積み重ねが必要となります。そうしたバックグラウンドで行われていた地味な格闘部分にも、筆者はかなりの筆を割いています。

つまり移植とは巨大なシステムであり、それぞれのパーツを担(にな)う専門スタッフが結集して初めて達成される、高度な社会機構なのです。本作ではそうした多様な各部門に対し、誠実かつ丁寧な取材を重ね、患者の視点、経済的な問題、移植コーディネーターの協力体制など、移植医療の複雑さをドラマチックに描き出しています。ドナー臓器を取りに行くために嵐(あらし)の中、リア・ジェットに乗り込む場面の華やかさや、その行為をハーベスト(収穫)と呼ぶ挿話などは、私好みで実に印象的です。

移植医療は現代医療の極点であり、その実施には今もって難問が山積しています。特に日本では脳死が法律的に規定された今でも、根強い反発があります。

そこがスタート点の日本は、世界標準から見れば周回遅れで、そのため物語の後半では、日本人医師たちが苦闘する様子が、これでもかとリアルに描かれています。主人公たちがピッツバーグで奮闘するシーンは明るく乾いた筆致なのに、帰国後の苦難の場面は陰鬱なモノクロに描かれています。医療従事者のひとりとして悲しいことですが、それは紛うことなき日本の医療界の現実です。たとえば悪名高き倫理委員会について「何かあったときに責任を取らされないように防波堤となる役目でしかない」と喝破しているのも、日本の現状を活写していて趣深いものがあります。

ただしそうした反発に対しても、作者は単なる無理解だと斬って捨てていません。最初の「ハーベスト」の後、登場人物に「Dr.セイゲルは人殺しかもしれん。肝臓ば取り出した患者は、まだ生きとったんよ」「まだ、温かった」と語らせています。それは移植を前にした、人間としての真情でしょう。

この問いに対する正解は存在しません。そこにはただ決断があるだけなのです。

このように、本作は本格医療小説であると同時に、普遍的な物語でもあります。患者を助けたいという、人間が根源的に持つ純粋な感情を縦糸に、道を切り拓く者の孤高の苦難を横糸に配し、移植医療という複雑精緻なタペストリーを、一刀彫りのようなシンプルな筆致で、鮮やかに描き出しています。

こうした多元的な目配りがされた作品であるため、医師のひとりとして、医療の本質に触れる箴言のような言葉にも惹かれました。たとえば次の一節など、これまでに書かれたどんな解説文よりも移植医療というものを明快に描き出しています。

「つながった。確かに臓器は、つながった。／これが移植なのだ。臓器そのものが生き物になったかのように、他者の肉体の中で、その一部となる。（中略）そこにはどんな精神的なドラマツルギーも存在しなかった。／祈りも興奮もなかった」

また医療とは医療従事者が一方的に施すものではなく、患者も医療に参加することで医療をつないでいくものでもある、ということにも触れています。

「私は君たちのような医者に出会わなかったら、おそらく、移植になんか関心は持たなかった。街中で野垂れ死のうとしたかもしれない」

「だが、君らと共になら、人類の発展とやらのために、貢献してみたくなったんだ」

谷村さんは作中の人物に理想の医師像を「求道者として自らの血と骨を捧げながら、敗北をも率直に語る」と語らせ、物語の中で細かいエピソードを積み重ねていくことで、その姿を明瞭に描き出していきます。「おそらくそれを誰にも言えなかったはずですよ。それが先頭をゆく者の宿命なのです」

「新しい扉を開く人に必要なものって、たぶん何があっても戦い抜く覚悟なんでしょうね」

　こうしたフレーズは医療のみならず、他分野で挑戦を続けている人たちにとっても、こころの支えになってくれることでしょう。

　作者の視野は広く、１９６８年、日本での最初の移植である「和田心臓移植」にも触れることで、移植医療に対する日本と米国の姿勢の違いも描き出しています。

　Dr.セイゲルが肝移植で多くの患者を亡くし試行錯誤していた頃、日本初の心臓移植手術を断行した和田医師は殺人罪で告発されました。それは医療行為の進歩に対するチャレンジ精神へのリスペクトの違い、すなわち社会の成熟度の差なのです。

　高度な知識や複雑なシステムで支えられた現代医療も、本質はシンプルです。

　最後に作者は慎ましやかに、そのことに触れています。

「セイゲルから教わったことは、究極なまでにシンプルだった。一つの命に執着し続けること。／そのために、医師それぞれが、ベストを尽くすしかなかった」

　医療の本質を鮮やかに描き出した本作は、すべての医療従事者、すべての患者さん、そしてこれから患者になる可能性のあるすべての人にとって、必読の名作であるといえましょう。


（二〇一九年九月、医師・作家）

この作品は二〇一七年八月新潮社より刊行された。
文庫化にあたり加筆修正を行った。

移植医たち

新潮文庫　た－79－9

令和二年三月一日発行

著者　谷村志穂

発行者　佐藤隆信

発行所　株式会社新潮社

郵便番号　一六二―八七一一
東京都新宿区矢来町七一
電話　編集部(〇三)三二六六―五四四〇
読者係(〇三)三二六六―五一一一
https://www.shinchosha.co.jp

価格はカバーに表示してあります。

乱丁・落丁本は、ご面倒ですが小社読者係宛ご送付ください。送料小社負担にてお取替えいたします。

印刷・株式会社光邦　製本・加藤製本株式会社

ISBN978-4-10-113259-4 C0193